AF304664

**Marie Kärsting**, geboren 1993, lebt mit Ehemann und zwei Hunden in einem kleinen Dorf am Niederrhein. Obwohl sie schon als Kind an diversen Schreibwettbewerben teilnahm, stellte sie den Wunsch Autorin zu werden hinten an und studierte Betriebswirtschaftslehre in Duisburg. Nach erfolgreichem Abschluss arbeitete sie mehrere Jahre in der Steuerberatung, fand aber trotz der vielen Zahlen ihre Liebe zu Wörtern wieder.

Wenn sie nicht gerade Yoga unterrichtet, liest oder Zumba tanzt, schreibt sie Romane und Kurzgeschichten quer durch den literarischen Gemüsegarten.

# Marie Kärsting

# Nordlichtträume und Winterliebe

Erstausgabe Oktober 2023

Copyright © 2023 dp Verlag, ein Imprint der
dp DIGITAL PUBLISHERS GmbH
Made in Stuttgart with ♥
Alle Rechte vorbehalten

## *Nordlichtträume und Winterliebe*

ISBN 978-3-98778-399-9
E-Book-ISBN 978-3-98778-322-7

Covergestaltung: Dream Design – Cover and Art
Umschlaggestaltung: ARTC.ore Design
Unter Verwendung von Abbildungen von
shutterstock.com: © Eric Isselee, © PUSCAU DANIEL, © vectorlight,
© Standret, © O.C Ritz, © zalatanya
Lektorat: Katharina Pomorski
Satz: dp DIGITAL PUBLISHERS GmbH
Druck und Bindung: Books on Demand GmbH, Norderstedt

**Dieser Roman enthält potenziell Triggernde Inhalte**

Darstellung körperlicher und seelischer Gewalt.

Wenn du mehr erfahren willst, dann gehe ans Ende des Romans (Achtung Spoiler!).

*Für Mama, die mir gezeigt hat, wie man mit Wölfen rennt*

# Playlist

Wait – M83

All 'Bout the Money – Meja

Go Your Own Way – Fleetwood Mac

Bette Davis Eyes – Kim Carnes

Never Be Like You – Flume feat. kai

Howls the Wolf (Moll's Song – Wolf Run Free) – Kila

Wildest Dreams – Taylor Swift

To Be Loved – Askjell, AURORA

I Follow Rivers – Lykke Li

Dog Days Are Over – Florence + The Machine

Runaway – AURORA

Lovefool – The Cardigans

Pumpin Blood – NONONO

Human Behaviour – Björk

The Winner Takes It All – ABBA

Dancing On My Own – Robyn

Shake It Out – Florence + The Machine

Yellow – Coldplay

Wonderful Life – Katie Melua

Running With The Wolves – AURORA

# Kapitel 1

Das Geräusch des Napfes, der sich nur mit wenigen Brocken füllte, während ich ihn durch die sonst gut gefüllte Futtertonne zog, bereitete mir eine Gänsehaut. So ausgedünnt waren unsere Futterreserven noch nie gewesen. Ich presste die Augen zusammen, bevor ich in das Loch spähte. Verflucht! Mit einer Hand kippte ich den Behälter, damit der Futternapf zumindest halb voll wurde. Das war eine Katastrophe! Mit dem Gedanken an unseren Kontostand und die leere Speisekammer im Haus stellte ich den Napf auf den Boden. Auch die nächste Futtertonne war leer. Und die nächste. Bis auf ein paar letzte Krümel war alles weg. Es war gekommen, wie ich es erwartet hatte. Und trotzdem raubte es mir in diesem Augenblick die Luft. Ich konnte meine Hunde nicht mehr ernähren. Die Tage waren gezählt. Ich sah mich im Futterschuppen um, ganz so, als würde sich die Lösung all meiner Probleme auf magische Art und Weise zu erkennen geben. In der Form, die ich am meisten verabscheute, tat sie das auch. Mein Blick blieb an dem Gewehr hängen. Wie hypnotisiert ging ich zu der gegenüberliegenden Wand. Die Fakten waren klar: Huskys ließen sich nicht als normale Haushunde vermitteln. Nicht meine Schlittenhunde, die als Teil der wilden Natur lebten. Meine Hände zitterten auf dem kühlen Metall der Waffe, als würde sich mein Körper wehren. Als würde mir jede Faser meines Seins signalisieren, dass er gegen das hier war. Gegen die Entscheidung, die bitter auf meiner Zunge schmeckte. Es gab Gerüchte. Ich hatte in der Vergangenheit gehört, dass Farmbesitzer bei Auflösungen von Huskyfarmen oder anderen massiven Problemen ihre Hunde erschossen hatten.

Nein.

Nein, nein, das war vollkommen ausgeschlossen!

Als hätte ich ein giftiges Tier berührt, zog ich meine Hände zurück und schüttelte den Kopf. Mein Herz pochte in meinem Körper, ich konnte meinen Puls in den Fingerspitzen fühlen. Mit den zwei letzten Näpfen, halb gefüllt mit Trockenfutter, trat ich aus dem Schuppen. Kälte schlug mir erbarmungslos entgegen. Ich zog die Nase hoch, denn nicht nur meine Augen waren feucht. Mir lief das Wasser nur so das Gesicht herunter und gefror bei den eisigen Temperaturen auf meiner Haut.

Ich atmete ein und aus und beobachtete die kleine Wolke, die sich durch meinen Atem bildete.

Inari lief im Zwinger hin und her. Ihr schmaler Körper wirkte angespannt, ihre gelb-braunen Augen sahen zu mir. Ihr Blick fraß sich in mein Hirn, als würde sie mich fragen: „Tarja, was hast du gerade, wenn auch nur für eine Millisekunde, in Erwägung gezogen?"

Regungslos blieb ich stehen und sah die Hündin meiner Mutter an.

Inari kam an den Zaun. Sie drückte sich gegen das Metall, sodass ihr dichtes Fell durch die Streben ragte. Mit ihrem unverwechselbaren Bellen brach sie ein

Loch in meine Gedanken, die aus Selbstzweifeln und Zorn auf mich selbst bestanden. Ich ging zum Zaun, auf die Knie und streichelte ihr weiches Fell.

„Es tut mir leid", flüsterte ich, während ich ihr einen Brocken Trockenfutter zwischen die Lefzen schob. Wofür ich genau um Entschuldigung bat, wusste ich selbst nicht.

Inari sah mich an. Sie verstand es. Diese Hündin war mir unheimlich, denn es kam mir vor, als hätte sie ein Stück der Seele meiner Mutter in sich aufgenommen. Es waren die Augen von Mama, die mir Zuspruch und Trost gaben.

Zu ihren Lebzeiten war die Bindung der beiden so stark gewesen, dass sie niemals getrennt voneinander geschlafen hatten. Bis heute schlief Inari, wenn sich ihr die Gelegenheit bot, im Bett meiner Mutter. Sie waren ein Team gewesen.

Der Kloß in meinem Hals drohte, mir die Luft abzuschnüren.

Die Verzweiflung war wie aufgewirbelter Schnee zwischen den Tannen. Sie nahm mir die Sicht und wuchs zu einem beklemmenden Gefühl heran. Mit den Gedanken noch bei meiner Mutter öffnete ich die Tür des Zwingers.

Inari rief nach mir. Ihr Schwanz peitschte nach rechts und links. Von ihr angestachelt meldeten sich auch die anderen Hunde. Und ganz typisch für Huskys schaukelten sie sich gegenseitig hoch, sodass am Ende ein intensives Gejaule über die Farm schallte.

Ich nahm die Hündin am Halsband und ging mit ihr ins Haus, denn den Lärm konnte ich in diesem Moment nicht ertragen. Die Hunde waren zu aufgeregt, voller

Energie und hungrig, weil bald Fressenszeit war. Doch zuerst musste ich genug für sie alle zusammenkratzen.

Der Geruch von Holz und Gewürzen schlug mir bereits im Flur entgegen. Inari lief direkt weiter in das Wohnzimmer, angelockt von der Wärme des Ofens, vor den sie sich immer so nah legte, dass sie sich irgendwann noch die Nase verbrennen würde. Egal, wie oft ich ihr verbot, sich dort zu platzieren, denn ich wollte sie vor Schmerzen bewahren, sie blieb stur. Wie meine Mutter machte ihre Leithündin, was sie wollte.

Mein Herz hämmerte noch immer gegen meinen Brustkorb, als ich an das Gewehr dachte. Absoluter Tiefpunkt. Hatte ich wirklich in Erwägung gezogen, einen Hund zu erschießen? Inari war zwar zu alt, um Schlitten zu ziehen, aber kerngesund. Unter normalen Umständen ließ ich nur schwerkranke Tiere vom Tierarzt einschläfern, doch seit ein paar Wochen stand die Welt auf dem Kopf.

Als ich voller Scham das Wohnzimmer betrat, stand Inari auf, lief zu mir und leckte an meiner Hand. Der intensive Blick aus ihren wunderschönen Augen schien zu sagen, es ist ok für mich, du hast es ja nicht getan. Das fühlte sich gut an, doch wann würde es für mich selbst wirklich ok sein?

„Hey, wie läuft's?" Airin erschien im Durchgang zu der Küche. Sie hatte sich ein Geschirrtuch über die Schulter geworfen und lächelte mich an.

„Ich-" Was sollte ich ihr sagen? Dass ich soeben mit der Waffe im Futterschuppen gekuschelt hatte?

„Du siehst nicht gut aus, Tarja."

Wie auch.

„Wie wäre es mit einem Mittagessen?"

Mein Nicken ließ sie sofort wieder in der Küche verschwinden. Essen war momentan zwar kein erfreuliches Thema in diesem Haus, aber ein notwendiges Übel. Solange wir noch was zu essen hatten …

„Wo ist Lemmy?" Ich folgte Airin, Inari dicht an meinen Fersen.

Als meine Freundin sah, dass die Hündin die Küche betreten wollte, fuchtelte sie abwehrend mit den Händen.

„Das kannst du knicken!"

Inari verließ mit eingezogener Rute und gesenktem Kopf den Raum.

Airin war bereits wieder in ihrem Element. Sie wendete schwungvoll die Eier in der Pfanne.

„Wo sind die anderen Hunde?" Das Haus war ungewöhnlich leer. Normalerweise konnte ich nicht die Tür öffnen, ohne von mindestens drei Hunden begrüßt zu werden.

„Lemmy ist mit ihnen draußen. Er wollte zwei der Hundehütten reparieren und hat die Oldies mitgenommen."

Die Oldies – unser Kosename für das Rentnergrüppchen.

„Hoffentlich macht er bald eine Pause", sagte Airin über das Brutzeln der Pfanne hinweg.

„Er ist seit sieben Uhr auf den Beinen, es wird also Zeit." Auch ich hatte um diese Uhrzeit angefangen, schließlich mussten wir zurzeit die Arbeit von sechs Personen erledigen. Mein bester Freund und ich wurden sonst von Saisonhelfern unterstützt. Das konnten wir gerade vergessen.

Wir hatten 82 Hunde zu bewegen. Jeden einzelnen Tag. Acht bis zehn Hunde pro Ausfahrt bedeuteten acht bis zehn Ausfahrten pro Tag. Zusätzlich mussten wir ab morgen die Streckenlängen wieder deutlich erhöhen, damit die Hunde leistungsfähig blieben. Huskys brauchten das, damit sie nicht psychisch labil wurden. Schlittenhunde waren Arbeitstiere, die nicht nur laufen wollten, sondern laufen mussten, andernfalls würden sie immens darunter leiden. Doch mit den täglichen Ausfahrten war unsere Arbeit nicht getan. Es standen noch Füttern, allgemeine Pflege, Instandhaltung der Farm und diverse Reparaturen auf unserem Zettel.

„Haben wir Post von ... also wegen der *Situation*?" Ich traute mich nicht, die Worte auszusprechen, die katastrophale Realität zu benennen, zu groß war meine Angst vor der nächsten Hiobsbotschaft.

Airin schüttelte nur den Kopf. Sie beförderte die Eier auf einen Teller und drückte ihn mir in die Hand.

Wie sollte ich essen, wenn ich nicht wusste, wie lange ich meine Hunde noch ernähren konnte?

„Ich habe doch keinen Hunger."

Airin verhinderte, dass ich den Teller auf den Küchentresen abstellte.

„Du musst essen, sonst sind die Tiere ganz verloren. Wenn du schlapp machst, war's das. Gib nicht auf! So hat dich deine Mutter nicht erzogen!"

Ich biss die Zähne aufeinander und schluckte. Sie hatte recht. Aufgeben war keine Option. Ich würde sicherlich nicht einfach so das Lebenswerk meiner Mutter gegen die Wand fahren.

„Na gut." Ich drückte Airin kurz, gab ihr einen Kuss auf die Wange und ging mit meinem Teller und der Tube Soße, die sie mir noch unter den Arm schob, ins Wohnzimmer. Sofort scharwenzelte Inari um meine Beine und brachte mich fast zu Fall.

„Herrgott!" Ich vertrieb die Hündin. Ihre Augen sagten mir, dass sie äußerst unzufrieden war. Dass ich aß, während sie leer ausging, war wohl eine Frechheit. Unter ihrem vorwurfsvollen Blick setzte ich mich an den Schreibtisch.

Widerwillig begann ich, die Eier in mich hineinzuschaufeln und hoffte auf die dringend benötigte Kraft, um den Rest des Tages durchzustehen. Das Hundefutter zusammenzustellen stand ganz oben auf meiner Prioritätenliste.

Nebenbei startete ich den Computer und stellte mich darauf ein, dass ich meine Mahlzeit schon vertilgt haben würde, bis sich die Verbindung ins Internet aufgebaut hatte.

Als die grottenschlechte Leitung endlich ihren Job machte, meldete ich mich in unserem E-Mail-Programm an.

Sieben neue Nachrichten. Alles Antworten auf meine Absagen, die ich unter Tränen in den letzten Tagen versendet hatte. Ich öffnete eine nach der anderen. Mit jedem „Es tut mir leid" und „Wir kommen bestimmt nächstes Jahr" wurde mir übler. Eine einzige E-Mail war sogar richtig bösartig und mir wurden üble Vorwürfe gemacht, dass ich den Winterurlaub einer ganzen Familie zerstört hatte. Ich legte die Stirn auf das kühle Holz des Schreibtischs und konzentrierte mich darauf zu atmen. Ein und aus. Nicht durchdrehen. Einfach atmen und gelassen bleiben.

„Tarja?"

„Ja?" Ich hob meinen Kopf nicht, blieb so hängen und atmete.

„Hast du diese sonderbare Methode von deiner Therapeutin?"

Jetzt hob ich doch meinen Kopf und funkelte Lemmy böse an. Mir war klar, dass er sich nicht wirklich über meine Psychotherapie, die ich seit einem Jahr als Onlinebehandlung erhielt, lustig machte. Aber es nervte mich, dass er es immer wieder aufgriff. Ich wollte nicht darüber reden.

„Wow, du kannst ein richtiger Herpes sein!", stöhnte ich. Er grinste, seine grünen Augen strahlten.

„Ich liebe es, wenn du mich beleidigst. Das ist so süß!" Er kniff mir tatsächlich in die Nase.

Schnell schlug ich seine Hand weg und richtete mich auf.

„Im Ernst, was treibst du da? Es stinkt nach dieser komischen Soße und dein Mund ist ganz verschmiert." Lemmy schüttelte den Kopf, hörte aber noch immer nicht auf zu grinsen.

Ich strich mit Daumen und Zeigefinger über meine Mundpartie, doch Lemmy schüttelte weiterhin den Kopf.

Stöhnend stand ich auf und ging an ihm vorbei Richtung Badezimmer. Im Spiegel sah ich, dass er recht hatte. Ich war vollkommen verschmiert. Doch was mir mehr Sorgen bereitete, waren die dunkelblauen Augenringe und die blasse Haut. Sie war immer sehr hell, doch normalerweise hatte ich rote Wangen und ein bisschen Farbe von der Wintersonne. Im Moment sah ich jedoch gespenstisch aus, ausgelaugt, beinahe krank.

„Geht es dir gut? Jetzt mal Klartext!"

Warum fragten mich das alle ständig?

Lemmy erschien hinter mir. Seine Miene war nicht mehr amüsiert. Er wirkte besorgt. Auf seiner Stirn, zwischen den buschigen Augenbrauen, bildete sich eine Furche.

Allein der Anblick meines besorgten, ebenfalls ausgelaugt wirkenden Kumpels machte mich traurig. So wollte ich ihn nicht sehen! Er sollte strahlen, dumme Sprüche klopfen und mit den Hunden durch den Schnee rennen.

„Gestern habe ich die letzten Absagen für dieses Jahr verschickt", verkündete ich atemlos.

Er nickte, deshalb sprach ich weiter.

„Nun überlege ich, ob ich die Januarplanung ebenfalls über Bord werfen soll. Das würde bedeuten, wir haben in den nächsten drei Monaten keine einzige Tour. Hundert Prozent Umsatzausfall. Ich weiß nicht, wie ich das schaffen soll. Wie soll ich die Hunde versorgen, die Rechnungen bezahlen? Was ist, wenn es bei einem Tier einen Notfall gibt? Ich ..." Meine Stimme versagte. Ich hasste es, wenn sie so dünn wurde, dass ich mich wie ein kleines Mädchen anhörte.

„Du?" Er legte den Kopf schräg und strich sich über den Vollbart.

„Ich habe vorhin an den Typen gedacht, der vermutlich einige seiner Tiere erschossen hat", flüsterte ich. Mein Hals zog sich schmerzhaft zusammen.

„Bist du noch ganz bei Sinnen?" Lemmy trat ganz nah an mich heran. Sein Blick verband sich mit meinem.

Zuerst wollte ich mich ihm nicht stellen, denn er war voller Zorn. Natürlich war er wütend. Er liebte die Hunde genau so sehr wie ich. Doch dann wurde sein Ausdruck weicher. Meine Lippe zitterte und ich zog die Nase hoch. Während er mich in die Arme schloss, schüttelte ich den Kopf.

„Umarm' mich besser nicht. Ich stinke vom Reinigen der Zwinger und außerdem muss ich dann heulen."

Das war ihm völlig egal. Er roch wie ich selbst nach Stroh, Hundefutter und Schweiß.

„So weit kommt es nicht, kapiert?" Er drückte mich noch fester an sich.

Für einen Moment genoss ich seinen Trost, dann löste ich mich von ihm und wischte mit dem Handrücken die Tränen aus meinem Gesicht.

„Woher willst du das wissen?" Eine Mischung aus Verzweiflung und Wut ließ mich im Badezimmer auf- und abgehen.

„Wir verhindern das! Wir sind ein Team und niemand bleibt zurück – weder Mensch noch Tier!" Wieder nahm er mich in den Arm und ich vergrub mein Gesicht in seinem dicken Wollpullover. Ich hatte Angst. Selten hatte ich so nah am Abgrund gestanden. Zuletzt nach dem Tod meiner Mutter.

„Ich habe keinen Plan", wisperte ich in die Wolle.

„Doch, den haben wir: Wir kümmern uns und warten auf die Antwort des Ministeriums! Es ist bald so weit! Dann erhalten wir die Tätigkeitserlaubnis zurück und können wieder Gäste in Empfang nehmen."

Woher nahm er diesen Optimismus? Wie konnte es sein, dass mich seine Worte zu gleichen Teilen zermürbten und beruhigten? Lemmy war unglaublich.

„Ok.“

Er hielt mich mit beiden Händen vor sich und sah mir in die Augen. „Und du denkst über so grausame Methoden nicht mehr nach, ja?“

Ich nickte und lehnte mich gegen ihn. Kraftlos. Meine Energie war aufgebraucht und wir standen gerade mal am Anfang der Saison. Wochenlang hatten wir die Hunde trainiert mit dem Wissen, dass hier bald Dutzende Gäste auftauchen würden und Schlitten fahren wollten. Und dann war die Katastrophe über uns hereingebrochen.

„Wie sieht unser weiterer Tagesplan aus? Es wird bald dunkel. Also dunkler“, versuchte Lemmy wieder zur Normalität, was auch immer das hieß, zurückzukehren.

Wir gingen gemeinsam zurück in die Küche, wo Airin am Tisch eine Zeitschrift las und eine dampfende Tasse Tee trank.

„Wie weit bist du mit der Instandhaltung der Hundehütten?“, wollte ich wissen. Ein Schritt nach dem anderen würde mir helfen, nicht verrückt zu werden.

„Ich komme gut voran, vielleicht müssen wir noch Holz schlagen.“ Lemmy setzte sich auf einen der Stühle und streckte die langen Beine aus.

Inari schlich sich in die Küche, zur Sicherheit stets ein Auge auf Airin. Doch diese bemerkte die Hündin nicht, strich sich immer wieder dieselbe graue Strähne zurück, die sich aus ihrem geflochtenen Zopf gelöst hatte und blickte zum Topf, der auf dem Herd blubberte. Langsam tappte Inari zu mir und strich um meine Beine. Kurz zögerte ich. Wie sollte ich nicht an meinem moralischen Kompass zweifeln? Und als hätte sie meine Gedanken gehört, sah Inari mich an. Wieder dieser mütterliche Blick. Der Ausdruck, der mir zeigte, dass meine Mutter nicht weit weg war.

Sanft legte ich meine Hand auf ihr Fell. Das Kraulen brachte sie dazu, sich auf den Boden sinken zu lassen. Ich musste mich tief hinabbeugen, um sie weiter streicheln zu können.

„Was meinst du?" Lemmy zog die Augenbrauen zum Haaransatz.

„Hm?" Ich hatte mich so sehr auf Inari konzentriert, dass ich nicht mitbekommen hatte, dass er mit mir gesprochen hatte.

„Sollen wir heute noch Holz holen oder morgen?"

„Heute! Morgen müssen wir das Training ausweiten. Das wird der erste Tag mit Langstreckentouren. Wir müssen heute Abend einen Plan erstellen, wann wir welche Hunde bewegen. Wenn wir nicht clever vorgehen, nehmen die uns die Hütten komplett auseinander. Dann haben wir ein Holzproblem der anderen Sorte." Ich kicherte während der letzten Worte, denn Inari begann, meine Hand zu lecken und ihre raue Zunge kitzelte mein Handgelenk.

Airin sah unter den Tisch, öffnete den Mund, doch ich stoppte ihre Worte.

„Lass sie bitte!"

Wir wechselten einen Blick und Airin verstand.

Inari wusste, dass sie Narrenfreiheit hatte und sprang auf meinen Schoß.

„Also wirklich!" Meine Stimme war ernst, trotzdem musste ich schmunzeln. Ich verpasste der dreisten Hündin einen Kuss auf die Stirn.

Airin stand kopfschüttelnd auf und widmete sich ihrem Eintopf.

„Gut, dann bereite ich alles vor!" Lemmy erhob sich und klopfte die Hose ab. Vergebens, denn wir würden alle immer mit Hundehaaren bedeckt sein. Das war unser Look. Doch er gab nicht auf, klopfte und wischte immer wieder an sich herum. Ich hatte schon vor Jahren aufgegeben, die Stichelhaare loswerden zu wollen. Ich stand dazu, schließlich leitete ich eine Huskyfarm.

„Ich bin eh gerade dabei, Keitto vorzubereiten. Den könnt ihr morgen gut gebrauchen, oder?" Airin hob eine der Augenbrauen und warf Inari, die bei der Erwähnung der speziellen Fleischsuppe die Ohren spitzte, einen bösen Blick zu.

„Auf jeden Fall, danke! Vermutlich sogar noch heute." Ich nahm Airins Hand in meine und lächelte. Ohne sie und Lemmy wäre ich durchgedreht. Vielleicht wäre ich sogar tot. Die Hunde, die beste Freundin meiner Mutter und Lemmy waren der Grund, weshalb ich hier weitermachte. Und Lappland. Ich liebte dieses Stückchen Welt sehr.

„Ich brauche mehr Zutaten. Mal schauen, was unsere Vorratskammer noch hergibt ..." Airin verließ die Küche und Lemmy folgte ihr.

Inari und ich blieben. Ich starrte aus dem Fenster auf die Gitteranlagen und den Nebel, der zwischen den Tannen in der Ferne hervorgekrochen kam. Der Himmel verfärbte sich schon. Das war es mit der Helligkeit für diesen Tag. Von Sonnenlicht konnten wir hier nicht sprechen, denn die Sonne ging zu dieser Jahreszeit überhaupt nicht auf. Trotzdem wurde es für zwei, maximal drei Stunden am Tag etwas heller und Lappland lieferte uns damit den Beweis, dass wir nicht nur in der Nacht lebten.

Die Hündin rollte sich auf meinem Schoß zusammen. Egal, wie sehr sie versuchte, sich klein zu machen, sie war ein großes Tier. Ich musste ihren Hintern mit meinem Oberschenkel stützen, damit sie nicht herunterrutschte. Doch ihre Nähe war heilsam.

„Es tut mir leid", flüsterte ich. Zu Inari und auch zu meiner Mutter. Dann küsste ich ein weiteres Mal ihre Stirn. Sie gähnte und legte ihren Kopf auf mein angewinkeltes Knie.

Mein Blick glitt von ihrem grau-schwarzen Fell zu der Zeitschrift, die Airin auf dem Küchentisch liegen gelassen hatte. Dort war über zwei Seiten ein Artikel mit der Überschrift „Bjarne Wallin – deutscher Stern am Himmel von SuoTV" aufgeschlagen. Links war ein riesiges Bild eines jungen Mannes abgebildet. Ich zog die Zeitschrift zu mir und betrachtete ihn. Das Erste, was mir auffiel, war sein Mund. Die Lippen waren schmal und zu einem schiefen Lächeln verzogen. Es hatte etwas Jungenhaftes wie er dastand, die Hände lässig in die Gürtelschlaufen seiner schwarzen Jeans gesteckt. Die Ärmel des grauen Sweatshirts waren hochgekrempelt, sodass ich die muskulösen Unterarme sehen konnte. Doch sein Gesicht war das, was mich anzog und wirklich faszinierte. Die Augen so dunkel, als würden sie ein Geheimnis verbergen. Sie passten nicht zu seinem freundlichen Lächeln, zu den nach hinten gestylten, dunklen Locken und dem Dreitagebart. Bjarne Wallin war ein schöner Mann. Der starke Hals und das kantige Kinn machten ihn attraktiv.

Schluss damit. In diese eisige Einöde verirrte sich selten ein Mann. Noch seltener war es, dass ich einen näher an mich heranließ. Ich hielt sie mir vom Leib, denn ich konnte ihnen nicht trauen.

# Kapitel 2

Das Geheul war nicht von dieser Welt. Sie stachelten sich gegenseitig an, bis es kein Bellen, kein Jammern, sondern ein Geschrei war.

„Ist gut, Leute!" Meine Stimme durchbrach kaum den Lärm. Ich war schwer bepackt mit Geschirren, halb gefrorener Wurst und einem Notfallset für Verletzungen. Wichtige Grundausrüstung, die wir zu jeder Tour mitnahmen und täglich benötigten.

Die Dunkelheit in Kombination mit dem rutschigen Untergrund beanspruchte meine volle Konzentration. Ein falscher Schritt und ich hätte ein noch größeres Problem als ohnehin schon. Was wäre dann mit den Hunden? Ich musste Aufgabe für Aufgabe schaffen, deshalb durfte mir kein Fehler unterlaufen. Verletzungen, Verzögerungen oder andere Verfehlungen waren völlig ausgeschlossen.

„Es ist viel zu früh", hörte ich leise von rechts. Lemmy war dick in Mütze, Skibrille, Parka und Handschuhen eingepackt. Trotzdem konnte ich an seinem Gesichtsausdruck erkennen, dass er nicht erfreut war.

Ich konnte es ihm nicht verübeln, immerhin war es Samstagmorgen, sieben Uhr früh. Wir waren noch zeitiger aufgestanden, mit der Entschlossenheit, unser Tagessoll zu schaffen. Zu zweit. Ohne Hilfe. Hauptsaison. Das war eine Premiere.

„Ich weiß. Und es ist viel zu dunkel!" Ich nickte, während er mit verschiedenen Geschirren bewaffnet den ersten Zwinger auf der rechten Seite betrat. Die fünf Hunde, Akira, Django, Finja, Hook und Koda, drehten komplett durch. Sie sprangen an Lemmy hoch und zwei der Rüden begannen sogar, sich anzuknurren. Jeder wollte der Erste vor dem Schlitten sein.

„Schluss jetzt!" Lemmy brachte sein Knie zwischen die Streithähne und sie gehorchten. Er schnappte sich Django, der als Wheeldog zusammen mit Akira, einer sehr großen und kräftigen Hündin, direkt vor dem Schlitten laufen sollte. Unsere Planungen für die Gespanne und Trainingseinheiten waren gestern bis spät in den Abend gegangen. Nun hielten wir uns akribisch an die Pläne, denn wir durften nicht den Überblick verlieren. Django ließ sich das Geschirr anlegen und an die Zugleine spannen.

Mit knirschenden Schritten stapfte ich weiter durch den Schnee, denn auch ich hatte ein Gespann vorzubereiten. Ich startete mit dem kleinsten Rudel und ging zu dem Zwinger von Pepsi, Pringles, Smee, Ragnar und Oleg. Die Schwestern Pepsi und Pringles waren so aufgeregt, dass sie auf ihren kleinen Hütten standen und in den dunklen Himmel jaulten. Der Einzige, der ruhig und entspannt war, war Oleg. Das entsprach seinem coolen Charakter. Ganz selten nur ließ er sich zu einem Freudenschrei hinreißen.

„Na, ihr Süßen?" Ich schob den Metallriegel nach oben und quetschte mich durch die Gittertür. Die Hunde waren sofort bei mir, sprangen an mir hoch, bis ich ihnen das Kommando gab, das zu lassen. Ich scheuchte sie vom Ausgang weg und schnappte mir

Oleg. Mit einem Lächeln auf den Lippen konnte ich mich daran erinnern, wie ich meine Mutter das erste Mal beim Anlegen der Geschirre beobachtet hatte. Es sah grausam aus, weil man die Hunde so hochzog, dass nur noch die Hinterbeine den Boden berührten. Doch es war notwendig, andernfalls hatten die kleinen Biester zu viel Kraft und tanzten einem auf der Nase herum.

Es folgte die Erinnerung an den Tag, an dem ich das erste Mal meiner Mutter beim Anlegen und Einspannen geholfen hatte. Zwei Hunde waren aus den Zwingern ausgebrochen, einer davon gut 200 Meter vom Gelände weggelaufen. Ich war in den Schnee gefallen und hatte mir den Kopf an einem Stein gestoßen. Meine Mutter hatte über die ganze Farm geflucht. Nachdem das Chaos wieder unter Kontrolle gewesen war, hatte ich das erste Mal allein einen Schlitten steuern dürfen. Trotz der ganzen Komplikationen, trotz meiner Fehler, hatte meine Mutter an mich geglaubt. Das hatte sie immer. Gemeinsam waren wir stark gewesen.

„Bist du so weit?" Lemmys Gesicht erschien zwischen den Gitterstäben.

„Sorry, ich bin heute langsam." Ich gab ihm Oleg durch das Tor, während ich mir Pepsi griff und den Rest der Meute vertrieb. So legte ich einem Hund nach dem anderen das Geschirr an. Lemmy befestigte sie an meinem Schlitten. Wir verluden den Proviant für die Hunde und statteten uns mit Notfallmedikamenten wie Desinfektionsspray, entzündungshemmenden Mitteln und Schmerztabletten aus. Auf so einer Tour konnte alles passieren. Und da wir diese Saison keine Rettungsperson hatten, die uns in schwierigen Situationen unter Einsatz unseres Schneemobils unterstützen konnte, mussten wir allein klarkommen. Niemand außer Airin war auf der Farm. Sie hütete das Haus und kümmerte sich im Notfall um die zurückgebliebenen Tiere. Hinzu kam, dass das Schneemobil kaputt war und für die benötigten Ersatzteile das Geld nicht reichte. Entweder Futter für die Hunde oder die Absicherung durch das Schneemobil – es war keine einfache, aber eine schnelle Entscheidung gewesen.

Als es losging, drehten noch mal alle Hunde auf. Die vor den Schlitten konnten ihr Glück nicht fassen, die in den Zwingern und Hütten jaulten beleidigt und waren neidisch auf das Abenteuer. Zweifel und ein schlechtes Gewissen trübten mir den Moment der ersten Ausfahrt des Tages, denn ich wusste, dass wir heute nicht alle Hunde bewegen konnten. Ein paar Tiere waren erst morgen an der Reihe. Das war ok, sie würden nicht zu sehr darunter leiden – doch die glänzenden, enttäuschten Augen tauchten bereits jetzt in meinen Gedanken auf.

„Mush, mush, mush!" Meine Rufe hallten über die eisige Landschaft und durch die schneebedeckten Tannen.

Auch Lemmy heizte sein Gespann ordentlich an, sodass wir mit ein wenig Sicherheitsabstand hintereinanderfahren konnten. Sobald wir der Farm den Rücken gekehrt hatten, lockerte sich der Druck auf meiner Brust. Je mehr Bäume, Sträucher und Schnee ich sah, desto leichter wurde alles. Das Eis glitzerte auf den Wipfeln und reflektierte das Licht der morgendlichen Sterne. Die Besucher waren immer wieder geschockt, wie hell es hier war, obwohl die Sonne nicht schien.

Doch das viele Weiß reflektierte auch das kleinste Funkeln.

Der eisige Wind biss in mein Gesicht. Es war wie ein Rausch. Die Hunde gaben Gas, die Tannen flogen an mir vorbei und ich sog die eiskalte, klare Luft in mich ein. Mit jedem Atemzug kam ich mir freier vor. Hier fühlte ich mich vollkommen und wie ich selbst. Verbunden mit der Natur, meinen Hunden und ganz nah bei meiner geliebten Mutter. Ihr Geist lebte in diesen Wäldern und im See, auf den wir zufuhren, weiter – da war ich mir sicher.

Bei Lemmys Kreischen zuckte ich kurz zusammen, musste dann jedoch lachen. Er teilte meine Liebe zum Mushen, dem Hundeschlittenfahren. Immer, wenn er Vollgas gab, schrie er aus tiefster Seele.

Das Rudel war gut in Form. Unser Training im Sommer und Herbst hatte sich ausgezahlt, was gleichzeitig wunderbar bestätigend, aber auch enttäuschend war. Es stand noch immer in den Sternen, ob in diesem Winter Touristen zu uns kommen konnten. Mit der restlichen Hoffnung, die in mir geblieben war, stellte ich mir vor, wie ich später ins Haus gehen, einen Brief finden und ein Wunder sehen würde. Dann hätten wir wieder volle Terminkalender, deren Vereinbarungen ich offiziell einhalten durfte, könnten die Gästehäuser vorbereiten und innerhalb von ein paar Tagen wäre wieder Leben auf der Farm. Ich vermisste das morgendliche Treiben, die Gespräche mit Menschen aus fremden Ländern, die ich selbst nie bereist hatte, und den Anblick der Gäste, wenn sie das erste Mal diese Natur spürten. Sie nicht nur sahen, sondern mit jeder Faser ihres Körpers die Macht der Kälte dieses speziellen Landes fühlten.

Ich trat vom Schlitten und presste meine Stiefel in den Schnee. Mit voller Kraft schob ich mit an, sodass wir mit vereinten Kräften den kleinen Berg, an dessen Fuß wir angekommen waren, erklimmen konnten. Die Hunde zogen, ich lehnte mich gegen den Schlitten und gab alles. Mein Atem formte kleine Wölkchen, die Kälte zog in meine Lungen.

Lemmy feuerte seine Tiere verbal an, doch ich blieb still. Ich wollte nicht, dass sie sich überlasteten. Es war meine Aufgabe, sie zu unterstützen, und ich wollte beweisen, dass ich es konnte, ohne Druck auf sie auszuüben. Ich konnte das hier alles. Mushen, selbstständig sein, eine Farm führen. Klarkommen.

Der Ausblick vor mir war das Beste, was ich seit Langem gesehen hatte. Der See war nun komplett zugefroren und lag als eine riesige, mit Schnee bedeckte Fläche vor uns. Der Horizont verschwand beinahe in dem kontrastlosen Weiß. So kalt es hier draußen auch war, umso wärmer wurde es in meiner Brust. In solchen Momenten fühlte ich meine Mutter ganz nah bei mir.

Lemmy schloss zu uns auf und gönnte sich ebenfalls einen Moment. Er lächelte mich breit an und schob die Skibrille hoch auf die Stirn.

„Na, ein Wettrennen gefällig?" Er wackelte derart affig mit den Augenbrauen, dass ich kichern musste.

„Meinst du, unsere Truppen kriegen das direkt am ersten Tag hin?"

„Nur den Berg hinunter!" Das Funkeln in seinen Augen verriet, dass er Schabernack treiben wollte.

Ich antwortete ihm nicht, sondern schrie: „Mush!"

Die Hunde hämmerten ihre Pfoten in den Schnee, sodass dieser durch die Luft flog. Wir heizten los und ließen Lemmy hinter uns. Das würde er nicht auf sich sitzen lassen. Er war kein guter Verlierer.

Auch wenn ich gewinnen und Vollgas geben wollte, die Hunde hatten natürlich ein Limit. Als dieses erreicht war, bremste ich immer wieder mit dem Schlitten, denn ich wollte Verletzungen verhindern. Unter keinen Umständen durften meine Wheeldogs Smee und Oleg die Kufen des Schlittens in die Fersen gerammt bekommen. Sie konnten die Tiere ernsthaft verletzen. Weitere Katastrophen waren nicht erwünscht, also war ich vernünftig und ließ den Wettkampf zur Nebensache werden.

Auch Lemmy blieb weiter zurück. Ich drehte mich immer wieder um und sah, dass er ebenfalls bremste. Für ihn standen die Hunde, genau wie für mich, an oberster Stelle. Darin waren wir ganz gleich.

Die Abfahrt war wundervoll. Die Hunde hatten Spaß, das merkte ich. Die Geschwindigkeit ließ die Winterlandschaft ganz anders aussehen. Kurzzeitig war alles weiß und ich erlaubte mir, die Augen zu schließen. Nur für ein oder zwei Atemzüge genoss ich das Gefühl der Freiheit, dann lag mein Fokus wieder auf dem Gespann.

Nach der Abfahrt fuhren wir über den See. Die Weite dieser Landschaft war unbegreiflich. Hinter unserer Farm lag das kleine Dorf Lumijärvi und der Name war Programm. Der *Schneesee* war das Einzige, was man hier sehen konnte. Das Wasser war zu einer dicken Schicht Eis geworden, von Schnee bedeckt und durch das reflektierende Sternenlicht war es, als wäre der Boden erleuchtet. Keine Menschenseele, nur Lemmy, die Hunde und ich. Die Landschaft gehörte uns.

In der Mitte des Sees machten wir Rast und gaben den Hunden von der vorbereiteten Fleischsuppe, Keitto. Der Kalorien- und Wasserverbrauch von Schlittenhunden war enorm, deshalb brauchten unsere Vierbeiner regelmäßige Snacks. Heute gab es für jeden sogar ein kleines Stück Wurst, die in der Suppe antaute. Zu viel durften wir ihnen nicht geben, sonst konnte es zu schmerzhaften und lebensgefährlichen Magendrehungen kommen. Auch Lemmy und ich brauchten eine Pause, deshalb teilten wir uns heiße Brühe aus einer separaten Thermoskanne.

„Meinst du, wir schaffen unser Pensum? Wir liegen bisher gut in der Zeit." Ich sah zu meinem Freund hinüber.

Lemmy nickte und schaute dabei in den dunklen Himmel. Noch immer war kein Zeichen des Sonnenaufgangs zu erkennen.

„Du darfst nicht so negativ sein. Versuch, deine Sorgen ein bisschen loszulassen. Seit Tagen wirkst du so verkrampft, dass es mir Angst macht. Irgendwann explodiert noch dein Kopf!"

Ich seufzte. „Du kennst die Lage ... Wie soll ich da loslassen?"

Er konnte meine Verzweiflung nicht wirklich nachempfinden, denn er hatte Optionen. Genau betrachtet war er ein Arbeitnehmer, der jederzeit gehen konnte. Mein Leben hingegen war mit der Farm verwachsen.

„Ich weiß, dass es schwer ist. Aber Tarja, du kannst es nicht ändern! Egal, wir könnten uns auf den Kopf stellen, davon wird unser Anliegen auch nicht schneller bearbeitet.“

„Schon klar. Ich bin nur so unfassbar wütend.“

Tatsächlich begleitete mich meine Wut auf die Menschen, die mit einem Schlag mein Leben komplett verändert hatten, vom Aufstehen bis zum Zubettgehen. In diesem Moment versuchte ich, sie ein wenig loszulassen. Ich saugte die Natur, diesen wunderschönen Moment in mich auf und freute mich aufrichtig darüber, dass meine Arbeit und mein Alltag so aussahen. Zumindest heute noch. Egal, was die Zukunft bringen würde, den heutigen Tag konnten sie mir nicht nehmen.

„Was sagt dein Herz? Dass alles gut wird oder dass alles verloren ist?“ Lemmy lächelte milde und kraulte Akira hinter dem Ohr.

Die Hündin war so entspannt, dass sie kurz die Augen schloss. Die anderen Hunde wirkten aufgeregt, wollten weiter, doch sie genoss den Moment.

„Mein Herz?“

„Ja, dieser kalte Brocken in deiner Brust, weißt du?“

Mir war klar, dass es nur ein Scherz sein sollte, doch seine Frage schmerzte. Es war lange her, dass ich auf mein Herz gehört hatte. Dass es überhaupt gesprochen hatte. Meine Herzentscheidungen waren bisher fatal gewesen. Nun fühlte es sich oft kalt an. Außer hier draußen, wo ich hingehörte. Da schlug es voller Wärme.

„Lass uns weiter!“

Lemmy zuckte über die ihm schuldig gebliebene Antwort die Schultern. Zum Glück ließ er mich mit meinen Gedanken allein.

Über mein Herz zu reden – da gab es keinen Bedarf.

# Kapitel 3

Müde war kein Ausdruck für das Gefühl, welches durch meinen Körper kroch. Wie erschlagen von dem anstrengenden Tag, lag ich auf dem Sofa und starrte den Fernseher an, ohne etwas mitzubekommen. Keine Ahnung, wovon die blonde Nachrichtensprecherin da berichtete. Es war mir egal geworden, was in der Welt passierte, wenn mein eigener Kosmos auf den Kopf gestellt worden war. Und von irgendwelchen Ölbohrungen hatte ich die Schnauze voll.

Inari lag auf meinen Beinen und wärmte mir die Waden, während Ursula, eine weitere Rentnerin, auf dem Boden neben dem Sofa über mich wachte.

Ich wusste die Nähe der Hunde zu schätzen, denn sie erdete mich. Genau wie das harte Training. Gleichzeitig bereute ich es, denn ich hatte heute wirklich alles gegeben und nicht lockergelassen, bis alle Hunde bewegt worden waren. Ich war so verbissen gewesen, dass Lemmy mich irgendwann allein gelassen hatte. Seiner Meinung nach war ich verrückt, dass ich mit den letzten zehn Hunden eine winzige Runde um die Farm gedreht hatte. Doch ich hatte ihre Blicke, die Gewissensbisse einfach nicht ertragen. So fühlte ich mich jetzt zwar ausgelaugt und mein ganzer Körper schmerzte, doch wenigstens war ich kein völliger Loser.

Eine tiefe, rauchige Stimme lenkte meinen Fokus zurück zum Fernseher. Die blonde Dame mit dem knallroten Blazer war verschwunden und stattdessen war ein großer, breitschultriger Mann zu sehen. Das Banner, welches links unten in der Ecke erschien, verriet mir, dass es Bjarne Wallin war. Und da erkannte ich ihn! Es war der deutsche Stern oder wie sie ihn in dem Magazin genannt hatten.

Kritisch beäugte ich ihn. Nach ein paar Augenblicken verschränkte ich die Arme und drehte mich auf die Seite, sodass ich beim Hinsehen meinen Nacken entlastete. Inari fand das nicht witzig und sprang vom Sofa zu Ursula, die ihr über die Augen leckte.

Das bekam ich nur so halb mit, denn ich war fasziniert. Er sprach von einem Zusammenschluss zweier Ölkonzernriesen und wirkte sehr ernst. Das Thema war heikel, doch dieser Journalist ließ sich nicht aus der Ruhe bringen. Mit viel Expertise und Beispielen sprach er sich ganz klar gegen dieses Joint Venture aus und bewies in dieser umstrittenen Diskussion Mut. Ich hing an seinen Lippen. Nicht nur, weil sie so geschwungen waren, sondern weil sie zu einem Mund gehörten, dessen Worte mich beeindruckten.

Ein Piepsen riss mich aus meinen Gedanken und signalisierte mir, dass ich eine E-Mail erhalten hatte. Sofort verdrehte ich die Augen, stand aber trotzdem auf.

Träge schleppte ich mich zum Schreibtisch, der neben der Couch stand und ließ mich auf den Holzstuhl plumpsen. Mir war kalt, deshalb nahm ich die selbst gestrickte Decke von Airin und wickelte mich wie einen Burrito ein. Mein Gefühl sagte mir, dass es sicherlich keine guten Nachrichten waren, die auf mich warteten.

Der Mauszeiger schwebte über dem Symbol des Posteingangs meines E-Mail-Programms. Kurz schloss ich die Augen. Bitte eine gute Nachricht, nicht noch eine traurig verfasste, niederschmetternde Geschichte, wie sich der kleine Lukas die Augen ausweinte, weil er nicht zu den Huskys durfte!

Wie ein Pflaster, das man abreißt, klickte ich das Symbol an und rutschte auf dem Stuhl umher. Es waren drei E-Mails und anhand der Betreffzeilen wusste ich, dass es keine positiven waren. Dafür hatte ich heute keine Kraft mehr. Ohne eine von ihnen anzuklicken, schloss ich das Programm und öffnete den Internetbrowser. Mit ein paar Klicks war ich auf dem Onlinemarktplatz und checkte meine Benachrichtigungen. Hier war es besser: Ich hatte tatsächlich drei der alten Schallplatten meiner Mutter verkaufen können. Wie immer bei solchen Verkäufen freute ich mich. Doch dann kam ein ungutes Gefühl dazu. Es war wie eine Mischung aus Bedauern und Wut. Es machte mich traurig, Stück für Stück Erinnerungen an meine Mutter und unsere gemeinsame Zeit zu verkaufen. Und ich war auch wütend auf mich, dass ich es tun musste, um die Farm über Wasser zu halten. Wütend auf die Welt, diese verfluchten Anzugträger und die Ausweglosigkeit, die ich jede Minute des Tages spürte.

Natürlich verkaufte ich auch Dinge von mir, doch ich besaß einfach wenig. Ich war nie der Mensch gewesen, der Sachen gesammelt hatte – genau wie meine Mutter. Meistens waren wir minimalistisch, außer bei Schallplatten und CDs. Als ich mich an unsere gemeinsamen Abende mit Musik und Sima, meinem liebsten Gebräu aus Wasser, braunem Zucker, Hefe und Zitronen, erinnerte, musste ich lächeln. Die guten Zeiten waren tief in mir abgespeichert, damit ich mich für immer erinnern konnte.

Auf ein Post-It notierte ich mir die drei Alben und zog die Decke von mir. Fröstelnd schlurfte ich zur Treppe und stieg die Stufen hinauf. Bereits hier im Flur konnte ich das Schnarchen von Lemmy hören. Kurz blieb ich vor seiner Tür stehen und lauschte auf das Ein- und Ausatmen. Es beruhigte mich. Egal, ob bei Hund oder Mensch – der stete Rhythmus des Atems brachte mich zur Ruhe.

Ich ging weiter den Flur entlang, vorbei an meinem eigenen Zimmer, passierte das Zimmer der Oldies und hielt vor der roten Holztür am Ende des Ganges an. Das Zimmer meiner Mutter. Ich hatte nichts verändert. Ein wenig aufgeräumt, ein Paar Dinge verkauft, um das Futtergeld für die Hunde aufzustocken, denn ich war mir sicher, dass es meine Mutter so gewollt hätte, aber ich hatte nichts grundlegend geändert. Obwohl es fast ein Jahr her war, verströmte der Raum noch immer das Gefühl, sie würde gleich am Türrahmen erscheinen. Einfach so zum Bett spazieren, sich darauf schmeißen und etwas sagen wie: „Tarja, mein Schatz, der Schneesturm heute war wunderschön!"

Meine Brust zog sich zusammen, als ich die Schublade des großen, dunklen Schrankes öffnete. All die Schallplatten waren ungenutzt, denn ich wagte es nicht, allein Musik aufzulegen. Das letzte Mal war ich völlig zusammengebrochen, das wollte ich nicht ein weiteres Mal erleben. Schnell zog ich die gewünschten Platten aus der Schublade und schloss sie wieder. Es roch hier nach meiner Mutter. Ein Hauch von Lavendel und Kiefernnadeln lag in der Luft und ich nahm die Gerüche tief in mir auf. Ich bekam nicht genug davon. Mit wackligen Beinen erhob ich mich, nur um mich auf die Bettkante zu setzen. Der Stoff an meiner Handfläche war kalt und weich. Ich vermisste sie so sehr.

„Hey", ertönte es von der Tür. Airin stand im grün karierten Pyjama im Türrahmen und lächelte mich an.

„Hey." Ich versuchte es auch mit einem Lächeln. Sie war nicht meine Mutter, aber sie kam einer Mutterfigur gleich.

Es brauchte keine Worte. Ihre Augenbrauen bildeten eine Linie und ihre Stirn legte sich in Falten.

„Ich vermisse sie." Ein kurzer Moment der Verletzlichkeit. Bei Airin war das möglich, denn sie verstand mich.

„Ich auch", flüsterte sie und kam zu mir. Sie setzte sich neben mich auf das Bett und nahm die Hand, die keine Schallplatten umklammerte, in ihre.

„Verkaufst du wieder Platten?"

Ich nickte nur, wich ihrem Blick aus.

„Du machst das gut, Tarja."

Ein Kloß bildete sich in meinem Hals. „Was meinst du?"

„Na ja, du versorgst die Hunde erstklassig, du versuchst, mit aller Macht, die Farm zu erhalten, hast diese Anzugheinis von deinem Grundstück vertrieben, verkaufst dir wichtige Dinge und Andenken, nur damit alle hier Essen und ein Dach über dem Kopf haben." Sanft strich sie mit ihrem Daumen über meine Fingerknöchel.

„Ich habe eher das Gefühl, dass ich an allen Fronten versage: Innerhalb von nicht mal zwölf Monaten ist die Farm heruntergewirtschaftet. Ich kann euch bald nicht mehr bezahlen, habe kaum Geld, um die Hunde zu ernähren. Die Schallplattenverkäufe bringen fast nichts. Die Portokosten sind so hoch, dass nur ein Bruchteil übrig bleibt. Damit kann ich gerade mal ein Dutzend Hunde einen Tag lang ernähren. Es ist ein Witz.“

„Hör auf!“

„Ich bin ein Witz“, schob ich hinterher.

Airin ließ meine Hand los und schüttelte den Kopf.

„Deine Mutter wäre enttäuscht von dir!“ Ihre Augen funkelten in dem spärlichen Licht des Zimmers.

„Ich weiß.“ Salziger Geschmack stieg in meinem Hals hoch, schnürte mir fast die Kehle zu.

„Nein, du weißt nicht. Du hast vergessen! Deine Mutter wäre nicht davon enttäuscht, dass du alles gibst. Sie wäre enttäuscht davon, dass du so respektlos zu dir selbst bist! Sie hat dir beigebracht, dass Respekt eines der wichtigsten Dinge ist. Respekt vor anderen und auch Respekt vor dir selbst. Du hast das vergessen! Ich dachte, deine Situation vor zwei Jahren hat es dich endlich gelehrt und du hättest die Liebe zu dir selbst verinnerlicht.“

Ihr Blick war so intensiv, dass mein Herz begann, fest zu schlagen. Airin und Mama waren sich so ähnlich. Das machte auch Sinn, denn sie waren vierzig Jahre lang beste Freundinnen gewesen. Beide in ihren Zwanzigern in der Einöde Lapplands gefangen, hatten sie sich schnell, nachdem Airin hierher gezogen war, angefreundet. Ab da waren sie unzertrennlich gewesen. Manchmal war es, als wären sie eine Person gewesen.

„Ich habe es nicht vergessen. Aber in solchen Zeiten ist es schwierig, sich an die richtigen Dinge zu erinnern."

Sie nahm wieder meine Hand und zog mich zu sich.

„Bitte glaub mir: Du bist stark! Mit allem, was dir widerfahren ist, bist du stärker geworden. Gemeinsam sind wir nicht kleinzukriegen! Zusammen mit Lemmy, den Hunden und mir wirst du das alles schaffen. Die werden nur über unsere Leichen dieses Land bekommen! Nur bitte hör auf, dich so fertigzumachen. Es tut mir in der Seele weh, dich so zu sehen. Zu hören, wie du über dich selbst sprichst!"

„Jeden Tag wünsche ich mir, dass sie wieder da ist. Ich möchte mit ihr reden. Eigentlich brauche ich sie noch ..."

Airin nickte und sah sich im Zimmer um. Ihr Blick glitt über den großen Spiegel, das kleine Bücherregal, die Kommode, den Schrank und das Hundebettchen in der Ecke. Dort hatte Inari immer geschlafen und auch jetzt nutzte sie noch jede Gelegenheit, in dieses Zimmer zu kommen und sich dort einzurollen. Vor Monaten schon hatte ich ausprobiert, das Hundebett unten ins Wohnzimmer zu legen, doch da hatten es alle Hunde, besonders Inari, ignoriert. Als wüssten sie, dass es hierhergehörte. Nur hier legte Inari sich hinein und rollte sich zusammen.

„Ich glaube auch, dass du jemanden brauchst. Aber nicht deine Mutter."

Ich hasste es, wenn sie so wage und nicht Klartext redete. Das war auch der häufigste Streitpunkt zwischen ihr und meiner Mutter gewesen.

„Wen soll ich denn brauchen?" Meine Stimme schnellte nach oben, so wie sie es immer tat, wenn ich genervt war.

„Jemanden, der dir wirklich hilft. Dich gut behandelt. Jemanden, der für dich da ist. Der dir auch mal die Last von den Schultern nimmt. Zumindest für kleine Augenblicke." Sie sah mich nicht an, denn ihr Blick galt dem Fenster.

Draußen war es finster, doch der Boden reflektierte das Licht des Hauses und der Sterne.

„Ich komme gut allein zurecht." Mit diesen Worten stand ich auf, klemmte mir die Schallplatten unter den Arm und steuerte die Tür an.

„Das habe ich auch nicht bezweifelt. Aber manchmal wird durch eine weitere Person im Leben das Glück noch größer." Sie blickte mich an und lächelte so breit, dass ich ihre großen Schneidezähne sehen konnte.

„Oder das Glück stirbt und Wunden bleiben. Außerdem, damit mein Glück größer wird, bräuchte ich zumindest ein kleines bisschen davon. Hier kann nichts wachsen."

Ich verließ den Raum und durchquerte den Flur. Mit schnellen Schritten trabte ich die Treppe hinunter und legte die Platten auf dem Esstisch in der Küche ab. Noch immer lag dort die Zeitschrift. Noch immer war sein Bild aufgeschlagen. Ich brauchte niemanden. Bis vor zwei Jahren hatte ich einen Mann an meiner Seite gehabt und es war die schlimmste Zeit meines Lebens gewesen. Ich allein war genug. Niemals wieder würde ich mich öffnen und noch mal zulassen, dass mir das Herz herausgerissen wurde. Wütend klappte ich das Magazin zu, krallte es mit den Fingern und warf es in den

Müll. Egal, wie gut sie aussahen, rochen, sich anfühlten, sprechen konnten, einen um den Finger wickeln konnten – Männer waren die Schmerzen nicht wert.

Während ich in den Mülleimer starrte und sich mein schlechtes Gewissen ausbreitete, weil ich Airins Zeitschrift einfach zerknüllt hatte, streifte etwas meine Wade entlang. Hellblaue, beinahe graue Augen starrten mich an.

„Hey, Mäuschen", säuselte ich und ging in die Knie, um mein Kinn auf ihren weißen Kopf zu legen. Layla, meine Seelenverwandte, leckte meine Hand ab und schnupperte an meinem Strickpullover. Wahrscheinlich witterte sie Krümel vom Abendbrot.

Behutsam legte ich eine Hand auf ihren dicken Bauch und wartete. Das Auf und Ab von Laylas Atem unter meiner Hand wurde schnell unterbrochen durch eine kleine Pfote, die gegen die Bauchdecke trat.

„Wow!" Ich streichelte die Stelle und schloss die Augen, doch Layla war eigensinnig und tapste davon. Der Kontakt war unterbrochen.

Natürlich durfte sie als trächtige Hündin auch im Haus schlafen. Diesen Luxus genossen alle Rentner, werdenden Mütter und verletzten Tiere. Manchmal wählte ich auch spontan einen Hund aus. Nähe zu meinen Tieren war mit sehr wichtig. Für mich waren sie nie nur Arbeitsgegenstände gewesen. Und für meine Mutter auch nicht. So lief das hier bei uns nicht, auch wenn viele Leute aus der Branche uns nicht verstanden.

Layla kehrte zu mir zurück, setzte sich schwerfällig auf den Holzboden und lehnte ihre Schnauze gegen meine Schulter.

„Ihr seid alles, was ich brauche“, flüsterte ich mit den Lippen in ihrem weichen Fell.

# Kapitel 4

„Eisfischen?" Lemmys Gesichtsausdruck war nicht nur skeptisch, er war geschockt. Mit großen Augen und offenstehendem Mund kam er zu mir und schüttelte den Kopf.

„Ja, eisfischen", brummte ich. Ich hatte keine Lust, mich zu erklären, wenn er jetzt schon gegen mein Vorhaben war.

„Warum?" Seine Stimme war ein Stöhnen und Fluchen zugleich.

„Wir können hier fischen, das ist uns erlaubt. Und wieso sollten wir es nicht probieren? Meine Eltern haben das früher auch gemacht, glaube ich. Na ja, es wäre gratis Essen!" Ohne mir weiterhin seine skeptische Miene anzuschauen, machte ich weiter. Nachdem ich jedem Hund eine Schüssel mit Keitto gegeben hatte, nahm ich den Pickel vom Schlitten und umschloss den Griff fest mit den behandschuhten Händen.

„Können wir nicht einfach weiterhin Fisch kaufen?"

„Hast du Geld? Ich habe nämlich bald keins mehr." Böse funkelte ich ihn an.

„Bitte schau mich nicht so an, wenn du einen Pickel in den Händen hältst!"

Ich grinste böse und ging dann in die Knie. Der Schnee knarzte dort, wo er meine Skihose berührte, und ich schob vor mir ein Stück der Eisfläche frei.

„Hast du das schon mal gemacht? Braucht man nicht einen Bohrer dafür?“

„Klar, ich kenne mich aus“, behauptete ich, doch das war gelogen. Oder eher geschummelt, denn ich war tatsächlich schon einmal eisfischen gewesen. Jedoch nicht hier, sondern vor 15 Jahren bei meinen Großeltern in Schweden. Ich war sechs Jahre alt gewesen und erinnerte mich kaum noch an das Angeln. Nur noch an den großen Fisch, den mein Opa aus dem Eis gezogen hatte. So einen wollte ich jetzt auch. Wenn ich durch Eisfischen bei unseren Einkäufen ein wenig Geld sparen konnte, hätte ich wieder mehr für die Hunde. Jeder Euro zählte. Und ich hatte auf Lemmys Unterstützung und Expertise gehofft, schließlich war er ein gebürtiger Same und ich war mir sicher, dass er mir bereits vom Eisfischen berichtet hatte.

„Und ein einfacher Eispickel reicht aus?“ Lemmy wirkte noch immer nicht überzeugt.

„Sicher!“ Mit voller Entschlossenheit ließ ich die Spitze des Werkzeugs auf das Eis knallen. Ein paar Splitter brachen und flogen durch die Luft. Ich duckte mich weg, um ihnen auszuweichen.

„Weißt du, ein Bohrer-“

Ich zischte ihn an, damit er den Mund hielt. Immer wieder schlug ich auf das Eis ein. Nur mühsam bildete sich eine Einkerbung. Das konnte doch nicht so verflucht schwer sein!

„Soll ich mal-“

Wieder zischte ich. „Ich brauche keinen Mann, der mich rettet!“ Meine Stimme war so energisch, dass sogar die Hunde auf den Ton reagierten. Zwölf Augenpaare fixierten mich. Sie beobachteten, ob ich mit ihnen schimpfte.

„Sei nicht so stur, verdammt!" Lemmy kniete sich neben mich und wich dabei den herumfliegenden Eissplittern aus. Gut, dass wir beide eine Skibrille trugen.

„Lass mich halt!"

Lemmy grunzte, während ich weiter auf das Eis einschlug. Ich war keine schwache Frau. Tatsächlich hatte ich von der schweren Arbeit und dem Schlittenfahren viele Muskeln, doch auch diese wollten einfach kein Loch in die Eisschicht bekommen. Nach einigen Minuten ging mein Atem schnell und bildete im Sekundentakt kleine weiße Wölkchen.

„Ok, versuch du weiter", keuchte ich. Ich gab den Pickel an Lemmy ab, der meine Arbeit fortführte. Mit voller Wucht schlug er auf das Eis ein, doch es geschah nicht viel.

„Bist du dir-"

Schlag.

„Sicher, dass wir-"

Schlag.

„Keinen Bohrer brauchen?"

Schlag.

Ich kniff die Augen zusammen und atmete tief ein.

„Vielleicht bin ich ja keine Expertin, aber mit einem Pickel sollte das funktionieren!" Ich stand auf und wanderte umher. So hatte ich mir das nicht vorgestellt. Anscheinend konnte ich den Gratisfisch vergessen.

„Diese Technik kenne ich nicht. Wie wäre es, wenn wir Herrn Peltola um Hilfe bitten?" Lemmy stoppte das

Einprügeln auf das Eis und sah mich durch seine Brille an.

„Ich möchte nicht immer um Hilfe bitten ...“ Mein Umherwandern machte die Hunde nervös, also blieb ich stehen und stemmte die Hände in die Hüften.

„Du bist wirklich unverbesserlich“, war Lemmys einziger Kommentar.

Ich biss die Zähne zusammen. Nicht aufregen, einfach atmen.

„Ich lass mir was einfallen.“ Mit diesen Worten ging ich zu ihm, nahm den Pickel und verstaute ihn wieder auf dem Schlitten. Die Hunde begannen zu heulen, denn sie nahmen meine Aufbruchsstimmung wahr.

Lemmy nuschelte irgendwas, doch ich verstand es nicht. Ich fragte auch gar nicht nach, wahrscheinlich war er genervt von mir.

So schnell es ging bereitete ich die Hunde vor und ließ den kläglichen Versuch eines Lochs hinter mir.

Als hätte unser Nachbar die Überlegungen mitbekommen, entdeckte ich bei unserer Rückkehr auf der Farm sein Schneemobil. Meine Neugierde wuchs mit jeder Minute, doch erst stand die Versorgung der Hunde an.

Lemmy war wieder ganz der Alte. Wir halfen uns gegenseitig und fütterten den Hunden gemeinsam die restliche Suppe, die Airin gekocht hatte.

Das Schlabbern der Tiere zauberte mir ein Lächeln ins Gesicht, mein Gedankenkarussel machte aber keine Pause. Ein fieses Gefühl trat an die Oberfläche. Eine gemeine Stimme sagte mir: Wie lange wirst du die Hunde noch füttern können, du Loserin?

Fluchtartig eilte ich ins Haus, denn ich wollte dem Gefühl, nicht genug zu tun, entgehen. Zudem wollte ich unbedingt wissen, wieso wir unangekündigten Besuch hatten.

Gelächter flutete das Haus. Airin und Herr Peltola saßen am Küchentisch und tranken Tee.

„Hey, was für eine Überraschung!" Ich gab dem alten Herrn mit dem Schnauzbart zur Begrüßung die Hand.

„Tarja, Liebes, wie geht es dir?" Er erwiderte meinen Händedruck und grinste, sodass ich die vielen schiefen Zähne sehen konnte.

„Alles super", log ich.

Lemmy, der mir gefolgt war und nun im Türrahmen stand, verdrehte die Augen. Als er meinen Gesichtsausdruck sah, hob er die Hände zu einer abwehrenden Geste und verschwand.

„Harte Zeiten, was?"

Widerwillig nickte ich, denn unser Nachbar war schließlich nicht von gestern. Er selbst war nicht Farmbesitzer oder Ähnliches, hatte meine Mutter aber schon lange genug gekannt, um sich ein Bild über unser Unternehmen zu machen. Die Nachricht, dass *Running Wolves* schließen musste, hatte das Dorf durchdrungen wie ein Waldbrand das Tannengrün im Sommer. Sicherlich war Herrn Peltola klar, dass der Unterhalt der Farm exorbitant war und der Ausfall der Schlittensafaris einer Katastrophe entsprach.

„Ich habe euch etwas mitgebracht", verkündete der alte Mann und Airin rückte mit dem Stuhl zur Seite, damit ich freie Sicht auf die Anrichte hatte.

Dort stand ein riesiger Korb mit Konserven, Nudeln, Eiern und anderen Nahrungsmitteln.

Reglos blieb ich stehen, denn seine Großzügigkeit überforderte mich.

„Ist das nicht großartig?“ Airin grinste über das ganze Gesicht und klatschte in die Hände.

„Natürlich ... aber das können wir unmöglich annehmen ...“ Meine Stimme war dünn, denn die Erschöpfung des bisherigen Tages schlug über mir zusammen. Hinzu kam die Rührung durch Herrn Peltolas Geste.

„Mein Kind, sei kein Dummkopf! Es sind keine Almosen! Es ist eine Hilfe, denn ich möchte, dass uns diese wundervolle Farm erhalten bleibt!“ Er wedelte mit den großen Händen durch die Luft, deutete auf die Holzdecke und den kaum beleuchteten Flur.

„Das ist so lieb, Aatos!“ Airin klopfte ihm auf die Schulter und schenkte ihm Tee nach.

„Ja, ähm ... danke.“ Ich schaute auf den Boden, denn ich war hin- und hergerissen. Wir konnten gerade alles an Nahrungsmitteln und Grundbedarf gebrauchen, was wir kriegen konnten. Besonders Geschenke oder Spenden abzulehnen, wäre absolut unvernünftig. Doch ich wollte selbst für uns sorgen. Es war meine Aufgabe, alles zu stemmen. Ich wollte besonders vor den anderen Dorfbewohnern nicht als Verliererin gelten.

„Mach dir keinen Kopf. Ich mochte deine Mutter, das weißt du! Es ist mir eine Ehre, ihrer Tochter zu helfen.“

Ok, das war wirklich süß. Ich rang mir ein Lächeln ab und nickte dankbar.

Seine hellen Augen blinzelten mir zu, dann wechselte sein Blick zu Airin. Wie er sie ansah. Aatos himmelte sie regelrecht an. Seine Augen funkelten, sein Lächeln wurde automatisch größer.

Airin verhielt sich ähnlich. Als wäre sie aus ihrer Rolle als Haushüterin und Ersatzmutter gefallen, wirkte sie weich, spielte mit einer langen Strähne ihrer Haare und blickte immer wieder auf die Tischplatte.

„Vielen Dank noch mal! Du hast recht, wir können das gut gebrauchen. Wenn du Hilfe brauchst mit Schneeschippen, dann gib uns Bescheid!" Ich würde versuchen, mich zu revanchieren, damit der Rest des miesen Gefühls verschwand. Es war wie ein bitterer Nachgeschmack, der drohte, die künftigen Mahlzeiten zu verderben. Keine Rechnung sollte offenbleiben, keine Schuld wollte ich ausstehend lassen.

„Hör mal, ihr wolltet eisfischen, habe ich gehört?"

Ich kniff die Lippen zusammen und nickte.

„Mit einem Pickel?" Aatos grinste schief und Airin sah ihn verträumt an.

„Äh, schon, aber-"

„Wenn ihr das noch mal machen möchtet, kann ich es euch zeigen."

Bevor ich ein Wort sagen konnte, ertönte Lemmys Stimme hinter mir. „Das wäre großartig!"

Verdammt, ich hatte gehofft, dass er das nicht mitbekommen würde. Das würde ich mir die nächsten Tage wahrscheinlich anhören können, bis mir die Ohren bluteten. Ein gefundenes Fressen für ihn, dabei hatte ich es doch nur gut gemeint.

„Klasse", nuschelte ich, während ich rückwärts aus dem Raum ging. „Sorry, ich muss weiter. Bürokram."

Eilig verzog ich mich ins Wohnzimmer, wo Layla auf der Couch entspannte und nur ein Auge öffnete, als ich den Raum betrat.

Im Vorbeigehen streichelte ich sie hinter dem Ohr, was sie zufrieden schnauben ließ. Gerne hätte ich mich zu ihr gelegt, doch ich hatte noch einen Haufen Arbeit vor mir.

Mit einem dumpfen Gefühl setzte ich mich auf den Holzstuhl und schaltete den Computer ein. Diesen Part hasste ich am meisten. Ich war mir sicher, dass wieder Antworten von Besuchern, deren Huskysafaris ich abgesagt hatte, im Posteingang lauerten. Mit diesen Enttäuschungen hätte ich mich am liebsten nicht beschäftigt.

Das Summen des Computers dröhnte in meinen Ohren, als ich mit schwitziger Hand die Maus steuerte. Vier neue Nachrichten. Ich ballte die andere Hand zu einer Faust, um meine Wut und Enttäuschung zu kanalisieren. Die erste E-Mail war Spam und ich atmete erleichtert auf. Wer hätte gedacht, dass ich mich jemals so über Werbemails von irgendwelchen Seiten, die ich nie besucht hatte, freuen würde?

Doch direkt die nächste Nachricht ließ mich schwer atmen.

„Shit!", fluchte ich, während ich die Zeilen überflog. Es war dieselbe traurige Nachricht, die ich in den letzten Wochen so oft gelesen hatte. Die Menschen waren enttäuscht, dass sie ihren Urlaub nicht wie geplant bei uns verbringen konnten. Es war verständlich. Manche hatten sich seit mehr als einem Jahr auf ihre Hundeschlittensafari gefreut. Meine Trauer darüber war mindestens genauso groß und zu wissen, dass ich andere hängen ließ, schmerzte mir zusätzlich in der Brust. Jahrelang hatten sie für ein solches Ereignis gespart und nun erstattete ich eine Anzahlung nach der anderen.

Ich war am Boden zerstört, weil ich keine Einnahmen hatte. Doch es tat ebenso weh, dass ich keine strahlenden Augen sehen würde, die das erste Mal Lappland von all seinen wundervollen und faszinierenden Seiten erfahren würden. Es war einfach zum Heulen.

Auch die nächste Mail reihte sich unter den vielen Enttäuschungsbekundungen ein. Der Ton hier war etwas rauer, denn es war bereits der komplette Preis in Vorkasse gezahlt worden. Bei dem Gedanken an diese hohe Rückzahlung musste ich schwer schlucken. Das würde das Loch in unser Konto noch tiefer reißen.

Meine Atmung ging schneller und die Faust löste sich kraftlos auf. Ich biss mir auf die Lippe, doch ich konnte ein Schluchzen nicht ganz unterdrücken. Es war einfach zu viel. Die Tränen wischte ich weg, ehe sie auch nur ein Stück an meinen Wangen hinablaufen konnten. Ich durfte nicht schwach sein!

Eine nasse, kalte Nase drückte sich an meine herabhängende Hand. Layla sah mit ihren hellen Augen zu mir hoch und leckte meine Finger. Sie war so feinfühlig, dass ich noch einmal laut aufschluchzte.

„Danke, mein Engel." Ich kraulte ihre Stirn und fokussierte mich auf das weiche Gefühl an meinen Fingerspitzen. Kurz schloss ich die Augen. Meine Hand wanderte ihren Nacken hinab zur Schulter und nach ein paar Augenblicken zu ihrem gewölbten Bauch. *Für die Babys, Tarja!*

Ich öffnete die Augen, sog den Blick meiner Hündin auf und fixierte dann die letzte E-Mail, die auf mich wartete. Erst jetzt sah ich, dass es eine Antwort des

Stadtrates auf mein Ersuchen war. Als wäre die Computermaus eine Tarantel, ließ ich sie los und zog meine Hand weg.

„Oh mein Gott", zischte ich und sah Layla an.

Nicht, dass sie überhaupt verstand, was hier vor sich ging. Oder doch? Denn sie sah mich an und blinzelte mit dem rechten Auge.

Ich hatte Angst, mich zu früh zu freuen, denn das würde vielleicht alles kaputtmachen. Es war in meinem Leben immer so gewesen, dass etwas kaputt ging, wenn ich es am meisten wollte. Doch ich war aufgeregt, denn es könnte zur selben Zeit die Lösung meines Problems sein. Natürlich würde ich den Großteil meiner Kunden nicht zurückgewinnen oder mit ihnen neue Umsätze generieren können, denn die meisten hatten sich sicherlich nun für ihre Weihnachtsferien anderweitig umgeschaut, aber ich würde wieder meinem Job nachgehen können. Weitere Absagen meinerseits würden entfallen und die geplanten Aufenthalte könnten stattfinden. Ich könnte Futter und Lebensmittel kaufen, die Hunde medizinisch für den Winter versorgen. Endlich könnte ich Airin und Lemmy bezahlen und unser Schneemobil reparieren.

Die Aufregung sprudelte in mir und ich rutschte auf meinem Stuhl herum. Egal, wie sehr ich versuchte, cool zu bleiben, es gelang mir nicht. An dieser Nachricht hing einfach zu viel.

Layla leckte meine Leggins ab, ganz, als würde sie mich aus meinen Gedanken reißen und zurück zum Posteingang schicken wollen.

„Alles wird gut."

Keine Ahnung, zu wem ich da sprach. Es kam einfach aus mir heraus. Ich nahm wieder die Maus in die Hand und umklammerte sie fest, damit meine Finger nicht abrutschten. Kurz schwebte der Zeiger über dem Betreff, der nichts verraten wollte. Einatmen, ausatmen.

Meine Augen verschlangen nach dem Klick die Buchstaben und Worte. Ich las die E-Mail dreimal. Beim dritten Mal schlug ich mir die Hand vor den Mund. Mein Hals zog sich zusammen, ich ließ mich gegen die Lehne fallen und schüttelte den Kopf. Nein. Nein, nein, nein, das konnte nicht sein!

*Sehr geehrte Frau Tarja Aleksandra Karjalainen,*
*wir bedanken uns für Ihre Anfrage bezüglich Ihres Tätigkeitverbotes und die Zusendung der Ausbildungsnachweise als Tierpflegerin.*
*Wie Ihnen bereits mitgeteilt wurde, liegt Ihr Anwesen auf einem Bodenschatz von besonderer Bedeutung.*
*Die Rodung des umliegenden Waldes und die Förderung des Eisenerzes sind Teil des Wirtschaftskonzeptes der Provinz.*
*Einer außergerichtlichen Einigung haben Sie bedauerlicherweise nicht zugestimmt, sodass ein Gerichtsverfahren durch die Firma Jern Innovasjon Group angestrebt wird.*
*Um die Ressourcen zu schonen, wurde das Tätigkeitsverbot auf unbestimmte Dauer ausgesprochen und entspricht nach erneuter Prüfung dem Wunsch des Bürgermeisters und des Stadtrats.*
*Wir bedauern Ihre Lage sehr und hoffen, dass Sie anderweitige Einkommensquellen nutzen können.*

*Sie können zur nächsten Ratssitzung persönlich vor-
sprechen und Ihren Standpunkt erneut verdeutlichen,
jedoch ist eine Änderung des Bebauungs- und Förder-
planes nicht abzusehen. Wir weisen Sie darauf hin,
dass die Bearbeitungszeit für weitere Anfragen und
Prüfungen zurzeit acht Wochen beträgt.
Hochachtungsvoll,
der Stadtrat*

Ich schloss das E Mail Programm und fuhr den PC
herunter. Meine Hände waren kraftlos, als ich mich auf
dem Tisch abstützte und aufstand. Die Beine waren wie
Wackelpudding und mein Herz war in die Hose gerutscht. Mir war schwindelig und ich konnte kaum laufen. Trotzdem taumelte ich zur Couch und plumpste
auf das dicke Polster. In mir was nichts. Einfach nur
Leere. *Tätigkeitsverbot. Einkommensquellen. Gerichtsverfahren.*
Ich ging unter und riss alle mit mir.

# Kapitel 5

Im Zombiemodus erledigte ich die restlichen Aufgaben des Tages. Lemmy wollte mehrmals wissen, was los sei, doch ich hatte keine Lust, darüber zu reden. Ich kannte ihn. Er würde total sauer werden und meckern. Nicht wegen mir, sondern wegen der Regierung und den Verwaltungsangestellten. Er würde Dinge sagen wie: „Das können die da oben nicht machen!" oder „Damit kommen die nicht durch, wir gehen vor Gericht!" Und damit hatte er auch recht, aber ich hatte einfach keine Kraft mehr. Mich wehren, über andere aufregen und mein Recht durchsetzen, war zermürbend. Es war, als wäre ich in Treibsand eingesunken und jede Bewegung trieb mich noch tiefer in den Dreck. Egal, was ich tat, es wurde nicht besser.

Deshalb ging ich besonders leise die Stufen hoch, damit Lemmy nicht aus seinem Zimmer gestampft und Antworten von mir verlangen konnte. Es lief gut, bis Airins Stimme mich aufschreckte.

„Gehst du schon ins Bett?"

Ich drehte mich zu ihr und lächelte. „Ja, ich bin komplett erledigt."

Sie nickte und sah mehr an mir vorbei als in mein Gesicht. „Lemmy hat mir gesagt, dass ich mit dir sprechen soll." Verflucht, er kannte mich viel zu gut.

„So?“ Ich trat von einem Bein auf das andere. Mein Bett rief schon nach mir, doch ich befürchtete, dass ich noch eine ganze Weile hier stehen würde.

Airin sah mir nun direkt in die Augen.

„Ok, ok“, gab ich nach und seufzte. Ich wollte es nicht hier auf dem Flur klären, deshalb ging ich zu meinem Zimmer, öffnete die Tür und ließ meine Freundin eintreten. Sie setzte sich auf den Stuhl neben meinem Bett, der normalerweise behangen mit Klamotten war. Wahrscheinlich hatte sie mal wieder heimlich für mich aufgeräumt. Es war mir peinlich, dass sie das von Zeit zu Zeit tat, doch ich war auch dankbar.

„Ich habe vom Stadtrat eine Antwort erhalten“, begann ich und musste nicht weiterreden, denn Airins Miene gefror.

Sie wusste genau, dass ich gute Neuigkeiten sofort freudig verkündet hätte. Das hatte ich aber nicht. Es waren nicht solche Nachrichten.

Mein Magen wurde flau und ich konnte mich nicht hinsetzen. Obwohl ich müde war, floss Energie durch mich. Unruhig lief ich durch mein Zimmer, vorbei an meinem Bücherregal, meiner Kommode und den vielen abstrakten Kunstwerken, die Lemmy für mich gemalt hatte. Immer wieder warf ich Airin einen Blick zu.

Ein paar Augenblicke war sie wie festgefroren, dann stand sie auf, kam auf mich zu und legte ihre Arme um mich. Ohne ein Wort nahm sie mich und drückte mich an ihre Brust.

Erst stemmte ich mich ein bisschen dagegen, denn ich konnte nicht stillstehen. Doch ihr Geruch stieg in meine Nase und löste ein Gefühl an vergangene Zeiten in mir aus. So geborgen und beschützt hatte ich mich sonst nur bei meiner Mutter gefühlt.

Aus dem Kloß in meinem Hals wurde eine Blockade, die ich nur mit Schluchzern lösen konnte. Ohne ganz zu verstehen, was hier geschah, liefen mir die Tränen die Wangen herunter. Ich hasste es, umarmt zu werden, denn ich brach dann immer völlig zusammen. Und dafür hatte ich keine Zeit. Mit einem Stechen im Herzen löste ich mich von Airin.

Sie sah mich noch immer stumm an, als würde sie darauf warten, dass ich sprach. Und aus der Überforderung tat ich das auch.

„Ich ... Das Tätigkeitsverbot bleibt bestehen", begann ich lahm. Ich setzte meine Route durch das Zimmer fort. Immer von der Tür bis zum Bett und wieder zurück.

„Sie ... sie geben mir die Schuld, weil ich das Angebot der Anzugtypen nicht angenommen habe ... Das ist natürlich bescheuert, weil es ja meine freie Entscheidung ist, ob ich die Farm verkaufen will oder nicht. Das Problem ist ..." Ich brach ab, denn mir kam jede Silbe, jeder Satz so sinnlos vor. Was redete ich hier überhaupt über diesen Mist? Ich sollte dringend schlafen und morgen einfach noch härter arbeiten. Niemals würde ich das hier aufgeben.

Airin nickte mir zu, wollte, dass ich weiterredete.

„Ich muss vor Gericht ... oder einen weiteren Antrag stellen ... Zur Stadtratssitzung gehen und ihnen klar machen, dass das nicht fair ist. Aber das dauert alles ewig! Die müssen das erneut prüfen. Bis dahin haben wir nichts mehr zu essen. Die Hunde-" Meine Stimme brach nun endgültig weg. Ich räusperte mich. Atmen.

Ich musste atmen. „Ich werde einen Teil der Tiere erschießen müssen.“

Sofort schüttelte Airin den Kopf.

„Hier wird niemand erschossen!“ Ihre Stimme war im Gegensatz zu meiner wie eine Betonwand. Sie ließ keinen Zweifel durch, war stabil und konnte nur mit einer Abrissbirne zum Einsturz gebracht werden.

„Aber was soll ich machen? Du weißt genau, dass die Hunde nicht nach Helsinki in eine Etagenwohnung vermittelt werden können! Da wäre es besser, sie zu erlösen!“

„Ich weiß.“ Sie lief zurück zum Stuhl und sank darauf zusammen.

In diesen Momenten wurde mir erst bewusst, wie alt sie war. Normalerweise sah ich sie als die junge Frau, die schon seit meiner frühesten Kindheit bei uns ein- und ausgegangen war. Doch jetzt wirkte ihre Haut fahl, die Stirn war tief von Falten zerfurcht und die Lippen zu einer dünnen Linie gepresst.

Stille lag zwischen uns und Verzweiflung war im Raum zu spüren. Es war unerträglich.

„Wir müssen doch eine Lösung finden!“ Airin strich sich den Zopf glatt, der auf ihrer Schulter ruhte.

„Also ich bin allmählich am Ende angekommen! Ich würde alles verkaufen, was wir nicht dringend brauchen, um die Farm zu halten, aber das sind nur kleine Beträge. Sie überbrücken, aber sie werden uns nicht retten!“ Mein Herz schlug mir bis zum Hals. Hätte ich den Deal annehmen sollen? Hätte ich auf Nils hören sollen?

Wir sahen uns an und mit einem Mal klärte sich Airins Miene auf. Ich konnte sehen, wie sie eine Lösung zusammenschusterte und ich versuchte, nicht zu voreingenommen zu sein.

„Wir schreiben an die Presse! Das habe ich dir bereits vorgeschlagen!"

Ich öffnete den Mund, um zu protestieren, doch sie sprach schnell weiter.

„Ich weiß, dass du das nicht willst. Dass du nicht an die Kraft der Medien glaubst oder ihnen vertraust. Dass du keine Fremden und deren Almosen magst, nicht gerne im Mittelpunkt stehst und keine Spendengelder willst ... Aber Tarja, ich fürchte, wir haben keine andere Wahl!" Sie stand auf und kam zu mir. Sanft legte sie mir ihre Hand auf die Schulter, doch ich ging einen Schritt zur Seite.

„Was soll das bringen? Selbst wenn sich ein Fernseh- oder Radiosender wirklich für die Story einer kaputtgewirtschafteten Schlittenhundefarm am Arsch von Lappland interessieren sollte, wie sollen die uns helfen? Meinst du wirklich, dass sie dem Stadtrat so einen Druck machen, dass die einknicken? Dass ein riesiges Stahlunternehmen einfach aufgibt? Dass die einen immensen Bodenschatz verkommen lassen? Es ist vollkommen sinnlos!"

Airin zog die Brauen zusammen und biss sich auf die Unterlippe. Sie dachte nach, suchte verzweifelt nach Ideen und Worten.

„Sorry, ich weiß, dass du mir nur helfen möchtest, aber es ist vorbei. Das war's! Am besten packt ihr eure Sachen, dann könnt ihr zurück zu euren Familien und dort ein neues Leben beginnen." Es fühlte sich an, als würde mein Herz absterben. Mein ganzer Körper schmerzte, meine Augen und Wangen brannten um die Wette.

„Du redest so einen Mist! Als ob wir dich hier allein sitzen lassen! Du bist doch nicht mehr bei Verstand!" Airins Hände waren zu Fäusten geballt und ihre Miene verzogen.

„Ich möchte aber nicht, dass ihr das hier alles weiter ertragen müsst!" Ich sprach nicht, ich schrie. Die Verzweiflung schlug in Wut um. Nicht auf Airin, sondern auf alles andere. Auf die Firma, die mir mein Land nehmen wollte, auf die Politik, die Kleinunternehmer wie mich nicht schützte, und auf die ganze verfluchte Welt, weil sie nur mit Geld und Kontakten funktionierte. Beides hatte ich nicht. Im Grunde war ich auf mich selbst sauer. Enttäuscht, dass ich es beinahe nicht mehr aushielt. Niemals würde ich etwas hinkriegen oder richtig machen. *Er* hatte recht gehabt bei mir.

„Ich ertrage, was ich will. Ich bin doch kein Kind!" Airin trat mit dem Bein auf, wirkte entgegen ihren Worten damit wie ein bockiges Kind, und ich wusste ganz genau, dass das Limit erreicht war. Sie tat das nur, wenn sie außer sich vor Wut war.

Ich drehte auf dem Absatz um und ging zur Tür.

„Wo willst du jetzt hin?"

„Weg, einfach weg!" Ich wollte es so sehr. Ich wünschte, ich könnte woanders hin. Und das kam nicht oft vor, denn ich liebte mein Zuhause sehr. Doch jetzt fühlte sich alles hier falsch an.

„Bleib hier, wir finden gemeinsam eine Lösung!"

„Airin, das ist nicht mehr dein Problem, klar?!" Ich riss die Tür auf und rannte aus meinem Zimmer. Kurz schloss ich die Augen und wünschte mir, alles wäre anders. Ich mochte keinen Streit. Doch ich hatte das Gefühl, dass Lemmy und sie anders niemals loslassen würden. Und ich riss niemanden mit mir in den Abgrund. Es war schon schlimm genug, dass die Hunde mir und meiner Inkompetenz ausgeliefert waren.

Erleichtert, dass sie mir nicht folgte, stapfte ich den Flur entlang. Doch so einfach entkam ich nicht.

Lemmy riss seine Tür auf und sah mich an. Nur in Boxershorts und Muskelshirt stand er im Türrahmen und kniff die Augen zusammen. Seine zerwühlten, dunkelblonden Haare bestätigten meine Vermutung, dass er bereits geschlafen hatte.

„Was ist los bei euch?"

„Das Tätigkeitsverbot für *Running Wolves* bleibt bestehen, deshalb habe ich euch hiermit gefeuert. Geht einfach, ich komme ab jetzt allein zurecht!" Damit rauschte ich die Treppe hinunter.

Natürlich war es eine miese Aktion von mir, das war mir bewusst. Mein Magen rebellierte und mir brach der Schweiß aus. Das Kribbeln an meiner Lippe ließ mich wissen, dass ich von dem Stress und Streit wieder ein Lippenbläschen bekommen würde. Spätestens morgen früh hätte ich wieder einen übelaussehenden Fleck, das geschah bei mir immer in solchen Situationen.

Hinter mir hörte ich, wie Lemmys Füße die Treppe herunterflogen.

„Moment mal!" Seine Stimme war wie ein Unwetter.

„Lemmy, lass mich in Ruhe! Bitte!" Ich wirbelte herum und egal, was er in meinem Gesicht sah, es genügte, dass er auf der Mitte der Treppe abbremste.

„Ich gehe nirgendwohin." Eine schlichte Aussage mit unendlich tiefer Bedeutung.

Doch darüber konnte ich mir jetzt keine Gedanken machen.

„Aber ich gehe jetzt!" Wieder wirbelte ich herum und lief weg.

Er ließ es zu. Doch an der Tür wurde mein Weg erneut blockiert. Inari stand direkt vor ihr und verhinderte mein Durchkommen.

„Geh weg!"

Sie ignorierte meine Worte, dabei war ich mir sicher, dass sie genau wusste, was ich von ihr wollte.

„Ab jetzt!" Ich hasste es, wenn ich die Hunde so anherrschte. Es war unfair von mir, doch ich konnte mich kaum beruhigen. Meine Nerven waren am Ende.

Inari sah mich mit einem derart intensiven Blick an, dass es mir den Magen zusammenknotete.

„Bitte geht alle weg!" Ok, ich war wohl wirklich am Boden angekommen. Konnte ich noch tiefer sinken?

Wieder wurden meine Augen feucht, dabei wollte ich doch unbedingt stark sein. Nicht flennen, einfach machen. Doch die Hündin bewegte sich keinen Zentimeter.

„Ihr könnt mich alle mal!" Ich trat vor Wut gegen die Wand und Schmerz schoss durch meine Zehen hinauf in das Schienbein.

„Aua!" Ich begann, wie ein Kleinkind zu weinen. Unbeholfen humpelte ich in die Küche und ließ mich auf einen Stuhl plumpsen. War ich eigentlich völlig von Sinnen? Mein Fuß schmerzte, mein Herz klopfte so stark, dass ich Angst bekam. Ich musste mich dringend beruhigen und aufhören, nur mit einem Pantoffel bekleidet gegen Holzwände zu treten. Doch die Wut auf mich selbst war zu groß. Wie konnte ich nur das Letzte, was mir geblieben war, meinen Körper, aufs Spiel setzen? Vorsichtig bewegte ich meine Zehen. Sie stachen und es war wie ein dumpfer Hall, der sich bis in den Knöchel zog. Wenn ich mich durch meine Trotzreaktion ernsthaft am Fuß verletzt hatte, konnte ich direkt alles hinschmeißen. Ich schlug mir gegen die Stirn und biss die Zähne zusammen. Was hatte ich mir nur dabei gedacht? Es war dumm. Dumm, dumm, dumm. Auch nach draußen abhauen zu wollen? Wo sollte ich in dieser Finsternis allein denn hin? Jedem Besucher, der das vorgehabt hätte, hätte ich sofort einen Platzverweis erteilt. Viel zu gefährlich, ohne Begleitung und im Dunkeln durch die Eislandschaft zu irren.

Inari kam in die Küche getrottet und legte sich neben mich, als wäre nie etwas passiert. Sie raubte mir den letzten Nerv. Gleichzeitig war ich ihr dankbar, denn sie hatte mich vielleicht vor noch Schlimmerem bewahrt.

Allmählich ließ das Stechen in meinem Fuß nach. Ohne den Blick von meinem pink-geblümten Pantoffel zu lösen, stützte ich mich mit den Händen auf dem Tisch ab und stand auf. Ich belastete den Fuß mit möglichst wenig Gewicht, während ich zu dem großen Küchenschrank humpelte. Meine Schlappen machten dabei die typisch klatschenden Geräusche einer Gummisohle. Der Schrank war normalerweise vollgestopft mit Vorräten wie Nudeln, Reis und Mehl, welches Airin hauptsächlich zum Backen von Brot nutzte. Nun waren die Regalböden erschreckend abgegriffen und leer. Doch mir ging es nicht ums Kochen. Ich verlagerte mein Gewicht und lehnte meine rechte Hüfte gegen den Schrank, damit ich mich vorbeugen konnte. Und ganz hinten fand ich, was ich gesucht hatte. Eine staubige Flasche Whisky, die Kian, ein Besucher, vor über zwei Jahren meiner Mutter als Abschiedsgeschenk für den „Trip seines Lebens", so hatte er ihn genannt, überreicht hatte. Den Namen auf dem Etikett konnte ich nicht aussprechen, doch die Flasche wirkte edel.

Meine Mutter hatte sie immer für einen besonderen Tag aufbewahrt, nur war der leider nie gekommen. Das war typisch Mum gewesen, alles aufsparen. Und dann konnte sie es nicht miterleben.

Mein Mund war wie ausgetrocknet, als ich die Flasche nach vorne holte. Ich pustete die Staubschicht weg, was Inari sofort mit einem Niesen kommentierte. Sie war manchmal eine richtige Prinzessin.

Kurz wog ich die Flasche in meiner Hand. Wie lange hielt sich Whisky? Hatte die Lagerung im Küchenschrank ihn verändert? Es war mir ziemlich egal. Heute war kein besonderer Tag, der ein besonders wohlschmeckendes Getränk erforderte. Der Whisky konnte ruhig verdorben sein. Nichts an diesem Moment war so, wie wir es uns vorgestellt hatten – obwohl ich meine zwei Mitarbeiter gefeuert hatte. Galt das etwa?

Auf ein Glas verzichtete ich, setzte mich wieder auf den Stuhl und öffnete den Drahtverschluss der Flasche. Das dünne Metall knüllte ich zu einem Ball und warf ihn zielgerecht in den Mülleimer. Skeptisch schaute ich mit einem Auge in die Flasche, roch dann an ihrer Öffnung. Ich war völlig ahnungslos.

Kurz wurde mir bewusst, wie erbärmlich ich war. Saß hier allein, das eine Bein hochgelegt, weil ich wie ein kleines Kind gegen eine Wand getreten hatte. Wahrscheinlich vollkommen verheult, noch immer schwer atmend, weil mein Herz sich noch nicht beruhigt hatte. Vielleicht würde es sich auch nie wieder beruhigen.

Ich setzte die Flasche an und nahm einen großen Schluck. Sofort musste ich husten, spuckte einen Teil der Flüssigkeit auf meine Strickjacke und schnappte nach Luft.

„Wuargh!"

Inari sah auf und legte den Kopf schräg.

Mein Mund fühlte sich grauenhaft an. Ich trank fast nie Alkohol, deshalb war ich mir nicht sicher, ob dieses Gefühl normal war. Meine Schleimhäute zogen sich zusammen, als wären sie mit einem Band hinter meinem Kopf verbunden. Mein Hals tat weh und der Geschmack nach verbrannten Tannennadeln stieg in meine Nase. Ich liebte Tannen und auch den Geruch von Feuer, doch dieses Gesöff war widerlich. Verständnislos sah ich die Flasche an und schüttelte den Kopf.

„Ich kann mich noch nicht mal betrinken." Mit den Ellbogen stützte ich mich auf der Tischplatte ab und bettete mein Gesicht in meine Handflächen.

Die nächste Kneipe war fast zwanzig Kilometer entfernt im Ortskern. Mit einem Blick auf die Uhr wusste ich, dass sich die Fahrt, die allein wahrscheinlich brandgefährlich wäre wegen der Dunkelheit und den wilden Tieren, sowieso nicht lohnen würde. Das Lokal war zugleich Krämerladen und Imbiss und würde in einer halben Stunde schließen.

„So schlimm war der Whisky gar nicht", verkündete ich Inari.

Sie warf mir einen Blick zu, der mir mitteilte, dass sie wegen meinem harschen Ton vorher noch immer angesäuert war. Sturköpfiges Tier.

Die Flasche war kühl in meiner Hand und an meinen Lippen. Zügig nahm ich große Schlucke mit geschlossenen Augen. Bis zu dem Punkt, an dem ich wieder losprustete, waren es immerhin drei gewesen. Diesmal hustete ich Whisky auf die Tischplatte und wischte ihn mit dem Ärmel meines Oberteils weg. War ohnehin egal.

Meine Kehle und meine Wangen glühten vom Alkohol. Der Whisky stieg mir zu Kopf. Merkwürdig, wie es sich anfühlte. Ich war es nicht gewohnt, angesäuselt zu sein, deshalb empfand ich es als wattiertes Gefühl in meinem Gehirn. Alles kam mir gedämpft vor. Nicht nur der Schmerz in meinem Fuß, sondern auch die Wut auf mich selbst. War das das Ziel von Menschen, die sich regelmäßig betranken? Weniger spüren, weil die Realität zu sehr schmerzte?

Erschrocken stellte ich die Flasche zurück auf den Tisch. Das waren dunkle Abgründe, auf die ich mich zubewegte. Ein düsteres Gefühl war in mir. Hektisch stand ich auf, warf dabei den Stuhl um. Inari sprang zur Seite und grummelte mich an.

„Sorry!"

Sie zeigte mir die kalte Schulter und ließ mich stehen.

Ich brauchte ein bisschen mehr Zeit, mich zurechtzufinden. Mit dem Gleichgewicht zu kämpfen und gleichzeitig den rechten Fuß zu schonen, war kein Zuckerschlecken. Stück für Stück folgte ich der Hündin ins Wohnzimmer, wo auch Ursula und Layla lagen. Inari legte sich zu ihnen, sodass die drei Hündinnen eng aneinander gepresst in einem Körbchen waren. Der Anblick hellte meine Laune auf, denn es war zu komisch, wie sich drei große Hunde derartig zusammenquetschten. Dabei gab es genügend Schlafmöglichkeiten im Haus verteilt. Und kalt konnte diesen Plüschtieren auch nicht sein, immerhin schliefen Huskys sonst bei Wind und Schnee draußen. Aus einem Gefühl heraus kraxelte ich zum Hundebettchen und hielt mich an der Couch daneben fest. Vorsichtig ließ ich meinen Hintern auf den Boden plumpsen und legte mich neben das Bettchen auf den Fußboden.

Laylas Schwanz peitschte in einem freudigen Takt auf den Boden, Ursula schnarchte und Inari sah mich kritisch an. Sie war wirklich die Hündin meiner Mutter. Immer näher robbte ich an die Mädels und sie ließen mich gewähren. Selbst Inari machte ein Stück Platz. Und so lagen wir zu viert in dem viel zu kleinen Körbchen.

Hier fühlte ich mich nicht mehr falsch. Der Geruch des Hundefells, des Holzes und der Couch, auf der meine Mutter abends immer gehäkelt hatte, erfüllten mich mit dem Gefühl von zu Hause. Auf einmal waren meine Sorgen nicht mehr so groß. Das hier, die Hunde und unser Haus waren eindeutig die besseren Alternativen, kurz den Schmerz nicht so präsent zu spüren.

Layla legte ihren Kopf sanft auf mein Schlüsselbein und ich drückte mein Gesicht mit der Nase zuerst in ihren dichten Plüsch. Meine Hand wanderte zu ihrem dicken Bauch. Sie legte sich seitlicher, sodass ich besser fühlen konnte. Und tatsächlich, da bewegte sich was.

Unter meiner Hand wuselte es leicht. Ich lächelte zur Decke und versuchte, dieses Gefühl abzuspeichern.

Doch die Bewegungen unter meiner Handfläche waren auch mein emotionaler Todesstoß. Tränen liefen mir das Gesicht herunter, bis in meine Ohren hinein, als ich daran dachte, dass ich den Welpen nichts bieten konnte. Ich würde sie abgeben müssen. Das wäre das Beste, denn sie waren an das Hundeschlittenleben noch nicht gewöhnt. Sie wären wahrscheinlich die Einzigen, die Lappland und die unendlichen, weißen Weiten nicht vermissen würden. Doch allein bei dem Gedanken daran zerbrach mir das Herz. So lange hatte ich darauf hin gefiebert, endlich Layla, meine Hündin, verpaaren zu können. Mehrere Male hatte es nicht geklappt, denn sie war keine Hündin, die sich leicht hingab. Doch sie hatte ihren Partner in Oleg gefunden. Es hatte ohne großes Zutun oder gar Zwang funktioniert und ich war das erste Mal nach dem Tod meiner Mutter uneingeschränkt glücklich gewesen. Diese kleinen Tiere abgeben zu müssen, würde mich umbringen. Und das war nicht so daher gesagt, das würde wahrscheinlich wirklich passieren. Ich würde mich einfach in den Schnee legen und neben dem Grab meiner Mutter sterben. Herrje, war ich dramatisch!

Ursula riss mich aus meiner Melancholie, indem sie mir sehr intensiv den Arm leckte. Ihre raue Zunge schrubbte über meine Haut. Ich entzog ihr den menschlichen Leckstein, doch sie rückte nach.

Sanft löste ich meine Hand von Laylas Bauch. Das gefiel ihr nicht, sie schnaubte, doch nur so konnte ich mich aufsetzen.

Es war genug! Sich selbst zu bemitleiden war für ein paar Minuten in Ordnung, aber so würde ich mich nie aus dieser Situation retten.

Nach und nach küsste ich jede Hündin auf die Stirn, dann zog ich mich an der Couch hoch. Ich würde die Zügel wieder in die Hand nehmen! Nur über meine Leiche würde ich Laylas Kinder abgeben! Nur über meinen Tod hinweg würde diese Farm dauerhaft geschlossen werden! Das hier war meins. Hier gehörte ich hin.

Entschlossen humpelte ich zum Schreibtisch und setzte mich vor den Computer. Durch ein paar Bewegungen der Maus erwachte dieser zum Leben. Anscheinend hatte Lemmy ihn heute noch genutzt. Ich öffnete das E-Mail-Programm und begann eine Antwort auf die Nachricht des Stadtrats zu schreiben. Im Hineinsteigern war ich außerordentlich gut, deshalb tippte ich so heftig auf der Tastatur, dass sie laut klackerte. Meine ganze Wut legte ich in diese E-Mail, dabei war ich mir gar nicht sicher, ob eine Antwort in dieser Form überhaupt rechtskräftig war. Mir war es egal, es musste einfach raus. Die Worte und der Ärger mussten aus meinem Kopf und Körper, bevor sie dort größeren Schaden anrichten konnten. Die Last wollte ich loswerden, mehr nicht. Diskussionen mit Ämtern und Verwaltungsbeauftragten hatten mir noch nie in meinem Leben weitergeholfen.

Ohne meine Nachricht Korrektur zu lesen, schickte ich sie ab. Mir fiel ein Stein vom Herzen. Er war nicht besonders groß, aber hey, es bedeutete weniger Gewicht.

Ich scrollte durch den Newsfeed, den mir das Programm an der Seite anzeigte. Es war ein buntes Potpourri aus Extremwettermeldungen, Berichten über Proteste gegen die Rodung großer Waldflächen, dem aktuellen Stand eines Hockeyspiels und dem Newsfeed einer Scheidung zweier Z-Promis – ich konnte es nicht ertragen.

Schnell schloss ich die Nachrichten wieder und starrte auf meine Tastatur. Vielleicht war es besser, dass meine Mutter diesen ganzen Mist nicht mehr mitbekommen hatte. Sie hatte die Welt in bekannter Ordnung mit in ihr Grab genommen. Natürlich hatte meine Mum auch Schlechtes erlebt, so wie jeder Mensch zwangsläufig schwierige Zeiten in seinem Leben durchmachte, aber die aktuelle Situation – sie wäre daran zerbrochen.

Auf dem Bildschirm poppte ein Fenster auf. Eine Werbung, was sonst ... doch ein bekanntes Gesicht lächelte mich schief an. Was war mit diesem Universum los? Wie konnte es sein, dass ich in kürzester Zeit immer wieder diesen Reporter vor die Nase gehalten bekam? Wie zuvor schon versank ich für einen Moment in seinem Gesicht. Ich konnte mich kaum an seinen dunklen Augen sattsehen. Sein Lächeln erzeugte ein Gefühl in mir, was ich nicht deuten konnte. Es war freundlich, aber zugleich auch ernst und nachdenklich. Merkwürdig tief für einen oberflächlichen Schönling.

War das ein Zeichen? Ich löste meinen Blick von Bjarne Wallin und sah zu den Hunden. Sie brauchten mich. Und auch Airin und Lemmy brauchten das hier. Die Farm war nicht nur mein Zuhause. Meine Worte würden weiterhin an den beiden abprallen, egal, wie oft ich sie feuerte oder wegschickte.

Mit pochendem Herzen gab ich den Namen in die Suchleiste des Browsers. Dieser Typ hatte sogar einen offiziellen Eintrag. In kürzester Zeit fand ich heraus, dass er in Deutschland, genauer gesagt Hamburg, geboren worden war. Bjarne war ein paar Jahre älter als ich, hatte eine kleine Schwester und wohnte in Helsinki. Und er arbeitete für SuoTV. Ich biss mir auf die Unterlippe und lehnte mich gegen die Lehne des Stuhls. Meine Hände waren schwitzig, meine Kehle noch immer trocken trotz des Whiskyintermezzos – oder gerade deswegen – und mein Herz schlug so heftig, als wäre ich gerade noch draußen mit den Hunden unterwegs gewesen. Wieder ein Blick zu meinen Mädels, damit ich mich endgültig zu diesem Schritt überwinden konnte.

Meine Suche ging also weiter. Ich fand keine E-Mail-Adresse des Senders. Es gab nur ein Kontaktformular, das ich eine Weile anstarrte. Was sollte ich denn schreiben? Bevor das Gefühl der Hoffnungslosigkeit mich überkam, tippte ich ein paar Zeilen. Diesmal wählte ich jedes Wort ganz genau, versuchte die Balance zwischen völliger Verzweiflung und Professionalität zu halten. Diese E-Mail las ich ganze drei Mal, bevor ich mit geschlossenen Augen auf „Absenden" klickte. Immer wieder sagte ich es in meinem Kopf. Ein Zeichen. Ein Zeichen. Es war ein Zeichen.

# Kapitel 6

Mit jeder Schaufel Schnee, die ich zur Seite schippte, pochte mein Schädel stärker. Keine Ahnung, ob es wirklich am Whisky lag, aber mir ging es nicht gut. War das ein Kater? Mein Kopf dröhnte, mir war flau und egal, wie viel Wasser ich herunterkippte, mein Hals fühlte sich wie Schmirgelpapier an. Ich stoppte, atmete ein paar Sekunden durch und stützte meinen Kopf auf den Knauf der Schippe.

„Und? Genug vom Whisky?" Lemmy trat zu mir und begann, meine Arbeit fortzusetzen. Er war mit seinem Abschnitt schon fertig. Ein riesiger Schneehaufen türmte sich nun rechts neben den Hundezwingern auf.

„Eindeutig." Ich raffte mich wieder auf, doch meine Leistung war erbärmlich. Mir fehlte heute die Kraft in den Armen und im Rücken. Mühsam schaufelte ich, doch Lemmy war viel effizienter.

„Frustsaufen ist nicht klug, das hätte ich dir auch vorher sagen können."

„Woher willst du das denn wissen?"

Lemmy hielt in der Bewegung inne. Ich konnte nur vermuten, dass er eine Augenbraue in die Höhe zog, denn sein Gesicht war von Sonnenbrille, Halstuch und Mütze beinahe vollständig bedeckt.

„Welche Laus ist dir denn über die Leber gelaufen?"
Seine Stimme hatte nicht die sonst so lockere und fröhliche Note. Zurecht, denn ich verhielt mich wirklich wie eine Zicke. Es war gemein, ihm Kommentare und eine Meinung zu verbieten, nur weil er niemals Alkohol trank.

Er war sehr abgeschieden in einer Nomadenfamilie aufgewachsen und hatte kaum Kontakt zu Dingen wie Zigaretten, Alkohol oder Schokolade gehabt. Als Erwachsener hatte er dann für sich entschieden, dass er keinen Alkohol konsumieren wollte. Lemmy mochte die Bewusstseinsveränderung nicht.

Das konnte ich gut verstehen, trotzdem war ich heute unnötig gemein zu ihm.

„Sorry, ich ..." Ich hatte keine Ausrede für mein Verhalten. Zumindest keine gute. Ja, ich bekam genau in diesem Moment meine Tage, aber das war kein Freifahrtschein für „Hau-den-Lemmy".

„Passt schon."

Typisch. Er war niemals beleidigt oder eingeschnappt. Und er brauchte auch keine großen Erklärungen. Es war einfach ok für ihn.

„Du, wegen gestern-" Bevor ich entschuldigende Worte loswerden konnte, unterbrach er mich.

„Es tut dir leid? Es war dumm von dir, uns wegzuschicken? Dir ist es peinlich?" Seine Mutmaßungen waren erschreckend zutreffend.

„So ziemlich genau das!"

Er grinste mich breit an. „Mach dir nicht so viele Gedanken. Airin und ich, wir drehen zwischendurch auch durch. Es ist normal, in einer solchen Situation dünnhäutig zu sein."

Dünnhäutig ... Es klang in meinem Kopf nur nach einem Makel, dabei wusste ich, dass Lemmy recht hatte. Und dass es ok war. Wir befanden uns in einer Ausnahmesituation.

„Ich stehe aber zu dem, was ich gesagt habe. Ihr seid ohne mich besser dran."

Anstatt mir zu widersprechen, trat er neben mich und legte einen Arm um mich. „Kann sein, aber wir wollen es nicht anders." Und damit war das Thema für ihn erledigt.

Kurz dachte ich darüber nach, ihm von meinen E-Mails zu erzählen. Auf Diskussionen über Verwaltungsangelegenheiten hatte ich aber keine Lust, deshalb setzte ich dazu an, ihm von dem Fernsehsender zu berichten – als mir mit einem Mal übel wurde. Es war, als würde jemand an meinen Waden und Knien ziehen. Der Boden kam mir gefährlich nah und plötzlich nahm ich alles viel lauter wahr. Das Gebell der Hunde und das Zischen des Windes dröhnten in meinen Ohren.

„Tarja?" Lemmys Stimme war hingegen weit entfernt. Fast ein Flüstern.

Alles fühlte sich so leicht an. Ich war beinahe schwerelos. Bis mir etwas auf die Wange klatschte.

„Ah!" Meine eigene Stimme klingelte in meinem Kopf.

„Hey, hey, hey!" Lemmys grüne Augen waren überall. Seine Zähne waren so weiß wie der Schnee, der an meinen Händen klebte.

Wieder ein Klatschen in meinem Gesicht. Diesmal zog es mich zurück an die Oberfläche. Die Töne wurden geordneter, der Wind fegte über mein Gesicht und Lemmys Stimme war direkt an meinem Ohr.

„Mach jetzt keinen Mist!"

„Was ist passiert?" Die Frage hätte aus einer Liebesschnulze stammen könne, deren Protagonistin ständig aus den Socken kippte. Völlig daneben.

„Ich war weg, oder?"

Lemmy nickte und half mir wieder auf die Beine.

Mit zugekniffenen Augen sah ich mich um, denn mir fehlte noch immer die Orientierung. Der Schnee um mich herum reflektierte all das Licht, das unsere Umgebung absorbierte.

„Komm, ich bring dich mal zu Airin", schlug er vor, während er mich zum Haus führte.

„Nein, wir sind hier noch nicht fertig!"

Über meinen Protest schüttelte er nur den Kopf.

„Wir nicht, aber du", war sein finales Statement.

Zu schwach, um mich zu wehren, ließ ich mich zum Haus bringen. An der Haustür wurde mir wieder komisch, sodass Lemmy mich tatsächlich tragen musste.

Er legte mich auf der Couch ab und rief Airin zu uns.

Sie erschien mit mehligen Armen und in eine Kochschürze gehüllt im Türrahmen. „Gott, du hast ja gar keine Farbe im Gesicht!"

Das war nun wirklich kein besonderer Umstand bei mir, obwohl das zornige Wetter zumindest immer meine Wangen durchblutete. Das war wohl heute auch nicht der Fall.

„Mir geht es gut", nuschelte ich vor mich hin.

Aber Airin war in ihrem Element. Während Lemmy bei mir blieb, schleppte sie eine Cola, eine dicke Decke und einen Eimer an.

„Ich muss mich nicht übergeben", beteuerte ich. Und dass, obwohl mir seit ein paar Minuten ein Kloß im Hals steckte, der nicht verschwinden wollte.

„Sei nicht so stur!" Airin verschwand in der Küche, nur um kurz darauf mit einer braunen Flasche wiederzukommen. Zügig drehte sie die weiße Kappe ab, träufelte den dicken Sirup auf einen Esslöffel und hielt ihn mir vor den Mund.

„Was ist das?" Bei der letzten Silbe hatte ich den Löffel im Mund. Der Sirup schmeckte nach Kräutern und Honig, deshalb leckte ich das Metall ab.

„Medizin."

Lemmy nahm meine Hand und zog so meine Aufmerksamkeit auf sich. „Du bleibst jetzt hier und ruhst dich aus, ok? Vielleicht ist es doch kein Kater, sondern eine Grippe. Ich will nicht, dass du körperlich arbeitest, wenn du etwas ausbrütest."

Ich wollte widersprechen, doch er wirkte ernst. Es war auch kein Befehl, sondern eine Bitte. Sein Gesichtsausdruck war sanft, seine Lippen zu einem kleinen Lächeln verzogen.

„Na gut", murmelte ich und legte meinen Kopf auf meine Arme. Die Couch fühlte sich weich auf meiner Haut an. Eine kurze Pause müsste doch drin sein …

Schwäche und Müdigkeit breiteten sich in mir aus.

Nur am Rande nahm ich wahr, dass Airin mich mit einer Kanne Tee und Gebäck versorgte.

Layla sprang irgendwann, als ich bereits die Augen geschlossen hatte, auf meine Beine und rollte sich zusammen. Ihr Gewicht auf mir war wie ein Beruhigungsmittel.

Flüstern weckte mich auf. Leises Gemurmel von Airin drang an meine Ohren.

„Sie hat sich in den letzten Wochen komplett verausgabt. Das war bestimmt ein Schwächeanfall!"

„Sag ihr das bloß nicht! Sie wird ausrasten!“ Lemmys Stimme war eine Spur lauter, eher wie ein Raunen.

„Sie ist so stark, regelt alles, kümmert sich. Aber auch sie hat Grenzen. Und diese überschreitet sie in letzter Zeit regelmäßig. Wenn wir jetzt nicht aufpassen, passiert noch etwas Furchtbares.“

„Du hast recht. Sie ist wie besessen. Ich weiß auch nicht genau, weshalb sie so krampfhaft versucht, alles allein auf die Kette zu kriegen. Sie hat doch uns. Warum fragt sie nie nach Hilfe?“

„Das fragst du wirklich?“ Airin machte eine bedeutungsschwangere Pause.

„Du meinst doch nicht, dass sie das noch immer wegen-“ Bevor ich den Namen laut ausgesprochen in diesem Haus ertragen musste, gähnte ich laut. Ich streckte Arme und Beine von meinem Körper und unterbrach so das Getuschel über mich. Auch, wenn ich gerne mehr von Airin und Lemmy gehört hätte, den Klang *seines* Namens hätte ich nicht ausgehalten.

„Hey, wie geht es dir?“ Lemmy kam zu mir, während ich mich auf der Couch umdrehte.

Auch Airin betrat den Raum und stellte ein großes Glas Wasser auf den Couchtisch.

„Gut.“ Ich hatte keine Ahnung, wie es mir eigentlich ging. Anscheinend war ich einige Stunden ausgeknockt gewesen, denn Lemmy war bereits in Schlafklamotten unterwegs.

„Was ist mit den Hunden?“ Panik schoss durch mein Hirn und vertrieb alle anderen Gedanken. Hier rumzuliegen konnte ich mir nicht erlauben. Die Tiere waren mitten im Training und mussten regelmäßig bewegt werden.

Lemmy quetschte sich neben meinen Beinen auf die Couch und sah mich direkt an.

„Ich habe ungefähr siebzig Prozent bewegt. Sie müssen nicht jeden Tag laufen, insbesondere, wenn wir diese Saison keine Touren anbieten. Bitte entspann dich ein bisschen! Versuch es zumindest, denn ich habe alles im Griff!"

Mir lagen so viele Worte auf der Zunge, doch ich schluckte sie runter.

„Danke dir." Mehr konnte ich nicht sagen, denn mein Körper lief auf Hochtouren. Wenn einmal die Angst aktiviert worden war, ging sie nicht einfach wieder.

„Schlaf dich richtig aus, dann geht es dir morgen bestimmt schon besser!"

So schlecht klang sein Vorschlag nicht. Es wäre nur ein halber Tag Pause.

Nein, auch der war zu viel. „Und der Neuschnee?"

Er schob meine Beine zur Seite, damit er mehr Sitzfläche hatte.

„Es hat weiter geschneit." Airin bedeutete mir, von dem Wasser zu trinken.

„Was?" Beinahe hätte ich das Glas umgeschmissen.

Lemmy nickte, Airin sah mich nur an.

Noch mehr Schnee. Das konnten wir wirklich nicht gebrauchen, denn dann müssten wir die verschiedenen Tourwege neu markieren und gegebenenfalls freiräumen. Mit einem großen Gespann konnte man nicht einfach durch den Wald brettern. Die meisten Besucher dachten bei Ankunft auf der Farm, dass man einfach auf den Schlitten stieg und losheizte. Im Hundeschlittenfahren steckte jedoch viel Planung, Vorbereitung und Zeit. Die Tour selbst war nur der krönende Abschluss.

„Ich weiß, dass es suboptimal ist. Aber auch das kriegen wir hin!" Lemmy, der ewige Optimist.

Ohne auf ihn zu hören, stand ich auf – und fiel auf ihn drauf.

„Verfluchte-"

Meine Hand lag auf seinem Gesicht und verdeckte seinen halben Mund und sein linkes Auge.

„Oh, ich ... Es tut ..." Mir war wieder schwindelig.

„Kannst du nicht einmal das tun, was wir dir raten?" Airins Miene war zu einer gequälten Grimasse verzogen.

Gemeinsam halfen sie mir zurück in eine liegende Position und deckten mich zu. Bei dieser Art von Umsorgung kam ich mir vor wie ein kleines Kind, das von Mutti und Vati gehütet werden musste. Dabei wollte ich doch unbedingt alles allein packen.

„Sorry, ich weiß, dass ich euch Sorgen bereite. Aber wenn ich zumindest die Hunde füttern könnte-"

„Schon erledigt." Airin kniff die Augen zusammen. Ihr Blick war eine Ermahnung.

Ich rollte mich zusammen. Ohne Arbeit kam ich mir nutzlos vor. Und ohne Nutzen war ich nur ... eine Last.

„Morgen, falls du wieder fit bist und mir nicht ständig zusammenklappst, kannst du wieder loslegen, ok?"

Ich nickte, aber nichts war ok.

„Ansonsten fahre ich morgen mit dir zum Arzt." Airin suchte meinen Blick, doch ich schnaubte.

Der nächste Arzt war fast 50 Kilometer entfernt. Diese Strecke bei Neuschnee zurückzulegen wäre eine

Belastung für alle und vor allem eine Zeitverschwendung. Für so einen kleinen Schwächeanfall würde ich doch keine Weltreise unternehmen. Ein weiterer Tag Ausfall war inakzeptabel. Airin deutete meine Stille jedoch als Einverständnis und ich ließ sie in diesem Glauben.

„Sollen wir dich nach oben bringen?“

„Nein, ich bleibe heute Nacht hier.“ Mein Bauchgefühl sagte mir, dass ich Abstand brauchte. Normalerweise genoss ich es, dass ich nachts Lemmy leise durch die Tür schnarchen hören konnte. Und ich fand es beruhigend zu wissen, dass Airin so früh wach war, dass ich niemals verschlafen konnte, denn sie würde mich vorher durch ihren Gang zur Toilette wecken. Für diese Nacht wünschte ich mir aber Ruhe und höchstens Kontakt zu den Hunden.

„Brauchst du noch etwas?“ Airin stand sofort auf, in der Hoffnung, eine weitere Aufgabe erledigen zu können.

„Nein, ich komme klar.“

Lemmy gähnte. „Dann schlaf gut. Hier liegt dein Handy. Ruf mich an, wenn es dir nicht gut geht.“

„Sicher.“ Egal, wie sehr sie mich manchmal nervten, sie waren so fürsorglich, dass ich lächeln musste.

Wir wünschten uns eine gute Nacht und sie verschwanden die Treppe hoch.

Airin sah sich ein paar Mal zu mir um.

Mit einem Grinsen versuchte ich, sie zu beruhigen.

Über mir knackte es, als sie ihre Zimmer betraten. Ein paar Minuten lang gab es noch Krächzen und Knarzen, dann war Ruhe. Die Stille fuhr durch das Haus und trieb die Hunde zu mir. Sie waren zufrieden, dass ich unten schlief. Sogar Janosch, der Rentnerrüde des Hauses, ließ sich heute bei mir blicken. Alle scharten sich um mich, teilweise lagen sie unter dem Couchtisch oder suchten sich einen Platz auf dem Sofa, nur um mir nah zu sein.

Der PC, den noch niemand ausgeschaltet hatte, piepste, sodass ich wusste, dass ich eine E-Mail empfangen hatte. Wenn ich schon kaum Schnee geräumt und noch nicht einmal die Hunde versorgt hatte, könnte ich wenigstens die Nachrichten checken und Buchhaltung machen.

Ich schob die Hunde vorsichtig zur Seite, verteilte Tätschler und kleine Krauleinheiten, bevor ich mich aufrichtete. Wie in Zeitlupe stand ich auf, denn ich wollte nicht zusammenbrechen. Zur Sicherheit steckte ich das Handy in die Tasche meiner Strickjacke. Erst dann fühlte ich mich sicher genug, zum Schreibtisch zu taumeln. Immerhin schmerzte mein Fuß von gestern nicht mehr. Der Schwindel schien auch verschwunden zu sein. Ich hatte so einen Durst, dass ich noch mal zurückging und das Wasser hinunterkippte. Als ich vor dem Computer Platz nahm, knipste ich die kleine Lampe, die an den Holztisch geklemmt war, an und drückte die Leertaste auf dem Keyboard, damit der Bildschirm ansprang. Das E-Mail-Programm öffnete sich automatisch und ich starrte die Nachricht in meinem Posteingang an. Ich ließ die Maus los und schlug mir mit der Hand vor den Mund. Da musste ein Fehler vorliegen. Mit meinem Gesicht ging ich nah an den Bildschirm. Ich starrte die Pixel an, als könnte ich so prüfen, ob es sich um eine echte E-Mail oder eine Fälschung handelte.

Sie war echt. Das war tatsächlich eine Antwort des TV-Senders.

Ich atmete tief ein, aus und wieder ein. Meine Augen tanzten über die Worte, die ich nach dem Klick auf die Nachricht las.

*Sehr geehrte Frau Karjalainen,*
*wir würden uns freuen ...*

Ich räusperte mich und rückte mit dem Stuhl vom PC weg. Was zum ...? Das konnte unmöglich sein! Die wollten mich doch veralbern!

Ich rückte wieder näher, nahm die Worte ein weiteres Mal wahr. Sie setzten sich exakt gleich zusammen. Es war real. Sie ergaben wieder denselben Sinn wie vor ein paar Minuten.

Dieser Fernsehsender wollte tatsächlich einen Termin vereinbaren. Sie wollten hierher, zu uns auf die Farm kommen und über uns berichten. Oh. Mein. Gott.

Ohne auf den Schwindel oder meinen Gleichgewichtssinn zu achten, stand ich auf und rannte zur Treppe.

„Hey, hey, Leute!" Ich rief hinauf und hörte innerhalb von ein paar Sekunden das Knallen von Türen und das Knarren der Dielen.

„Was ist los? Musst du ins Krankenhaus?" Lemmy war als Erster bei mir.

„Nein! Nein, Gott, nein!" Ich war so aufgeregt, dass sich meine Brust weitete. Als wäre in ihr nicht genug Platz für all die Gefühle. Da waren Freude, Überraschung, aber auch Nervosität und Angst, denn ich wusste nicht, was genau auf mich zukam.

„Tarja, sprich mit uns!" Airin erschien am oberen
Ende der Treppe.

„Ein Fernsehteam wird über uns berichten! Sie kommen zu uns!" Ich drehte mich um und rannte zum
Schreibtisch.

Kurz blieb ich stehen und geriet in Panik. Was, wenn
ich vollkommen den Verstand verloren hatte? Was,
wenn ich mir diese Nachricht eingebildet hatte? Wenn
das alles hier nur ein Traum oder eine Fantasie während eines Ohnmachtsanfalls war?

Um sicher zu gehen, kniff ich mir in den Arm. Wehmütig dachte ich an das schallende Lachen meiner
Mutter, das immer aus ihr gesprudelt war, wenn sie
diese Geste bei mir gesehen hatte.

Der Arm tat weh. Das hier war Realität.

# Kapitel 7

Die Hunde kündigten uns die Besucher an, bevor Lemmy und ich überhaupt den kleinen Van sehen konnten. Besonders Django und Hook legten sich ins Zeug. Ihr Gebell war eher das Geschrei zweier tollwütiger Raben. So sehr bellten sie nicht bei unseren Nachbarn, nur bei Besuchern.

Für eine Sekunde dachte ich, alles wäre normal. Gäste würden anreisen und gleich ihre Zimmer in Beschlag nehmen. Sie wären bei uns, um einzigartige Abenteuer zu erleben. Die Freude beim Blick auf die Zufahrt verpuffte wie feiner Schnee, wenn man ihn vom Handschuh blies.

Das Logo auf dem Van verriet mir, dass es die Leute von dem Fernsehsender waren. Mir brach der Schweiß aus, obwohl es bitterkalt war. Gleich war Showtime, nur dass ich nicht von der Anreise geschlauchte Gäste in Empfang nahm, sondern Menschen, deren Intention ich nicht kannte.

Lemmy grinste mich breit an. Er war seit Tagen, genau wie Airin, völlig auf dem Häuschen. Als wir erfahren hatten, dass SuoTV über uns berichten wollte, hatten wir abends noch eine kleine Party gefeiert.

Airin hatte mich zwar zu Kamillentee verdonnert, dafür hatten wir unsere Vorratskammer geplündert. Das hatten wir schon einige Wochen nicht mehr gemacht, denn wir bemaßen unsere Speiserationen knapp, um vernünftig zu wirtschaften. Mit Oliven, getrockneten Tomaten und frischem Brot hatten wir Pläne geschmiedet. Es war einem Exzess gleichgekommen. Nur eben für Menschen, die keinen Alkohol tranken und am Arsch der Welt lebten. Die positive Stimmung der anderen hatte sich an diesem Abend auf mich übertragen und das erste Mal seit Langem hatte sich mein Herz leicht angefühlt.

Dann war alles schnell gegangen. Lemmy hatte dort angerufen, einen Termin ausgemacht und nun war das Fernsehteam hier. Wegen der langen und aufwendigen Fahrt reisten sie nur mit einem kleinen Team an: Ein Kameramann und ein Reporter würden für ein paar Tage bei uns bleiben.

„Das sind sie!" Lemmy schloss den Zwinger und trat neben mich.

Die Leichtigkeit von vor ein paar Tagen war verschwunden. Mit einem Mal fühlte ich mich wieder hundeelend. Doch es war nicht der Schwindel und die Übelkeit des Infekts, oder was auch immer letzte Woche in meinen Knochen gesteckt hatte. Diesmal fühlte es sich anders an. Es war die pure Aufregung. Das letzte Mal, dass ich vor fremden Menschen gesprochen hatte, war vor Wochen gewesen. Außerdem war ich niemals dabei gefilmt worden.

„Ich glaube, ich will das doch nicht." Ich sah zu Lemmy, der den Kopf schüttelte.

„Zu spät."

Der Van fuhr über den Hof an den Nebengebäuden vorbei, die normalerweise bis zu zwanzig Gäste beherbergen konnten, und hielt vor dem Haupthaus.

„Nimmst du sie in Empfang? Ich geh nur kurz-"

„Das kannst du knicken! Du bist hier der Boss! Außerdem kennst du dich in allen Bereichen am besten aus."

Mit zusammengekniffenen Augen beobachtete ich, wie er voraus ging. Er stiefelte durch den Schnee, der zum Glück nicht Neuschnee war. Diese Schicht lag seit zwei Tagen. Wir hatten einige Strecken freiräumen können, sodass wir mit dem Fernsehteam ein paar Fahrten unternehmen konnten. Wenn die Herrschaften das denn wollten.

„Kommst du?" Lemmy ließ nicht locker.

Langsam folgte ich ihm. Wir steuerten direkt den Van an, dessen Motor mittlerweile abgestellt worden war. Mit geballten Fäusten beobachtete ich, wie ein breitschultriger Mann mittleren Alters ausstieg. Er trug eine Bommelmütze, eine dicke Allwetterjacke und schwere Stiefel.

Mein Magen verknotete sich. Es fiel mir schwer, genügend Sauerstoff in meine Lungen zu ziehen. Ruhig bleiben. Es wird alles gut. Tu einfach so, als wären das normale Besucher. Erzähl ihnen dieselben Geschichten und warte auf ihre Fragen. Es wird alles gut.

Ohne dass ich es bemerkt hatte, war ich stehen geblieben. Lemmy sah mich fragend an, begrüßte dann jedoch schnell den Neuankömmling. „Herzlich willkommen auf *Running Wolves*!"

Das wäre eigentlich mein Job, doch mir fehlten die Worte.

Die Beifahrertür öffnete sich und eine weitere Person stieg aus dem Wagen. Sie war größer, genauso breit, aber zu den Hüften hin schlanker. Was mir sofort auffiel, war die Kleidung. Weder Mütze noch Schal, nur ein dunkelgrauer Mantel, eine schwarze Jeans und Schnürschuhe. Kurzum: Absolut ungeeignet für unsere Wetterverhältnisse. Super, ein Stadtkind, das gar keine Ahnung von Lappland hatte. Doch ich schob meine negativen Gedanken beiseite, denn das hier musste funktionieren. Dieser Beitrag war eine Chance, die ich nicht durch Negativität oder Unprofessionalität sabotieren wollte. Immer wieder sagte ich das in meinem Kopf vor mich her. Kurz bevor ich bei den Männern und Lemmy ankam, drehte sich der Beifahrer um.

Als wäre ich gegen eine Wand gelaufen, blieb ich stehen. Nein. Das konnte doch nicht wahr sein. So oft hatte ich in letzter Zeit Bilder von ihm angestarrt, dass ich ihn sofort erkannte. Braune Locken, scharfe Gesichtszüge, dunkle Augen und dieses mystische Lächeln. Wie konnte das sein? Es war Bjarne Wallin, der neue Stern am Fernsehhimmel.

Lemmy bedeutete mir mit der Hand, dass ich rüberkommen sollte, doch ich schüttelte den Kopf. Das konnte ich nicht. Das wollte ich nicht!

Wie ein Roboter lief ich ein paar Schritte rückwärts, drehte dann um und lief in unser Haus. Gedanken wirbelten in meinem Kopf umher. Natürlich war mir bewusst, dass ich den Sender angeschrieben hatte, für den er arbeitete. Niemals hatte ich damit gerechnet, dass ich überhaupt eine Antwort erhalten würde. Und selbst wenn, ich war mir sicher gewesen, dass sie einen Praktikanten schicken würden. Irgendeinen Reporter, der kaum Erfahrung hatte, und diesen Auftrag annahm, weil er nichts Spannenderes fand. Oder weil er ein Herz für Hunde hatte. Oder Lappland. Oder was weiß ich. So kurz vor Weihnachten wollte doch niemand mehr arbeiten. Vor allem keine bekanntere Persönlichkeit. Meine Recherche hatte ergeben, dass Bjarne Wallin in Schweden und auch in Finnland als Prominenter galt. Er wurde auf den Straßen erkannt, manche wollten sogar ein Autogramm von ihm. Und jetzt stand er auf meinem Hof.

Ich lehnte mich von innen gegen die Eingangstür und atmete schwer. Verfluchter Dreck!

Warum musste er hier sein? Warum musste er so gut aussehen?

Nach vielen Monaten machte ich mir das erste Mal wieder Sorgen um mein Aussehen. Hatte ich heute Morgen mein Gesicht gewaschen? Wo war überhaupt meine Mascara? Wie lange hielt so ein Produkt? Wenn ich sie mir jetzt auf die Wimpern schmierte und sie abgelaufen war, würden meine Augen sich entzünden?

Hinter mir klopfte es.

„Tarja? Komm bitte raus, das ist ultrapeinlich!" Lemmy klang alles andere als begeistert.

Ich legte meine Hand auf den Knauf und öffnete die Tür einen Spalt. Eiskalter Wind wischte meinen Rücken entlang. Zögerlich sah ich ihn an.

Seine Miene war verständnislos. Er strich sich durch die Haare und schob die Sonnenbrille hoch, damit er mir direkt in die Augen sehen konnte. „Was soll das?"

Ich konnte kaum sprechen, zwang mich jedoch zu einer Antwort. „Das ist dieser Bjarne! Was will der hier?"

Lemmy grunzte. „Ähm, ich glaube einen Beitrag über diese Farm drehen. Aber hey, frag ihn doch selbst!" Er trat mit dem Fuß zwischen Tür und Rahmen und ich ließ sie ihn weiter öffnen.

„Ich kann das nicht." Selbstzweifel gesellten sich zu
der Nervosität und legten sich gemeinsam schwer auf
meinen Brustkorb. Meine Hände wurden zu Fäusten.

„Du kannst das! Du hast schon tausend Mal Besucher
durch die Gebäude und die Landschaft geführt. Du
machst das, seit du ein Kind warst. Das hier ist dein Zuhause. Hierfür schlägt doch dein Herz. Kämpfe diesen
letzten Kampf! Und wenn es nicht klappt, dann geben
wir uns geschlagen."

Seine Worte nahmen mein Herz und schüttelten es
durch. Das hier war genau mein Ding. Hier gehörte ich
hin. Und das musste ich diesen beiden Männern einfach vermitteln.

Ich sah hinter Lemmy zu den Zwingern. Die Hunde
standen auf ihren Hütten, bellten und jaulten vor
Freude. Sie dachten, dass endlich Besucher mit ihnen
auf große Fahrt gehen würden. Das musste ich nutzen.
Die Hunde würden für sich sprechen. Und dieses Fleckchen Erde auch. Bisher hatte Lappland jeden verzaubert, der einen Fuß auf diesen Boden gesetzt hatte.

„In Ordnung", zischte ich und richtete mich auf. Mit
weiter Brust und festem Gang verließ ich das Haus und
steuerte auf den Van zu, neben dem beide Männer standen und sich unterhielten. Gedanken an meine drecki-
gen Fingernägel, die Schwielen an meinen Händen, an
meine Haare, die Airin unbedingt mal wieder schneiden musste, oder an meine kaum existenten Wimpern
versuchte ich zur Seite zu schieben. War doch sowieso
egal. Es ging hier um meine Existenz, nicht um mein
Aussehen!

„Hallo, mein Name ist Tarja Aleksandra Karjalainen
und ich leite die Huskyfarm!" Ich machte vor ihnen

Halt und versuchte, ruhig zu stehen. Herumzuhibbeln wirkte unsicher, deshalb rammte ich meine Stiefel in den Schnee.

„Was hast du gesagt? Ich kann dich kaum hören wegen den Hunden!" Seine Stimme versetzte meinem Körper einen Stich. Sie war tief und dröhnend. Hörte sich noch viel intensiver an als im Fernsehen. Es war, als hätte all der Sauerstoff meinen Körper verlassen. Heilige ...

„Ich sagte-" Doch bevor ich weitersprechen konnte, unterbrach mich wieder diese krasse Stimme.

„Sind die Hunde immer so extrem laut?"

Ich blinzelte. Erst jetzt nahm ich seinen Gesichtsausdruck richtig wahr. War ich vorher von seinen Gesichtszügen hingerissen gewesen, merkte ich jetzt, dass er nicht lächelte. Oh nein, er sah nicht fröhlich aus, noch nicht einmal freundlich. Er sah ernsthaft verärgert aus.

„Äh, ja, das sind Huskys." Mir fiel nichts Besseres ein. Normalerweise war ich schlagfertiger, aber dieser Mann machte mich zu einem nervlichen Wrack.

„Klar, das sind Schlittenhunde, Bjarne! Was erwartest du?" Der andere Mann schob den Reporter zur Seite und reichte mir seine Hand.

Ich ergriff sie. Dabei versuchte ich, mich auf den deutlich freundlicher lächelnden Mann zu konzentrieren. „Hallo", nuschelte ich. Ich konnte nicht anders. Meine Augen waren sofort wieder bei Bjarne, der sich mit hochgezogenen Augenbrauen umsah.

„Also herzlich willkommen! Wir freuen uns sehr, dass ihr hier seid. Wenn ihr nichts dagegen habt, zeige ich euch direkt die Farm." Einfach weitermachen war meine Devise.

„Gerne", kam von dem Lächelnden, der sich bei mir als Maddin, der Kameramann, vorstellte.

Bjarne blieb stumm.

Ich führte die Männer an den Zwingern vorbei zu den Nebengebäuden. Als wir an den Hunden vorbeikamen, hielt sich der Reporter tatsächlich die Ohren zu. Irgendwie hatte ich mir das anders vorgestellt. Gerade die Hunde sollten doch die Menschen für sich gewinnen.

„Das sind unsere Besucherunterkünfte! Hier kommen die Outdoorfans und Hundefreunde unter, die normalerweise das ganze Jahr bei uns ein- und ausgehen. Es ist Platz für ungefähr 25 Besucher gleichzeitig, wobei wir gelegentlich noch Leute in unserem Haupthaus aufnehmen. Zurzeit stehen die Unterkünfte natürlich leer. Damit sind wir dann auch schon bei unserem Hauptproblem." Ich sah von Lemmy, der mir still gefolgt war, zu den beiden Männern.

Bjarne hatte die breiten Arme um seinen Körper gewickelt. Anscheinend war der Mantel sehr dünn.

Maddin wirkte interessiert und nickte bei jedem zweiten Wort.

„Ich werde gleich die Kamera holen und mit ein paar Aufnahmen beginnen, wenn du einverstanden bist. Das Licht ist ganz gut!"

„Selbstverständlich!"

Das war auch schon sein Startschuss. Sofort machte er sich auf den Weg zum Van.

Ich wurde mir Bjarnes Blick bewusst und erstarrte zur Salzsäule. Diese dunklen Augen raubten mir all meine Worte. Als ich seinen Blick erwiderte, sah er weg zu den Häusern und legte die Stirn in Falten.

„H-Hast du Fragen?", krächzte ich.

„Ja, tatsächlich. Ist es hier immer so matschig? Gibt es keine Möglichkeit, Salz zu streuen? Nicht nur, dass meine Schuhe gleich hinüber sind, ich laufe auch Gefahr auszurutschen." Er sah mich an, als wäre ich von einem anderen Stern.

„Entschuldige die Unannehmlichkeiten. Lemmy, wärst du so nett und würdest auf den Wegen noch mehr Sand streuen?" Wir wechselten einen Blick, der mir sagte, dass er ebenso überrascht von Bjarne war wie ich.

„Salz ist keine Option wegen der Hunde. Das schadet ihren Pfoten. Ich möchte nicht, dass meine Hunde Schmerzen leiden, immerhin verdienen wir mit diesen Pfoten unseren Lebensunterhalt", erklärte ich Bjarne. Ich hoffte inständig, dass er die Problematik verstand.

Lemmy lief in Richtung Schuppen.

Unsicher lächelte ich Bjarne an.

„Genau genommen verdient ihr ja mit denen im Moment gar nichts, oder?" Mit diesen Worten drehte er sich um, sodass der Matsch an seine Hosenbeine spritzte. Er steuerte auf den Van zu.

Ich konnte ihm nur hinterher starren. Das war gerade nicht passiert. Das hatte er nicht gesagt! Warum musste ich einen Reporter abbekommen, der keinen Bock auf seinen Job hatte?

Als er am Van angekommen war, drehte er sich um und warf mir einen Blick zu, der mir endgültig deutlich machte, dass er über seine Anwesenheit hier genauso wenig begeistert war wie ich. Das Knallen der Wagentür tönte über den ganzen Hof.

Egal, wie viel Mühe ich mir gab, nicht voreingenommen zu sein, das Bild vom Star manifestierte sich mit all seinen Vorurteilen.

# Kapitel 8

In meinem Kopf fuhren die Gedanken Karussell. Ich versuchte, seit einer Stunde einzuschlafen, aber es ging nicht. Als würde mein Körper spüren, dass er in meiner Nähe war. In meinem Haus. Ich gab mich geschlagen und stand auf. Schnell warf ich meinen Morgenmantel über, denn es war sehr kalt. Die Temperatur war gefallen und der Schnee würde bis morgen zu dicken Schichten Eis gefroren sein. Das stellte uns wieder vor neue Aufgaben.

Gähnend ging ich die Stufen hinunter und steuerte die Küche an. Dort brannte Licht. Ich blieb im Flur stehen und lauschte. Keine Ahnung, was ich erwartet hatte, aber ich vernahm keine Geräusche. Kopfschüttelnd betrat ich den Raum und öffnete den Kühlschrank. Immer, wenn ich nachts nicht schlafen konnte, brauchte ich einen Tee und einen kleinen Snack. Ich hatte zwar keinen Hunger, aber Appetit, und es half mir, ein gemütliches Gefühl zu erzeugen. Meine Wahl fiel auf einen fast abgelaufenen Pudding.

Hinter mir ertönte ein Geräusch und ich erschrak so sehr, dass ich den Arm hochriss und gegen einen der Kühlschrankböden schlug.

„Kacke!"

Mein Fluch ließ die Person hinter mir grunzen.

Ich war mir so sicher, dass es Lemmy war, deshalb polterte ich los.

„Lach nicht so frech, sonst bekommst du kein Essen mehr aus diesem Kühlschrank! Ich hätte mir fast meine Hand gebr-" Als Bjarne neben mich trat, hielt ich die Drohung zurück und verstummte.

„Gebrochen?"

Jetzt sah ich ihn das erste Mal grinsen. Den Tag über war er so kalt und bewegungslos wie ein Iglo gewesen. Egal, was ich ihm erklärt oder erzählt hatte, mehr als ein „Hm" hatte ich als Reaktion nicht erhalten. Mir war klar: Dieser Typ hatte keinen Bock, hier zu sein. Er hasste Schnee, er hasste Lappland und er hasste Hunde. Wahrscheinlich hasste er auch mich, denn ich trug keine schicken Klamotten und war für ihn nur eine öde Bäuerin.

Das Lächeln jetzt brachte mich aus dem Konzept.

„Geht schon ... Sorry, ich dachte, du wärst-"

„Lenny?"

„Lemmy, genau."

Er wirkte verändert. In seiner hellen Jogginghose, dem engen T-Shirt und Wollsocken sah er leger aus.

Er bemerkte, dass ich ihn abcheckte, und räusperte sich. Meine Wagen wurden heiß. Schnell blickte ich an ihm vorbei, so, als könnte ich ihm und auch mir selbst vorgaukeln, dass ich nicht jede kleinste Bewegung seinerseits genau wahrnahm.

„Lemmy, so hieß dein Freund!" Er setzte sich an den Küchentisch.

Vorsichtig wagte ich, ihn erneut anzusehen. Mit aller Willenskraft, die ich aufbringen konnte, mied ich die gefährlichen Zonen: Arme, Gesicht, Hintern.

„Mein bester Freund.“ Keine Ahnung, wieso ich ihn derart verbesserte.

Es schien ihn auch nicht wirklich zu interessieren.

Durch den Schock hatte ich meinen Appetit zwar verloren, aber ein Glas Wasser würde nicht schaden. Ich nahm aus den Oberschränken zwei Gläser, füllte sie am Wasserhahn und reichte Bjarne eines.

„Das kann man trinken?“ Er hob das Gefäß, brachte es nah an sein Gesicht und inspizierte die Flüssigkeit mit hochgezogenen Brauen.

„Natürlich! Vor mehreren Jahren hat meine Mutter eine Filteranlage einbauen lassen. Wir legen viel Wert auf Hygiene, aber auch auf Umweltschutz und den Erhalt dieser wundervollen Natur.“ Meine Worte klangen wie ein lahmer Werbespruch. Trotzdem hoffte ich, ihn irgendwie auf meine Seite zu ziehen. Seine abweisende Art bei der Ankunft und auch über den Tag hinweg war nicht nur ein Schlag ins Gesicht gewesen, sie bereitete mir auch ernsthafte Sorgen. Ich musste unbedingt sicherstellen, dass er verstand, worum es hier für uns ging.

Zögerlich setzte er das Glas an seine Lippen und trank einen Schluck.

Wie gebannt starrte ich auf die Bewegung seines Halses. Seine Haut wirkte so weich. Wenn ich sie anfassen würde, wäre sie zart unter meinen Fingerspitzen. Da war ich mir sicher ...

Stopp! Was war bloß los mit mir? Mir wurde bewusst, dass ich ihn wieder angaffte und riss mich los. Ich war doch hier nicht in einer Liebesschnulze! Dazu fehlte nur noch der klassische Tropfen Wasser, der von seiner Lippe hinunterlief. Ich sah ihn an und er wischte sich über den Mund. Einen Tropfen davon. Wollte mich das Universum irgendwie verkohlen?

Ich trank einen viel zu großen Schluck und musste husten. Insgesamt verhielt ich mich einfach nur peinlich, das stand fest.

„Kannst du nicht schlafen?" Durch meine Frage lag die Aufmerksamkeit wieder auf mir.

Wenn er mich ansah, hatte ich den Drang, von mir abzulenken. Sein Blick war intensiv, seine Körpersprache ergab keinen Sinn und der Duft, den er in dem kleinen Raum verströmte ... Seine ganze Erscheinung war durchdringend.

„Die Betten sind nicht wirklich bequem. Tatsächlich etwas durchgelegen. Und es ist arschkalt."

Ich biss mir auf die Unterlippe. Er konnte selbstverständlich nicht wissen, dass ich ihm das Zimmer meiner Mutter überlassen hatte. Dass es eine Ehre war, dort Zeit verbringen zu dürfen. In ihrem, dem neusten Bett zu schlafen, den besten Ausblick auf die gesamte Farm zu haben und den Luxus eines eigenen Ofens zu genießen.

„Das tut mir leid! Ich habe dir das beste Zimmer in diesem Haus gegeben." Schnell wandte ich ihm den Rücken zu und stellte mein halb geleertes Glas in die Spüle. Mit einem Mal wollte ich wieder ins Bett. Die Decke über meinen Kopf ziehen und diese Begegnung schnell vergessen. In Filmen war es immer romantisch oder erotisch, den fremden, heißen Mann nachts in der Küche zu treffen ... In Wirklichkeit kam ich mir nur saublöde vor.

„Das bezweifle ich auch nicht."

Erst lächelte ich, doch als seine Worte in meinem Kopf einen Sinn formten, erstarb mein Lächeln.

„Ich würde euch gerne in den Gästeunterkünften unterbringen, aber wir versuchen, Heizkosten zu sparen. Du weißt, dass wir in einer prekären Situation sind. Zudem versuchen wir, ressourcenschonend zu leben. Einen Gebäudetrakt, der für zwei Dutzend Personen ausgelegt ist, für nur zwei Menschen zu beheizen, erscheint mir verschwenderisch. Ich hoffe, du kannst das verstehen!" Ich drehte mich zu ihm, lehnte mich gegen den Schrank mit der Spüle und wartete auf seine Reaktion.

„Klingt logisch", meinte er nur. Sein Gesicht war neutral, seine Augen zeigten jedoch, dass er mit einer anderen Antwort gerechnet hatte.

Er war ein Arsch. Mit jeder Minute, die ich mehr mit ihm verbrachte, wurde es mir klarer. Er gab sich keine Mühe, ich dagegen überwand alle Hindernisse und versuchte, ihm in möglichst vielen Dingen entgegenzukommen. Zu Lemmy und Airin war er ziemlich freundlich, nur mich schien er nicht leiden zu können. Mir war es egal, Hauptsache, er berichtete von meiner Farm in den besten Tönen. Es war, als würde ich einen Frosch herunterschlucken, als ich ein Lächeln aufsetzte.

„Ich bringe dir noch eine zusätzliche Decke und heize das Feuer erneut an. Dann dürfte es angenehmer zum Schlafen sein."

„Gib mir einfach eine Decke, den Rest kriege ich selbst hin."

Das bezweifelte ich zwar, doch ich nickte.

Gemeinsam gingen wir nach oben, er vor mir. Ich hielt Abstand und versuchte, überall hinzusehen, nur nicht auf seinen Hintern. Es war schwer, denn er hatte einen schönen Hintern.

Als wir in dem Zimmer meiner Mutter ankamen, lag eine merkwürdige Spannung zwischen uns. Ich öffnete den Kleiderschrank und versuchte, von ganz oben eine Daunendecke hervorzuholen. Natürlich war ich mit meinen 1,55 m zu klein. Ich sprang hoch, doch ich konnte den Zipfel, der vom Regalbrett lugte, nicht errei-chen. Als ich noch mal sprang, drückte etwas gegen mich. Ich taumelte, doch starke Arme fingen mich auf.

„Vorsicht!" Bjarne war mir mit einem Mal so nah, dass ich die Luft anhielt. Er hatte mir helfen wollen und so dafür gesorgt, dass ich beinahe hingefallen wäre. Im-merhin hatte er mich aufgefangen. Seine großen Hände waren an meinen Oberarmen und sofort dachte ich, dass sie zu breit, zu muskulös für eine Frau waren. Aus unerfindlichen Gründen wollte ich diesem Mann gefallen. Ich hasste es.

Doch die Berührung war warm und unerwartet sanft. Sie fühlte sich gut an. Sie hasste ich definitiv nicht. Sein Gesicht war nah an meinem. Seine Augen lagen auf mir. Von oben sah er auf mich herab und ein schiefes Grinsen zeichnete sich auf seinem Gesicht ab.

„Du bist nicht gerade geschickt ... oder groß." Sein Atem legte sich warm auf mein Gesicht.

Eine Gänsehaut breitete sich von meinen Armen, ge-nau dort, wo er mich berührte, über meinen Rücken und meinen Hals aus. Und es war keine der schlechten Sorte. Tief in mir zog es. Es war eine Sehnsucht, die sich in mir regte.

„Und du bist nicht gerade freundlich ... oder klein."

Sein Blick wurde dunkler.

Um ihm näher zu sein, beugte ich mich ein wenig vor. Wollte genau sehen, was diese Tiefe in seinen Augen bedeutete. Er zog mich in seinen Bann und ging mir unter die Haut. Und gleichzeitig wollte ich diesem Blick entkommen, denn neben ihm fühlte ich mich unzureichend.

Bjarne lachte auf und schüttelte den Kopf. „Da hast du nicht ganz unrecht." Er löste seine Hände von mir und streckte sich zur Decke. Dabei rutschte sein Shirt hoch und zeigte ein Stück Haut. Genauer gesagt die schmalen Hüften, auf denen seine Jogginghose lässig hing.

Ok, einatmen, ausatmen. Nicht durchdrehen.

Er reichte mir noch immer grinsend die Decke.

„Ähm, danke." Ich nahm sie entgegen, nur um sie ihm dann wieder zurückzugeben.

„Oh, ja. Richtig."

In der Luft lag etwas, was ich nicht fassen konnte. Ich begriff den Subtext nicht, war mir aber sicher, dass es einen gab.

Wie konnte ein Mensch nur innerhalb von einer Viertelstunde so viele unterschiedliche Signale senden? Ich verstand die Welt nicht mehr.

„Dann gute Nacht", hauchte ich und sah mich im Zimmer um. Er hatte kaum Sachen ausgepackt, es war beinahe unbewohnt.

„Gute Nacht!" Er schmiss die Decke auf das Bett und ging hinüber zum Ofen. Als er sich bückte, drehte ich mich schnell um und ging zur Tür.

Wenn ich ihm jetzt noch auf den Hintern starren würde, müssten mich Airin oder Lemmy hier sabbernd rausschleppen. Diese Blöße wollte ich mir unter keinen

Umständen geben. Ja, er war heiß. Aber er war auch wirklich ein komischer Vogel.

Ohne Zwischenfälle gelangte ich zu meinem Schlafzimmer und legte mich wieder in mein Bett. Es dauerte, bis ich einschlief, doch es funktionierte.

Ohne ein Gefühl dafür zu haben, wie viel Zeit vergangen war, wurde ich geweckt. Es waren weder Lemmy noch Airin. Nur ein Schemen an der Seite meines Bettes. Die Dunkelheit verhüllte die Person, sodass ich aus dem Affekt handelte. Ohne zu wissen, was hier überhaupt geschah, schlug ich dem Fremden ins Gesicht.

„Uagh!" Die Person wich von mir und hielt sich das Gesicht. Ich rollte aus dem Bett und landete auf meinen Füßen. Als ich genug Abstand zwischen mich und die Person gebracht hatte, knipste ich das Licht an. Mit großen Augen musste ich feststellen, dass es kein Einbrecher war.

Es war Maddin. Blut strömte aus seiner Nase und in seinen Mund, den er weit geöffnet hatte, um Luft zu holen.

„Was soll das?"

„Das kann ich dich fragen! Warum stehst du nachts neben meinem Bett?" Mein Herz schlug mir bis hoch in die Kehle, meine Handflächen waren nass. Die Knöchel an meiner rechten Hand pulsierten. Der Schmerz würde noch an die Oberfläche treten, doch in diesem Augenblick war ich mit Adrenalin vollgepumpt.

Unsere lauten Stimmen brachten die anderen auf die Beine. In Windeseile fanden sich zuerst Lemmy, dann Bjarne und zuletzt Airin in meinem Zimmer ein.

„Was ist passiert?" Lemmy stellte sich neben mich und warf Maddin einen skeptischen Blick zu.

„Er war einfach in meinem Zimmer!“ Meine Stimme wackelte gefährlich. Emotionen schossen in mir hoch und Airin nahm mich in den Arm. Sie wusste Bescheid. Airin verstand, was in mir vorging.

„Warum?“ Lemmy sah aus, als würde er Maddin gleich beim Kragen packen.

„Das ist ein Missverständnis! Ich wollte nur Bescheid geben, dass draußen etwas nicht stimmt! Ich habe Aufnahmen gemacht und bin draußen gewesen-“

„Sie waren allein draußen? Sind Sie noch ganz bei Verstand?“ Airin ließ mich los und ging auf Maddin zu. Mit ihrem Zeigefinger piekte sie ihm in die Brust.

„Sie können doch nicht bei dieser Eiseskälte ohne Begleitung rausgehen! Außerdem gibt es hier wilde Tiere! Bären, Wölfe, Elche – damit ist nicht zu spaßen!“

„Ich glaube, da war ein Bär“, nuschelte Maddin und atmete zischend ein.

„Ein Bär?“ Bjarne wurde auf einmal sehr blass.

„Das ist nicht ungewöhnlich. Besonders nachts, wenn die Hunde schlafen, versuchen wilde Tiere unseren Müll zu plündern. Meistens sind es Vielfraße oder Wildschweine. Ein Bär ist es selten, denn sie sind sehr scheu.“ Lemmy sah Maddin noch immer mit gerunzelter Stirn an. Er wich keine Sekunde von mir.

„Keine Ahnung, Mann! Ich wollte einfach Bescheid geben, dass ich etwas gesehen habe!“ Maddin klang aufrichtig verzweifelt.

Ich verschränkte die Hände hinter meinem Rücken, denn sie zitterten. Nach mehrmaligem Schlucken realisierte ich, dass Maddin heftig aus der Nase blutete. „Ok, ok. Es tut mir leid. Ich hätte auch nicht direkt zuschlagen sollen.“

„Das warst du?“ Bjarne sah mich an, als wäre mir ein zweiter Kopf gewachsen.

„Wer denn sonst? Wäre das Lemmy gewesen, dann wäre nicht nur die Nase matsch. Komm erst mal mit, ich werde dich versorgen!“ Airin scheuchte Maddin mit beiden Händen aus meinem Zimmer.

Ich konnte aufatmen. Die Bedrohung war enttarnt worden. Sekunde für Sekunde verließ die Anspannung meinen Körper und ich sackte in mich zusammen. Kraftlos setzte ich mich auf mein Bett und starrte die Wand hinter Lemmy an.

„Das sieht übel aus. Ich werde wohl mit ihm zum Arzt fahren müssen.“

„Aber nicht nachts“, ermahnte ich Lemmy. Es war zu gefährlich wegen den unvorhersehbaren Witterungsbedingungen und dem Wildwechsel. Allein ein orientierungsloser Elch reichte und die beiden würden nie beim Notdienst ankommen. Außerdem war der nächste Arzt mit Nachtdienst mehr als 100 Kilometer entfernt. Nachts konnte man höchstens 50 Kilometer pro Stunde fahren. Der Boden war höchstwahrscheinlich gefroren, das bedeutete Schritttempo. Die Fahrt würde ewig dauern.

„Ich werde mit Maddin fahren. Es ist schließlich mein Fehler.“

Lemmy schüttelte den Kopf. „Auf keinen Fall. Ich lass dich mit dem Typen doch nicht allein.“

„He, was soll das denn heißen!“ Bjarne trat auf Lemmy zu. Sein Gesicht war wie Stein. Die beiden Männer starrten sich feindselig an.

„Na ja, ein Bär? Dafür weckt er die einzige Frau unter 30?“

„Ich verbürge mich für ihn. Ich habe schon bei anderen Sendern mit ihm zusammengearbeitet. Er ist ein feiner Kerl. Auf keinen Fall wollte er Tarja etwas antun!" Das erste Mal sah ich Leidenschaft in seinen Augen. Sein Ausdruck erinnerte mich an einen Bericht über die Verschmutzung der Meere, den ich von ihm gesehen hatte. In diesem hatte er auch mit einem solchen Feuer gesprochen. Seine Passion hatte unter dem Mantel der Professionalität hervorgelugt. Er wirkte todernst und aufrichtig.

„Ich glaube dir", versicherte ich Bjarne.

Lemmy war fassungslos. Er strich sich die Haare aus dem Gesicht und wischte über seinen Bart. „Mir völlig egal! Bitte bleib hier, ja?"

Ich nickte. Dann würde ich wenigstens die Hunde versorgen und meinen Ausfall von vor ein paar Tagen wieder gut machen können.

Lemmy hätte dadurch zwar keinen freien Tag, aber ein Tag ohne Touren, Schneeschippen und Kälte kam Freizeit am nächsten.

„Du bürgst für ihn? Ich werde ihn genau unter die Lupe nehmen! Währenddessen kannst du ja hier aushelfen und die Farm richtig kennenlernen."

Bjarne stand der Mund offen.

„Lemmy, er ist unser Gast. Er wird hier selbstverständlich nicht arbeiten müssen!" Ich lächelte den Reporter beschwichtigend an. Meine Sorge, dass das Zuschlagen meine Chance auf einen guten Bericht vernichtet hatte, wurde immer größer. Wenn mein bester Freund sich nicht langsam beruhigen würde, hätte ich ein ernsthaftes Problem.

„Geh ruhig nach deinem Kollegen schauen. Airin sorgt bestimmt gut für ihn, aber vielleicht braucht er deinen Beistand."

Bjarne löste seinen Blick von Lemmy und seine dunklen Augen spießten mich auf. Enttäuschung und Wut standen ihm ins Gesicht geschrieben.

„Es tut mir wirklich leid", rief ich ihm hinterher, als er mein Zimmer verließ und die Treppe hinabging.

„Du hast genau richtig reagiert", zischte Lemmy und ging in meinem Zimmer auf und ab.

„Nein, habe ich nicht. Ich hätte um Hilfe rufen können. Zum einen hättest du sofort in meinem Zimmer gestanden, zum anderen hätte Maddin sich erklären können. Ich habe übereilt gehandelt."

Lemmy wollte meinen Redeschwall unterbrechen, doch ich ließ es nicht zu.

„Wir können diese Menschen nicht vergraulen! Wir sind von ihnen abhängig!"

„Das passt mir aber nicht!" Lemmy wirbelte zu mir, die Zähne fest aufeinandergepresst.

„Meinst du mir? Wir haben keine andere Wahl."

Er sagte kein Wort, funkelte mich einfach nur mit seinen grünen Augen an.

„Wir machen es so, wie du es möchtest. Du fährst mit Maddin zum Arzt, sobald es heller ist. Nimm ihn ruhig unter die Lupe. Und ich kümmere mich hier um alles."

Lemmy grunzte und begann auf- und abzulaufen. „Und dieser Bjarne? Soll er allein mit euch Frauen hierbleiben?"

„Mit dem werde ich schon fertig."

„Wenn irgendetwas komisch ist, rufst du sofort die Nachbarn an, ok?" Er wurde weicher. Sein Blick war besorgt, seine Hände fummelten an dem Saum seines Pyjamas.

„Ja, Papa!", witzelte ich. Obwohl in meinem Kopf noch immer Chaos herrschte, versuchte ich, ihn anzulächeln.

„Ich gehe zu Airin. Nicht, dass dieser Typ noch etwas bei ihr versucht!"

Mit großen Schritten ging er in den Flur. Er trabte die Treppe herunter, sodass jede Stufe knarzte.

Ich saß noch immer auf meinem Bett und versuchte zu verarbeiten, was hier gerade geschehen war. Mit leichten Berührungen stellte ich fest, dass meine rechte Hand dick wurde. Genau das brauchte ich natürlich in meiner jetzigen Situation! Ganz zu schweigen von einem wütenden Reporter und einem verletzten Kameramann. Wie hatte die Situation nur so eskalieren können? Ich wünschte, ich wäre mehr wie meine Mutter. Sie hätte Maddin nicht direkt eine verpasst. Sie hätte überlegter gehandelt. Wie so oft hörte ich ihre Stimme in meinem Kopf: „Tarja, du bist ein Hitzkopf! Irgendwann wird dir diese Charaktereigenschaft ernsthafte Probleme bereiten!"

Ich stöhnte und ließ mich nach hinten auf mein Kissen plumpsen. Angeblich hatte ich den Charakterzug von meinem Vater. Er war impulsiv und kopflos gewesen. Als ich gerade laufen konnte, hatte er meine Mutter aus einem Streit heraus verlassen. Ich hasste es, wenn ich wie er war. Mit jeder Faser meines Körpers versuchte ich, anders zu sein. Besser als er.

Und das würde ich auch sein. Ich würde dafür sorgen, dass Maddin ordentlich behandelt wurde. Bjarne würde ich an meine Seite nehmen und ihm die guten Seiten der Farm zeigen. Gemeinsames Hundefüttern, Ausflüge in die zauberhafte Natur und selbst gemachtes Essen würden ihn davon überzeugen, dass die Farm es wert war, einen grandiosen Bericht über sie zu verfassen. Wir brauchten das. Und es war meine Aufgabe, das hinzubekommen.

# Kapitel 9

Die Kälte fraß sich durch jede Ritze, die meine Kleidung hatte. Eine neue Winterkluft wäre eigentlich dringend nötig, aber das liebe Geld fehlte auch an dieser Stelle. Es war zermürbend. Da traf es sich gut, dass ich all meine Emotionen beim Holzhacken loswerden konnte. Mit der Axt immer wieder auf die Holzscheite einzudreschen war eine Genugtuung. Ich konnte die Wut auf mich selbst herauslassen. Noch immer konnte ich über mein Verhalten letzte Nacht nur den Kopf schütteln.

Im Hintergrund jammerten die Hunde und ich seufzte zwischen meinen Schlägen auf dem Holzblock. Lemmy würde den ganzen Tag, vielleicht sogar bis spät in die Nacht hinein, unterwegs sein, damit Maddin die Versorgung erhielt, die er dringend benötigte. Seine Nase hatte übel ausgesehen. Erst im hellen Licht hatten wir bemerkt, dass ich sogar einen Teil seines Auges getroffen hatte, sodass es mit jeder Minute weiter angeschwollen war. Ich konnte froh sein, dass er nicht zur Polizei wollte. Was für ein riesiger Haufen Hundekacke!

„Schade, dass in eurem Wagen nur zwei Sitzplätze sind. Ich wäre gerne mit Maddin gefahren." Bjarne trat zu mir und sah mich noch immer skeptisch an. Wahrscheinlich hielt er mich für eine Zicke mit Gewaltproblemen. Ein bisschen hatte er damit womöglich recht.

„Es ist ein ATV, weil es die Witterungen aushält. Sorry, aber einen Zweitwagen haben wir leider nicht." Die Worte kamen gepresst aus meinem Mund, denn die Beschaffung des Holzes war anstrengend. Ich entschloss mich, eine kleine Pause einzulegen und bückte mich nach meiner Thermoskanne.

„Ich hoffe, er ist schnell wieder fit." Sein Blick wich mir aus.

„Hör mal, es tut mir wirklich leid! Ich war nicht ... Also er war einfach ... Ich hatte ...", stotterte ich, denn ich hatte das Bedürfnis, ihm zu erklären, was in mir vorgegangen war, und gleichzeitig wollte ich auf keinen Fall darüber reden. Ich trank einen Schluck heißen Tee, damit ich mit meinem Gestotter aufhören konnte.

„Du hattest Angst", vervollständigte er den Satz. Er scannte mich.

Seine dunklen Augen wurden zu hellblauen. Plötzlich stand da nicht mehr Bjarne Wallin vor mir, sondern Nils. Obwohl das unmöglich war und ich das genau wusste, verschwommen die Züge von dem Reporter zu denen meines Ex-Mannes.

Wie früher grinste er mich an und mein Herz schlug noch schneller.

Als ich Maddin an meinem Bett hatte stehen sehen, waren alle Sicherungen bei mir durchgebrannt. Ich hatte gedacht, es wäre wie damals. Nils wäre zurück und würde mich mitten in der Nacht wecken, weil die Hunde zu laut jaulten und ich gefälligst dafür sorgen sollte, dass sie den Mund hielten. Dass er wieder hinausstürmte und mit einem Schlüssel gegen die Zäune schlug. Unaushaltbar für die empfindlichen Ohren der Tiere. Ich barfuß im Schnee, laut schluchzend, damit er bloß aufhörte. Dass er wieder schrie, so laut, dass die Gäste aufwachten und er mich vor allen blamierte. Mich niedermachte. Beleidigte. Ich hatte gedacht, er würde wieder verlangen, dass ich Tiere abgab. All diese Streitereien, die niemals hatten enden wollen. Der Blick meiner Mutter, der mir eindeutig sagte, dass ich ihn wegschicken sollte. Alle hatten das gedacht. Aber ich hatte ihn geliebt.

Durch das nächtliche Wecken war alles wie bis vor zwei Jahren gewesen. Und ja, verdammt, ich hatte Angst gehabt. Damals und auch heute Nacht. Vor einem Mann, der an meinem Fußende stand und mich an den Beinen aus dem Bett zog, weil er so viel intus hatte, dass er nicht mehr zurechnungsfähig war. Der es in Kauf nahm, dass ich mir den Kopf aufschlug, die Treppe hinunterfiel oder mich nicht nur einmal zu fest am Arm gepackt hatte. Mich stundenlang zur Schnecke gemacht hatte und dann heulend in meinen Armen eingeschlafen war, weil es ihm ja so furchtbar leidtat. Weil er ja das Opfer war.

„Ich brauche eine Pause." Ich ging rückwärts. Lemmy bei mir zu haben, war unkompliziert. Normalität. Und auch männliche Gäste waren nie ein Problem für mich gewesen. Warum dann Bjarne?

Ohne auf seinen Kommentar zu warten, stapfte ich durch den Schnee ins Haus und ignorierte die Hunde, die nach mir riefen.

Im Flur kam mir Airin entgegen. „Bist du mit dem Holz schon fertig?"

„So gut wie", log ich und verschränkte die Arme vor der Brust.

„Wo ist Bjarne?“ Sie blickte über mich hinweg. Das war für sie kein Problem, schließlich war sie viel größer als ich.

Dass sie sich so für ihn interessierte, nervte mich. Er war doch nur ein Fernsehheini, nicht der Prinz von Schweden.

„Draußen.“ Ich hatte keine Lust, über ihn zu sprechen.

„Und was machst du dann hier drinnen?“ Sie hob die Augenbrauen.

„Ehrlich gesagt, bin ich vor ihm geflohen. Ich habe ein schlechtes Gewissen und so richtig gut kommen wir auch nicht miteinander aus. Was soll ich denn mit ihm reden? Mich das tausendste Mal entschuldigen?“, fragte ich.

„Vor allem solltest du das mit Maddin jetzt mal beiseiteschieben und dich auf Bjarne konzentrieren“, schlug sie vor und deutete mit dem Kopf zur Tür.

„Warum das denn?“ Allein ihr Vorschlag beschleunigte wieder meinen Herzschlag.

„Weil er die Person ist, die du von dir überzeugen musst!“

„Von mir überzeugen? Was zum-“

„Von der Farm, von den armen Seelen, die bald kein Futter mehr haben werden“, unterbrach sie mich. Ihr Blick war irritiert.

„Und wie soll ich das anstellen? Er mag mich nicht. Und unsere Farm und die Hunde auch nicht sonderlich!“ Ich wollte an ihr vorbei, doch sie blockierte mir den Weg.

„Hey-“

„Tarja Aleksandra Karjalainen! Reiß dich zusammen! Ich weiß, dass du überfordert bist. Das verstehe ich.

Und Lemmy. Und die Nachbarn und das ganze Dorf. Wir stärken dir den Rücken, ja? Aber du musst jetzt abliefern. Das kannst du doch sonst so gut! Reiß diesen Herrn vom Hocker! Zeig ihm, was eine Huskyfarm ausmacht. Verzaubere ihn mit allem, was du bieten kannst!" Sie lächelte mich breit an. Die Doppeldeutigkeit war ihr gar nicht aufgefallen. Oder sie ignorierte sie.

Mit allem, was ich zu bieten hatte …

„Das klingt versaut", nuschelte ich.

Airin schlug mir sanft gegen den Arm und schüttelte den Kopf.

„Ok, ok! Ich gehe zu ihm. Vielleicht hat er ja Freude an den jüngeren Hunden. Wir können sie gemeinsam füttern." Mein Plan war gefasst, deshalb drehte ich mich um. Die kurze Pause im Haus und die Nähe zu Airin, auch wenn sie mir eine Standpauke gehalten hatte, waren der Abstand gewesen, den ich dringend gebraucht hatte, um Bjarne und Nils wieder feinsäuberlich voneinander zu trennen. Um aus meiner Erinnerung zu entkommen.

„Du willst aber nicht Neo und Zion auf ihn loslassen, oder?"

Ich verdrehte die Augen und schlug die Tür hinter mir zu. Was wollte sie von mir? Wenn sie alles besser wusste, dann hätte sie sich auch um Bjarne kümmern können. Ich würde ihn ab jetzt wie jeden anderen Besucher unserer Farm behandeln. Keine Extrawust. Und dafür würde er das volle Erlebnis bekommen und hoffentlich ein wenig verzaubert werden. Von den Tieren, nicht von mir. Ich war keine bezaubernde Person.

„Hey, die Hunde müssen gefüttert werden. Hast du Lust, mir zu helfen?" Meine Stimme flog über den Hof und bei dem Wort „Futter" begannen noch mehr Hunde zu jaulen, sodass ich seine Antwort nicht hören konnte.

Bjarne stand vor dem Gästehaus und richtete im Spiegelbild eines Fensters seine Frisur. Herrje, war er eitel!

Als ich neben ihm zum Stehen kam, sah er mich mit verzerrtem Gesicht an.

„Geben die dann endlich Ruhe?" Seine Stimme war kehlig.

„Klar." Es würde nichts bringen, ihm zu erklären, dass Huskys sehr bell- und jaulfreudige Hunde waren und deshalb immer einen Grund finden würden, einen Höllenlärm zu veranstalten. Er würde das noch früh genug selbst merken, da musste ich nicht den Buhmann spielen.

„Dann helfe ich gerne!" Er schritt los, rutschte auf einer Eisscholle aus und im letzten Moment konnte ich ihn am Arm festhalten. So stieß er nur gegen mich und fing sich wieder.

„Dieses verfluchte Eis!", schimpft er.

Anstatt ihm eine Predigt darüber zu halten, dass er sich nun mal in Lappland zur Winterzeit befand und es hier Eis und Schnee en masse gab, entschied ich mich dafür, eine gute Gastgeberin zu sein.

„Ohne dir zu nahe treten zu wollen, aber dein Schuhwerk ist für dieses Wetter nicht gerade geeignet. Wie wäre es, wenn ich dir Stiefel von Lemmy gebe?" Ich sah zur Betonung meiner Worte auf seine Lederslipper, die beinahe im Schnee und Eis versanken.

„Von mir aus", gab er achselzuckend von sich.

Leider stellte Bjarne sich nicht sonderlich geschickt an. Egal, welche Aufgabe ich ihm gab, er verzog das Gesicht dabei, als wäre er nicht in der Lage, körperliche Arbeit zu erledigen. Über das Keitto rümpfte er die Nase, beim Ausnehmen der Fische verließ er sogar den Futterschuppen und die Wurst wollte er auch nicht schneiden. Klar, es gab immer wieder auch Touristen, die das Füttern etwas abstoßend fanden, doch spätestens, wenn die Hunde sich über ihre reich gefüllten Näpfe hermachten, strahlten sie. Bjarne strahlte nicht. Konnte er überhaupt etwas anderes als miesepetrig dreinschauen und sich beschweren? Ich bezweifelte es.

„Und hier sind die beiden letzten Hunde. Unsere Jungs Neo und Zion. Sie sind im Sommer geboren worden. Akira ist die Mutter", erklärte ich und deutete auf den Zwinger, den wir soeben passiert hatten.

Bjarne nickte nur und blickte in die Ferne.

„Die Jungs kriegen noch mehrmals am Tag Futter. Auch größere Mengen. Durchschnittlich kann man mit einem Euro pro Tag und Hund an Futterkosten rechnen. Bei Junghunden sind das locker zwei Euro. Natürlich sind da andere Kosten wie der Tierarzt mit Impfungen, Entwurmung und Ähnliches noch nicht inbegriffen." Ich versuchte seine Aufmerksamkeit zu erregen, doch er beachtete mich kaum.

„Mittlerweile ist das Geld durch das Tätigkeitsverbot und die damit verbundenen Umsatzausfälle so knapp, dass wir jagen gehen", fuhr ich fort. Noch immer keine Reaktion. Kein Hinweis darauf, dass er die Schwere der Lage verstand, mitfühlte oder meine Worte überhaupt wahrnahm.

„Am liebsten erschieße ich Menschen und verfütterte sie", endete ich und öffnete dann den Zwinger von Neo und Zion.

„Witzig! Du denkst, ich höre dir nicht zu. Das ist witzig!" Er lachte nicht.

War er etwa einer dieser Menschen, die gar nicht lachen konnten und immer nur verbal betonten, wie lustig Dinge waren?

„Ich war mir da nicht so sicher." Mit aller Kraft widerstand ich dem Drang, ihm die Zunge rauszustrecken. Er erinnerte mich an Till, einen Jungen aus meiner Schulklasse, der mich immer aufgezogen hatte.

„Tatsächlich habe ich dir zugehört und mich gewundert, dass ihr die Tiere impfen und entwurmen lasst." Er lehnte sich lässig gegen die Zwingergitter und verschränkte die Arme.

„Genau genommen impfe und entwurme ich selbst. Wir erhalten die Kuren und Seren von unserem Stammtierarzt. Alle 82 Hunde zu ihm zu bringen, wäre kaum möglich und er ist bereits sehr alt, sodass er nicht mehr zur Farm rausfahren kann. Er ist von hier aus dreißig Kilometer entfernt."

Unsere Blicke trafen sich. Sein Ausdruck hatte sich verändert. Die Langeweile war fort, aber Interesse konnte man das auch nicht nennen.

„Im Vorfeld habe ich recherchiert und gelesen, dass die meisten Huskyfarmbesitzer ihre Tiere eher als Werkzeuge oder Arbeitsmittel ansehen und deshalb weder Impfungen noch andere gesundheitliche Maßnahmen durchführen lassen." Er legte leicht den Kopf schräg. Diese Eigenart war mir an ihm bereits aufgefallen.

„Bei allem Respekt meinen Kollegen und Kolleginnen gegenüber, aber davon halte ich nicht viel. Auch meine Mutter, als sie die Farm noch geführt hat, hat das anders gehandhabt. Selbst wenn ich die Hunde als Arbeitsmittel betrachten würde, diese warte ich ja auch. Für mich ergibt dieses Verhalten keinen Sinn. Außerdem gehören meine Huskys zu meiner Familie." Ich trat in den Zwinger und sofort kamen die beiden Rüden auf mich zugeflitzt. Schnee landete in meinem Gesicht. Sie schmissen mich beinahe um, so sehr freuten sie sich auf das Futter. Die Näpfe stellte ich zu ihren Hütten und sofort verschlangen sie ihre Portionen.

„Dann haben Sie aber eine große Familie", gab er zu Bedenken und beobachtete die Rüden.

„Ja, das ist das, was Lappland ausmacht, besonders diese Gegend hier. Wir sind alle Familie."

Wieder dieser Blick von ihm.

Ich sah zu Boden, zu sehr fürchtete ich mich vor der Intimität, die er mit seinem Ausdruck ausstrahlen konnte.

„Wie heißen die beiden noch mal?"

Mein Herz machte einen Hüpfer. Hatte ich es etwa geschafft, etwas in ihm auszulösen?

„Neo und Zion", antwortete ich und lächelte.

Die beiden waren mit ihrer Mahlzeit bereits fertig und zankten sich jetzt um die leeren Näpfe. Als ob bei dem jeweils anderen noch ungeahnte Schätze versteckt waren.

„Normalerweise bekommen alle Hunde nur eine Mahlzeit und die auch abends, damit sie für das Training fit sind. Vor dem Training zu füttern ist ungünstig, denn dann sind sie träge und es könnte ..."

Die Rüden sahen auf, als Bjarne den Zwinger betrat. Sie spitzten die Ohren und rannten dann los.

„Vorsicht!", schrie ich noch, doch es war zu spät.

Neo war zuerst bei Bjarne und sprang an dem großen Mann so hoch, dass er beinahe wie ein Baby in seinen Armen hätte liegen können.

Das Gesicht des Reporters verzog sich.

Niemals hatte ich damit gerechnet, dass er sich wie die anderen Besucher verhielt und mit in den Zwinger hineingehen würde. Doch das hatte er und nun hielt er Neo fest wie ein Kleinkind, während Zion ebenfalls an ihm hochsprang.

Ich konnte die Katastrophe bereits vor meinem inneren Auge sehen. „Neo! Zion! Aus!"

Es war zu spät. Wie ein gefällter Baum fiel Bjarne um. Er war zum Glück weit genug von den Metallstreben entfernt und hinter ihm lag ein Schneehaufen, der seinen Aufprall abfing.

„Ahhhh!", machte er und hielt beide Arme vor das Gesicht, denn die Jungs wollten ihn ablecken.

„Verdammt, ihr Idioten!" Ich griff Zion am Halsband und stieß ihn weg. Bei Neo reichte es, dass ich mit dem Finger auf seine Hütte zeigte.

Beide zogen die Ruten ein und verkrümelten sich.

„Entschuldigung, ich hätte dich warnen müssen. Das sind wilde Burschen." Ich hielt Bjarne meine Hand hin, doch er hievte sich ohne meine Hilfe auf.

„Geht es dir gut?" Ich biss mir auf die Unterlippe.

„Selbstverständlich, mir geht es großartig. Meine Chefin hat mich an diesen gottverlassenen, verschneiten Ort geschickt, damit ich dieses Wohlfahrtding hier durchziehe, nur damit ich von meinem obersten Boss nicht rausgeschmissen werde, weil ich als Einziger bei SuoTV Investigativjournalismus betreibe. Passt schon, alles hervorragend. Wenn du mich jetzt entschuldigen würdest …" Er klopfte sich den Schnee von der Jeans und seinem schicken Mantel, warf Neo und Zion, die leise winselten, einen bösen Blick zu, würdigte mich keines weiteren und verließ das Gehege.

# Kapitel 10

„Komm sofort zurück!", zischte ich in den Hörer.

Die Leitung knarzte und rauschte, denn das Satellitentelefon hatte anscheinend Probleme mit dem Empfang.

„Hier ist Maddin", wurde ich von der anderen Seite begrüßt.

„Oh", machte ich und schlug mir mit der flachen Hand vor die Stirn. Da hätte ich auch selbst draufkommen können. Lemmy war ein sehr regelkonformer Autofahrer, deshalb ging er nur in Notfällen an sein Handy, wenn er fuhr. Die Wetterlage machte ihn wahrscheinlich noch vorsichtiger als sonst. Der Boden war eine einzige Eisbahn.

„Wie geht es dir?" Die Höflichkeit siegte.

„Nicht sonderlich gut. Wir kommen auch kaum voran. Mit jeder Stunde wird es schlimmer." Maddin klang wirklich mitgenommen.

Ich kannte diesen Mann kaum, doch während wir beieinander gewesen waren, war er immer gut gelaunt und locker gewesen. Nun klang er zerknirscht und müde.

„Es tut mir so leid!" Ich war wie eine alte Schallplatte, die hing.

„Mach dir keine Sorgen, Tarja. Ich bin in guten Händen."

„Apropos gute Hände, kann ich Lemmy kurz sprechen?“

Ich hörte, wie Bjarne über mir durch das Zimmer meiner Mutter lief. Packte er gerade seine Sachen zusammen? Würde er sich einen Hubschrauber oder etwas ähnlich Absurdes, aber Luxuriöses kommen lassen, damit er von hier verschwinden konnte?

„Was liegt an?“ Lemmys Stimme zu hören beruhigte mich sofort.

„Es läuft grässlich! Bitte sag mir, dass du gleich schon beim Doc und schnell wieder hier bist!“ Ich begann, im Wohnzimmer auf und abzulaufen. Airin hatte mir versprochen, dass sie das Holz im Unterschlag verstauen würde, damit ich eine Pause machen konnte. Und mich vor Bjarne verstecken konnte, doch das hatte ich ihr nicht verraten.

„Sorry, aber das dauert noch ewig. Wir sind kaum vorangekommen. Eine Rentierherde hat für fast eine ganze Stunde den Weg blockiert. Erst als ich den dazugehörigen Bauern im Wald gefunden hatte, konnten wir mit seiner Hilfe die Tiere vertreiben und weiterfahren.“ Lemmys Stimme war nicht so frohlockend wie sonst.

Ich konnte es ihm nicht verübeln. Sein Tag war anscheinend ähnlich beschwerlich wie meiner.

„Fuck“, murmelte ich. Ich stoppte mein Umhergewandere. Während ich mich gegen den Esstisch lehnte, versuchte ich mich mit dem Gedanken anzufreunden, dass ich die Situation ganz allein würde retten müssen.

„Was ist denn bei euch los? Macht Bjarne Probleme?“ Sein Tonfall wurde tiefer, düsterer.

„Nicht so, wie du vielleicht denkst. Er ist eher das Opfer. Zion und Neo haben ihn umgeworfen.“

„Dabei bist du doch die Umwerfende!“

Ich rollte mit den Augen. „Du Schleimer!“

„Und was jetzt? Heult der Stadtaffe, dass er dreckig geworden ist?“

Im Hintergrund hörte ich Maddins Gemurmel.

Ich verzog das Gesicht. „So ungefähr. Ich habe mir wirklich Mühe gegeben, aber es läuft einfach nicht.“

„Du brauchst etwas, was ihn wirklich für sich einnimmt. Was gefällt ihm denn? Du hast doch Zeit mit ihm verbracht. Du kennst ihn schon ein wenig!“

Wieder Rauschen in der Leitung.

„Was weiß ich denn!“ Ich sah zur Decke, als könnte ich ihn durch das Holz orten und überlegte. „Hm, ich glaube, es hat ihm gefallen, als ich über den Zusammenhalt in unserem Dorf gesprochen habe.“ Ganz allmählich war ich auf dem richtigen Weg. Eine Idee formte sich.

„Dann zeig ihm Lumijärvi mit all seinen besonderen Seiten!“

„Wie soll ich das anstellen? Ich habe kein Fahrzeug, du Eumel!“ Mein Plan zerbröselte vor meinem inneren Auge. Ich würde ihm gerne den kleinen Krämerladen und die Pizzeria zeigen, aber ohne Gefährt war das nicht möglich. Und heute nach dem Zwischenfall noch auf einem Schlitten in das Dorf zu düsen, da war ich mir bei Bjarne unsicher.

„Mach es so, wie du es als Kind gemacht hast. Als du weder Auto noch Schlitten gefahren bist. Wir haben doch-“

Rauschen unterbrach die Leitung.

„Im Schuppen ganz hinten sind noch-"

Wieder nur Knacken und Krächzen. Es war so laut, dass ich den Hörer von meinem Ohr weghalten musste.

„Lemmy?"

Doch es tutete in der Leitung. Ich versuchte, ihn noch mal zu erreichen, bekam jedoch kein Freizeichen.

Der Schuppen war schlecht beleuchtet, deshalb hatte ich Mühe, überhaupt etwas zu erkennen. Ich vermied es, hier zu suchen und beauftragte stets Lemmy damit, weil es in diesem Unterschlag modrig roch. Ein bisschen unheimlich fand ich ihn auch. Es war bitterkalt, deshalb zog ich meinen Schal fester um meinen Hals. Ich hatte noch immer keinen blassen Schimmer, was Lemmy am Telefon hatte andeuten wollen. Als Kind hatte ich mich selten vom Hof wegbewegt. Ich war im Ort zur Schule gegangen und die meisten Morgen von meiner Mutter oder Björn, ihrem Lebensabschnittsgefährten, mit dem Schneemobil zum Unterricht gebracht worden. Ansonsten hatte ich den Hof nie verlassen. Warum auch? Bei uns hatte es immer etwas zu tun, zu erleben und zu entdecken gegeben. Meine Kindheit hatte ich im Sommer am See verbracht und im Winter mit der Schlittenfahrt. Selten hatte ich mich ohne Motor oder Kufen bewegt.

Ich schob ein Holzbrett, das noch von der Renovierung der Gästeunterkünfte aus dem letzten Sommer übriggeblieben war, zur Seite und seufzte. Was war bloß Lemmys genialer Einfall?

Und da sah ich die drei Paar Schlittschuhe auf dem Boden. Eines von meiner Mutter, eines von Björn und eines von mir. Nur, dass mir das unmöglich noch passen konnte. Lemmy, der Fuchs, hatte sich daran erinnert, dass ich ihm berichtet hatte, früher mit meiner Mutter Schlittschuhwettrennen von hier bis zum Dorf gemacht zu haben. Über Land waren es fast zwanzig Kilometer bis zum Dorfplatz, doch über den See ging es viel schneller.

Ich ging in die Hocke und betrachtete die angerosteten Kufen. Ob das mit den alten Tretern funktionieren würde? In diesem Moment wurde mir wieder bewusst, wie sehr ich meine Mutter, aber auch Björn, dessen Tod schon viel länger her war, vermisste. Ich würde alles geben, noch mal mit ihnen über das Eis zu düsen. Als Kind war mir nicht bewusst gewesen, wie wertvoll diese Momente eigentlich waren. Oft hatte ich kleine Sorgen gehabt, die mich beschäftigt und somit daran gehindert hatten, im Moment zu leben. Nun bereute ich, dass ich es nicht voll ausgekostet hatte.

Mit neuem Mut klemmte ich das Paar meiner Mutter und das von Björn unter meine Arme und machte mich auf den Rückweg zum Wohnhaus.

Ein köstlicher Duft zog durch das Haus. Ich beeilte mich, in die Küche zu gelangen, schob dabei Janosch vor mir her, damit ich überhaupt vorankam. Dieser alte Kerl wurde immer seniler. Ich tätschelte seinen Kopf, legte die Schlittschuhe vor der Tür ab und trat in den warmen Raum.

Eine merkwürdige Szene lag vor mir. Airin stand am Herd, lächelte, doch es erreichte nicht ihre Augen. Sie zupfte immer wieder an ihren Haaren und sah mich hilfesuchend an, als ich zu ihr trat.

Bjarne saß mit einem gefüllten Teller vor sich am Tisch und stocherte in seinem Elcheintopf herum.

„Alles in Ordnung?"

Beide hatten denselben Ausdruck auf dem Gesicht. Hier war nichts in Ordnung.

„Hm", machten sie trotzdem wie aus einem Mund.

Es war skurril. Airin sah immer wieder auf Bjarnes Teller, der nicht leerer wurde.

Und da begriff ich, was die beiden quälte. Mangelnde Kommunikation und zwei Geschmäcker, die nicht unterschiedlicher hätten sein können.

„Schade, dass du bereits isst. Ich wollte eigentlich mit dir ins Dorf und dich zu einer Pizza einladen." Ich lächelte Bjarne an. Es war ein letzter Versuch, ihn von uns zu überzeugen. Wenn das bedeutete, dass ich mein letztes Bargeld für eine Pizza, die ich mir nicht leisten konnte, ausgab, war das ok. Ich konnte künftig auch auf warme Mahlzeiten verzichten. Oder zur Not Airin dazu bringen, nur noch Nudeln mit Tomatensoße zu kochen.

„Ja, wie schade", stimmte Airin zu, deren Miene sich völlig verändert hatte. Sie zwinkerte mir zu, denn sie hatte meinen Plan durchschaut und war sicherlich dankbar für die Hilfe.

„Pizza?" Bjarne sah von seinem Elcheintopf auf.

Ich musste mich zusammenreißen, nicht zu lachen. Es war so klar, dass er Airins Essen nicht mochte. Nur aus Höflichkeit hatte er das Angebot nicht abgelehnt. Seine Stirn war leicht gerunzelt, seine Lippen aufeinandergepresst und er saß nur halb auf dem Stuhl, ganz so, als sei er bereit, jederzeit aufzuspringen und zu fliehen.

„Im Dorfkern gibt es eine Pizzeria, die von Peppino, einem Freund meiner Mutter, geleitet wird. Es sind die besten Pizzen von ganz Lappland!" Ich trat von einem

Bein aus das andere, denn ich war trotz meiner Rolle als Leitung der Farm und der damit verbundenen Geschäftstätigkeit nicht gerade die geborene Verkäuferin.

„Lappland ist auch nicht gerade für die italienische Küche bekannt. Ich weiß nicht, ob das ein besonderes Qualitätssiegel ist." Bjarne lehnte den breiten Rücken gegen den Stuhl und verschränkte die Arme.

Warum war er so bockig? Was hatte ich ihm getan? Es war zwar vorhin nicht ideal gelaufen, aber absichtlich verärgert hatte ich ihn immerhin auch nicht.

„Das stimmt, da gebe ich dir recht. Du bist offensichtlich auch durch Airins Kochkünste gut versorgt. Guten Appetit!" Ich drehte mich auf dem Absatz um. Er konnte mir den Buckel runterrutschen, schließlich hatte ich ihm nur helfen wollen, dieser unangenehmen Situation entkommen zu können. Und zum Essen eingeladen zu werden war keine Schande, oder?

„Moment!" Er stand auf, schob dabei den Stuhl zurück, sodass es knarzte. Sein Blick glitt zu Airin. „Entschuldige bitte, aber ich denke, es wäre für die Reportage besser, wenn ich ein wenig über das Dorf und die Bewohner berichten könnte. Es könnte helfen, um den Zuschauern die Wichtigkeit der Farm zu verdeutlichen."

So so. Auf diese Tour machte er jetzt. Aber unrecht hatte er nicht.

„Ach, mach dir keine Gedanken! Grüßt Peppino von mir, ja?" Airin lächelte erst Bjarne, dann mich an.

Ich nickte und verließ den Raum. Wieder musste ich Janosch vertreiben, der gierig nach dem Eintopf auf dem Tisch schnupperte. Bestimmt würde Airin Erbarmen haben und ihm die Reste von Bjarnes Versuch an der lappländischen Küche überlassen.

Bjarne folgte mir. Das merkte ich mit jeder Faser meines Körpers. Sein Geruch, minzig und hölzern, schwebte um mich herum. Sein Körper strahlte Wärme aus, die sich dicht auf meinen Rücken legte. Am liebsten wäre ich stehen geblieben und hätte mich gegen ihn gelehnt. Ihn an meinem Körper ganz dicht zu spüren wäre-

„Aber ich werde nicht mit einem Schlitten fahren!"

Die Wärme wurde weniger. Seine Präsenz nahm ab. Ich sah über die Schulter und blieb erst stehen, als wir genug Abstand zueinander hatten. Auf keinen Fall wollte ich ihm zu nahetreten oder mich ihm an den Hals werfen. Das wäre unprofessionell. Und merkwürdig. Bjarne war eine Art Promi, ich war ein Niemand. Er sah viel zu gut für mich aus. Das wurde mir endgültig bewusst, als ich ihm ins Gesicht sah. Dafür musste ich nach oben schauen, denn er war so verflucht groß.

„Kannst du Schlittschuh laufen?" Mir war zwar nicht ganz klar, wie das mit der Reportage laufen sollte, wenn er sich weigerte, auf einen Schlitten zu steigen, aber darüber würde ich mir später den Kopf zerbrechen.

„Zuletzt habe ich das in meiner Kindheit getan." Er zuckte mit den Achseln und ich wünschte, er würde endlich einen weiten Pullover anziehen, damit ich nicht immer auf seinen Oberkörper starren musste. Fror er denn gar nicht in diesen engen, dünnen Sweatshirts?

„Das ist wie Fahrradfahren, das verlernt man nicht!"
Mit diesen Worten drückte ich ihm Björns altes Paar in
die Hände und schnappte mir das von meiner Mutter.

„Wir fahren mit Schlittschuhen ins Dorf?" Seine
Schritte hinter mir verstummten erneut.

Wieder drehte ich mich um und diesmal wirkte er
nicht so selbstsicher.

„Es macht einen Riesenspaß. Und ich versichere dir,
dass es absolut sicher ist. Es dauert auch nicht lange …
das kriegst du hin. Du bist ja gut in Form … anscheinend." Meine Stimme wurde immer leiser. Über seine
Form zu reden war irgendwie unangebracht.

Er grinste schief und sah mich mit einem Blick an,
den ich nicht deuten konnte.

„Also, glaube ich. Du bist schließlich nicht gerade …
Also dein Körper ist … Der ist-"

„Lass uns einfach los, ja?" Er ging an mir vorbei, hin-
terließ einen weiteren Hauch seines Geruchs und öffnete die Haustür, sodass sich das Minzige mit dem
Aroma von Tannennadeln und Schnee mischte.

„Du solltest dir aber dringend noch ein paar Schichten Kleidung anziehen!" Mit noch immer hitzigem Gesicht lief ich ihm nach.

# Kapitel 11

Die Kufen ratschten über das massive Eis und untermalten die Szenerie, in der sonst absolute Stille herrschte. Anfangs musste ich oft bremsen, geriet aus dem Gleichgewicht und ins Straucheln, doch je näher wir der Mitte des Sees kamen, desto mehr stieg Nostalgie und damit verbundene Sicherheit in mir auf. Nicht Fernweh, denn ich wollte nirgendwo anders auf der Welt sein, aber Vergangenheitsweh.

Bjarne ging es ähnlich. Mit jedem Schritt über dem Eis gewann er an Selbstsicherheit.

Es war interessant, ihn zu beobachten. Ich freute mich darüber, dass sich seine ernste Miene auflöste und er immer mehr lächelte. Man konnte beinahe denken, er hätte Spaß.

Ich beschleunigte mein Tempo und überholte ihn. Das hier kam dem Gefühl auf einem Husykschlitten schon sehr nah. Freiheit. Glitzerndes, den Schnee und das bisschen Licht, welches vom Himmel strahlte, reflektierendes Eis erstreckte sich unendlich vor uns. Der Wind schnitt mir ins Gesicht und wegen der Anstrengung begann meine Nase zu laufen. Doch die Kälte konnte mir nichts anhaben. Ich war nicht nur gut mit Kleidung ausgestattet, auch mein Herz glühte vor Freude förmlich in meiner Brust. Es strahlte Wärme aus, die von innen kam. Meine letzte Zurückhaltung zerklirrte wie Eis und ich nahm Anlauf, spannte meine Beine an und machte eine Pirouette, so wie es mir meine Mutter vor Jahren beigebracht hatte. Die verschneiten Tannen und kleinen Hügel um mich herum wurden zu einer einzigen weißen Masse. Ich schloss die Augen, auch wenn es für meinen Gleichgewichtssinn eine zusätzliche Härte war, und genoss die frische Luft, die in meine Lungen drang und meinen Kopf von all den Sorgen befreite – zumindest für diesen einen Moment.

Als ich versuchte, vorsichtig zu stoppen, ertönte hinter mir Applaus. Ich hatte Bjarne tatsächlich vergessen.

Sein Gesicht wirkte entspannt, zumindest die Teile, die ich zwischen Mütze und Schal, die ich ihm von meiner Mutter geliehen hatte, noch sehen konnte.

„Solche Kunststücke kann ich leider nicht." Seine Stimme flog über den gefrorenen See bis in den Wald hinein.

„Ich wollte nicht angeben, sorry." Sofort hatte ich Nils' Stimme im Ohr. Bei ihm hatte ich stets prüfen müssen, ob es ein guter Tag war, um meine Fähigkeiten zu zeigen, oder ob ich mich besser kleinhielt, damit er nicht wütend wurde.

„Quatsch, es sah wirklich cool aus. Wie machst du das?"

Auch wenn es mir egal sein konnte, ob er mein Schlittschuhlaufen lobte oder nicht, in meinem Bauch flatterte es. Ich beobachtete, wie er einen Schlittschuh vor den anderen setzte, seine Arme schwang und dann stolperte.

„Vorsicht!" Ich fuhr zu ihm, doch er hatte sich wieder gefangen.

„Zeigst du mir, wie es geht?" Er strich sich die Haare aus dem Gesicht und glättete seinen Mantel. Meinem Blick wich er aus.

„Keine Ahnung, ob ich das wirklich erklären kann. Es ist eher ein Gefühl. Du stellst den einen Fuß hier hin", begann ich zu erklären und machte es vor, „und den anderen hier hin, dann spannst du deinen Körper an und", führte ich weiter aus und drehte mich. Im Augenwinkel sah ich, dass er mich nachahmte und sich um seine eigene Achse drehte.

„So?", fragte er, nachdem er gestoppt hatte.

„Ein Naturtalent!" Ich lächelte ihn an und das erste Mal erwiderte er es. Lächelte nicht nur, weil er mich aufzog, oder weil ihn die Situation amüsierte. Nein, weil ich ihn zum Lächeln gebracht hatte. Es war das Lächeln, was ich in dem Magazin und im Fernsehen vorher schon gesehen hatte. Wärme durchströmte meinen Oberkörper und mein Herz schlug in meiner Brust einen Hauch schneller. Um mich von meinen eigenen Gefühlen abzulenken, vollführte ich eine Drehung nach der anderen. So konnte ich mein Gesicht verstecken, in das wieder Hitze aufstieg. Ich drehte mich und drehte mich und – verlor das Gleichgewicht. Der eine Schlittschuh schlug gegen den anderen und ich geriet in Schräglage. Etwas Hartes schlug gegen meine Seite und brachte mich endgültig zum Fall. Ein Grunzen neben mir, unter mir. Anstatt auf steinhartes Eis zu knallen, landete ich auf einem anderen Körper.

„Urgh!", machte es unter mir.

Auf einmal war mein Gesicht direkt vor seinem. Wir waren uns so nah, dass seine Atemwölkchen sich mit meinen vermischten. Ich spürte seine Wärme. Konnte die Falte zwischen seinen Augenbrauen sehen. Und die kleine Narbe an seiner Unterlippe. Ich biss mir auf meine und seine dunklen Augen beobachteten mich dabei. Mein Puls vibrierte durch meinen ganzen Körper, in meiner Brust, im Hals, sodass ich kaum atmen konnte.

„Sorry", hauchte ich.

Er hob seine Hand und legte einen behandschuhten Finger auf meine Lippen. Der Stoff war rau auf meiner Haut. Ich konnte Bjarne nur ansehen, nichts sagen. War das hier real?

„Du hast da eine Strähne", flüsterte er. Sanft löste er sie von meiner Lippe und steckte sie hinter mein Ohr.

In diesem Moment wurde mir bewusst, dass nicht nur unsere Gesichter in unmittelbarer Nähe waren. Mein Körper lag auf seinem. Er fühlte sich massiv unter mir an. Gleichzeitig auch warm und einladend, sodass ich mir vorstellte, wie es wäre, wenn uns nicht sechs Schichten Kleidung voneinander trennten. Dieser Gedanke feuerte die Hitze in mir nur noch weiter an. Ich biss mir wieder auf die Unterlippe. Wieder war sein Blick auf meinem Mund. Würde er mich-

„Du bist schwer." Er grinste. Und hätte damit nichts Schlimmeres sagen können.

Sofort war ich gedanklich wieder bei Nils, wie er meine Essensportionen abwog, um zu kontrollieren, wie viele Kalorien ich zu mir nahm. Mein Ex hatte mir eine Zeit lang eingeredet, dass ich mit meinen Kurven und Muskeln zu dick war. Unweiblich, unpassend, unschön.

Ich ließ mich zur Seite fallen, ertrug den Schmerz, den mein Ellbogen beim Zusammenprall mit der Eisschicht durch meinen ganzen Körper schoss, mit zusammengebissenen Zähnen und rollte mich auf die Seite, weg von Bjarne. Ich war so bescheuert gewesen zu glauben, dass da was zwischen uns war.

„Tarja, ich wollte nicht-"

„Es war ein Missgeschick, schon verstanden. Sollen wir weiter? Peppino hat nicht die längsten Öffnungszeiten." Ich ignorierte es, dass er mich nachdenklich musterte, ein weiteres Mal den Mund öffnete und zu mir gekrochen kam.

Mit wackligen Beinen stand ich auf und fuhr weiter auf das Dorf zu, das mit seinen vielen Lichtern bereits in der Ferne zu erkennen war.

„Ciao, Kleines! Was bereitet mir die Ehre?" Peppino, der seinem Ruf als italienischer Weihnachtsmann mit weißem Rauschebart und langen, zu einem Zopf geflochtenen Haaren alle Ehre machte, winkte mir vom Tresen aus zu.

„Peppino, wie geht es dir?" Ich hatte das dringende Bedürfnis, ihn zu umarmen, deshalb warf ich mich in seine ausgebreiteten Arme.

„Gut, gut. Na ja, ich mache mir ein wenig Sorgen. Ich merke, dass ihr keine Touristen zu uns schickt. Aber wem erzähle ich das, hm?" Sein Blick war leer.

So kannte ich meinen Freund nicht.

„Dann hast du keine Kundschaft?" Das hatte ich tatsächlich noch nicht bedacht. Ich war auf der Farm so in meiner eigenen Welt, dass ich mir um die Auswirkungen meines Tätigkeitsverbotes auf den Rest des Dorfes keine Gedanken gemacht hatte.

Lumijärvi war eine kleine, familiäre und vor allem autonome Gemeinde. Unsere Geschäfte förderten sich gegenseitig. Wenn meine Gäste eine kulinarische Abwechslung brauchten, schickte ich sie besten Gewissens zu Peppino ins Restaurant, zeigte ihnen den niedlichen Krämerladen von Fria oder, falls sie einen eigens hergestellten Wodka kosten wollten, empfahl ich ihnen Ju's Kneipe.

„Wir haben immense Umsatzeinbrüche. So wie du. Nur Fria kann sich über Wasser halten. Mit den paar Lebensmitteln und Medikamenten, die sie dort vertreibt. Aber sieh dich nur um!" Peppinos Stimme dröhnte durch das leere Lokal.

Nur ein einziges Licht war eingeschaltet. Das Restaurant so ausgestorben zu sehen, verdeutlichte nur die drastische, außergewöhnliche Situation. Und sie machte mir Angst. Das erste Mal machte ich mir nicht nur um meine Belange Sorgen. Was war mit Peppino? Würde er seinen Laden halten können und auf andere Arten neue Gäste gewinnen?

„Schreibst du rote Zahlen?" Er kannte mich bereits seit meiner Geburt, deshalb war diese Frage nicht zu persönlich. Noch zu Lebzeiten meiner Mutter hatten sie sich über Steuerangelegenheiten und Finanzen ausgetauscht.

„Ja, leider. Und du?" Er kniff die Augen zusammen. Die Brille auf seiner Nase fehlte, deshalb sah er wohl nicht gut.

„Sowas von. Wir hatten kaum Ersparnisse. Die kleine Summe, die meine Mutter zur Seite gelegt hatte, ist bereits aufgebraucht", nuschelte ich. Bjarnes Blick war mir sehr bewusst.

„Hast du Einspruch gegen das Tätigkeitsverbot eingelegt? Die können das doch nicht einfach machen!" Eine Furche bildete sich auf der Stirn des alten Mannes.

„Anscheinend schon … Egal, das kriegen wir schon irgendwie hin. Vielleicht reißt dich und die anderen Geschäftsleute des Dorfes unser Weihnachtsmarkt aus der Misere." Ich versuchte mich an einem Lächeln, scheiterte aber wohl kläglich, Peppinos Reaktion nach zu urteilen.

„Keine Ahnung, ob das wirklich Touristen anzieht und uns hilft. Meinst du eine Pizza hilft dir für den Moment?" Er kam um seinen Tresen herumgestiefelt und deutete auf einen Tisch in einer gemütlichen, holzvertäfelten Ecke.

„Lohnt sich das für zwei Stück?"

„Für meine Freunde immer!" Er ging voran, zog die Stühle vom Tisch und winkte uns zu sich.

Ich ließ Bjarne vorgehen. Er sah sich um und das Licht spiegelte sich in seinen braunen Augen.

„Danke, dass du für uns den Ofen anschmeißt!" Ich setzte mich auf den Stuhl, den Peppino mir bereithielt.

Bjarne setzte sich wortlos mir gegenüber.

Dass wir uns wieder so nah waren, brachte mich aus der Fassung. Ich war von unserem, na ja eher meinem Moment auf dem Eis noch immer aufgeheizt.

„Natürlich! Vor allem wenn mein Wolfsmädchen endlich wieder ein Date hat!"

Bei seinen Worten verschluckte ich mich an meiner eigenen Spucke. Ich hustete und hielt mir die Hand vor den Mund.

„Das hier ist kein Date", klärte Bjarne sofort auf. Dabei wirkte er abgeklärt und lächelte nonchalant.

Es ärgerte mich. Weshalb wusste ich nicht genau, aber dass er es so von sich stieß, als wäre es das Absurdeste von der Welt, tat irgendwie weh. Und dass es mich schmerzte, machte mich nur noch verärgerter. Ein Kreislauf der Verärgerung sozusagen.

„Ich bin Reporter für SuoTV und berichte über die in finanzielle Schieflage geratene Farm von Tarja."

Peppino machte große Augen. „Ich wusste es! Du bist Bjarne Wallin, oder? Sehr erfreut, dich hier bei uns zu haben. Mensch, Tarja, du hättest mich auch mal vorwarnen können! Dann hätte ich ..." Peppino verstummte und funkelte mich an. Er nahm die Brille aus der Hosentasche, setzte sie auf die Nase und seine Augen wirkten durch das Glas direkt größer.

„Aufgeräumt?", beendete ich seinen Satz und verdrehte die Augen.

„Quatsch! Ich hätte den Ofen vorgeheizt. So dauert das Ganze jetzt ewig. Bjarne, ich versichere dir, normalerweise brauche ich nur 20 Minuten für eine gute Pizza! Das Rezept für den Teig ist von meiner Großmutter aus Italien. Original sizilianisch! Und die Tomatensoße ist auch stets hausgemacht! Also nur, falls du das in deinem Artikel mal erwähnst!" Ich hatte Peppino noch nie so aufgeregt gesehen. Er tänzelte um unseren Tisch herum, stellte eine Kerze zwischen uns und entzündete sie. Dann reichte er ein kleines Schälchen mit Oliven und eilte zum Durchgang in die Küche.

„Wir haben noch nicht bestellt!" Ich sah die Kerze an, dann Bjarne, der mich anlächelte. Mein Blick ging schnell wieder zur Kerze. Wieso war ein Essen zu zweit so intim?

„Braucht ihr auch nicht", war das Einzige, was ich hörte, bevor die Küchentür in den Rahmen schlug.

Nun waren es nur noch Bjarne und ich. Komplett allein und ich hatte keine Ahnung, worüber ich mit ihm reden konnte. Wieso war ich bloß mit ihm hierhergekommen? Die Schlittschuhe quetschten meine Füße ein, deshalb öffnete ich die Schleifen und wechselte zu meinen Winterstiefeln.

„Warum hat er dich Wolfmädchen genannt?" Bjarne lehnte sich über den Tisch zu mir.

Ich runzelte die Stirn. Seine Miene sagte mir, dass es ihn wirklich interessierte. Und auch, dass wir das Förmliche hinter uns gelassen hatten. Wir bewegten uns auf persönlichere Gefilde zu. Für die Erfüllung meines Planes war das ein gutes Zeichen. Doch es verunsicherte mich auch. Seine Art, die Wechselhaftigkeit: Bjarne war ein Mysterium für mich.

„Es ist eine bescheuerte Geschichte", versuchte ich ihn davon abzubringen, doch er ließ nicht locker.

„Als Reporter bin ich immer auf der Suche nach Geschichten. Je merkwürdiger, desto besser."

Ich sah ihn an und versuchte, aus seiner Neugierde schlau zu werden. Und gab es auf, denn für die Deutung seines Interesses kannte ich ihn noch zu wenig.

„Eine Geschichte gegen eine Geschichte", schlug ich vor. Auch ich war ein neugieriger Mensch. Und da gab es etwas, was mich brennend interessierte.

„Ok. Ladies First." Er strich sich die Locken aus dem Gesicht und löste den Schal ein wenig, sodass ich ein winziges Stück seiner Brust durch den V-Ausschnitt seines Shirts sehen konnte. Sie sah hart und muskulös aus.

Das Aufschlagen der Tür riss mich aus meinen Träumereien. Peppino huschte zu uns, stellte zwei Gläser Rotwein vor unsere Nasen, nickte Bjarne zu und eilte zurück zum Pizzaofen.

Bjarne nahm das Glas in die Hand, schwenkte wie ein Kenner den Wein, schnupperte an ihm und nahm dann einen Schluck. Ich beobachtete, wie sein Hals sich bewegte. Es machte mich kirre, wie sehr ich auf sein Äußeres ansprach. Damit musste Schluss sein! Konzentration!

„Ich werde im Dorf Wolfsmädchen genannt, weil meine Mutter nach meiner Geburt überall herumerzählt hat, dass Wölfe mich zu ihr gebracht haben. Ich sei ein Findelkind, weil ich so helle, fast weiße Haare hatte und meine Eltern vom Typ her beide eher dunkel waren. Es gab anfangs viele Gerüchte im Dorf, dass ich ein Kuckuckskind sei. Und meine Mum hat daraus halt Wolfskind gemacht. Sie hat mit ihrem Humor den Leuten den Wind aus den Segeln genommen. Zudem passt die Bezeichnung sehr gut, wenn man zwischen Schlittenhunden aufwächst, auf einer Farm, die *Running Wolves* heißt." Diese Story erzählte ich nicht jedem. Sie war persönlich und zeigte das Verhältnis zwischen mir und meiner Mutter. Es war beinahe vertraut, deshalb presste ich die Lippen aufeinander.

Bjarne fixierte mit seinem Blick meine Haare. Ich strich sie nach hinten weg, damit er sie nicht weiter anstarren konnte.

„Das mit deiner Mutter tut mir sehr leid", raunte er und sah auf die Tischplatte.

Ich nahm einen Schluck Rotwein, um den Kloß in meinem Hals herunterzuspülen. „Danke."

„Und dein Vater-"

„Der ist abgehauen, als ich zwei Jahre alt war."

Bjarne schwieg, aber diesmal war die Stille nicht unangenehm. Da war ein Gefühl zwischen uns, das wir miteinander teilten.

„Meiner auch. Als ich sechs Jahre alt war. An meinem Geburtstag."

Eine geteilte Geschichte. Ich nickte und hob das Glas. „Auf Väter, die niemand braucht!"

Er hob ebenfalls sein Glas und wir stießen an.

Ich trank einen großen Schluck und genoss die Fruchtigkeit des Weines.

„Ok, jetzt bin ich dran", verkündete ich und setzte das Glas ab.

Bjarne fasste sich an das Kinn und lehnte sich mit dem Arm auf den Tisch.

„Warum bist du hier?" Ich erinnerte mich an seine Tirade von heute Morgen und wollte unbedingt wissen, was dahintersteckte.

„Um über *Running Wolves* zu berichten, natürlich." Er verzog das Gesicht.

Doch so leicht gab ich nicht auf. Ich wusste, dass da mehr war. Das hatte er selbst angedeutet.

„Klar, das weiß ich. Schließlich habe ich die E-Mail geschrieben. Aber vorhin sagtest du, dass deine Chefin mit dieser Aktion deinen Namen reinwaschen will. Was ist da genau vorgefallen?"

Mit jedem Wort verzog er mehr das Gesicht. Was dachte er? Dass ich zu langsam war und nichts mitbekam?

„Das ist vertraulich", versuchte er mich abzuwehren, doch ich hob den Zeigefinger.

„Hey, du bist doch wohl nicht einer von denen, die ihr Wort nicht halten, oder?“ Ich zog die Brauen zusammen, lehnte mich nach vorne und piekte mit dem Finger seinen Arm. Erst hatte ich in seine Brust stechen wollen, doch das wäre keine gute Idee gewesen. Seine Armmuskeln brachten mich leider ebenfalls aus dem Konzept.

„Aua! Schon gut!“ Er hob seinen Kopf, griff sich in den Nacken und schloss die Augen.

„Wie viel hast du über den Skandal um Talkki Finlandia mitbekommen?“ Er sprach leiser als sonst und sah zur Tür, durch die Peppino verschwunden war.

„Ich weiß, dass es der größte Talkumförderer Europas ist und dass es Streitereien gab bezüglich eines Bodenschatzes ganz oben im Norden“, sagte ich ebenfalls mit gedämpfter Stimme, während ich mich vorbeugte, um ihn besser verstehen zu können.

„Sie wollten in Lappland, gar nicht so weit von hier, Talkum fördern. Dafür hätte ein großer Teil des Landes der Samen enteignet werden sollen. Also hätten viele Ureinwohner von Lappland ihre Lebensgrundlage verloren. Sie haben ja eh nicht gerade viel Land, viel Fläche wurde ihnen bereits vor Jahren gestohlen, doch das wäre die Krönung gewesen.“ Er sprach so eindringlich, dass ich zwischendurch die Luft anhielt. Seine Augen flackerten passend zum Kerzenschein. Da war Leidenschaft in seinem Blick.

Mein Körper kribbelte, denn ich hatte das Gefühl, Teil von etwas Besonderem zu werden.

„Die Samen brauchen das Land für Landwirtschaft, Tierhaltung hauptsächlich, und sind auf die Erträge und den Tourismus angewiesen“, bestätigte ich, denn durch Lemmy hatte ich einen guten Einblick in diese Kultur erhaschen können. Seine Eltern waren Samen und Nomaden.

Bjarne nickte. „Mit meinem Team habe ich recherchiert und bin auf einen Fehler im Prozess der Enteignung gestoßen. Ein Richter, der darüber entschieden hat, ist korrupt. Und das war für mich ein gefundenes Fressen. Ich habe das in einem Bericht eingewoben und im Livefernsehen die Bombe platzen lassen. Fand meine Chefin, auch wenn sie meine Beweggründe verstehen konnte, nicht so witzig. Der oberste Boss von SuoTV wollte mich rausschmeißen, aber sie konnte ihm versichern, dass das eine Kurzschlussreaktion meinerseits gewesen war und niemals mehr in der Form vorkommen wird." Sein Kiefer mahlte. Es war klar, dass ihn das sehr ärgerte.

„Aber das stimmt nicht. Und deshalb machst du jetzt gute Miene zum bösen Spiel, bis sie dir eine längere Leine lassen und du weiter investigativ recherchieren kannst?"

Bjarne sah mich an und es war, als könnte ich seine Gedanken lesen. Und er meine. In diesem Moment war alles ganz klar, denn ich hätte es genauso gemacht. In diesem Punkt waren wir uns einig, trotz all unserer Unterschiedlichkeiten. Es berührte mich, dass er sich für das Volk der Samen einsetzte. Und dass er mit dieser Aktion ebenfalls die Umwelt schützte, die ich so liebte.

„Ich bin Journalist geworden, um genau über diese Dinge zu berichten. Ich will kein austauschbares, schönes Gesicht sein, das über Wintersport berichtet. Ich möchte Geheimnisse aufdecken, Probleme lösen und den Menschen helfen." Er knibbelte an seiner Nagelhaut herum.

Behutsam legte ich meine Hand auf seine und sah ihn
an.

„Ich versteh dich. Ok, ich bin weder eine Journalistin,
noch habe ich ein hübsches Gesicht, aber ich weiß, wie
es ist, wenn jemand nicht mehr in dir sieht. Wenn du
auf Dinge, die dir völlig unwichtig sind, reduziert wirst,
obwohl du mehr kannst." Meine Stimme brach. Woher
kam diese ganze Emotion, die diesen Raum mit einem
Mal erfüllte. Ich wollte meine Hand von seiner wegziehen, schließlich war es nur eine gefühlsduselige Reaktion gewesen, doch er umschloss sie mit seinen Fingern.

„Doch, hast du", flüsterte er und lächelte.

„Hm?" Ich war in seinem Blick völlig gefangen. Da
war wieder dieses Band, was uns verband.

„Du hast ein hübsches Gesicht, Tarja."

# Kapitel 12

Es war gar nicht so anstrengend oder mühselig, mit Bjarne zu sprechen, wie ich angenommen hatte. Ganz im Gegenteil – es war, als wäre das Eis zwischen uns gebrochen. Oder zumindest angeknackst. Er schimpfte auf verschiedene Konzerne und deren Rodung der Wälder und andere umweltschädliche Praktiken. Ich nickte fast die ganze Zeit, denn das Kampfesfeuer flammte erneut in mir auf. All die Ungerechtigkeit, von der ich nun direkt betroffen war, stachelte mich an. Bjarne half mir dabei, neuen Mut zu fassen und nicht aufzugeben. Dass ausgerechnet er hierhergeschickt worden war, mit all dieser Leidenschaft für den Umweltschutz und den Erhalt der lappischen Kultur, und nun an der kurzen Leine gehalten wurde, war bittersüß.

Und dann wurde es irgendwann persönlicher. Er stellte absurde Fragen, beispielsweise, ob ich die Namen aller Hunde auswendig konnte. Natürlich. Oder was ich an Tagen tat, an denen ich nicht Schlitten fuhr. Was sollten das für Tage sein? Und warum ich heute frei hatte. Die letzte schubste mich ein wenig aus der Bahn. Erst wollte ich protestieren: Ich hatte heute ohne Lemmy, also ganz allein und ohne Absicherung im Notfall, nicht rausfahren können. Trotzdem waren die

Hunde versorgt und zumindest durch diverses Intelligenzspielzeug ein wenig abgelenkt. Aber dann entschied ich mich, seine Annahme zu akzeptieren.

Seit dem Tod meiner Mutter hatte ich keinen einzigen freien Tag gehabt. Heute nahm ich ihn mir – zumindest in dem Rahmen, der möglich war. Deshalb bat ich Peppino, nachdem wir Salate und Pizzen verspeist hatten, um ein weiteres Glas Wein. Das wäre mit Nils unvorstellbar gewesen, denn er hatte immer so viel trinken dürfen, wie ihm der Sinn danach stand, aber mich war er für jeden Schluck angegangen. Auch eine Pizza hätte ich vor ihm niemals gegessen, denn er hatte jede zu fettige Mahlzeit kritisch beäugt.

Mit Bjarne war das alles anders. Einfacher.

„Wolltest du noch nicht mal als Teenager aus diesem kleinen Kaff hier ausbrechen?“ Er trank mittlerweile sein drittes Glas Wein und allmählich machte ich mir Sorgen, ob wir den Rückweg angesäuselt überhaupt schaffen würden. Wenn Maddin nur den Schlüssel für den Van vom Fernsehsender bei uns gelassen hätte, dann hätte Airin uns abholen können.

„Ich war ein paar Mal in einer Stadt, sogar mal in Helsinki, und das war furchtbar. Die Gehwege waren beheizt, sodass Schnee und Eis sofort tauten. Was soll das?“ Ich runzelte die Stirn und schüttelte den Kopf.

„Es ist praktisch. Und weniger gefährlich, denn so verhindert man Stürze und andere Unfälle.“

„Es ist vor allem unnatürlich. Ich mag die Natur. Sie ist eine große Kraftquelle und verbindet Tier und Mensch miteinander.“

Er nickte, sagte dazu jedoch nichts. Stille legte sich über den Tisch. Einerseits hatte ich das Gefühl, dass ich weiter erklären sollte, was so besonders an diesem Dorf, meiner Heimat und unserer Farm war, damit er die beste Reportage zustande brachte, zu der er in der Lage war. Andererseits war da wieder sein Blick auf mir, auf meinem Mund und seine Hand auf dem Tisch, ganz nah neben meiner. Nur ein winziges Stück nach rechts und unsere Haut würde sich berühren. Ich könnte seine Wärme spüren, es wäre ganz leicht.

„Leute, wir haben ein Problem!" Mit diesen Worten flog die Tür auf und Peppino kam mit verzogenem Gesicht zu uns marschiert.

Bjarnes Körperhaltung veränderte sich. Er war in Alarmbereitschaft.

„Was gibt es?" Ich sah den alten Mann abwartend an.

„Ein Schneesturm zieht auf. Sieht übel aus."

Ich stand sofort auf und nahm meine Jacke von der Garderobe.

„Hey, was wird das?" Peppino nahm mich sanft am Arm und zog mich zur Seite.

„Airin ist allein auf der Farm. Ich werde sie dort nicht ohne Hilfe lassen. Wer weiß, wie stark es schneien wird! Wir müssen uns gemeinsam um die Hunde und die Gebäude kümmern, gegebenenfalls Vorkehrungen treffen." Ich legte meine Hand auf Peppinos und operierte seine Finger vom Stoff meines Pullovers.

„Ich glaube, dafür ist es schon zu spät", murmelte Bjarne, der ebenfalls aufgestanden und zum Fenster neben dem Eingang gegangen war.

Ich trat neben ihn und sah hinaus.

Eine weiße Wand, diese besondere Art Nebel, die es nur bei einem massiven Schneesturm gab, kam in der

Ferne zwischen den Tannen über den zugefrorenen See auf uns zugerollt. Der Schneefall nahm sekündlich zu.

Hektisch steckte ich die Arme in die Jacke, knöpfte sie zu und riss die Eingangstür auf.

„Wolfsmädchen, das ist eine dumme Idee", sagte Peppino direkt hinter mir.

„Wäre nicht das erste Mal für mich."

„Aber für mich", entgegnete Bjarne.

Ich sah ihn an und versuchte, seine Miene zu deuten, doch es war unmöglich.

„Du kannst hierbleiben", schlug ich vor und gab mir Mühe bei der kalten Luft, die durch die geöffnete Tür strömte, nicht zu bibbern.

„Du auch." Peppino schob sich nun direkt vor mich. „Ruf doch bitte Airin an und frag sie zuerst, ob sie Hilfe braucht."

Mit zusammengekniffenen Augen sah ich von ihm zu Bjarne.

„Schneestürme sind doch verdammt gefährlich, oder? Zumindest, wenn man durch sie hindurch will. Der See wird spiegelglatt sein, kaum die eigene Hand wird vor dem Gesicht zu erkennen sein und die Tannen werden so überladen mit Schnee sein, dass sie entweder lawinenartige Massen abstoßen oder unter dem Druck zusammenbrechen." Bjarne verschränkte die Arme und schürzte die Lippen.

„Was bist du jetzt? Ein Experte für Lappland, oder was?" War ich zu hart zu ihm? Vielleicht. Hatte er recht? Definitiv. Trotzdem gefiel mir die Vorstellung nicht, dass er über mich bestimmte.

„Ich habe vor meinem Einsatz hier recherchiert. Das tun Journalisten nun mal!"

Wir lieferten uns Blickduelle, diesmal waren da weder Freundlichkeit noch Zuneigung, sondern nur Zorn von beiden Seiten.

„Ohne mich wird sie nicht klarkommen!" Es war mir egal, was die beiden sagten. Ich kannte dieses Fleckchen wie meine Westentasche. Kein Schneesturm würde mich daran hindern, zu meiner Farm zurückzukehren. Ich drückte mich an Peppino vorbei und trat in die Eiseskälte. Die weiße Front kam mit jeder Sekunde näher, ich konnte sie bei ihrem Vormarsch beobachten. Der Schneefall war anders als vor einer halben Stunde. Große Flocken regneten auf Lumijärvi hinab, setzten sich auf Dächer, Schneemobile und die vereinzelten Laternen, die das Dorf mit spärlichem Licht erhellten. Unter meinen Stiefeln knarzte der frische Schnee, die Schlittschuhe baumelten über meiner rechten Schulter und schlugen mir die Kufen in den Rücken.

„Was, wenn doch?"

Ich wirbelte umher.

Bjarne stand vor mir und sah genauso ernst aus, wie ich mich fühlte. Nicht zu Späßen aufgelegt.

„Hast du als Journalist nicht gelernt, wie man in ganzen Sätzen spricht?" Ich konnte es nicht fassen, dass wir bis vor fünf Minuten beinahe freundschaftlich miteinander umgegangen waren.

„Was, wenn Airin dich nicht braucht? Du bist so von dir selbst überzeugt, dass du den anderen in deinem Umfeld überhaupt nichts zutraust." Er grinste, doch es war nicht lustig. Er war belustigt. Wegen mir. Warum musste er so gut aussehen, wenn er gemein war? War das mein Ding? Auf Typen fliegen, die mir nicht guttaten?

„Du kennst weder mich noch Airin oder Lemmy. Misch dich gefälligst nicht in unsere Angelegenheiten ein. Wir arbeiten als Team. Das wüsstest du, wenn du nicht den halben Tag damit beschäftigt gewesen wärst, dich zu beschweren und alles abzulehnen, was mit der Farm zu tun hatte! Oh, und manchen Menschen ist ein unerschütterliches Selbstbewusstsein nicht in die Wiege samt goldenem Löffel gelegt worden. Manche mussten sich das hart erarbeiten." Meine Stimme wackelte gefährlich. Seine Worte hatten mir wirklich wehgetan. Ein Hauch Wahrheit war in ihnen und passte mir so gar nicht. Besonders nicht jetzt. Hier draußen in dieser Eishölle.

Bjarnes Grinsen gefror auf seinem Gesicht, nur um dann wie weggewischt auf einen Ausdruck umzuspringen, der mich einen Schritt zurücktreten ließ. Hatte ich etwa, so wie er, ins Schwarze getroffen?

„Hey, ich will eigentlich nicht hier sein. Du willst mich nicht hier haben. Das passt doch. Dann hören wir doch mit dieser Fassade auf und reden Klartext. Ich habe nichts davon, dass du in diesen Schneesturm rennst und dabei verschüttet wirst und erfrierst. Und deine Farm und dein großartiges Team haben davon auch nichts. Komm zurück in die Pizzeria, bleib mit mir hier, ruf deine Freundin an, um dich abzusichern. Sobald der Sturm sich gelegt hat, komme ich auf eine Schlittenfahrt mit dir. Dann bekommen wir die Bilder, die wir für die Reportage brauchen. Das Ding ist schnell im Kasten und Maddin und ich verschwinden. Du hast deinen Willen, ich meine Ruhe. Deal?" Er reichte mir seine Hand.

Alles in mir schrie Nein. Nein, ich wollte ihn auf eine merkwürdige Art und Weise bei mir haben. Beim Essen hatte ich keine Fassade gezeigt. Im Gegenteil – ich hatte meine Mauer ein wenig abgebaut. Doch das mit dem Schneesturm und der Gefahr, da war wohl etwas dran. Was hatten die Hunde von einem toten Frauchen?

Wie auf Kommando begann es noch heftiger zu schneien. Innerhalb von zwei Atemzügen türmten sich kleine weiße Kronen auf Bjarnes Mütze, seinen breiten Schultern und sogar auf der ausgestreckten Hand. Wollte er wirklich so schnell weg von hier? Hasste er das, was ich so sehr liebte? Meine Geschichte war genau wie seine mit einem Konzern verbunden, der mir alles nehmen wollte. Wo war also sein Kampfgeist hin?

Ich nahm seine Hand und schüttelte sie leicht.

Er drehte sich um und stapfte zurück zur Pizzeria und ich folgte ihm.

Peppino hielt uns nickend die Tür auf.

„Ich muss mit Airin sprechen", nuschelte ich.

Peppino signalisierte mir mit einer Hand, dass ich ihm folgen sollte. Gemeinsam gingen wir durch die Küche, einen schmalen Flur entlang, den ich zuletzt als Kind gesehen hatte, und eine Treppe hinauf in seinen winzigen Wohnbereich. Dort schob er den Stuhl seines Schreibtisches zurück, sodass ich mich setzten konnte.

Ich nahm den Hörer des Telefons in die Hand, doch es tutete nur auf der anderen Seite.

„Tot", murmelte ich und legte nach einiger Wartezeit auf.

„Moment, ich hole das Satellitentelefon." Peppino ging zur anderen Seite des Raumes, also gerade Mal drei Schritte, und wühlte in einem Regal herum, in dem Chaos herrschte.

Meine Gedanken waren bei der Farm. Ich hoffte inständig, dass die Dächer der Gebäude dem starken Schneefall standhalten würden. Für die Huskys war ein Schneesturm kein großes Problem. Die meisten fanden es sogar witzig, sich einschneien zu lassen. Draußen, mitten im Eis, waren sie glückliche Seelen.

Doch was, wenn Layla ausgerechnet heute ihre Welpen warf?

„Hier, versuch das mal", meinte Peppino, reichte mir das Mobiltelefon mit Antenne und strich sich den Vollbart glatt.

„Danke." Meine Finger flogen über die Tasten. Diesmal erhielt ich ein Freizeichen und Airin nahm nach einiger Zeit ab.

„Hallo?"

„Airin, hier ist Tarja. Ich rufe von Peppino aus an. Ein Schneesturm kommt auf uns zu und-"

„Das kannst du laut sagen", unterbrach sie mich und lachte.

„Ist mit dir alles ok? Mit der Farm und den Hunden?" Mein Mund war trocken und ich musste mehrmals hintereinander schlucken.

„Bei uns ist der Schneesturm bereits angekommen. Ist echt übel, aber uns geht es allen gut. Ich habe so viele Hunde ins Wohnhaus geholt wie möglich. Nur die ganz Harten sind noch draußen. Die hatten auch nicht wirklich Lust hereinzukommen. Der Futterschuppen knarzt gruselig, ich weiß nicht, ob das Dach hält."

„Verdammte Kacke, ich komme sofort zu euch!" Nun bereute ich sehr, nur die Gästehäuser renoviert zu haben. Ich hätte im Sommer ebenfalls das Projekt Futterschuppen angehen sollen, aber meine finanziellen Mittel waren ausgeschöpft gewesen.

„Auf keinen Fall tust du das! Du bleibst bei Peppino! In diesem Sturm möchte ich dich nicht draußen wissen. Wir kommen hier klar. Alle Hunde sind in Sicherheit, ich bin sicher und ich habe überall außer im Wohnhaus das Wasser und den Strom abgeschaltet." Airin klang so entschieden, dass ich nichts erwidern konnte.

Ich atmete tief ein und aus, bevor ich meinen nächsten klaren Gedanken fassen konnte. „Bist du dir zu hundert Prozent sicher?"

„Ja." Es kam wie aus der Pistole geschossen.

„Wie geht es Layla? Und hast du was von Lemmy gehört?"

„Der hatte kurz angerufen und meinte, dass er mit Maddin in einem Gasthaus absteigt, damit sie nicht in den Schneesturm kommen. Sie werden es also heute nicht mehr schaffen. Und Layla liegt zu meinen Füßen. Möchtest du sie sprechen?" Sie kicherte und wirkte so entspannt, dass die Alarmglocken in meinem Kopf langsam verstummten.

„Bitte, ja", nuschelte ich und nickte Peppino zu, der ebenfalls angespannt gewartet hatte.

Er zeigte mir den Daumen und verschwand dann wieder im Flur.

Auf der anderen Seite knisterte es. Ich hörte Airin ein paar unverständliche Wörter nuscheln. Dann schmatzte es in den Hörer.

„Mäuschen, wehe du bekommst heute deine Babys! Du wartest damit auf mich, ja? Zieh sie zur Not wieder hoch und pass gut auf Airin auf!"

Natürlich bekam ich keine Antwort. Ich lauschte noch ein paar Sekunden den ruhigen Atemzügen der Hündin, bevor ich Airin wieder am Apparat hatte.

„Mach dir bitte keine Sorgen, Tarja. Ich melde mich, wenn es Probleme gibt!" Ich konnte ihr ernstes, aufrichtiges Gesicht vor meinem inneren Auge sehen.

„In Ordnung. Pass gut auf dich auf!"

„Du auch auf dich!"

Wir legten auf und ich sah einen Moment das Telefon an. Hoffentlich hatte ich gerade mit meiner Einsicht keinen folgenschweren Fehler begangen. Aber ich musste auf das Urteil meiner Freundin vertrauen. Schlecht nur, dass Vertrauen nicht gerade meine Stärke war.

Ich stand auf und ging zu dem Fenster neben dem Schreibtisch. Die weiße Front war verschwunden. Es war merkwürdig ruhig – nur Schnee, das unendliche Weiß, von allen Seiten. Wir waren mitten im Auge des Sturms.

# Kapitel 13

„Du kannst gerne im Bett schlafen. Ich bin mit der Couch zufrieden." Ich nahm mir das Kissen, das Peppino, bevor er zu seiner Schwester gegangen war, bereitgelegt hatte, und schmiss es auf die schmale Ledercouch.

„Als Gentleman kann ich das nicht zulassen." Bjarne verzog das Gesicht. War er sich da selbst sicher? Immer wieder blickte er zu Peppinos Bett und wieder zu mir.

„Sei nicht albern. Du bist eindeutig ein Prinzesschen. Selbst über das beste Bett, das wir auf der Farm zur Verfügung hatten, hast du dich beschwert. Unmöglich, dass du auf einer Couch schläfst!" Bei seinem entgeisterten Gesichtsausdruck konnte ich mir ein Grinsen nicht verkneifen.

„Prinzesschen?" Er kniff die Augen zu Schlitzen zusammen und ging zur Couch. Mit einer schnellen Bewegung nahm er mein Kissen und warf es auf das frisch bezogene Bett.

„Oder Prinzchen. Mir egal. Aber du schläfst in Peppinos Bett!" Ich ging an ihm vorbei zum Bett, nahm mein Kissen zurück und warf es auf die Couch.

„Es ist nicht egal! Ich bin ein Mann! Ist dir das nicht aufgefallen?" Er legte den Kopf schräg und sah mich mit noch immer leicht gerümpfter Nase an.

Und wie mir das aufgefallen war. Jeden Moment, den wir miteinander verbrachten, war mir diese Kleinigkeit nicht aus dem Kopf gegangen. Ihn zu ärgern war mir aber eine besondere Freude. Anscheinend kratzte ich an seinem empfindlichen männlichen Stolz.

„Doch, klar. Total männlich, wie du mit Lederslippern über das Eis watschelst. Oder dich von zwei halbwüchsigen Rüden über den Haufen rennen lässt." Ich sprach sehr leise, schließlich wollte ich ihn nicht vollends verärgern. Es musste raus, aber ich hatte es nur für mich nuscheln wollen. Noch immer wollte ich was von ihm. Also nicht so – glaubte ich. Auf jeden Fall war ich auf seine Gunst und die daraus hoffentlich entstehende Reportage angewiesen.

Bjarne funkelte mich an, aber schwieg. Seine Stille verunsicherte mich.

„Im Ernst: Nimm das Bett! Ich habe eh Schlafprobleme, meine Nachtruhe ist nie erholsam. Das passt schon für mich. Außerdem habe ich schon an erbärmlicheren Orten geschlafen …"

Zum Beispiel auf dem Boden am Bettende, nach einem Streit mit Nils. Er hatte mich nicht ins Bett gelassen, aber das Zimmer hatte ich zur Wahrung unserer Fassade auch nicht verlassen dürfen.

Bjarne wollte Fragen stellen, doch ich winkte ab.

Mit einem Schmatzen nahm mich die Couch in Empfang. Ich drehte mich ein paar Mal hin und her, zerwühlte die vielen kleinen Kissen, die Peppino aus allen erdenklichen Ecken hervorgekramt hatte, und legte mich dann in Schlafposition. Ein wenig Sorgen machte ich mir noch immer. Diesmal nicht so sehr um Airin, sondern um den alten Mann. Er hatte mich aufgehalten, in den Schneesturm zu gehen, doch als seine Schwester angerufen hatte, weil es Probleme mit der Eingangstür ihres Hauses gab, war er sofort in den schneeverstürmten Straßen von Lumijärvi verschwunden.

„Brauchst du keine Decke?"

„Nein, ich habe ja meine Schneekleidung." Ich sah zu Bjarne hinüber, der mich mit gerunzelter Stirn musterte.

Neben dem Star-Reporter mit dem Adoniskörper fühlte ich mich zu massiv, zu unförmig. Dick und muskulös an Stellen, die bei Frauen nicht von der Gesellschaft vorgesehen waren. Und weich an Stellen, die straff und schlank sein sollten. Zumindest sah ich es so im Fernsehen, im Internet und in Zeitschriften. Mich nun vor Bjarne auszuziehen, nur in Leggins und Unterhemd, schlimmer noch in Slip und BH vor ihm zu stehen, erschien mir zu gleichen Teilen absurd und unangemessen.

Er gab darauf nicht viel. Ohne ein Wort der Warnung oder Erklärung zog er den geliehenen Pullover aus. Sein dünnes, viel zu enges Sweatshirt folgte. Und dann sein Unterhemd. Ich wollte, aber konnte nicht wegsehen. Ich sollte, aber wollte nicht. In meinem Kopf herrschte Chaos. Und gleichzeitig war alles ruhig. Ich betrachtete seinen muskulösen Oberkörper. Das erste Mal konnte ich sein Tattoo sehen, das ich bereits seit dem Zeitungsartikel an ihm vermutete. Es schlang sich von seinem Ellbogen auf der rechten Seite über die ganze Schulter, ein kleines Stück seinen starken Hals hinauf und endete auf seiner rechten Brust. Es waren schwarze Linien, die Schnörkel formten, ohne dabei elegant zu wirken. Seine Tätowierung wirkte hart. Und das war nicht das Einzige an ihm, was so markant erschien.

„Doch ziemlich männlich, hm?"

Nie in meinem Leben hatte ich so eine Hitze in mir gespürt. Kurz hatte ich Angst, mein Gesicht würde verbrennen. Blut schoss wie Lava durch meine Haut. Ich war so aus dem Konzept, dass ich nicht wegsah. Unsere Blicke trafen sich und das, was in seinem lag, machte die Luft um uns herum noch heißer. SOS. Es war, als würde ich den Morsecode blinzeln. Bjarne lächelte ein schiefes, eindeutig zweideutiges Lächeln.

Ich war verloren.

„Tarja, kann es sein, dass du mich anstarrst?", raunte er.

Ich war wie hypnotisiert von ihm. Auch von seinem Körper, klar. Schließlich war er der Hammer. Aber auch von seinem Selbstbewusstsein und der Leichtigkeit, die er verströmte. Dass er so zu sich selbst stand, war viel attraktiver als seine Muskelberge.

„Soll ich mir etwas anziehen?"

„Ich ... Also ich ... Mir ...", stotterte ich und schloss kurz die Augen. Ich musste mich dringend zusammenreißen. Die ganze Nacht lag vor uns und ich wollte daraus keine unangenehme Begegnung machen.

„Mach, wie du möchtest. Wie du dich wohlfühlst. Und ja, es ist ziemlich männlich, dass du so offen mit deinem Körper umgehst. Irgendwie bewundernswert."

An der Art, wie er die Augenbrauen zusammenzog und sein Lächeln breiter wurde, erkannte ich, dass er mit dieser Reaktion nicht gerechnet hatte, sie jedoch verstand und anerkannte.

„Ich habe ein schlechtes Gewissen, wenn du dort auf der Couch schläfst. Möchtest du vielleicht ...“, setzte er an, brach ab und strich sich die dunklen Locken zurück. Dabei spannte er seinen Arm derart an, dass ich Mühe hatte, sein Gesicht und nicht seinen Bizeps und Trizeps zu fokussieren.

„Möchtest du mit mir im Bett schlafen?“

Nulllinie in meinem Kopf. Vielleicht sogar in meiner Brust.

„Also nicht mit mir. Oh Gott, das meinte ich nicht! Also nicht, dass das schlimm wäre oder ich-“ Er wirkte ernsthaft besorgt und zerstreut. Diesmal war er derjenige, der stotterte.

„Ok“, flüsterte ich.

Wo kam das denn her? Was war bloß los mit mir? Während ich von der Couch aufstand, mein großes Kissen nahm und zum Bett wanderte, konnte ich nicht fassen, dass ich dem zugestimmt hatte. Es war mehr als zwei Jahre her, dass ich mit einem anderen Lebewesen das Bett geteilt hatte. Die Hunde zählten nicht. Mit einem Mann. Ich hatte bis jetzt nur mit einem das Bett geteilt und diese Erfahrung würde ich am liebsten aus meinem Leben streichen. Ihn komplett streichen und für immer vergessen. Aber das ging nicht. Und deshalb war ich mir unsicher, ob das hier überhaupt ging. Und trotzdem bewegte sich mein Körper von allein. Dieser miese Verräter wollte Bjarne unbedingt nahe sein, deshalb legte er sein Kissen auf das Kopfteil, knipste das kleine Nachtlicht an und setzte sich auf die Bettkante. Und nicht nur das. Mir war so warm, dass ich meinen

Pullover auszog und meine Schneehose von meinen Beinen streifte.

„Kann ich doch eine Decke haben?"

„Wir haben nur die hier. Aber nimm sie ruhig." Bjarne vermied es, mich anzusehen und das löste unterschiedliche Gefühle in mir aus. Ich war dankbar, denn ich wollte keine Aufmerksamkeit erregen. Doch ein Signal wollte ich auch senden. Ihm einen kleinen Vertrauensvorschuss schenken – in der Hoffnung, dass er nicht alles an mir be- oder abwerten würde.

Er legte sich auf das Bett und hinter meinem Rücken raschelten die Kissen.

Ich warf einen kurzen Blick über meine Schulter. Und als ich mir sicher war, dass er aus dem Fenster sah, zog ich das Langarmshirt über meinen Kopf und legte es zu meinen anderen Kleidungsstücken auf den Holzboden. Das Bett quietschte, als ich mich ebenfalls hineinlegte und die Decke bis hoch zu meiner Nase zog.

Ihm so nah zu sein war unbeschreiblich. Ich konnte gar nicht so viele Gefühle voneinander separieren oder gar benennen, welche Empfindungen in mir tobten.

„Bist du ok?" Seine Stimme war nur ein Flüstern.

Das einzige Licht kam von den beiden Nachtlichtern an den Bettseiten und legte den kleinen Raum in ein schummriges Orange.

„Ich denke schon. Und du? Du hast dir das wahrscheinlich auch anders vorgestellt. Es tut mir leid. Ich wollte dir heute nur unser Dorf zeigen, damit du verstehst, wie schön und familiär es hier sein kann. Und jetzt das hier", erklärte ich und nickte zum Fenster, durch das man kaum blicken konnte, weil der Schnee sich auf den Fensterläden und der Fensterbank stapelte.

„Dass Peppino dich so schätzt, ihr so gute Freunde seit Jahren seid, dass er dich hier unterkommen lässt und sogar einen Wildfremden hier schlafen lässt ... Das ist eindeutig besonders und familiär." Bjarne lächelte mich an.

Ich konnte sehen, wie sich seine Brust hob und senkte. Wie er an dem Bezug des Kissens, auf dem er seine Lockenpracht gebettet hatte, spielte und bei seinen Worten Emotionen über sein Gesicht liefen.

„Wir halten halt zusammen."

Sein Körper zitterte.

„Ich möchte unbedingt, dass die Reportage gut wird. Das bedeutet mir sehr viel. Und Airin und Lemmy. Und wie ich heute erfahren habe, würde es dem ganzen Dorf helfen. Aber es ist mir auch wichtig, dass du es hier nicht hasst." Ich hatte keine Kontrolle mehr über mich selbst. Weder über die Worte, die meinen Mund verließen, noch über meinen Körper, der ein Stück näher an Bjarne rückte.

Er wich nicht aus und drehte den Kopf zu mir, sodass sich unsere Gesichter ganz nah waren. Wollte er, so wie ich, diese Verbindung, die ich versuchte aufzubauen?

„Ich glaube, ich hasse es hier nicht."

Wir sahen uns an, bis mir auffiel, dass seine Lippen bebten.

„Du frierst! Wir ... wir können uns die Decke auch teilen."

Hatte ich komplett den Verstand verloren? Es war die eine Sache, mit einem Mann im selben Bett zu schlafen. Da konnte man an den Rand rutschen, um sich nicht zu berühren. Damit der Kopf oder auch andere Körperteile nicht auf dumme Gedanken kamen. Aber sich eine Decke teilen? Das war an Intimität kaum zu überbieten.

„Wenn dir nicht wohl dabei ist ... Du, ich kann mich auch wieder anziehen." Seine dunklen Augen erschienen in dem warmen Licht viel weicher als draußen im Schnee.

„Nein!" Auf keinen Fall sollte er sich wieder anziehen. Aber frieren durfte er auch nicht.

Es kostete mich Überwindung, schließlich konnte er so viel zu viel von meinem Körper sehen, doch ich hob die Decke. Zog sie ein Stück über mich, zerstörte mir damit wahrscheinlich die kaum vorhandene Frisur und reichte ihm das andere Ende der Bettdecke.

„Danke", murmelte er und rückte ein ganzes Stück näher zu mir, damit er unter die Decke konnte. Er sah mich an. Ließ den Blick wandern.

Mein Herz raste. In meinem Bauch tanzte ein Schwarm Mücken und ich wusste nicht, wohin ich mit meinen Händen sollte. Am liebsten würden sie sich auf seine harte Brust legen. Würde die sich so anfühlen, wie sie aussah?

„Besser?", hauchte ich und sah zur Zimmerdecke, denn mittlerweile passte noch nicht mal eine Hand zwischen uns. Er strahlte Kälte aus. Am liebsten hätte ich mich an ihn geschmiegt, mich um ihn gewickelt, damit er von meiner unendlichen Hitze profitieren konnte.

„Ja. Danke, Tarja."

Ich mochte den Klang meines Namens auf seinen Lippen. Eigentlich mochte ich ziemlich viel an ihm, das wurde mir genau in diesem Augenblick klar. Verdammt, das würde nicht gut für mich enden.

So lagen wir eine ganze Weile da. Wir sagten kein Wort, sahen beide nach oben, aber ich nahm jede noch so kleine Bewegung seinerseits wahr. Und auch jede meiner Rührungen war mir mehr als bewusst. Zentimeter für Zentimeter näherten wir uns an, bis sich unsere Oberschenkel berührten. Die Hüften, die Ellbogen und Schultern. Müdigkeit kroch durch meine Knochen. Der Tag war turbulent gewesen, deshalb rechnete ich mit massiven Einschlafproblemen. Ich war es gewohnt, kaum schlafen zu können. Die Begegnung mit Maddin letzte Nacht hatte Erinnerungen von Nils hervorgerufen, die ich in den letzten zwei Jahren fein säuberlich in kleine Kisten verfrachtet und nie wieder ausgepackt hatte. Nun war das alles wieder präsent. Und ich lag neben einem Mann im Bett.

Es war ein Wunder, dass ich innerhalb von Minuten neben Bjarne einschlief. Ein noch größeres war es, dass das die erste Nacht seit 5 Jahren war, in der ich friedlich bis zum nächsten Morgen durchschlief.

# Kapitel 14

Sein Herz schlug neben meinem. Gegen meines, denn er war mir so nah. Bjarne grummelte in meinen Nacken und ich konnte seinen warmen Atem auf mir spüren. Ich lag in seinem Arm, Haut auf Haut, und seine rechte Hand lag auf meiner Hüfte. Dort, wo er mich berührte, prickelte es. Noch immer hatte ich die Augen geschlossen, denn ich genoss den Moment der Nähe und Intimität. Ihn so nah bei mir zu haben war ein Geschenk. Er roch nach Nadelwald und Lagerfeuer und strahlte eine ebenso intensive Wärme aus. Seine Knie lagen in meinen Kniekehlen und so bildeten wir das perfekte Löffelchen. Ich war der Kleine. Und ich liebte alles daran. Seinem leisen Schnarchen lauschend hätte ich eine Ewigkeit so im Bett verbringen können. Alles vergessen, nur im Moment leben und ihn an mir spüren können.

Die Seifenblase zerplatzte, als Bjarne mich näher zu sich zog, seine Hand von meiner Hüfte nahm und sie stattdessen auf meine Schulter legte. Er zog leicht an ihr, ganz so, als wollte er, dass ich mich zu ihm drehte.

Genau das war der Auslöser. Mit einem Mal fühlte sich alles wie mit Nils an. Immer bei Streit, wenn ich einfach nur hatte schlafen wollen, hatte er so fest an meiner Schulter gezogen, dass tagelang danach die Abdrücke noch auf meiner Haut sichtbar gewesen waren.

Die blauen Flecken an der Schulter waren leichter zu verstecken gewesen als die an meinen Unterarmen. Er hatte mich gewaltsam zu sich gedreht und mir dann einfach direkt ins Gesicht geschrien. Spuckefetzen waren auf meiner Haut gelandet. Sein Gesicht war so vor Wut verzerrt gewesen, dass ich jedes Mal Todesangst gehabt hatte. Irgendwann hatte ich mich vor allem, was mit ihm zu tun hatte, gefürchtet.

Bjarne zog mich zwar viel zärtlicher, aber trotzdem bestimmend zur Seite, bis ich mich umdrehte. Mit jedem Zentimeter wuchs das dunkle Gefühl in mir. Dumpf und einschränkend, sauer und verbrennend glühte es wie ein Stück Kohle in meiner Brust.

Ich öffnete die Augen und sah direkt in Bjarnes. Doch das machte jetzt auch keinen Unterschied mehr.

„Ich kann das nicht!" Die Wörter überschlugen sich und ich sprang mit einem Satz aus dem Bett. Vergessen waren meine Scham und Unsicherheit, dass ich nur in Unterwäsche vor ihm stand. An solche Dinge konnte ich keinen einzigen Gedanken verschwenden, denn alles, was in meinem Kopf vorging, war: Flucht. Ich griff meine Kleidung, die auf dem Boden neben dem Bett gelegen hatte, schnappte mir meine Stiefel und rannte aus dem Zimmer.

Ich konnte das nicht. Nie wieder. Niemals nie würde ich mich wieder einem Mann so hingeben und dafür so sehr leiden. Es war ein Kampf gewesen, mich von Nils zu trennen. Die schlimmste Prüfung, die ich in meinem Leben hatte ablegen müssen, war die Beziehung zu diesem Mann gewesen. Er hatte mir nicht nur mehrere Jahre meines Lebens gestohlen, meine Jugend sozusagen, er hatte mir meine Würde, mein Selbstbewusstsein und meinen Willen genommen. Wie eine Marionette hatte ich ihm gehorcht, damit ich ihm gefiel. Bis es mir scheißegal gewesen war, weil ich nichts mehr zu verlieren gehabt hatte.

Irgendwann war der Moment gekommen, in dem ich die Blicke der anderen nicht mehr ertragen hatte. Die Sorge meiner Mutter, die Wut von Airin. Und meine Trauer. Mit der war ich jeden Morgen aufgestanden und hatte sie abends zu Bette getragen. Damit war Schluss gewesen. Und so weit würde ich es nie wieder kommen lassen. An mir würde nie wieder ein Mann herumziehen, mir Schmerz zufügen oder mich bevormunden.

„Tarja?" Nur in Boxershorts kam Bjarne in den Gastraum der Pizzeria.

„I-Ich kann das nicht", wiederholte ich atemlos.

„Habe ich etwas falsch gemacht? Deine Signale nicht richtig interpretiert? Ich dachte-" Bjarne raufte sich die Haare und schien völlig verzweifelt zu sein.

„Mach dir keine Gedanken. Es liegt nicht an dir. Es liegt an mir." Das war so ziemlich die lahmste Ausrede, die ich hätte benutzen können, doch ich war nicht bereit, mit ihm über dieses Thema zu sprechen.

„Oh, ok. Schon klar." Er sah zu Boden und trat von einem Bein auf das andere. Ihm war wahrscheinlich auch klar, dass es eine absolute Standardaussage war. Und dass ich nicht ehrlich mit ihm war. Doch auf seine Belange konnte ich nicht Rücksicht nehmen. Das hatte ich bei Männern in der Vergangenheit schon zu oft getan.

„Es tut mir leid. Ich wollte dich nicht bedrängen oder dir zu nahekommen. Es wird nie wieder passieren." Damit ging er rückwärts und verschwand dann im Flur.

Ich kauerte mich auf eine der Sitzbänke, legte den Kopf auf die Knie und sah hinaus auf die verschneite Straße, die bereits von einigen Bürgern geräumt wurde.

Zwischen uns war eine Anspannung ähnlich der unserer ersten Begegnung. Wir waren wieder wie Fremde, nur dass es sich mit jedem Blick, jeder Geste und jedem Nicken falsch anfühlte. So falsch, dass es mir körperlich nicht gut ging. Gerade so schaffte ich die Strecke über den See.

Diesmal machte Bjarne eine deutlich bessere Figur beim Schlittschuhlaufen als ich.

Jeder Schritt war für mich beschwerlich, denn der Schnee war auf der Eisfläche festgefroren und bildete kleine Hügel. Es war wie mit Rollschuhen über Kopfsteinpflaster zu fahren – hart und kräftezehrend.

Überall waren noch immer Gefahren. Die Tannen bogen sich gefährlich unter der Last der Schneemassen. Die Sicht war noch immer eingeschränkt, obwohl es nicht mehr schneite. Über der winterlichen Landschaft lag ein dunstiger Schleier. Von dem Glanz war nicht viel übrig geblieben. Alles lag in undefinierbarem Grau.

Als wir auf der Farm ankamen, durchströmte mich Erleichterung. Auch wenn dieses Gefühl schnell verging, denn der Schnee türmte sich mannshoch um alle Gebäude. Mir war klar, dass ein ganzes Stück Arbeit vor mir lag. Deshalb begrüßte ich nur kurz Airin, erkundigte mich nach ihrem Wohlbefinden, ging dann zu den Hunden und fütterte sie.

Die Tiere waren aus dem Häuschen, als sie mich kommen sahen. Ich schickte ein Stoßgebet zum Himmel, zu meiner Mutter, und dankte dem Universum, dass niemand verletzt worden und kein großer Schaden entstanden war. Die Hunde heulten zur Untermalung und der Klang wurde vom Wind in den Wald um uns getragen. Auch heute würde ein trainingsfreier Tag sein. Das würde uns erheblich zurückwerfen und den Tieren nicht guttun, doch ich hatte keine andere Wahl. Von Lemmy fehlte noch immer jede Spur. Er war noch nicht mal über das Satellitentelefon zu erreichen. Ein weiteres Gebet an das Universum, an die Naturgeister, dass meinem besten Freund nichts zugestoßen war.

So lief ich mit einem vor Sorgen verkrampften Magen zum ersten Schuppen. Mit verzogenem Gesicht betrachtete ich die Balken, die sich bogen. Vielleicht hatte ich mich auch zu früh gefreut. Ich nahm mir eine Schneeschaufel und wunderte mich, wo die zweite war. Den Geräuschen nach zu urteilen war sie bereits in Benutzung.

„Das sollst du doch nicht tun! Dein Rücken ist nicht mehr der Jüngste", rief ich, als ich den Schuppen umrundete.

„So alt bin ich gar nicht", entgegnete Bjarne mir. Er sah noch nicht mal auf.

Mir hatte es die Sprache verschlagen. Ich hatte fest damit gerechnet, dass Airin hier am Werk war. Bjarnes Einsatz hatte ich nicht mit einkalkuliert. Er schien mir nicht unbedingt ein Arbeitstier zu sein.

„Du musst das nicht tun." Ich setzte die Schaufel an, sah trotzdem zu ihm herüber. Wieder dieses Gefühl in mir, dass ich ihn gleichzeitig in den Arm nehmen und wegschubsen wollte.

„Irgendwie schon. So langsam verstehe ich das hier alles", begann er und fuchtelte mit der rechten Hand umher, „es gibt hier ganz klare Prioritäten. Die Erste ist, den Schnee unter Kontrolle zu bekommen. Die Zweite sind die Hunde. Nur wenn wir die Massen beseitigen, können wir morgen diese Schlittenfahrt machen und ich kann meine Arbeit hier endlich beenden."

Das „endlich" schmerzte mehr, als es sollte. Als es durfte. Es fraß sich in mein Herz.

„Oder sehe ich das falsch? Wäre es so nicht am besten?" Er steckte die Schaufel in den von ihm zusammengetragenen Schneeberg und sah mich an.

Forderte er mich heraus? Was wollte er von mir? Dass ich ihm widersprach und mich so wieder in eine Abhängigkeit begab? Woher sollte ich wissen, dass es mit ihm anders sein würde?

„Vermutlich schon", nuschelte ich.

Damit war das Thema für mich beendet. Ich schippte Schnee wie eine Wahnsinnige und versuchte, keinen Gedanken an Bjarne zu verschwenden. Oder an das, was er mit mir machte. Was mein Herz höherschlagen ließ, war sicherlich nur die körperliche Arbeit. Nichts weiter.

Wir sprachen nur das Nötigste miteinander. Den Vormittag nutzten wir dafür, alle Zugänge zu den Häusern und Hütten freizuräumen und mit einer Leiter vorsichtig auf die Dächer zu steigen und sie von den Schneemassen zu befreien. Bjarne stellte sich nicht so ungeschickt an, wie ich es anfangs befürchtet hatte. Trotzdem war er, wenn es darum ging, auf das Dach zu klettern, keine große Hilfe. Er hielt mir die Leiter, was hilfreich war, rief mir aber in einer Tour Dinge zu wie „Sei bloß vorsichtig!" oder „Pass auf, wo du hintrittst!".

Ich war mir der Gefahr bewusst, aber was blieb mir übrig? Hier kam kein Prinz auf dem weißen Pferd angeritten und rettete die holde Maid. Die holde Maid hatte darauf nämlich keinen Bock. Selbst war die Frau!

Bjarne wollte auf keinen Fall auf ein Dach klettern. Das war völlig in Ordnung. Er war auch viel zu schwer für diese Arbeit und jemand, der sich selbst nicht sicher fühlte, war immer ein Risikofaktor.

Kurz vor der Mittagspause kam dann der Schock. Unter all dem Schnee hatte sich doch ein Schaden versteckt. Wie Airin es bereits angemerkt hatte, war der Futterschuppen das Instabilste der Gebäude und eine Ecke war unter der Belastung eingestürzt. Wir hatten gerade eine Mahlzeit zu uns nehmen wollen, als ich die gebrochenen, gesplitterten Balken und Paneele sah.

„Kacke, ich hab's gewusst!" Ich stemmte die Hände in die Hüften und ging einen Schritt rückwärts.

„Was ist los?" Bjarne stellte sich auf die Zehenspitzen und hielt sich eine Hand an die Stirn, um zu mir hochzusehen.

„Hier ist die Decke eingestürzt", rief ich hinunter und ließ mich auf die Knie sinken. Auf allen vieren war mein Gewicht besser verteilt, damit ich nicht noch mehr Druck auf das Holz ausübte.

„Komm da sofort runter!" In seiner Stimme lag Besorgnis.

„Hör auf, mich immer herumzukommandieren!" Ich krabbelte rückwärts zum Rand des Daches, bis meine Stiefel ins Nichts traten. Ich hatte die Kante erreicht.

„Ich habe doch nur Angst um dich!"

In der Bewegung innehaltend versuchte ich, seine Worte zu verarbeiten. Er hatte Angst um mich? Bedeutete das, dass er mich mochte? Oder wollte er nur nicht noch mehr schlechte Presse? Seine Vorgesetzte und sein Chef würden es sicher nicht gut aufnehmen, wenn er über eine Husyfarmbesitzerin berichtete, die sich den Hals gebrochen hatte, während er auf der Farm anwesend gewesen war.

Ich brachte meine Füße weiter über die Kante und versuchte, mit dem Linken den ersten Tritt der Leiter zu finden. Meine Sohle klackerte an dem Metall, doch ich bekam nicht wirklich Halt.

„Wo muss ich denn hin?" Ich rief über meine rechte Schulter, konnte jedoch weder Leiter noch Bjarne sehen. Vor Erschöpfung stöhnend brachte ich meine Hände näher zu meinen Knien, auf denen ich hockte.

Es knarzte laut und das Holz unter meinen Händen bewegte sich.

„AH!" Mein Schrei klingelte in meinen Ohren, als meine Arme durch das Dach stürzten und sich das Holz in meine Haut grub. Schmerz schoss von den Händen durch meinen ganzen Körper. Mir blieb die Luft weg.

„Tarja!"

„Bjarne! Hilfe!" Es war merkwürdig, mich so schreien zu hören. Meine Stimme klang instabil und flehend. Diese Tonlage kannte ich gar nicht von mir.

Meine Gedanken galten nur dem Holz. Wenn es weiter einbrach, würde ich kopfüber hinabstürzen. Ich hatte Angst. Richtige Angst, die mir die Luft abschnürte und mir eine Gänsehaut verpasste. Ich konnte mich nicht bewegen. Zum einen, weil Splitter in meiner Haut steckten und drohten, sie weiter aufzuschneiden. Zum anderen, weil ich besorgt war, weiter einzusinken. Einen Fehler zu machen, der mich ernsthaft verletzen könnte.

Bjarnes Hände packten mich an beiden Schultern. Dieses Mal gab es kein besseres Gefühl. Ich war nicht allein.

„Hilfe, es tut so weh", wimmerte ich und sah ihn an.

Meine Angst spiegelte sich in seinem Gesicht.

„Airin!", schrie er so laut, dass es in meinen Ohren begann zu piepsen.

Die Hunde merkten sofort, dass etwas nicht stimmte. Sie jaulten, doch diesmal nicht vor Freude oder Aufregung, sondern vor Unruhe. Ihre Schreie mischten sich zu meinen Schluchzern.

„Wir kriegen das hin, ok? Versuch, ruhig zu atmen. Vertrau mir, Tarja!" Er meinte das, was er sagte. Entschieden sah er mir in die Augen und betrachtete dann das gesplitterte Holz, meine Arme und Hände.

Ich nickte und atmete so tief ich konnte ein und aus. Bei jedem Atemzug zählte ich die Sekunden, so wie es meine Therapeutin mir beigebracht hatte.

„Ich werde nach unten gehen und nach einem Werkzeug suchen, ja?" Er sah mich wieder an.

„Nein! Nein, du darfst mich nicht allein lassen. Das geht nicht! Ich brauche dich!" Das Weinen übernahm meinen ganzen Körper und ich bebte. Es stach unfassbar doll an meinen Händen, denn die Splitter wurden durch meine Bewegungen noch tiefer in meine Haut gerammt.

„Ok, ich bleibe. Wir versuchen jetzt gemeinsam was, in Ordnung?" Er nickte, doch ich schüttelte den Kopf.

„Nein", stöhnte ich und bekam Panik. Am liebsten wollte ich meine Arme einfach herausziehen. Es sollte jetzt sofort enden. Ich hielt es nicht mehr aus.

Bjarne begriff. So fest er konnte, fixierte er mich. Hielt meine Schultern und Arme in genau der Position, damit ich mich nicht weiter verletzte.

„Hey, ganz ruhig. Ich tue dir nichts, ich helfe dir! Bitte vertrau mir!"

Doch die Sicherung, die heute Morgen bereits durchgebrannt war, begann wieder zu qualmen.

Bjarne begann laut und in einem langsamen Rhythmus zu atmen.

„Komm schon, Tarja. Du packst das! Du bist so verdammt stark!" Er machte es weiter vor und mit Mühe ahmte ich ihn nach.

Nach ein paar Momenten wurde ich ruhiger.

Er löste langsam den Druck von meinen Armen.

Ich hatte Stück für Stück das Gefühl, dass es besser wurde. Der Schmerz ließ nach.

„Meine Hände werden taub", flüsterte ich.

Er handelte so schnell und präzise, dass ich kaum verstand, was da gerade geschah. Mit einer Schnelligkeit, die ich von ihm nicht erwartet hatte, schlug er mit den behandschuhten Fäusten rechts neben meinen rechten Arm, der sich bis zum Ellbogen im Holz befand, und links neben meinen linken Arm, der sich nur bis zum

Handgelenk im Holz befand. Ein Knarzen tönte in meinen Ohren und Bjarne schrie im selben Moment „Airin!".

Gejaule. Die Holzdielen fielen zu Boden.

Ich jammerte.

Frei. Meine Arme waren frei.

Da war Blut.

Bjarne zog mich in einer flüssigen Bewegung mit sich. Er hatte den rechten Arm um meine Taille geschlungen und zog mich auf seine Schultern. Obwohl meine Hände noch wie betäubt waren, meine Handschuhe völlig zerrissen und löchrig, schlang ich meine Arme um seinen Hals. Es ruckelte und ich schloss einfach die Augen. Der ganze Schuppen knarzte, weiteres Holz fiel hinunter und verursachte einen Höllenlärm. Und dann sprang Bjarne. Er ächzte, als wir auf dem Boden aufkamen.

Schnell öffnete ich die Augen und sah, dass er tatsächlich trotz meines zusätzlichen Gewichtes auf den Füßen gelandet war. Durch den Schwung war er bis zu den Knien im Schnee eingesunken. Von seiner Präzision und Cleverness war ich komplett eingenommen. Er war extra auf einen der Schneeberge gesprungen, um halbwegs weich zu landen.

Behutsam beugte er die Knie, bis ich Boden unter den Füßen hatte, und ließ mich los.

„Alles ok?" Er griff nach meinen Oberarmen und betrachtete meine Hände.

„Ja, ich blute nur doll. Aber ich ... Es ist ... Danke", stotterte ich. Die Aktion hatte mir noch immer die Sprache verschlagen.

„Was ist passiert?" Airin kam zu uns gerannt und ich schloss die Augen, denn ich hatte Angst, sie würde stürzen. Doch ich brauchte sie auch, deshalb gab es diesmal keine Einwände von mir.

„Das Dach ist teilweise eingestürzt. Tarja ist mit den Händen ins Holz gekracht und hat sich verletzt. Wir brauchen Hilfe!" Er strahlte die Ruhe und Kontrolle aus, die ich in diesem Moment brauchte. Kein Ritter auf weißem Pferd oder in glänzender Rüstung, sondern eher ein Fels im Wald, ruhig, beständig und immer da. Und das wollte die holde Maid vielleicht doch.

„Oje, verflucht! Hast du starke Schmerzen?" Airin beugte sich ebenfalls über meine Hände.

„Geht schon", spielte ich es herunter.

„Da sind noch Splitter drin. Die müssen wir unbedingt entfernen. Es muss vielleicht genäht werden. Schürfwunden sehen immer schlimmer aus, als sie eigentlich sind. Trotzdem sollten wir das erst waschen und uns dann eine Meinung bilden." Airin legte ihren Arm um mich und mir stiegen wieder Tränen in die Augen. Bei ihr zu sein war wie ein Pflaster auf meiner Seele.

„Brauchen wir keinen Krankenwagen?" Bjarne folgte uns, während wir zum Wohnhaus watschelten. Ganz langsam und behutsam.

„Hier kommt eh keiner", gab ich zu bedenken. Allein bei der Vorstellung, dass ich ausfallen könnte und ebenfalls zu einem Arzt gehen musste, drehte sich mir der Magen um. Unzählige „Wenns" und „Abers" setzten sich in meinem Kopf fest. Doch für den Moment schob ich sie zur Seite. Ein Schritt nach dem anderen – genau wie Airin es vorgeschlagen hatte.

# Kapitel 15

„Auf einer Skala von null bis zehn – wie schlimm ist es?" Lemmys Stimme machte einen kleinen Hüpfer.

„Eine Drei. Ich hatte Glück. Airin hat die Schnitte gereinigt, mir ein paar Splitter gezogen, eine winzige Stelle genäht und ich habe die anderen Schnitte mit Pflastern abgedeckt." Ich sah auf meinen rechten Arm, auf den eine große Kompresse geklebt war, weil der Kratzer fast 12 Zentimeter lang war und wir kein passendes Pflaster gefunden hatten. An meiner linken Hand sah das anders aus. Die Kratzer dort waren viel kürzer, dafür gleich drei Stück an der Zahl, einer davon sehr tief und schmerzhaft. Die Blutungen hatten Airin und Bjarne schnell stillen können.

„Was machst du bloß? Ich kann dich wirklich nicht allein lassen! Ohne mich bist du aufgeschmissen, hm?" Dass er wieder Scherze machte, war ein gutes Zeichen. Anscheinend hatte ich ihn davon überzeugen können, dass es mir gut ging.

Aber er hatte auch recht. Jeder Tag ohne ihn hier auf der Farm war beschwerlich und weniger unterhaltsam.

„Wenn mir das nicht passiert wäre, dann dir. Solche Dinge geschehen halt. Verschnitt ist immer." Ich zuckte die Achseln und lächelte über meinen Wortwitz, was Lemmy natürlich nicht sehen konnte.

Aber Bjarne, der immer wieder vom Küchentisch zu mir in das Wohnzimmer sah. Er verspeiste gerade nach getaner Arbeit sein Abendbrot. Keinen Elcheintopf, sondern eine zweite Portion Fischsuppe aus den Zutaten des Präsentkorbs und dem gefangenen Fisch von Herrn Peltola. Ihm war mein Witz nicht entgangen, denn er lächelte.

Auch ich hatte bereits eine Portion gegessen, die köstlich geschmeckt hatte. Bjarne hatte sich definitiv eine doppelte verdient, denn er hatte nach dem Unfall die komplette Decke des Schuppens abgenommen, damit weitere Zwischenfälle ausgeschlossen waren. Danach hatte er sogar die von der Renovierung der Gästeunterkünfte übrig gebliebenen Holzlatten mit einer Säge geteilt und für die Anbringung vorbereitet.

Ich war noch immer verunsichert, wieso er so hilfsbereit war. Gab er sich wirklich nur so, weil er so schnell wie möglich von mir und der Farm wegwollte?

Natürlich hatte ich ihm trotz meines Unfalls helfen, sogar das Ruder übernehmen wollen, schließlich waren das meine Probleme.

Er hatte jedoch verlangt, dass ich eine Pause machte. Ich sollte mich schonen.

Von einer Pause zur nächsten – ein völlig ungewohntes Gefühl. Und wenn ich die Sorgen, das schlechte Gewissen und die Zwangsgedanken beiseiteschob, was nur für Sekunden möglich war, gab mir die Zeit für mich ein kurzes Gefühl von Entspannung und Frieden.

„Dass ich jetzt nicht bei euch sein und mich um die Tiere kümmern kann, macht mich wahnsinnig." Lemmy klang ernsthaft verzweifelt.

„Kein Stress. Bjarne ist ja da." Hatte ich das gerade wirklich gesagt?

„Bjarne?"

Ich senkte den Ton und drehte mich auf dem Sofa so, dass man mein Gesicht nicht sehen konnte, denn meine Wangen begannen zu glühen. „Nun, er hat mich nicht nur auf gewisse Art gerettet, er hat mit mir die Farm geräumt und allein den Schuppen gesichert. Heute war er wirklich-" Ich hatte umwerfend sagen wollen, doch verschluckte dieses letzte Wort. Aber er war es. Absolut umwerfend.

„Der Stadtfuzzi war eine Hilfe?"

„Nenn ihn nicht so!"

Schweigen auf beiden Seiten.

Layla rollte sich neben meinen Füßen auf dem Boden zusammen und schnaubte schwer. Es kam mir vor, als wäre ihr Bauch während meiner Abwesenheit gewachsen. Kaum zu glauben. Jeden Tag konnte es losgehen.

„Ok, sorry", nuschelte Lemmy und ich hörte Maddin etwas murmeln.

„Wann seid ihr zurück?" Auch wenn Bjarne eine große Hilfe war, Lemmy fehlte hier jede Minute des Tages. Allein um die Hunde wieder vor den Schlitten zu spannen.

„In fünf Minuten fahren wir weiter. Ich schätze, wir brauchen noch ein paar Stunden. Wir fahren sehr vorsichtig, denn die Straßenverhältnisse sind noch immer katastrophal. Und wir sind auch so weit von den nächsten Städten entfernt, dass wir wieder sehr auf Wildwechsel achten müssen."

Ich nickte, bückte mich und kraulte Layla hinter dem Ohr. Sie begann zu schnarchen.

„Maddin ist wieder einsatzfähig?“

„Auf keinen Fall. Seine Nase musste zwar nicht operiert werden, ist aber gebrochen. Er hat Schmerzen, kann auch selbst kein Auto fahren. Schlittenfahren ist unmöglich. Den können wir auf keine Tour mitnehmen.“

Ich versuchte, tief einzuatmen und nicht zu fluchen, denn dann würde Layla aufschrecken.

Sie war so niedlich anzusehen mit den leicht zuckenden Lefzen. Vielleicht träumte sie von einem großen Stück Fleisch, von der Geburt ihrer Babys oder einer großartigen Tour mitten in Schnee und Eis.

Ich träumte davon, dass sich meine Probleme in Luft auflösten. Oder zumindest abgeschwächt wurden. Ein paar Moneten, die Aufhebung meines Tätigkeitsverbotes oder wenigstens ein gesunder Kameramann – war das zu viel verlangt?

„Wie sollen wir das dann hinkriegen?“

„Sei froh, dass er dich nicht wegen Körperverletzung angezeigt hat!“

Wieder Getuschel von der Seite. Würde Maddin seine Meinung noch ändern?

„Was hat er gesagt?“

„Er meint, du musst dir keine Sorgen machen. Maddin gibt Bjarne einen Crashkurs. Der soll das Filmen übernehmen.“

Davon war ich noch nicht überzeugt. Er war heute sehr zuvorkommend gewesen, aber mit einer sauschweren Kamera auf einem wackligen Schlitten stehen und filmen, während er selbst auch noch die Aussicht und Atmosphäre in sich aufnehmen sollte – das klang nach einem Plan, der zum Scheitern verurteilt war.

„Wir machen uns jetzt wieder auf den Weg, sonst wird das heute nichts mehr. Du rufst mich an, wenn du wieder einen Schuppen zum Einsturz bringst oder dich fast umbringst?" Vor meinem inneren Auge sah ich Lemmy frech grinsen.

„Klar, wenn du erreichbar bist und nicht wieder im Nirvana verschwindest!", gab ich zurück und schürzte die Lippen.

„Ja, Mama!", rief er und legte auf.

Ich verdrehte die Augen und richtete mich auf. Vom Kraulen taten meine Hände weh. Sie waren doch angeschlagener, als ich es zuerst vermutet hatte.

Layla gefiel das gar nicht. Beleidigt stand sie auf und wollte auf den Lesesessel springen. Im letzten Moment entschied sie sich dagegen, denn ihr Bauch machte sie träge und langsam. Resignierend legte sie sich einfach auf den Teppich und schloss die Augen.

„Maddin und Lemmy geht es gut?" Bjarne trat ins Wohnzimmer und legte eine Hand in den Nacken. Sein Shirt rutschte ein Stück hoch und ein Streifen muskulösen Bauches wurde sichtbar.

Ich sah überall hin, nur nicht auf seine nackte Haut.

„Maddins Nase muss nicht operiert werden", verkündete ich lächelnd und auch seine Gesichtszüge entspannten sich.

„Das ist fantastisch!"

„Leider ist sie gebrochen und bereitet ihm ziemliche Schmerzen." Mein Lächeln schwand. Noch immer schämte ich mich für meine Überreaktion gegenüber

Maddin. Anscheinend war er ein lieber Typ und ich hatte einfach mein Trauma auf ihn projiziert.

„Dein rechter Haken ist nicht von schlechten Eltern", scherzte Bjarne, doch mir war nicht nach Lachen zu Mute.

Ich blickte zu Layla, dann auf meine Füße, denn ich wollte ihm die schlechte Nachricht nicht verkünden. Doch es gab keine Lösung. An seiner Stelle würde ich es auch sofort wissen wollen, damit ich mich auf Änderungen einstellen konnte. Es wäre feige von mir, auf Maddin und Lemmy zu warten, damit sie es ihm erklärten.

„Maddin wird nicht in der Lage sein zu filmen. Du sollst das übernehmen." Nun sah ich ihn doch an. Meine Befürchtung, dass er die Farm sofort verlassen wollte und die Reportage absagen würde, war groß.

Ich sah sein markantes Gesicht, das im Schimmer des Kaminfeuers undurchdringlich wirkte. In seine Augen, die dunkel und funkelnd zugleich waren. Und auf seinen Bauch, der die Hitze weiter durch meinen Körper trieb.

„Ich bin doch kein Kameramann. Wie stellt er sich das vor?" Bjarne runzelte die Stirn und ging ein Stück durch den Raum. Verärgert schien er nicht zu sein. Er wirkte eher so, als würde er einen Plan schmieden.

„Das wird kein gutes Material, wenn ich filme. Da bin ich ganz ehrlich. Es wäre besser, wenn wir einen anderen Kameramann kommen lassen. Maddin hat einen Kollegen, der bestimmt einspringen kann", sagte er und wirkte dabei in seinem Element. Er lief auf und ab und brabbelte vor sich hin. Bjarne war versunken in seinen Gedanken.

Es war, als würde sich ein Stein auf mein Herz legen. Ich wusste nicht genau, was hier vor sich ging, und konnte meine eigenen Gefühle auch nicht in Worte fassen, aber sie überrollten mich. Und das war kein gutes Gefühl. Ich wusste nur eins: Ich wollte oder sollte wieder allein sein. Ohne ihn.

„Unser Kollege kann die Aufnahmen machen. Maddin und ich würden dann zwar noch ein paar Tage bleiben, aber ..." Bjarne brach ab und suchte in meinen Augen die Antwort.

Ich gab sie ihm.

„Aber das wäre eine Strapazierung eurer Gastfreundschaft, nehme ich an", änderte er seinen Kurs und sah mich nicht mehr an. Er brach den Kontakt, die Verbindung, die wir gehabt hatten, ab und baute eine Mauer auf.

Auch ich war fleißig dabei, Stein auf Stein zu packen, denn wohin sollte das alles führen? Ja, da war etwas. Mittlerweile hatte ich das auch begriffen. Ich mochte ihn. Sogar sehr. Aber ich konnte nicht. Nicht mit ihm, nicht mit sonst wem. Und er auch nicht mit mir, da war ich mir sicher.

„Also die Reportage", begann ich und biss mir auf die Zunge. Es war schäbig von mir, noch immer so auf diesen Bericht zu pochen, aber ich war auch abhängig von ihm. Von Bjarne und ich glaubte, genau da lag der Knackpunkt.

„Keine Sorge, wir fahren morgen gemeinsam raus und ich nehme auf. Irgendwas werden die Cutter schon zusammenschneiden können. Dann ist unsere gemeinsame Arbeit erledigt."

Es war das erste Mal, dass ich ihm diese Worte, diese vorgegaukelte Ablehnung nicht glaubte. Heute war er so eins mit der Natur gewesen, hatte in seinem Element gewirkt, obwohl er davon nicht weiter hätte entfernt sein können. Auf eine Art war er aufgeblüht. Für mich, aber ich hatte das Gefühl, dass er das besonders auch für sich getan hatte. Aber was wusste ich schon.

„Ich bin dir wirklich dankbar für deine Hilfe und auch die Bereitschaft, das morgen mit mir durchzuziehen", sagte ich so leise und zurückhaltend, wie ich noch nie mit ihm gesprochen hatte. Ich fühlte mich in diesem Moment unfassbar schwach und verletzlich. Das passte mir nicht. Aber dass ich keine Widerrede leistete, ihm nicht zu seinem ursprünglichen Plan zustimmte, ihm kein Zimmer für eine Woche oder zwei oder für immer anbot, das hasste ich.

„Das ist mein Job." Seine Miene war kalt und abweisend.

Ich nickte, glaubte ihm jedoch kein Wort. „Klar, meiner auch." Und das meinte ich nicht so.

Bjarne verließ mit schnellen Schritten das Wohnzimmer. Er kehrte nicht in die Küche zurück, sondern stapfte die Stufen hoch. Die Tür meiner Mutter knallte mit dem unverwechselbaren Geräusch. Eine Mischung aus einem Wischen von Holz auf Holz und einem Klackern.

Er war sauer auf mich.

Ich auch, denn ich verhielt mich wie ein Feigling.

„Das muss so nicht laufen." Airin erschien im Durchgang zum Flur und neigte den Kopf zur Seite.

„Hm?" Ich stand auf, denn ich wollte ebenfalls nicht mehr hier sein. Die Atmosphäre in diesem Raum schien mir verpestet mit Negativität zu sein.

„Bjarne und du. Ihr müsst so nicht miteinander umgehen. Da ist ganz klar etwas zwischen euch und ihr könntet dem auch nachgehen. Beide von euren hohen Rössern steigen, einen Schritt aufeinander zugehen und-" Sie kam auf mich zu, doch ich wich ihr aus.

„Und was?" Ich fühlte mich in die Ecke gedrängt. Wusste ja selbst kaum, was ich da überhaupt fühlte. Nun darüber zu reden war mir zu viel.

„Keine Ahnung, das müsst ihr entscheiden." Sie sah mich lächelnd an. Es war schwer, ihrer mütterlichen Art nicht nachzukommen und sich wie ein Kind zu verhalten.

Ich war aber keines mehr. Ich war eine Frau, die ihre eigenen Entscheidungen traf – auch wenn sie nicht immer klug waren.

„Die Entscheidung ist bereits gefallen. Von mir und nun offensichtlich auch von ihm. Es ist besser so. Ich bin ein gebranntes Kind und er ... er ist Bjarne Wallin, der aufgehende Stern. Ich wäre doch eh nur ein Klotz, der ihn vom Himmel herunterziehen würde." Meine Brust zog sich zusammen. Das war die Wahrheit. Und sie tat verdammt weh.

„Aber Tarja-"

„Bitte lass gut sein! Ich habe noch eine Schlittentour für morgen vorzubereiten." Ich ließ Airin einfach stehen und verschwand ebenfalls die Treppen hoch.

Layla folgte mir schwerfällig. Im Flur, im schummrigen Licht, sah ich Inari vor der Zimmertür meiner Mutter stehen. Sie wollte unbedingt in den Raum. Und ich wollte das eigentlich auch.

# Kapitel 16

„Du und Bjarne allein auf einem Schlitten? Das kann doch nicht gut gehen!" Lemmy verschränkte die Arme und schüttelte den Kopf.

„Ich bin schon oft allein mit Gästen, die keinerlei Erfahrung hatten, unterwegs gewesen. Ich fahre auch nicht ewig weit weg, versprochen." Mit einem milden Lächeln versuchte ich, ihn zu überzeugen, doch er schüttelte noch immer das Gesicht.

„Was ist bei einem Notfall?"

„Herr Peltola hat doch gesagt, dass du dir sein Schneemobil leihen kannst. Das habe ich doch alles organisiert, Lemmy. Entspann dich mal!" Ich sah zu Maddin und Bjarne herüber, die noch immer an der Kamera herumschraubten.

„Das Wetter ist heute nicht ideal. Ich finde das nicht gut. Warte doch bis morgen. Wir können heute gemeinsam den Schuppen reparieren und morgen dann direkt mit zwei Schlitten raus." Er folgte meinem Blick, dann nickte er.

„Ich weiß nicht, was da zwischen euch vorgefallen ist. Es geht mich auch nichts an. Und ich kapiere auch, dass du ihn loswerden willst", sagte er mit gesenkter Stimme und legte eine Hand auf meine Schulter, „Aber auf den einen Tag kommt es doch auch nicht an, oder?"

Alles war besprochen und organisiert. Die Hunde hatten Druck, sie mussten heute vor den Schlitten. Das war indiskutabel. Den Schuppen zu reparieren und das Dach neu zu decken war kein Hexenwerk, damit würde Lemmy allein fertig werden. Bei Holzarbeiten war ich sowieso nicht die große Hilfe. Und einen zusätzlichen Tag Bjarne, der kaum mehr ein Wort mit mir sprach, auf der Farm zu bewirten, würde mir das Herz zerfetzen. Je mehr er sich von mir distanzierte, desto näher wollte ich ihm sein. Das war doch nicht gesund. Außer dem waren unsere Konten so sehr im Minus, dass die ersten Bankeinzüge zurückgegangen waren. Ich müsste bald bei der Bank anrufen und hielt das alles nicht mehr aus.

„Meine Farm, meine Regeln. Du machst den Schuppen, ich fahr für den Bericht raus. Wenn es einen Notfall gibt, halt dich einfach an den Plan. Und das Wetter passt schon.“ Ich sah an Lemmy vorbei in die Ferne und betrachtete den Himmel. Das mit dem Wetter stimmte nicht ganz. Aber wir wollten sowieso nur eine kleine Tour machen, es würde gehen.

„Können wir los?“ Bjarne trug die Kamera auf der linken Schulter und sah an ihr vorbei zu Lemmy. Warum sah er ihn an, wenn er mit mir sprach?

„Ja, können wir“, antwortete ich und betonte dabei das letzte Wort besonders.

„Schaffst du das mit deinen Händen? Sonst können ja Lemmy und ich …“ Bjarne brach ab und rückte das Gerät auf seiner Schulter zurecht.

War das sein Ernst? Die Reportage sollte von meiner Farm, meinem Leben auf ihr und meinen Problemen handeln. Ich hatte Lemmy wirklich lieb, aber das war ein No-Go.

„Ich schaffe das!" Es kam viel zu schnippisch und laut aus meinem Mund, aber das war mir egal. Ich hatte die Schnauze voll. Ohne ihn eines weiteren Blickes zu würdigen, stiefelte ich über den plattgetretenen Schnee und ging zu dem Zwinger, in den Layla eigentlich gehörte, wenn sie nicht gerade trächtig war. Mit Bailey, Diamond, Stacy, Bonny, Candy und Polly hatten wir eine richtige Mädelstruppe. Nur Diablo, dessen Name nicht weniger zu ihm passen konnte, weil er zwar riesig und komplett schwarz, dafür aber furchtbar lieb, tollpatschig und ein wenig dumm war, war der einzige Rüde und diente als Wheeldog. Er hatte sehr viel Kraft und die brauchten wir auch, denn Bonny, die die Leitung während Laylas Schonzeit übernommen hatte, war nicht so stark und geübt. Doch zusammen ergab diese Truppe eine gute Komposition. Die sieben Hunde in Geschirre zu stecken und anzuspannen war schwierig, denn durch die längere Pause waren sie noch aufgeregter als sonst. Meine Hände bereiteten mir zusätzlich Probleme. Noch immer zog der Schmerz an dem Schnitt, der genäht worden war, bis hoch in meine Achsel.

Bjarne stand am Zaun und sah mir zu. Ich spürte seinen Blick auf mir. Tatsächlich filmte er bereits und stellte mir immer wieder Fragen, was mich noch mehr Atem kostete. Es würde ein langer Tag werden. Doch ich schluckte den Groll gegen ihn und die allgemeine Anstrengung hinunter und beantwortete brav seine Fragen.

Ich erklärte ihm, was man beim Anlegen der Geschirre beachten musste, weshalb es professionelle Geschirre sein mussten und was die so kosteten. Bjarne dachte gut mit, er fragte mich nämlich auch Sachen die Fütterung betreffend, die er bereits wusste, aber gerne auf Kamera haben wollte, damit die Dramatik der Geldprobleme deutlicher wurde. Es war zwar ungewohnt, alles zu kommentieren, was ich tat, denn ich arbeitete lieber im Stillen für mich, doch die Umstellung war ok.

Als dann alles im Kasten war und die Hunde vor dem Schlitten sich die Lungen aus den Leibern schrien, wies ich Bjarne ein. Behutsam half ich ihm auf den Schlitten, zeigte ihm, wo er sich hinstellen sollte, und deutete auf die Kiste, die ich gestern extra noch montiert hatte.

„Da kannst du dich zwischendurch auch draufsetzen und verschnaufen", bot ich ihm an.

Er wirkte unbeteiligt. Ich hatte entweder mit Dankbarkeit gerechnet, schließlich hatte ich mir Mühe gegeben, oder vielleicht mit einem frechen Spruch seine Männlichkeit betreffend. Irgendetwas toxisch Männliches à la „Sitzen ist für Weicheier" oder so.

„Lass uns einfach aufbrechen", schlug er vor und zuckte mit der rechten Schulter. Auf der linken befand sich noch immer die Kamera.

Ich war sprachlos. Wir waren keine Freunde, das war mir klar, aber seit gestern Abend hatte ich den Eindruck, dass wir wieder ganz am Anfang waren. Er ging mit mir um wie vor ein paar Tagen noch, als er hier angekommen war.

Ich atmete ruhig und akzeptierte es. Vielleicht war es sogar besser so. Dann war der Abschied nicht so schmerzhaft. Im selben Moment war mir klar, dass ich mich selbst belog. Auch das akzeptierte ich.

„Klar, dann geht es jetzt los." Ich wartete, bis Bjarne sich zu meiner rechten Seite in Position gebracht hatte. Schnell entsicherte ich den Schlitten, indem ich das Kantholz, was zur Stabilität beim Einspannen diente, wegtrat, und hielt mich gut fest. Die Hunde waren angespannt, das sah ich an ihrer Körperhaltung. Sie warteten verzweifelt auf mein Kommando.

„Versuch, in den Kurven mitzugehen. Arbeite unbedingt mit deinem Körpergewicht und verhindere, dass du runterfällst, ok? Das kann übel enden!" Ich rief über das Gejaule hinweg, deshalb war ich mir nicht sicher, ob er mich verstand.

Doch unsere Blicke trafen sich. Die Entschiedenheit war aus seinen Augen gewichen.

„Mach dir keine Sorgen, das kriegen wir hin. Bereit?" Er könnte mir egal sein, doch das war er nicht.

Bjarne nickte nur und umklammerte das Holz mit der einen Hand, die andere lag auf der Kamera.

Ich sah zum Himmel und bat um ein kleines Wunder. Besseres Wetter. Eine komplikationslose Ausfahrt. Ein bisschen Winterwunderlandstimmung für den Bericht. Ich bat um Hilfe. Das tat ich in letzter Zeit oft.

Mit vollem Fokus positionierte ich mich und rief: „Mush! Mush! Mush!"

Ein Rucken ging durch den Schlitten, das Bjarne beinahe von den Socken haute. Mit diesem Zug hatte er anscheinend nicht gerechnet.

Doch ich war da, legte meine Hand auf seine und fixierte ihn so. Die Wärme meiner Hand ging über zu ihm. Wären wir nicht in einer so absurden Situation, geplagt von zig widersprüchlichen Gefühlen, hätte das ein romantischer Moment sein können.

Die Hunde gaben Vollgas. Sie waren das Feuer in dieser Eislandschaft und hetzten durch den Schnee, sodass feiner Staub aufgewirbelt wurde.

„Haw!", rief ich, als wir das Gelände der Farm verließen, damit die Hunde nach links liefen. Ich hatte eine kleine Runde über den See, an Lumijärvi vorbei, zurück durch den Wald und über ein großes, hochgelegenes Plateau, das uns den idealen Ausblick auf die Farm und die direkte Umgebung bescheren würde, geplant. Hoffentlich ging mein Plan auf und wir würden genau dann auf der Ebene ankommen, wenn die Sonne am hellsten leuchtete. Man konnte bei gutem Wetter unendlich weit sehen. Es war atemberaubend schön.

„Haw ist ein Kommando, nehme ich an?"

Ohne meinen Blick von dem zu lösen, was vor uns lag, nickte ich. „*Haw* steht für links, *Gee* für rechts. Das kann man dann noch mit weiteren Begriffen ergänzen, wenn zum Beispiel das ganze Gespann um 180 Grad gewendet werden muss oder die Hunde an einem Hindernis vorbeilaufen sollen, beispielsweise einer Tanne." Es war anstrengend, über den Fahrtwind und das anhaltende Bellen der Hunde hinwegzuschreien. Doch mit jedem Kilometer würde es besser werden, denn die Anstrengung der Tour brachte unweigerlich Ruhe in die Truppe.

„Kannst du mehr in die Kamera sprechen?" Er drückte einen Knopf an ihr und verstellte den Zoom, sodass er sich kurzzeitig nicht festhielt. Schnell packte ich ihn mit einer Hand am Kragen.

„Ich versuch es, aber bitte halt dich fest!" Ich sah wieder nach vorne. „Over Gee!"

„Jetzt sollen sie um den Baum?"

„Genau", sagte ich nickend und bemühte mich, klar und deutlich zur Kamera zu sprechen. „Es gibt natürlich noch ein Kommando zum Anhalten und zum schneller oder langsamer werden. Und auch ein Signal, damit sie einfach geradeaus laufen."

„Musst du das intensiv mit den Hunden üben?" Hinter der Kamera konnte ich seine Miene nicht deuten. War er gelangweilt? Mochte er unsere Tour?

„Das beste Beispiel sind Neo und Zion", begann ich und hörte das schwere Atmen von Bjarne.

Ich musste schmunzeln. „Sie sind nicht immer so ungestüm. Obwohl ... eigentlich schon. Zurzeit befinden sie sich noch im Lernprozess. Erst mache ich sie mit der Natur vertraut. Damit sie wissen, wie es sich anhört, wenn ein Elch röhrt, Schnee von einem Baumwipfel stürzt und Ähnliches. Dann kommen sie zügig vor den Schlitten, gemeinsam mit einem sehr gut eingespielten Team. Und der Rest passiert beinahe von allein. Sie gucken sich das Verhalten von den älteren Hunden ab. Zudem bleibt ihnen keine Wahl. Wenn die Wheeldogs bremsen, dann steht das ganze Gespann. Das Gleiche gilt für mich. Ich kann ebenfalls bremsen. Die zwei Hunde hier vorne sind die stärksten Tiere vor dem Schlitten. Sie sind die eben erwähnten Wheeldogs. Oft denken die Besucher, dass die Stärksten direkt an der Spitze des Schlittens laufen. Das stimmt nicht. Die Power kommt von ganz hinten." Ich war in meinem Element und konnte für eine kurze Zeit die Kamera

vergessen. All die Umstände, die diesen Moment beinahe versaut hatten, waren nicht mehr von Bedeutung.

Bjarne zeigte mir den Daumen und wieder hielt ich
ihn am Kragen fest, denn ich fand, er war viel zu unvor-
sichtig.

„Wir machen nachher auf dem Plateau eine Pause, da
können wir noch ein paar Interviewschnipsel filmen.
Jetzt halt dich bitte fest“, bat ich ihn.

Er nickte und stellte wieder etwas an dem Gerät um.
„Ich mache jetzt ein paar atmosphärische Aufnahmen.“

Und das war hier auch Programm. Wir verließen die
Wege zur Farm, die Straße, und die bewaldete Gegend
mit den verschneiten Tannen und fuhren auf den See
zu. Erst über den kleinen Berg, bei dem ich wieder
meine Füße auf den Boden setzte und mit schob.

Bjarne filmte, wie ich mich mit den Hunden als eine
Einheit abmühte und pfiff sogar anerkennend, als wir
den Bergkamm erklommen hatten.

Das war der Startschuss für die Hunde. Sie wussten,
was nun kam: Talfahrt. Ihr Instinkt ließ sie so beschleunigen, dass ich sie mäßigen musste und ab und an
bremste, damit der Schlitten Diablo und Stacy nicht in
die Fersen donnerte. Trotzdem waren wir schnell unterwegs und ich checkte regelmäßig, ob das zu viel
Tempo für Bjarne war. Es hatte schon Besucher gegeben, die das nicht gewohnt gewesen waren und große
Angst bekommen hatten. Ein junger Mann aus
Deutschland, Dennis, hatte sich sogar einmal übergeben müssen.

Doch Bjarne wirkte aufgeregt, fast schon begeistert.
Er klammerte sich an die Reling, setzte sich auf die Box,
lehnte seinen Körper zum Schutz vor dem Fahrtwind

gegen das Holz zu seiner rechten Seite und hob die Kamera von seiner Schulter. Mit einem strahlenden Lachen setzte er sie auf die Seite des Schlittens, um die Perspektive der Hunde zu filmen, umklammerte sie und pfiff erneut.

„Gefällt es dir?", rief ich ihm zu und spürte beim Lachen meine halb gefrorene Haut, wie sie sich über die Knochen meines Gesichts spannte.

„Ich liebe es!"

Ihn so zu sehen, versetzte meinen Körper in Aufruhr. Mein Herz schlug schneller als sonst, meine Hände froren nicht mehr und mein Gesicht tat vom Lächeln weh. Genau das hatte ich mir so sehr gewünscht! Für die Reportage, für unsere Farm, aber auch für mich.

Es machte mich auf einer Ebene glücklich, zu der ich lange keinen Zugang gehabt hatte.

Die Winterlandschaft unterstrich unsere Euphorie. Der See glitzerte wieder mit den Lichtern aus Lumijärvi in der Ferne um die Wette. Wieder dieses wohlige Gefühl, genau an dem Ort zu sein, wo ich hingehörte. Und mit dem Menschen, von dem ich es am wenigsten erwartet hatte, bei dem es sich aber am natürlichsten und ehrlichsten anfühlte. Wir waren eins: Die Hunde, Bjarne und ich.

# Kapitel 17

Lumijärvi zog im Fahrtwind verschwommen an uns vorbei. Die weite Fläche vor uns war ein einzigartiger Anblick. Auch wenn ich hier mein ganzes Leben verbracht hatte, ich würde nie genug von dieser Natur mit all ihren Wundern bekommen. Im Sommer konnte man auf dem See mit Booten fahren, am Ufer campen, wenn die Mücken einen nicht zu sehr quälten, und ein Lagerfeuer am kleinen Sandstrand machen. Unzählige Tierarten würden die Nähe zum Süßwasser suchen und eine kleine Safari veranstalten. Tiere zu beobachten und Zeit draußen zu verbringen waren meine liebsten Beschäftigungen im Sommer. Im Winter bot sich natürlich Wintersport an. Und auch der war wunderschön. Aber allein das unendliche Weiß war die Extremtemperaturen wert.

Als wir die Steigung des Plateaus überwanden, war Bjarne wieder der Cheerleader unseres Teams. Er feuerte uns an, pfiff und grölte, als wir oben ankamen.

Die Hunde wurden mit jedem Schritt langsamer, deshalb hielt ich an und verkündete die versprochene Pause.

Zuerst kümmerte ich mich um die Versorgung der Tiere. Bjarne war wie ausgetauscht. Er goss, ohne sich zu beschweren, ohne dass ich ihn überhaupt darum gebeten hatte, die mitgebrachte Fleischbrühe in kleine

Schüsseln. Die Huskys schlabberten die warme Flüssigkeit auf, dann legten sie sich nah beieinander und formten mit ihren Körpern eine Art Knäuel, um Wärme zu speichern und sich zu entspannen.

Nur Bonny, die Leithündin, band ich separat an, da sie sich gerne mit den anderen zankte und ich keine Verletzung riskieren wollte.

„Möchtest du auch etwas Warmes zu trinken?" Ich sah Bjarne an, der das Gesicht verzog.

„Aber keine Fleischbrühe! Die riecht nicht gerade appetitlich ..."

Ein Kichern drang aus meinem Mund. Manchmal war er, beabsichtigt oder nicht, urkomisch.

„Nein, ich dachte eher an Wildfruchttee mit Honig", schlug ich vor.

Er hörte auf, Bonny hinter dem Ohr zu kraulen und kam zu mir.

Ich schüttete zwei Becher dampfenden Tee aus der Thermoskanne und reichte ihm einen. Das fruchtige Aroma des Getränks erweckte meine Lebensgeister. Mein Gesicht taute auf, meine Lippen fühlten sich weniger rau an und die Handschuhe, mit denen ich den Becher umklammerte, wurden warm. Schluck für Schluck genoss ich den wohligen Geschmack auf meiner Zunge und den Ausblick dazu.

Wobei er nicht wie erhofft die Farm zeigte. Es war dunstig, beinahe neblig, und wir konnten höchstens hundert Meter in die Ferne sehen.

„Leider nur eine weiße Wand. Da vorne", sagte ich und deutete mit dem Finger in den Nebel, „ist die Farm. Rechts müssten wir eigentlich die Hundezwinger und die vielen kleinen Hütten sehen, links das Wohnhaus und die diversen Schuppen. Leider ist die Aussicht heute bescheiden."

„Schade, das hätte sich im Film sicherlich gut gemacht. Aber keine Sorge, ich habe super Aufnahmen! Ich hoffe, ich habe nicht zu sehr gewackelt." Er schlürfte einen Schluck Tee, dann setzte er den Becher auf dem Schlitten ab und zog die Mütze über seinen widerspenstigen Locken zurecht.

„Hast du noch Fragen? Sollen wir noch eine Art Interview drehen?" Darauf hatte ich nicht gerade Lust, aber ich tat alles für eine erstklassige Dokumentation.

„Also ein Thema habe ich bis jetzt ausgelassen ... ich weiß auch nicht, ob du bereit bist, darüber zu reden." Bjarne sah mich von der Seite an, die Augen dunkel und glänzend. Wie schön er eigentlich war, fiel mir in genau diesem Moment auf. Selbst in dicker Winterkleidung machte er eine gute Figur. Der Dreitagebart stand ihm ausgesprochen gut und ließ ihn auf eine Art verwegen erscheinen. Wie gern würde ich über die Stoppeln streichen und-

„Würdest du ein paar Fragen zu der Übernahme der Farm beantworten? Also über deine Mutter sprechen?" Damit riss er mich aus meiner Schwärmerei. Ein Steinbrocken setzte sich auf mein Herz. Über meine Mutter zu sprechen war für mich nichts Ungewöhnliches. Ich hatte sie so sehr geliebt, dass ich dieses Gefühl gerne mit anderen teilte. Trotzdem hatte sie ein riesiges Loch hinterlassen. Das war noch immer nicht gestopft, nur ganz notdürftig mit einem winzigen Fetzen geflickt. Mehr Schein als Sein.

Und ihre Geschichte mit der Welt zu teilen, so öffentlich zu machen, das fiel mir schwer. Und gleichzeitig war es eine Ehre, darüber sprechen zu dürfen.

Ich drehte mich von Bjarne weg, ging ein wenig allein und inhalierte die eiskalte Luft. Genau hier hatte sie mir Schlittenfahren beigebracht. Anfangs ohne Gespann und Hunde, später mit allem Drum und Dran. Immer wieder waren wir gemeinsam den Berg hinunter. Ich vorne, sie hinter mir und dabei waren ihre Arme um mich geschlungen, damit ich bloß nicht fiel. Immer hatte sie sich um alle gekümmert. Mich beschützt und versorgt. Meine Mutter war mein Vorbild gewesen. Eine Inspiration mit all ihrer Stärke und ihrem Willen. Niemals hatte sie aufgegeben. Nicht als Alleinerziehende, als Geschiedene, als Mutter oder Freundin, nicht als Geschäftsführerin, Musherin oder Hundebesitzerin. Hart wie ein Fels, zur Not kalt wie ein Eiszapfen und manchmal weich wie Wachs im Feuer.

Ich war ihre Tochter. Allein das machte mich schon stark. Und deshalb gab ich nicht auf.

„Stell deine Fragen", rief ich Bjarne zu, der mittlerweile wieder zu Bonny gegangen war.

„Bist du dir sicher?"

„Ja, sie hätte es so gewollt. Nicht, um sich selbst darzustellen, sondern um die Farm zu retten. Sie hätte alles dafür getan und das tue ich hiermit auch." Ich stemmte die Hände in die Hüften, streckte die Brust raus und ahmte Superwoman nach. Meine Mutter hatte mir immer erzählt, dass diese Pose einen positiven Effekt auf das eigene Gemüt hatte. Wenn man sie vor einer wichtigen Prüfung oder Herausforderung für ein paar Minuten einnahm, war die statistische Wahrscheinlichkeit höher, dass das Vorhaben gelang.

Bjarne nickte und nahm die Kamera wieder auf den Arm. Er brauchte ein paar Sekunden, um sich vorzubereiten.

Diese nutzte ich, um weiter in die dunstige Wand zu starren.

„Kann es losgehen?" Er lächelte mir zu.

Diese kleine Geste der Aufmunterung ließ es in meinem Bauch kribbeln.

„Ich bin bereit", verkündete ich.

Bjarne zeigte mir den Daumen, deshalb begann ich einfach, von mir aus zu erzählen. Ich brauchte keine Fragen, die ich beantworten sollte.

„Die *Running Wolves* Huskyfarm gehörte bis vor knapp einem Jahr Kirsti Marina Karjalainen. Sie hat diese Farm mit einem Bestand von ungefähr 80 Tieren, mal mehr, mal weniger, 25 Jahre lang mit vollem Herzblut geleitet. Kirsti hat sich stets um ihre Hunde gesorgt, Welpen eigenhändig auf die Welt gebracht und sich für Tierrechte eingesetzt. Als einzige Husykfarmerin weit und breit hat sie ihre Hunde geimpft, entwurmt, medizinisch versorgt und bei sich behalten, bis sie von allein starben oder bei Krankheiten einschläfern lassen. Zudem hat sie sich für den Naturschutz eingesetzt, ein Aufforstungsprogramm in unserer Gemeinde geleitet und verletzte und verwahrloste Wildtiere aufgenommen. Gemeinsam haben wir bestimmt zwei Dutzend Vögel, zwei Rehe, ein Elchkalb, einen Biber und ein Wildschweinfrischling durchgebracht.

Im ganzen Dorf Lumijärvi war sie beliebt. Wenn jemand Hilfe brauchte oder einen Rat, stand sie den Bewohnern zur Seite. Es gab sogar den Vorschlag, dass sie Bürgermeisterin werden sollte, doch das hatte sie abgelehnt. Sie hatte dafür keine Zeit." Ich machte eine Pause, denn mein Hals wurde mit jedem Wort enger. „Schließlich hatte sie nicht nur 80 Hunde zu versorgen, sondern auch ein Kind.

Mein Name ist Tarja Aleksandra Karjalainen. Ich bin Kristis Tochter. Hier auf der Farm bin ich aufgewachsen und habe all die Werte verinnerlicht, die meine Mutter an mich weitergegeben hat. Mit aller Kraft versuche ich, ihr Erbe fortzuführen, seit sie vor einem Jahr gegen den Brustkrebs verloren hat. Es gab keinen Kampf, von dem ich berichten könnte. Sie war eine Kämpferin durch und durch, aber bei dem Krebs gab es nichts, was sie entgegensetzen konnte. Eines Tages fuhr sie zum Arzt 100 Kilometer weit entfernt für den jährlichen Check-Up und kehrte mit der Diagnose heim. Einen Monat später ist sie gestorben." Tränen liefen über meine Wangen. Normalerweise hätte ich abgebrochen, Bjarne angewiesen, diesen Mitschnitt zu löschen und versucht, meine Trauer zu verstecken, doch sie gehörte hier hin. Genau an diesen Ort, vor diese Kamera, damit die Menschen verstanden, um was es hier überhaupt ging. Und zu mir, denn ich war eine Tochter in Trauer. Und das erste Mal seit einem Jahr realisierte ich, dass ich das auch für immer bleiben würde. In Trauer.

„Ich habe sie nicht nur unfassbar geliebt und bewundert, ich habe meiner Mutter versprochen, *Running Wolves* weiterzuführen. Kein einziges Tier abzugeben.

Weiterhin Menschen aus aller Welt unser wundervolles Erbe gemeinsam mit unserem Team näherzubringen und für Lappland zu begeistern. Deshalb brauche ich jetzt Ihre Hilfe. Bitte helfen Sie mir." Die letzten Worte kamen gepresst. Noch nie hatte ich um etwas gebeten oder gebettelt. Ich hatte es schon in meinem Leben nötig gehabt, doch ich war mir zu fein gewesen. Zu stolz. Zu stur und zu ängstlich. Nun war ich mir für nichts mehr zu schade. Es war ein merkwürdiges, schwaches Gefühl – und gleichzeitig auch emanzipierend und selbstbestimmend.

Bjarne ließ die Kamera sinken. „Tarja, das ..." Er brach ab und schluckte schwer. Waren das Tränen, die in seinen Augen glitzerten?

Ich schniefte und versuchte, meine eigenen fortzuwischen, bevor sie schmerzhaft an meiner Haut gefroren.

„Ging das so? Sind deine Fragen beantwortet? Hätte ich-"

„Es war perfekt." Er stellte die Kamera ab. Seine Schritte knarzten im Schnee. Und dann empfingen mich seine starken Arme.

Ich lehnte mich gegen ihn, legte meinen Kopf auf seine Brust und bildete mir ein, trotz der vielen Schichten Kleidung seinen Herzschlag zu spüren. Unsere Herzen so dicht beieinander, dass sie im selben Takt schlugen. Die Umarmung wurde fester und er legte sein Kinn auf meinen Kopf. Wir passten perfekt ineinander. Wie ein Puzzle, das sich endlich zusammensetzte.

„Leider habe ich deine Mutter nicht mehr kennenlernen können, doch wenn sie nur halb so stark war wie du, dann war sie eine beeindruckende Frau."

Ich grunzte. Zum Glück sah er mich nicht, denn ich war eine hässliche Weinerin.

„Wenn du wüsstest. Sie war mindestens doppelt so stark wie ich. Eher dreifach oder vierfach. Die meiste Zeit fühle ich mich schwach." Meine Stimme war brüchig, doch er bekam jede Silbe mit.

Wir waren miteinander verbunden. Egal, was vorher war, nun waren wir wieder auf einer Ebene. Und dieses Gefühl gab mir Hoffnung und Mut.

„Du bist nicht schwach, Tarja. Und ich denke, wenn deine Mutter dich jetzt sehen könnte, wäre sie unfassbar stolz auf dich. Lemmy und Airin sind es auf jeden Fall. Sogar dieser komische Vogel Peppino. Und ich bin es auch."

Ich hob den Kopf und sah in sein Gesicht.

Seine Augen funkelten nur für mich. Seine Worte waren meine. Unsere Gesichter näherten sich. Seine Hitze war meine. Ich fühlte seinen Atem auf meiner Haut. Wir sogen dieselbe Luft ein. Sein Atem war meiner. Wir waren uns ganz nah. So nah, dass ich ihn beinahe schmecken konnte.

Doch ich zog den Kopf weg. Entzog mich unserer Verbindung und dem Kuss, den ich so verzweifelt herbeigesehnt und gleichzeitig so von mir geschoben hatte. Diesmal nicht aus Angst oder Misstrauen. Ich fühlte mich in Bjarnes Armen wohl und sicher. Geborgenheit hatte mein Herz erfüllt und machte mich mutiger. Daran lag es nicht. Ich wollte es so sehr.

Doch hinter Bjarne tat sich etwas auf, das ein viel größeres Problem darstellte und unseren Moment mit einem Schlag zu Staub zerschlug.

# Kapitel 18

„Oh nein", hauchte ich und biss mir auf die Lippe. Lemmy hatte recht gehabt. Das Wetter war eine Katastrophe.

Bjarne erstarrte neben mir. Ich war noch immer gegen ihn gelehnt, ihm so nah, dass ich es merkte. Die Veränderung, die seine Muskeln steif werden ließen. Ich suchte seinen Blick und sah nichts anderes als blanke Panik.

„Du musst atmen, Bjarne!" Ich legte meine Hände auf seine Oberarme und schüttelte ihn leicht, damit er mich ansah. Nicht das beobachtete, was ihn anscheinend den letzten Nerv kostete. Der Großteil der Menschen, besonders wenn sie nicht aus Lappland kamen, reagierte so auf dieses meteorologische Phänomen.

Ich sah an ihm vorbei und konnte, obwohl es eine mehr als gefährliche Situation war, meine Faszination nicht unterdrücken.

Wie ein Klecks Farbe in unendlichen Wassermassen verschwamm der Horizont. Sowohl der Himmel als auch der Boden waren nur noch eine weiß-graue Masse, die keinen Übergang mehr hatte. Es war, als stünden wir in einem leeren, unendlichen Raum. Da waren nur Bjarne, die Hunde, der Schlitten und ich.

Himmel und Erde gingen nahtlos ineinander über. Helles, diffuses Licht überall. Keine Schatten, keine Konturen mehr.

„Was geschieht hier?" Bjarnes Stimme war nicht von dieser Welt. Die Angst tropfte von seinen Worten wie dickflüssiger Honig.

„Das ist ein Whiteout. Ein Phänomen, das bei ganz bestimmten Wetterbedingungen auftreten kann."

„I-Ich erkenne d-den Boden nicht m-mehr", stotterte er und seine Hände krallten sich in meine Skijacke.

„Ich weiß, ich auch nicht. Aber das kriegen wir-"

„Tarja, das pack ich nicht. Das-"

„Bitte atme ruhig. Es ist normal, dass du Angst hast. Das geht vorbei", versuchte ich ihn zu beruhigen, denn seine Augen wirkten getrieben und sein Körper begann zu zittern. Dass dieses Phänomen mehrere Stunden anhalten konnte, verschwieg ich ihm vorerst.

„Komm, wir setzen uns auf den Boden. Lass uns zu den Hunden gehen."

Bjarne schüttelte den Kopf.

Ich nahm trotzdem seine Hand in meine und zog ihn mit mir. Anstatt, dass er mir folgte, zog er in die andere Richtung. In die, aus der wir gekommen waren.

„Ich muss hier weg!", rief er und machte sich los. Er war komplett in seinem eigenen Film und das war gefährlich. Wenn er jetzt davonlief, würde er kraft- und orientierungslos irgendwo im Wald vor der Farm zusammenbrechen. Das konnte ich nicht zulassen.

Ich sprang ihn von der Seite an, legte mein ganzes Gewicht hinein und rang ihn nieder.

„Hey, was soll das?!"

„Weglaufen bringt nichts! Du gehst bei dieser be-
scheuerten Aktion noch drauf!"

Wir rangen einen Moment miteinander, doch ich
setzte mich einfach auf ihn drauf und fixierte seine
Arme mit meinen Beinen. Von dem vielen durch den
Schnee laufen war mit meiner Beinmuskulatur nicht
zu spaßen.

„Lass mich los!"

„Nein, auf keinen Fall!"

„Ich will hier weg! Ich-"

„Du hast Angst! Ich weiß! Aber du musst bei mir bleiben!" Ich schrie direkt in sein Gesicht, denn mit jedem
Rucken und Zucken seinerseits beförderte er mich ein
Stück von sich. So bekam auch ich Angst. Nicht wegen
dem Whiteout, sondern wegen ihm. Es machte mir
Schiss, dass er gleich im weißen Nichts verschwinden
und mich für immer verlassen könnte.

„Warum ist alles weiß? Ich kann nicht richtig sehen,
mir ist schwindelig und schlecht." Seine Abwehr wurde
brüchig und ich konnte meine Position verbessern.

„Vielleicht hörst du dann auf, dich zu wehren,
kommst mit zu den Hunden und wir besprechen unseren nächsten Schritt", schlug ich vor und biss mir auf
die Unterlippe.

„Hör auf damit!" Er hob die Hand und ich kniff die Augen zusammen. Bereitete mich auf den Schmerz vor,
der sicherlich mein Gesicht treffen würde.

Er schlug mich nicht. Bjarne legte einen Finger an
meine Lippen und brachte mich so aus dem Konzept,
dass ich auch seinen anderen Arm entkommen ließ.

„Womit?", presste ich hervor.

„Damit." Er biss sich ebenfalls auf die Unterlippe. Mein Spiegelbild.

Mir wurde warm. In meiner Brust, in meinem Bauch und in meinem Innersten, denn dieser Moment war so unpassend und doch auch zum Dahinschmelzen, dass ich kaum atmen konnte. Er sah auf meine Lippen und dann hinter mich.

Mit einem Satz landete ich auf dem Hintern und Bjarne rappelte sich hoch.

„Das darfst du nicht tun!"

Er ignorierte mich, richtete sich auf und lief los. Das unendliche Weiß waberte gefährlich dort, wo ich den Abgrund des Plateaus vermutete und Bjarne kopflos drauf zusteuerte.

„Willst du mich und die Tiere wirklich allein lassen? Hier draußen, ohne Hilfe?" Meine letzte Karte: Das Jungfräulein in Nöten. Es war eigentlich andersherum, doch das musste ich ihm ja nicht auf die Nase binden.

Bjarne blieb stehen, schüttelte den Kopf, ging wieder einen Schritt.

Ich hielt die Luft an. Jeden Moment könnte er in den Abgrund treten. Wenn ich ihm jetzt hinterhersprang, gefährdete ich nicht nur ihn, denn ich trieb ihn vermutlich den Abgrund hinab, sondern auch mich und damit mein Rudel. Absolut katastrophal, denn im Whiteout würde auch Lemmy niemals mit dem Schneemobil unsere Rettung gewährleisten können. Selbst er wäre nicht so leichtsinnig, inmitten dieser Witterung loszufahren. In einem Whiteout panisch zu werden war wie den eigenen Grabstein zu kaufen – endgültig und sinnlos.

„Ich brauche dich“, schob ich atemlos hinterher. Ich hatte das Gefühl, meinen Puls auf meiner Zunge schmecken zu können. Natürlich hatte ich die Worte aus dramaturgischen Gründen gewählt. Ich musste ihm den Eindruck vermitteln, dass ich ihn brauchte. Aber als die Worte zwischen uns standen, realisierte ich, dass sie stimmten. Es war die Wahrheit. Ich brauchte Bjarne.

Vorsichtig, langsam und mit tausenden Gedanken und Sorgen im Kopf näherte ich mich ihm.

Er stand nur da, starrte in die weiße Wand, die mit dem Nebel von vorhin nicht vergleichbar war, und rührte sich nicht.

Ich stellte mich direkt neben ihn, folgte seinem Blick und konnte es nicht fassen, dass die wunderschöne, winterliche Landschaft einfach verschwunden war. Da war nichts vor uns. Es war das zweite Whiteout meines Lebens. An das erste konnte ich mich kaum erinnern, denn ich war erst fünf Jahre alt gewesen. Laut den Erzählungen meiner Mutter hatte ich es wohl super gefunden, war auf der Farm umhergelaufen und sie hatte Mühe und Not gehabt, mich wieder einzufangen. Meine eigenen Erinnerungen vermischten sich mit ihren Kommentaren und einer Hand voll Bildern, die fließend ineinander übergingen wie nun Himmel und Erde.

Ich nahm behutsam Bjarnes Hand.

Er sah endlich zu mir.

„Sagst du das nur, damit ich nicht wie ein Verrückter das Plateau hinunterfalle?“

„Zuerst schon, aber dann ...“ Ich hielt mich bedeckt, denn ich konnte meine Gefühle noch nicht ordnen. Vor allem nicht hier in dieser Ausnahmesituation.

Wortlos zog ich ihn mit mir und diesmal entwischte er mir nicht. Ich führte ihn zu den Hunden, die nicht mehr ein entspanntes Knäuel, sondern eher ein aufgescheuchter Haufen waren.

„Am besten setzen wir uns für einen Moment auf den Boden, dann ist der Effekt des Whiteouts nicht so stark. Zudem müssen wir die Hunde beruhigen.“

Ob das klappen würde, war fraglich, denn Bjarne blickte noch immer umher, als würde ihn die Welt jeden Moment zerquetschen.

Immerhin ließ er sich auf den Boden sinken und begann tief ein- und auszuatmen.

In meinem Kopf sprang der Krisenbewältigungsmodus an. Eine Rettung von außen war ausgeschlossen. Den Hunden würde es gut gehen. Sie waren nicht durch den Whiteout besorgt, sondern eher von der Stimmung, die von uns Menschen ausging und sich auf sie übertrug.

Bjarne schien ein wenig stabiler zu sein, aber wer wusste schon, wie lange das halten würde.

Ich sah einen Hund nach dem anderen an und blieb an Bonny hängen. Schnell ging ich zu ihr, löste die Verankerung aus dem Boden und nahm sie am Halsband.

„Wo willst du hin?“ Bjarnes Augen fixierten mich.

„Nur Bonny holen. Ich glaube, sie braucht deinen Beistand!“ Ich drückte sie ihm auf den Schoß. Sofort legte sie sich auf seine ausgestreckten Beine, genau wie ich es mir gewünscht hatte. So würde sie insgeheim ihm Beistand leisten. Ich musste nur ein Auge auf sie haben, damit sie nicht mit dem Rest des Rudels stritt.

Auch ich setzte mich zu Bjarne, die Thermoskanne Tee in den Händen, schüttete uns welchen ein, während sich die anderen Hunde um uns arrangierten. Als Teil des Gespanns wurden wir gewärmt.

Huskys waren einzigartige Tiere. Mit all ihrer Intelligenz, ihrer Freundlichkeit und ihrem Sanftmut waren sie Seelentröster auf vier Pfoten.

Bjarne kraulte mit geschlossenen Augen Bonny hinter dem Ohr.

Ich streichelte Diablo, der sich mal wieder als das Riesenbaby aufführte, das er war. Immer wieder versuchte er, sich auf meinen Schoß zu setzen, war aber viel zu groß und sperrig, sodass ich ihn von mir schob. Er rieb seinen Kopf gegen meine Hand, damit ich ihn streichelte, und schubberte sich zwischendurch an meinen Stiefeln.

„Können wir nicht einfach zur Farm zurück?" Bjarne klang so flehentlich, dass mir das Herz zerbrach. Er hatte wirklich Panik und versuchte sich so sehr zusammenzureißen, dass ich ihn nur bewundern konnte. Es war keine Seltenheit, dass Menschen während eines Whiteouts komplett eskalierten und dumme Dinge taten, die potenziell tödlich enden konnten.

Sein Schmerz war real. Ich spürte ihn, denn seine Stimme erinnerte mich an meine, als ich mich damals von Nils getrennt hatte.

In diesem Moment, der im Nachhinein betrachtet der beste meines Lebens war, war ich innerlich gestorben. Die Angst und die vielen Sorgen waren so sehr gewachsen, dass sie keinen Nährboden übrig gelassen hatten. Dürre in mir. Kein Wasser mehr zum Weinen, kein Gehirnschmalz, um noch an etwas anderes zu denken.

Eine richtige Qual. Weil ich wusste, wie es einen von innen vor Angst auffraß, wollte ich Bjarne erlösen.

„Das geht leider nicht. Das hier ist zwar meine Heimat, aber den Weg kriegen wir nicht mit den Hunden allein auf Grundlage meines Gedächtnisses hin. Viel zu gefährlich. Aber …“ Ich brach ab. Mir war eine Lösung eingefallen, doch ich wollte keine falschen Versprechungen machen. Ich kniff die Augen zusammen, konzentrierte mich auf den Weg, der in meinen Erinnerungen versteckt lag, und prüfte, ob ich in der Lage sein würde, uns sicher zu navigieren.

„Es gibt eine Jurte. Hier ganz in der Nähe. Wir müssten sicher das Plateau umrunden und ein kleines Stück in den Wald gehen. Das ist kein Zuckerschlecken, aber-“

„Bitte, Tarja. Lass es uns versuchen.“ Tränen liefen über seine stoppeligen Wangen.

Ich empfand so verflucht viel für ihn. Mitleid, klar, aber auch Fürsorge, Freundschaft, obwohl wir uns immer wieder stritten. Und mehr, irgendwie.

„Ok“, hauchte ich.

Er nahm meine Hand und küsste sie.

Das war der intimste Moment, den ich seit Langem mit einem anderen Menschen erlebt hatte. Affig, denn es war eine Geste von Kindergartenkindern oder älteren Leuten, und trotzdem kribbelte es in meinem Bauch und meine Brust wurde warm. Die Hand, deren Handschuh er geküsst hatte, wurde trotz fehlenden direkten Hautkontaktes heiß wie ein wohliges Lagerfeuer. Die Kälte konnte mir nichts anhaben. Und das Whiteout würde uns nicht auseinanderbringen.

„An ein paar Regeln müssen wir uns unter allen Umständen halten."

Bjarne nickte, die Augen wieder geschlossen.

Ich nutzte die Gelegenheit und betrachtete jedes Detail in seinem Gesicht. Die Furche, die sich zwischen den buschigen, dunklen Augenbrauen bildete. Die kleine Delle an seinem Kinn, die es noch grüblerischer und wie gemalt wirken ließ. Und auch die kleine, silberfarbene Narbe, die sich zart entlang seiner Unterlippe zog. Ich wollte sie berühren. Mit meinen Fingern. Mit meinen Lippen.

„Ich vertraue dir", flüsterte er.

Dieser Satz war nur für mich gewesen – egal, ob wir hier im Nichts saßen oder in einer riesigen Menschenmenge mitten in Helsinki. Diese drei Worte gehörten nur mir. Er hatte sie nur für mich gesagt.

„Ich dir auch", erwiderte ich.

Er legte eine Hand an meine Wange. Sie glühte trotz all der Kälte um uns.

„Wir müssen zusammenbleiben. Auf keinen Fall fahren wir mit dem Schlitten, dafür ist die Sicht zu bescheiden. Wir lassen ihn einfach hier, binden uns die Tiere um die Körpermitte und wandern zur Jurte. Das sollten wir hinkriegen." Ich nickte, um mir selbst Mut zu machen.

Bjarne öffnete die Augen, nickte ebenfalls und stand auf. Er zog mich mit sich auf die Beine und nahm Bonny am Halsband.

„Du musst keinen der Hunde nehmen. Konzentriere dich am besten nur auf dich."

„Bitte lass mich Bonny halten." Noch immer diese wahnsinnige Angst in seinem Gesicht.

„In Ordnung", bestätigte ich und lotste die beiden zum Schlitten zurück.

Die Hunde merkten sofort, dass der Rest der Tour abgesagt war, und arrangierten sich neu. Zuerst befestigte ich Bonny an einer Schleppleine und band sie um Bjarnes Bauch. Dann waren die anderen Hunde an der Reihe. Ich knotete und knotete, bis mein ganzer Oberkörper voll mit Leinen war.

„Nimmst du noch die Thermoskannen mit Fleischbrühe und Tee? Dann nehme ich das Erste-Hilfe-Set, das Satellitentelefon und das Survivalkit." Je mehr Aufgaben ich verteilte, je mehr die Hunde mir gehorchten und ich einen Plan verfolgte, desto einfacher konnte ich mit der Situation umgehen und auch Bjarne Sicherheit geben. Es war, als wäre ich auf einer Sonderausfahrt mit einem Kunden. Professionell, geordnet, sicher. Kein Grund zur Panik.

Wir brachen auf. Auch wenn die Hunde erst irritiert waren, dass wir uns vom Schlitten wegbewegten, verstanden sie schnell, was nun Sache war. Wir gingen im Schneckentempo, denn sich zu orientieren war kaum möglich. Alles sah gleich aus. Nur ganz selten erkannte man eine konturlose Tanne, einen schattenlosen Felsen oder ein paar Spuren von Kufen im Schnee. Ein paar Mal überfielen mich Zweifel. Waren wir auf der richtigen Fährte? Was, wenn die Jurte zum Ende des Sommers abgebaut worden war? Würde ich Bjarne beruhigen können, wenn wir im Herzen des Waldes verloren gingen?

Ich checkte immer wieder das Satellitentelefon, doch es hatte eine Störung. Ob es am Whiteout lag oder ein generelles Problem war, konnte ich nicht sagen.

Und dann war da ein Baum, den ich sofort erkannte. Die Kiefer war kahl, ohne Nadeln, und ihr Stamm war in der Mitte geteilt. Vor ein paar Jahren war in ihr ein Blitz eingeschlagen. Der Stumpf war ein Stück abgebrannt. Meine Mutter hatte das Feuer bei einer Ausfahrt entdeckt und eine Löschaktion organisiert, damit sich der Brand nicht auf den Rest des Waldes ausbreiten konnte. Sie hatte immer in Anekdoten klar werden lassen, dass diese Ausfahrt mitten im Sommer bei schlimmstem Gewitter der eigentliche Horrorritt gewesen war. Nicht im Schnee, nicht im Eis, aber im Auge eines Sturms mit Kugelblitzen und starken Böen lag die wahre Gefahr. Wir waren einer Meinung: Mushen machte nur im Winter wirklich Spaß.

„Gleich sind wir da!" Meine Stimme machte einen Hüpfer, denn ich war dankbar und froh und vielleicht auch ein bisschen stolz, dass mein Plan aufgegangen war.

Als wir eine Reihe hoher Tannen passierten, sahen wir die Jurte direkt vor uns stehen.

„Oh, Gott sei Dank!", rief Bjarne und seine Schritte wurden schneller.

Ich atmete tief ein und aus. Meine Beine schmerzten von dem Gewaltmarsch durch den viel zu hohen Schnee. Im Wald war nichts geräumt, noch nicht mal Routen für Schlitten, weil wir normalerweise mit unseren Gespannen nicht durch diesen Teil des Waldes fuhren. Hier standen die Bäume zu dicht und es gab zu viele Felsformationen, die eingeschneit und damit zu Todesfallen werden konnten, wenn man ihnen mit dem Schlitten nicht auswich.

Ich nutzte meine letzte Kraftreserve, holte Bjarne ein, nahm seine Hand und gemeinsam mit den Hunden, die den Schnee durch ihre Pfotentritte aufwirbelten, rannten wir zur Jurte.

# Kapitel 19

Die Jurte war groß genug, dass sowohl Bjarne als auch ich und die Hunde hineinpassten. Es war sogar noch eine Feuerstelle in der Mitte, damit das Zelt geheizt werden konnte. Nach oben hin war es offen, damit der Qualm abziehen konnte. So hatte es von oben hineingeschneit und es war eiskalt.

Ich war froh, dass ich das Survivalkit mitgenommen hatte, denn mit ein wenig natürlichem Zunder und dem Feuerstahl würde ich nicht weit kommen. Feuerzeug und Benzin aus dem Kit würden mir aber einen guten Dienst erweisen. Mit diesen Utensilien war es nicht so wichtig, ob das Feuerholz in der Ecke angefroren oder nass war.

Bjarne seufzte laut, als er sich auf einen der Holzbalken setzte, die um die Feuerstelle aufgestellt worden waren. Sofort war Bonny bei ihm, legte ihren Kopf auf sein Knie und er begann, sie zu kraulen. Es war ungewöhnlich für Bonny, denn eigentlich war sie eine sehr spezielle und eigensinnige Hündin, die keine enge Bindung zu Menschen aufbaute. Auch andere Hunde waren ihr meist nicht geheuer, sodass sie als Einzelgängerin ihren Weg ging. Die anderen Rudelmitglieder hatten Respekt vor ihr und kümmerten sich auch in gewisser Weise um sie, doch Bonny wies oft alle von sich. Dieses Verhalten kam mir bekannt vor.

Ich löste die Leinen von meinem Körper, versuchte mit einem Holzscheit einen Anlegepflock in den Boden zu klopfen, doch gab schnell auf. Der Grund war gefroren. Ich entschied mich dafür, die Plane der Jurte zu schließen, die Enden der Schnüre zu verknoten und die Hunde im Inneren freilaufen zu lassen. Sie würden sicherlich nicht abhauen. Nur wenn ein wildes Tier auftauchen würde, war ich mir nicht so sicher.

„Wie geht es dir?", fragte ich Bjarne, während ich weitere Holzscheite zusammensuchte und begann, sie mit der Axt in kleinere Hölzer zu zerteilen.

„Viel besser. Hier drin ist es ganz anders", erklärte er und sah sich in der Jurte um, „alles hat Konturen und Schatten. Es sieht real aus, nicht mehr wie in einem Fiebertraum. Ich sehe den Boden unter meinen Füßen und weiß, dass es nicht der Himmel ist. Dass ich nicht durch die Luft fliege. Ich habe endlich wieder mehr Kontrolle." Seine Stirn war geglättet, sein Blick ruhiger und beständiger. Auf seinen Lippen bildete sich sogar der Anflug eines Lächelns.

„Bist du etwa ein Kontrollfreak, Bjarne?"

„Nicht mehr als du", gab er zurück.

Obwohl er damit ins Schwarze getroffen hatte, musste ich glucksen. Erleichterung machte sich in meiner Brust breit. Es war, als wäre ein Stein von meinem Herz gerutscht. Ich konnte endlich wieder frei atmen. Anscheinend hatte mir die Situation doch mehr zugesetzt, als ich es mir selbst hatte eingestehen wollen. Aber Bjarne jetzt so erleichtert zu sehen war alle Mühe wert gewesen.

„Ich habe auf jeden Fall niemals gedacht, dass ich so froh sein könnte, einen Horizont zu sehen“, nuschelte er und sah auf seine Füße.

Mir war klar, dass ihm das Ganze ein wenig peinlich war. Musste es nicht. Gerne hätte ich ihm das gesagt, doch ich war mir nicht sicher, ob er über das, was geschehen war, sprechen wollte.

„Hast du Erfahrungen mit meteorologischen Phänomenen? Als Journalist hast du doch bestimmt schon über eins berichtet, oder?“ Ich wollte ihn ablenken. Seinen Gedanken und Sorgen nachzuhängen, würde ihm nichts bringen.

„Bisher noch nicht, glaub ich. Bin ich zugegebenermaßen auch froh drüber, denn meistens sind solche Phänomene ja mit extremen Witterungslagen verbunden und potenziell gefährlich für Menschen. Taifune, Hurrikans, Sturzfluten.“ Bjarne setzte sich auf.

Ich lächelte über mein gelungenes Ablenkungsmanöver, während ich die Hölzer von klein nach groß sortierte, damit ich ein perfektes Feuer organisieren konnte.

Meine Mutter hatte mir das Feuermachen wie eigentlich alles Wichtige zum Überleben beigebracht. Sie hatte immer wieder betont, dass Feuer unbeständig und gierig war. Ein Gelingen war niemals sicher. Wenn es funktionierte, forderte es immer mehr. Mehr Holz, mehr Zunder, mehr Funken.

„Obwohl ich mal über singendes Eis an einem schwedischen See berichtet habe!“

Ich blickte auf und sah, wie er Bonny über den Rücken streichelte und ganz versunken in seiner Erinnerung war. Er sah friedlich aus.

Mein Herz machte einen kleinen Satz und wieder kribbelte mein ganzer Körper. Dunkel erinnerte er sich an dieses Gefühl. Ich hatte es schon ein paar Mal gespürt. Vor einigen Jahren, bevor meine persönliche Hölle begonnen hatte. Da war auch schon dieser Funke, der meinen ganzen Körper zum Glühen bringen konnte, in mir gewesen. Und irgendwann mit einem Schlag erloschen, denn Nils hatte einen Eimer voller Machtspiele, toxischem Verhalten und Schuld draufgekippt.

„Es ist ein wirklich interessantes Phänomen. Singendes Eis klingt immer verschieden. Mal wie ein Buckelwal, der unter dem Eis nach seinen Artgenossen ruft, mal wie Peitschenhiebe und manchmal erinnert es sogar an Pistolenschüsse. Singende Seen nennen es die Leute aus Lappland auch." Er unterbrach kurz und verzog dann das Gesicht. „Du kennst das sicher. Sorry, ich wollte dir nicht die Welt erklären." Bjarne lächelte und legte seine Hand in den Nacken.

Das bedeutete, dass er Bonny nicht mehr streichelte, was ihr gar nicht gefiel. Sie legte eine Pfote auf sein Knie, ganz so, als wolle sie sagen: Hey, was soll das?

Es war nicht nur dieser kleine Nebensatz, der alles veränderte und mir Respekt entgegenbrachte, den ich vorher bei Männern verzweifelt gesucht hatte. Lemmy, Herr Peltola und Peppino waren Ausnahmen, denn sie kannten mich und meine Mutter schon ewig. Und sie waren einfach anständige Kerle.

Nils hatte mich nie respektiert und mir jahrelang vermittelt, dass es in meinem Fall auch schwierig war. Bjarne tat es einfach so. Ganz aus natürlichem Reflex. Und dann war da noch diese Begeisterung, die aus ihm floss wie ein seltenes Element. Sie verteilte sich im ganzen Zelt, steckte mich an.

„Ja, ich kenne die singenden Seen, aber bitte berichte mir weiter davon. Ich höre dir gerne zu."

Kurz sahen wir uns an. Und da war wieder diese Verbindung zwischen uns. Dieses Mal konnte keiner von uns beiden sie leugnen.

„Eis reagiert wie andere Materialien auf Temperaturschwankungen. Wenn die Temperatur steigt, dehnt sich die Oberseite des Eises aus, wenn sie fällt, zieht sie sich zusammen. Die Unterseite des Eises verändert sich kaum. Und dort entstehen dann kleine Risse und verursachen diese verrückten Geräusche." Er sprach mit einer angenehmen Stimme und erklärte es so, dass auch ein Kind es verstehen konnte.

Anstatt darüber wütend zu sein oder mich minderwertig zu fühlen, es auf mich zu projizieren und gedanklich in einer unendlichen Spirale aus Zweifeln zu versinken, genoss ich den Klang seiner Stimme und seine Augen, die durch das Zwielicht der Öffnung über uns funkelten.

„Warum ist es so unfassbar laut und pfeifend?" Das wusste ich tatsächlich noch nicht und da ich ein neugieriger Mensch war, nutzte ich doch gerne einen Experten, wenn er anwesend war.

Meiner Mutter hatte ich auch immer unendlich viele Fragen gestellt: Warum stellen sich die Haare auf den Rücken der Hunde auf, wenn sie bellen? Was mache ich, wenn ich auf einen Bären treffe? Warum sind Elche die gefährlichsten Tiere in Lappland?

Mit derselben Geduld wie meine Mutter schon beantwortete Bjarne mit einem Lächeln – nicht arrogant, sondern ernsthaft froh – meine Frage: „Wenn ich mich recht erinnere, kann sich Schall schneller im Eis als in der Luft ausbreiten. Schneller Schall bedeutet hoher Pfeifton in unseren Ohren."

„Hm", machte ich und unterbrach meine Vorbereitungen für das Feuer.

„Genug Klugscheißerei meinerseits. Jetzt bist du dran! Was machst du da?"

Bonny versuchte unterdessen tatsächlich, auf seinen Schoß zu klettern.

„Ich mache Feuer. Normalerweise würde ich es ursprünglich machen, mit Feuerstahl und Zunder, aber das wird hier nicht klappen", begann ich und hielt den Feuerstahl aus dem Survival Kit in die Höhe, damit er den Metallstab sehen konnte. „Heute trickse ich!" Ich arrangierte die kleinen Hölzer zu einer Pyramide, kippte einen Schluck Benzin drüber und hielt das Feuerzeug dran. Sofort entflammte der Sprit und ich zog meine Hand weg. Ich pustete ein paar Mal auf die rauchenden Holzscheite.

„Warum bläst du es wieder aus?" Bjarne runzelte die Stirn.

„Ich führe der Flamme Sauerstoff zu. Wenn ich das nicht tue, erstickt sie. Es hilft dem Feuer zu wachsen."

Die Flamme wuchs tatsächlich. Ich gab immer wieder kleine Stücke Holz dazu, die begannen zu glimmen. Es war immer wieder aufs Neue faszinierend zu beobachten, wie Feuer sich seinen Weg fraß.

„Wow", hauchte er.

Erst dachte ich, er wollte sich über mich lustig machen. Doch als ich seine Haltung sah, gebeugt, damit er alles, was ich tat, beobachten konnte, war mir klar, dass er es ernst meinte.

„Wo hast du das alles gelernt? Durch die Arbeit auf der Farm?“

„Das meiste schon. Wir müssen uns selbst versorgen können. Du hast sicherlich schon gemerkt, dass es hier nicht viel gibt.“ Ich dachte an unseren Ausflug ins Dorf und wurde rot. Das war so furchtbar schiefgelaufen.

„Bist du … Gibt es hier eine Schule?“ Er sah aus, als würde er am liebsten seine Frage zurücknehmen.

„Ja, ich bin ganz normal zur Schule gegangen“, sagte ich lachend.

Er stimmte mit ein. „Sorry, war vielleicht zu kurz von mir gedacht.“

„Nein, überhaupt nicht. Es ist tatsächlich nicht unbedingt einfach, in Lappland zur Schule zu gehen. Ich hatte Klassenkameraden, die jeden Tag dreißig Kilometer zurücklegen mussten. Ich hatte mit meinem Geburtsort Lumijärvi einfach Glück. Bei meiner Ausbildung sah das wiederum anders aus.“ Ich gab mich mit dem Ergebnis meines Feuers zufrieden und erhob mich aus der Hocke. Da ich mich ebenfalls am Feuer wärmen, Bjarne aber auch beobachten wollte, setzte ich mich auf den Baumstamm ihm gegenüber. Das Rudel konnte trotz unserem langen Marsch durch den Schnee unmöglich frieren. Doch die Hunde genossen die Gemütlichkeit des Feuers und scharten sich um die Feuerstelle. Einer nach dem anderen kam zu mir und holte sich seine Portion Streicheleinheiten ab.

„Was für eine Ausbildung hast du gemacht?“ Bjarne rutschte ein Stück nach links, um das Feuer herum und kam mir so näher.

Es war ein gutes Gefühl, mit ihm hier zu sein. Und dass er es wohl auch so empfand.

„Ich bin gelernte Tierpflegerin. Nicht so, wie man es kennt in einem Zoo, sondern ich habe den Abschluss mit dem Ausblick auf die Farmleitung gemacht. Dieser Job wurde dann leider viel zu schnell meine Realität. Innerhalb der Ausbildung habe ich die meiste Zeit auf der Farm geholfen und gleichzeitig Onlinemodule belegt. Zum Abschluss musste ich dann noch mehrere Wochen Praktikum machen. Dabei konnte ich mir die Arbeit auf der Farm anrechnen lassen, aber nicht vollständig. Ich bin dann für vier Wochen mit Nomaden und deren Rentierherde gereist. Lemmys Eltern übrigens. Sie sind ziemlich cool.“

Bjarne nickte, machte an den richtigen Stellen zustimmende Laute und gab mir das Gefühl, dass ich die interessanteste Person war, die er kannte.

Es war so schön, dass ich nicht aufhören konnte, den Haken zu suchen. Zu gut, um wahr zu sein.

„Deine Ausbildung war bestimmt spannender und eindrucksvoller!“ Ich wollte den Fokus zügig von mir weglenken.

„Ach, von wegen. Ich habe in Deutschland Abitur und den Bachelor gemacht, meinen Master in Journalismus dann in Helsinki. Es ist mein Ding, aber nicht mehr wert als dein Weg. Du arbeitest jeden Tag mit Tieren, das ist ein absoluter Traum!“

Ich legte den Kopf schräg und unsere Blicke trafen sich wieder.

„Ok, im Moment nicht. Tut mir leid.“

„Schon gut“, nuschelte ich, hielt meine Hände in Richtung des Feuers und wünschte mir, er hätte meine

Probleme nicht erwähnt. Nur für einen kurzen Augenblick hatte ich die Negativität vergessen, die mich seit Wochen wie ein schwarzer Nebel umgab.

„Ist Bonny immer so anhänglich?" Es war ein klarer Ablenkungsversuch und ich wusste ihn zu schätzen. Wir kommunizierten ähnlich. Und das war eine Erleichterung, denn die Chemie stimmte einfach. Er war feinfühlig und spürte meine Stimmungsumschwünge. Mit ihm zu reden war leicht.

„Nein, überhaupt nicht!" Ich schmunzelte.

Wie sie ihren Körper an seinen schmiegte, sich das Köpfchen streicheln ließ und dabei die Augen schloss – es war ein Weltwunder.

„Sie vertraut Fremden nicht. Und hält eigentlich immer Abstand zu allen. Sie lässt niemanden so richtig an sich ran." Die Worte kamen mir nicht so locker über die Lippen wie die vorherigen.

Bjarnes Augen sprachen Bände. Er verstand die Parallele. Er verstand mich. Bjarne begriff, dass es Dinge gab, die mich noch immer quälten und die ich für mich behielt, weil ich sie selbst kaum glauben konnte. Weil ich nicht begreifen konnte, dass ich sie zugelassen hatte.

„Diablo ist da anders. Er ist absolut liebesbedürftig und hohl."

Bjarne lachte schallend und erfüllte damit die ganze Jurte. Die Hunde, die sich zu einem Haufen neben dem Feuer gelegt hatten, sahen auf.

„Welcher Hund ist dein Liebster?"

„Unmöglich zu beantworten! Du hast echt keine Ahnung vom Hundebesitzerdasein, oder?" Ich lachte, doch diesmal war ich damit allein.

„Leider nicht, nein." Es war seine Stimmung, die kippte.

Wir manövrierten hier in gefährlichem Gewässer. Das war anscheinend immer so bei uns. Aber warum eigentlich? Weil wir keine gemeinsamen Themen hatten? Oder eben, weil wir diese hatten und uns viel mehr miteinander verband, als wir anfangs angenommen hatten? Weil wir aus demselben Holz gemacht waren? Weil wir, obwohl wir uns gerade Mal drei Tage kannten, eine tiefere Verbindung aufbauten, obwohl wir es nicht darauf angelegt hatten?

Ich entschied mich für die Gefahr. Die Wahrheit und Neugier, die mein Herz beschleunigten und meine Wangen erhitzten.

„Was bedeutet das? Möchtest du einen Hund?"

„Als Kind wollte ich immer einen. Ich durfte aber nicht."

Er durfte keinen Hund haben? Das ergab in meiner Welt keinen Sinn.

„Warum?"

Stille. War ich zu weit gegangen? Ich sah Bjarne an, doch er starrte ins Feuer. Diesmal war ich diejenige, die ein Stück zu ihm rutschte. Ich wechselte sogar den Baumstamm und setzte mich nun auf seinen. Geduldig wartete ich, denn ich wollte ihn nicht drängen. Ich kannte das Gefühl, etwas nicht erzählen zu wollen oder zu können, mehr als gut.

„Mein Vater", flüsterte er.

Sofort war da eine eisige Hand um mein Herz. Es war, als würde ich in einen Spiegel sehen. Gerunzelte Stirn, traurige Augen, herabhängende Mundwinkel – das Gesicht eines enttäuschten Kindes. Nicht, weil man keinen Nachtisch bekommen hatte oder mit der Freundin nicht nach draußen zum Spielen durfte, sondern weil eine der Vertrauenspersonen, einer der Menschen, der für dich verantwortlich war, dich im Stich gelassen hatte.

„Er war kein guter Mensch. Ist er wahrscheinlich noch immer nicht. Keine Ahnung, ich habe seit fast 15 Jahren nicht mehr mit ihm gesprochen." Noch immer sah er ins Feuer, hatte die Hände zusammengefaltet und streichelte Bonny nicht mehr.

„Mein Vater war ein Arschloch", sagte ich und verschränkte die Arme.

Bjarne sah mich mit großen Augen an. Genau diesen Schock hatte ich gewollt. Alles war besser, als ihn traurig zu sehen. Außerdem hatte ich nicht gelogen. Mein Erzeuger war ein Arsch gewesen.

„Er hat meine Mutter verlassen, da war ich gerade mal zwei Jahre alt. Ich erinnere mich an kaum etwas. Als ich sechs war, hat er noch mal den Kontakt gesucht. Hatte mir und meiner Mutter die Welt versprochen – Geld, Geschenke und vor allem Zeit mit mir zu verbringen. Er wollte mich mit zu seiner neuen Familie nehmen. Ich habe sieben Stunden gewartet – vergebens. Meine Mutter hat geweint, weil es ihr so leidtat. Ich nicht, denn mir hat es nicht leidgetan. Nicht für mich, sondern für ihn. Für ihn hat es mir leidgetan, denn er hat so seine Chance auf eine Tochter verspielt. Vor vier Jahren ist er bei einem Autounfall gestorben. Ich bin nicht auf seine Beerdigung gegangen. An dem Tag war ich einfach ganz normal mit den Hunden draußen und habe nicht eine Sekunde an ihn gedacht. Er war mir genauso egal wie ich ihm."

Wo kam das denn her? Warum erzählte ich hier meine halbe Lebensgeschichte? Das Gefühl, zu viel gesagt zu haben, ergriff Besitz von mir. Es war aufwühlend, unangenehm und nicht zu ignorieren. Ich stand auf, wich Bjarnes Blick aus und legte mir Worte der Entschuldigung zurecht, während ich die Thermoskanne mit Fleischbrühe öffnete und die restliche Flüssigkeit zu gleichen Teilen auf die Schüsseln der Hunde verteilte.

„Mit sechs Jahren habe ich einen Hund bekommen. Sie hieß Lulu, war ein Chihuahua. Ich habe sie über alles geliebt. In der Schule war ich ein ziemlicher Loser. Hatte bereits weit vor der Pubertät schlimme Hautprobleme, kaum Freunde und wurde gemobbt. Lulu war mein einziger Freund. Nur wegen ihr bin ich jeden Morgen aufgestanden. Sie kam aus dem Tierschutz und war nicht besonders gut erzogen. Irgendwann haben wir sie allein in der Wohnung gelassen und sie hat die Couch zerkratzt. Vollkommene Zerstörung. Chihuahuas sehen zwar niedlich aus, aber sie können kleine Teufel sein. Mein Vater war so sauer, dass er sie weggegeben hat. Er hat sie einfach in das Auto gepackt und weg war sie. Ich werde niemals ihren Blick vergessen. Sie hat die Welt nicht mehr verstanden und ich auch nicht. Das war der schlimmste Tag meines Lebens. Seitdem habe ich mir nie wieder einen Hund geholt. Erst hat er es mir verboten, kategorisch abgelehnt, und als er dann fort war, ich alt genug, also erwachsen war, hatte ich nicht mehr den Mut dazu."

Tränen stiegen mir in die Augen, blockierten meinen Hals und raubten mir den Atem. Ich drehte mich langsam zu Bjarne, der mich ansah und ebenso überrascht aussah, wie ich mich vor wenigen Minuten noch gefühlt hatte.

„Willkommen im Club", verkündete ich mit brüchiger Stimme. Ich räusperte mich und wischte mir eine Träne weg.

„Im Club?" Er flüsterte nur und rieb sich die Nase.

„Im Club der Kinder von Arschlochvätern."

# Kapitel 20

Bjarne stand auf, trat dicht an mich heran und nahm mich in den Arm. Seine Nähe war Heilung. Ich sog seinen Duft auf und genoss die Körperwärme. Vorsichtig legte ich meinen Kopf an seine Brust und schloss die Augen. Und dann legte auch ich meine Arme um ihn und schenkte ihm die erste richtige Umarmung. Ich war keine gute Umarmerin, aber für ihn strengte ich mich an. Seine Geschichte hatte sich wie ein trauriges, blasses Abziehbild in meinen Kopf gefressen. Nicht dauerhaft präsent, aber charakterlich passte es in meine Sammlung von Arschlochmomenten. Ich hätte nach meinem Vater und Nils eine eigene Galerie mit Vernissage ihrer Fehltritte eröffnen können. Schön, dass sich Bjarne mir nun anschloss. Es war bedrückend und gleichzeitig erleichternd zu wissen, dass man nicht allein war.

„Danke", nuschelte ich.

„Hm?"

„Danke, dass du das mit mir geteilt hast."

Er nahm den Kopf von meinem und sah mich an. „Das kann ich so zurückgeben. Deine Geschichte hat mir das Herz gebrochen, denn ich konnte den Schmerz nachempfinden. Es tut mir leid, dass du das erleben musstest."

Verdammt, ich fühlte mich wie in einer Therapiestunde, nur dass meine Therapeutin weder so gut aussah wie Bjarne noch ich mich ihr bereits so geöffnet hatte. Wahrscheinlich sollte ich das dringend ändern.

„Ich wünsche mir für dich, dass du dir irgendwann einen Chihuahua holst und deine Wunde heilst. Auch wenn ich die Rassewahl etwas fraglich finde …" Ich schmunzelte und hoffte dabei, dass es nicht zu früh war für Späße.

„Hey!" Er piekte mir in die Seite.

Ich wehrte mich, piekte ebenfalls und schnell geriet es aus den Fugen. Wir rangelten miteinander, lachten und ich kreischte immer wieder, wenn er mich hochhob.

Die Schwere der Situation war vergessen. Wir vertrieben sie gemeinsam und bewusst. Irgendwann hatte er meine Hände gepackt und hielt sie zusammen.

Wieder war ein Schalter umgelegt. Auf einmal zog ich nicht zum Spaß gegen seine Kraft an, sondern es war bitterer Ernst. Ich fühlte mich eingeengt, machtlos und ausgeliefert.

„Bjarne", stöhnte ich und zog ein weiteres Mal.

Er sah mir ins Gesicht, ließ sofort meine Hände los und hob seine. „Es tut mir leid, ich dachte-"

„Ist ok. Ich … I-Ich-"

„Du musst es nicht erklären."

„Ich bin noch nicht so weit. Aber bestimmt irgendwann." Meine Hände zitterten. Ich kam mir so bescheuert vor. Ärgerte mich über mich selbst, weil ich nicht einfach den losgelösten Moment genießen konnte, sondern wieder mit meiner Empfindsamkeit alles zerstören musste.

„Tarja, für mich ist das in Ordnung. Ich respektiere deine Grenzen. Bitte sag mir immer direkt, wenn ich etwas falsch mache.“

Immer. So, als würden wir oft allein zu zweit sein. Immer. Eine Gänsehaut überzog meine Arme, meinen Rücken bis hoch in den Nacken und zu den Ohren. Die Beklemmung löste sich auf. Wer brauchte eine Liebeserklärung oder einen Kuss, wenn er solche Worte hörte. Das war das Schönste, was ein Mensch jemals zu mir gesagt hatte. Auf eine Art war das traurig, denn es zeigte das Ausmaß der letzten Jahre, aber es war auch ein kleines Happy End für mich. Ein Zeichen, dass ich heilen konnte. Dass es möglich war, das Ganze hinter mir zu lassen.

Bjarne hatte ein wenig Abstand zwischen uns gebracht, den ich nun wieder überwand. Noch immer zitternd vor Aufregung und Unsicherheit streckte ich meine Hände aus und nahm seine in meine.

Bjarne verstand mein Signal. Er lehnte sich gegen mich, baute wieder Kontakt auf und ließ seinen Daumen an meinem Handgelenk kreisen. Diese kleinen Gesten waren so aufregend, wenn man sich noch nicht kannte. Immer wieder entdeckte man Kleinigkeiten, die den anderen ausmachten. Es war eine ungewohnte, aber schöne Spielerei.

„Ich muss dir noch Danke sagen.“

„Das hast du schon“, erinnerte ich ihn.

Unsere Gesichter waren sich so nah, dass sich sein Atem auf mein Gesicht legte und mich wärmte.

„Nein, für vorhin. Als ich da draußen war. Ich hatte so eine verdammte Angst. Das ... das war eine Panikattacke.“

Unsere Verbindung brach ab. Er sah zu Boden, trat von einem Bein auf das andere, blieb mir jedoch nahe. Die Erkenntnis tröpfelte nur langsam in meinen Kopf, doch schnell genug, um genau hier einzugreifen.

„Panikattacken sind kein Zeichen von Schwäche. Nichts, wofür sich eine Person schämen sollte. Die Gesellschaft macht das nur aus ihnen. Bei Männern ist Angst immer verpönt, ich finde es jedoch stark. Es gibt nichts Kraftvolleres als einen Menschen, der sich seine Ängste und Schwächen eingesteht. Ich finde, du warst mutig da draußen." Sein Blick raubte mir den Atem. Er war so intensiv, so unendlich, dass ich die Luft anhielt. Wenn da vorher eine Verbindung gewesen war, dann war das, was nun zwischen uns geschah, ein Energieaustausch.

„Darf ich dich küssen?"

Ich konnte nur seine geschwungenen Lippen ansehen. Nicht mehr atmen, nur noch fühlen. Und nicken.

Seine Lippen berührten meine. Sanft und zärtlich, fast scheu. Ich erwiderte den Kuss, als wäre es mein Instinkt. Mein Körper setzte sich gegen meinen Kopf durch. Er war nun an der Macht. Und er wollte küssen. Nicht irgendjemanden, sondern Bjarne Wallin.

Er beschränkte sich nicht nur auf meine Lippen, sondern küsste auch meine Wange, meinen Hals, den Punkt hinter meinem Ohrläppchen und meine Nasenspitze. Alles, was nicht von Stoff verdeckt war.

Ich genoss seine Berührungen und ließ mich in seine starken Armen fallen. Alles war so leicht und schön wie der beste Traum meines Lebens.

Doch ich wollte mehr. Ich küsste ihn zurück, machte mich so groß ich konnte, stand auf Zehenspitzen und zog sanft sein Gesicht mit beiden Händen hinunter, damit ich mehr bekam. Er strich mit seiner Zunge über meine Lippe und wir küssten uns immer intensiver, bis ich völlig außer Atem war. Meine Hände wanderten über seinen Körper, doch da waren zu viele Lagen Thermo und andere Stoffarten. Meine Finger zogen am Reißverschluss seiner Jacke und er half mir. Mit einer einzigen geschmeidigen Bewegung schlüpfte er aus ihr. Die Jurte war mittlerweile gut aufgewärmt. Auch des Pullovers entledigte er sich. Ich stöhnte in seinen Mund, als meine Hände über seine muskulöse Brust und seinen Bauch glitten. Was sollte ich machen? Ich war auch nur eine Frau ...

„Du bist wunderschön", flüsterte er, während er nun an meinem Reißverschluss herumfummelte.

Unsicherheit stieg in mir auf. Er war so verdammt perfekt, seine Haare fühlten sich genauso weich an, wie ich sie mir vorgestellt hatte. Seine Art, mich zu küssen und zu berühren, als wäre ich heilig und besonders, war alles, was ich mir jemals gewünscht hatte bei einem Mann. Und aus der hintersten Ecke meines Kopfes schrie eine Stimme, dass ich es nicht wert war. Dass ich nur ein hässliches, unwichtiges Mädchen aus der Provinz war, das sich hier gerade etwas vormachte.

„Wieso?", hauchte ich.

Er hielt mein Kinn ein wenig hoch, damit ich seinem Blick nicht auswich. Bereits jetzt kam mir meine Frage dumm vor, doch Bjarne machte sich nicht lustig. Er blieb ernst und beantwortete sie schlicht: „Weil du klug bist. Und witzig. Du weißt, was du willst und was nicht. Das ist ziemlich sexy, ehrlich gesagt. Du bist liebevoll, frustrierend stur und hingebungsvoll."

Das war das perfekte Kompliment, schon klar. Die inneren Werte waren das, was zählte. Aber es stopfte nicht das Loch in meiner Brust.

„Oh, ich verstehe", raunte er und zeigte mir sein schiefes Lächeln, was mir weiche Knie machte. Herrje, wieso hatte er so eine Wirkung auf mich?

„Du hast weiche Lippen", zählte er auf und küsste mich. „Du hast eine niedliche Nase", fuhr er fort und küsste meine Nase. „Eine runde Stirn, die mich an einen Chihuahua erinnert und du weißt, dass das ein Kompliment ist!" Er küsste ebenfalls meine Stirn, während ich kicherte. Das war so absurd und ich liebte alles daran. „Außerdem ist diese Stelle hier", sagte er und fuhr mit seinen Lippen herunter, um den seitlichen Übergang von Gesicht zu Hals zu küssen, „Sehr verführerisch. Und deine Stimme. Und dein Körper … na ja, dazu kann ich noch nicht viel sagen, weil du unter tausend Schichten verborgen bist, aber vielleicht habe ich ihn ja schon in Unterwäsche gesehen in einer gewissen Pizzeria eines gewissen-"

Ich presste meine Lippen auf seine. Zum einen, damit er den Mund hielt und mir nicht weiter Honig ums Maul schmierte. Obwohl ich ihn ja indirekt darum gebeten hatte und es mein Selbstbewusstsein zumindest für diesen Augenblick geflickt hatte. Zum anderen aber, weil ich ihn bei mir haben wollte. So nah am besten, dass noch nicht mal ein Blatt Papier zwischen uns Platz finden konnte. Keinen Hauch Abstand, nur wir beieinander. Emotional, mental und körperlich.

„Ich war noch nicht fertig!", wandte er zwischen zwei Küssen ein, die pure Hitze durch meinen Körper pulsieren ließen.

„Das reicht mir für heute.“

„Für heute? So so …“ Er grinste so breit, dass ich mir in diesem Moment eine Polaroidkamera wünschte, um diesen Moment einzufangen. Es fühlte sich nach einem Anfang an.

Bevor ich mir weiter darüber Gedanken machen konnte, wofür dieser Anfang stand, zog ich meine Jacke und meinen Pullover aus. Ich wollte jetzt nicht denken, ich wollte fühlen.

Dieses Mal blieb Bjarne Bjarne. Kein Flashback, nur wir zwei waren in diesem Moment wichtig. Wir knutschten so heftig miteinander herum, dass wir immer wieder schuldbewusst zu den Hunden sahen. Doch die schliefen beim Feuer und schenkten uns keine Beachtung. Wir gingen so weit, dass wir nur in Unterwäsche auf unseren restlichen Sachen kuschelten, uns berührten und küssten, bis meine Lippen sich geschwollen anfühlten. Durch die Hitze und die Emotionen spürte ich keine Kälte und ich fühlte an seiner nackten, warmen Haut, dass es ihm genauso ging. Und dann kamen wir zu einem Punkt, an dem wir einen Schritt hätten weitergehen können. Doch ich fühlte mich dazu nicht bereit. Ich wurde nervös und das beklemmende Gefühl stieg wieder in mir auf.

Bjarne reagierte sofort. Er nahm mich zärtlich in den Arm und gab mir gleichzeitig Raum, damit ich mich sicher fühlen konnte. Das Beste war: Es war kein Dämpfer für unseren Moment. Wir machten einfach weiter. Er respektierte meine Grenze und es war wunderschön. Für den Moment reichte es uns, miteinander in dieser Jurte zu liegen, den Augenblick zu genießen und zu ignorieren, dass das Whiteout längst vorbei war.

# Kapitel 21

Am liebsten hätte ich die Jurte niemals verlassen. Zumindest heute nicht mehr. Wäre einfach mit Bjarne dort liegen geblieben, hätte die Wärme von ihm und die des Feuers auf meiner Haut genossen und seinem Herzschlag gelauscht.

Aber das Whiteout hatte sich gelegt, die Gefahrensituation war vorbei. Ich wollte Lemmy und Airin nicht in Sorge versetzen und die Hunde mussten schließlich auch versorgt werden. Es gab immer Aufgaben zu erledigen. Und mit jeder Minute riss sich ein wachsendes Loch in unsere finanzielle Situation. Stimmungskiller, aber die Realität. Ich konnte nicht einfach frei machen. Deshalb hatte ich die Zeit mit Bjarne auch besonders genossen. Ich prägte mir jedes Detail ein und speicherte diesen gemeinsamen Moment in meinem Herzen.

So rief ich Lemmy vom Satellitentelefon aus an, das endlich wieder funktionierte, und versicherte ihm, dass es uns gut ging. Mit klarer Sicht führte ich Bjarne und die Hunde zum Schlitten und wir beendeten unsere Ausfahrt bei bestem Wetter. Leider war es so dunkel, dass wir kaum weitere Szenen filmen konnten, aber Bjarne versicherte mir, dass sein Team aus den Aufnahmen eine gute Reportage zusammenschneiden würde. Dass es gleichzeitig bedeutete, dass seine Arbeit hier getan war, wollte ich nicht wahrhaben. Damit konnte ich mich nach unserer Zeit in der Jurte heute nicht auseinandersetzen. Trotzdem wurde mir schwer ums Herz, als wir auf der Farm ankamen.

Gemeinsam brachten wir die Hunde zu ihrem Zwinger, schwiegen dabei und erzeugten eine merkwürdige Stille zwischen uns.

Bonny wollte keinen Zentimeter von Bjarne weichen, sodass es ein richtiger Akt war, sie zu ihrer Hütte zu bringen. Als wir den Zwinger verließen, jaulte sie und die anderen Hunde stimmten mit ein.

Ich konnte sie verstehen. Mir war auch nach Jaulen zu Mute, denn meine Emotionen überschlugen sich. Die Gefühle für ihn vollführten Salti und Pirouetten in meinem Bauch, nur um dann wie eine herabfallende Schneeflocke auf dem Boden der Realität aufzuschlagen und in einem einheitlichen Weiß zu verschwinden.

Wir hielten uns die Ohren zu und gingen ins Haus, denn Bjarne wollte nach Maddin sehen und ich mich mit Lemmy, der nirgendwo draußen zu finden gewesen war, absprechen, welche Arbeit wir als Nächstes angehen würden. Ablenkung konnte ich gut gebrauchen, um nicht so viel zu denken.

Bereits im Flur stießen wir auf Airin, die aufgeregt auf uns zustürmte. Ihr Blick verhieß nichts Gutes.

„Was ist los?" Ich nahm sie bei den Schultern und sah nach oben, direkt in ihre Augen.

„Layla liegt in den Wehen", sagte sie atemlos und zog mich am Arm ins Wohnzimmer.

„Wie? Seit wann?"

„Seit zwei Stunden. Aber es geht nicht voran!"

„Warum habt ihr mir das am Telefon nicht gesagt?“ Meine Stimme war laut und drang durch das ganze Haus. Aus Verwirrung wurde Sorge und dann Wut.

Das Wohnzimmer war ein einziges Chaos. Layla lag in der Mitte auf dem Boden, der mit unzähligen Handtüchern abgedeckt war.

„Warum ist sie nicht in der Wurfkiste? Lemmy!“ Ich raufte mir die Haare.

„Du musst cool bleiben, ja?“ Er hob die Hände, stand auf und kam zu mir.

Maddin tat es ihm gleich. Beide hatten in drei Metern Abstand von Layla auf dem Boden gesessen.

Meiner Hündin ging es nicht gut, das wurde mir sofort klar. Ich spürte und sah es. Sie hechelte stark, wimmerte zwischendurch und blickte weder zu mir noch zu den anderen. Ihr Verhalten war nicht apathisch, aber irgendetwas stimmte nicht. Das sagten mir mein Instinkt und auch die offensichtlichen Tatsachen.

„Hey, Maus, was ist los?“ Ich verstellte meine Stimme, atmete ein und aus und versuchte, Entspannung und Positivität zu verströmen. Mit Lemmy konnte ich mich auch später noch streiten. Ihn zur Schnecke machen, weil er der armen Hündin nicht beistand. Nun wollte ich für Layla da sein und ihr das Gefühl von Ruhe und Sicherheit vermitteln.

Ich ging an Airin, Maddin und Lemmy vorbei und beugte mich zu Layla hinunter.

„Das würde ich lassen“, meinte Lemmy und packte mich bei der Schulter.

„Was soll das? Lass mich los!“

„Sie will niemanden bei sich haben, Tarja!“

„Das hier ist eine Geburt, ich würde vorschlagen, ihr senkt beide eure Stimmen und mäßigt euren Ton." Airin sah erst Lemmy, dann mich an.

„Ich bin ihre Besitzerin. Ihr Frauchen. Ihre Freundin. Sie wird mich bei der Geburt akzeptieren, da bin ich mir sicher."

„Aber-" Lemmy brach ab, denn Airin stieß ihm mit dem Ellbogen in die Seite.

Ich schüttelte den Kopf. Warum hatten sie mich nicht früher informiert. Zwei Stunden Wehen und noch kein einziger Welpe, das war nicht gut. Außerdem war Layla ein wenig zu früh dran. Sie hätte erst in einer Woche werfen sollen. Während ich weiter auf Layla zuging, sie anlächelte und versuchte, einen Geburtsplan zusammenzustellen, wünschte ich mir meine Mutter herbei. Sie wäre so ruhig, wie ich eigentlich sein sollte. Auch hätte sie niemanden angeschnauzt, sondern einfach kompetent das Ruder übernommen, alle anderen weggeschickt und Prioritäten gesetzt. Sie hätte gewusst, was zu tun war. Oft war ich bei Welpengeburten dabei, aber nie Hauptansprechpartnerin gewesen. Nun war ich dran.

„Hey, mein Engel, darf ich zu dir? Mal gucken, wo deine Babys sind? Dich streicheln, damit du nicht solche Schmerzen hast?", säuselte ich und ging auf die Knie. Ich konnte Blut sehen. Sogar ziemlich viel. Aber das war bei Geburten so, es war nun mal kein Zuckerschlecken.

Layla sah mich endlich an, ihre hellblauen, fast weißen Augen fokussierten mich – und sie knurrte. Nicht nur ein bisschen, sondern massiv. Meine Leithündin, meine Freundin auf vier Pfoten, mein Seelentier fletschte die Zähne und signalisierte mir: Noch einen Schritt weiter, eine einzige Berührung, und es passiert was!

Ich rutschte vorsichtig zurück, machte beruhigende Laute und wandte mich an Airin.

„Das hat sie mit uns allen gemacht. Ich habe es auch schon versucht." Airins Stirn war in tiefe Falten gelegt. Sie zeigte die Besorgnis, die sich langsam in mir aufbaute und hoffnungslose Wellen schlug.

„Hatte sie Ausfluss?"

„Ja, er war grün", beantwortete Lemmy.

„Fuck!"

„Tarja, bitte bleib ruhig. Das hilft Layla am meisten." Sowohl Airin als auch Lemmy legten eine Hand auf meine Schultern.

Kurz drohte mich die Situation zu überwältigen. Ich war überfordert. Früher hätte ich meine Mutter gerufen, doch das war unmöglich und zerfetzte mir in diesem Augenblick das Herz auf die übelste Art und Weise. Ich vermisste sie so. Nicht nur aus Praktikabilitätsgründen, sondern generell. Gerne hätte ich ihr vom heutigen Tag berichtet. Bjarne lehnte im Türrahmen und sah mich mit großen Augen an. Er wirkte angespannt, hatte die Arme vor der Brust verschränkt und den Mund zu einer geraden Linie verzogen.

„Zwei Stunden Wehen, keine Welpen", fasste ich zusammen und griff mir wieder in die Haare.

„Können wir keinen Tierarzt holen?" Maddin setzte sich auf die Couch und verzog das Gesicht. Offensichtlich hatte er noch immer Schmerzen. Sein Gesicht war jedoch im Gegensatz zu heute Morgen weniger geschwollen.

„Der ist dreißig Kilometer weit entfernt und uralt."

Ich sah Bjarne an. Er hatte mir tatsächlich zugehört und sich jede Kleinigkeit gemerkt.

„Gibt es keinen anderen hier?", nuschelte Maddin.

„Nein, aber wir können trotzdem Herrn Saarinen anrufen und um telefonische Beratung bitten. Machst du das Lemmy?" Ich sah in sein Gesicht, das tiefe Furchen zeigte.

All diese Negativität würde Layla schaden, deshalb musste ich uns aktiv halten. Wenn Menschen im Handeln waren, würden sie immer das Gefühl von Kontrolle spüren und nicht vor Skepsis und Zweifeln vergehen.

„Sicher, ich rufe den alten Herrn an." Er nickte mir zu, drückte sich an Bjarne vorbei und ging in den Flur.

„Haben wir es schon mit anderen Hunden probiert? Vielleicht lässt sie eine Hündin an sich? Wo ist Inari?"

„Gute Idee, ich gehe sie holen!" Airin rannte zur Treppe und stapfte die Stufen hoch.

„Grüner Ausfluss ist nicht gut. Das bedeutet, dass sich unter Umständen schon die Plazenta löst. Das ist ganz furchtbar, wenn die Welpen noch nicht auf der Welt sind." Ich sprach mehr zu mir selbst als zu Maddin und Bjarne.

„Was können wir tun?" Maddin hielt sich zwar mit einer Hand die Stirn und Nase, doch seine Augen leuchteten voller Tatendrang.

„Könnt ihr Wasser kochen und die Handtücher, die hier herumliegen, darin waschen? Dann sind sie steril und wärmen die Welpen, wenn sie geboren werden." Falls. Falls sie geboren werden. Bei den Worten flackerte kurz die Panik in mir hoch. Ich fasste mir an den

Hals, der sich viel zu eng anfühlte. Kam da überhaupt noch genug Luft durch? Würde ich gleich ohnmächtig werden?

„Mäuschen, lass mich bitte zu dir", versuchte ich es ein weiteres Mal. Meine Stimme kam gepresst, trotzdem riss ich mich zusammen und ging ganz behutsam auf Layla zu, die sofort grummelte und die Augen zusammenkniff.

„Ok, ok." Ich brach meinen Annäherungsversuch erneut ab.

Inari kam die Treppe hinuntergelaufen. Sie war schneller unterwegs als sonst. Wahrscheinlich merkte sie auch, dass hier etwas im Argen war.

„Sollen wir es probieren?" Airin erschien ebenfalls am Fuße der Treppe.

„Ja", bestätigte ich und pfiff Inari zu mir. Sie war eine erfahrene Hündin und jahrelang Leitwölfin des ganzen Rudels gewesen. Layla würde sie sicherlich bei sich akzeptieren. Natürlich würde Inari nicht bei der Geburtshilfe agieren können, aber die werdende Mutter so weit beruhigen, dass ich mich annähern durfte.

Inari schnupperte in der Luft, ging an uns vorbei und lief auf Layla zu. Ich hielt die Luft an und war mir sicher, dass die anderen es auch taten.

Ehe Inari sich auf zwei Metern nähern konnte, fletschte Layla das Gebiss und Töne drangen aus ihrem zitternden Körper, die ich noch nie von ihr gehört hatte.

„Inari, hierhin!" Mein Abruf kam wie aus der Pistole geschossen. Auf keinen Fall wollte ich ein weiteres medizinisches Risiko eingehen. Wer wusste schon, ob Layla ihre Freundin nicht beißen würde.

Inari gehorchte, sah mich mit einem ungläubigen Blick an und ich zuckte entschuldigend mit den Achseln.

„Scheiße!" Es kam so gut wie nie vor, dass Airin fluchte. Aber heute war der Tag gekommen. Es betonte den Ernst unserer Lage.

Ich sah mich um, doch Lemmy war noch nicht zurückgekehrt. Hoffentlich konnte er den Doc erreichen.

Auch Maddin und Bjarne waren verschwunden.

Ich ließ mich auf die Couch plumpsen, was wohl gerade weit genug von Layla entfernt war, sodass sie mir nicht an die Kehle ging, und vergrub mein Gesicht in den Händen.

„Es muss nicht in einer Katastrophe enden, mein Schatz. Das letzte Wort ist noch nicht gesprochen!" Airin setzte sich neben mich, legte einen Arm um mich und allein ihre Wärme und der Geruch nach Heimat schenkten mir ein wenig Hoffnung. Wie ein winziges Pflaster auf einer riesigen Schnittwunde. Wenig hilfreich, aber ein Trost.

„Ich könnte mir einfach mehrere Schichten anziehen, Handschuhe und diesen komischen Helm von Lemmy", brabbelte ich vor mich hin, um aus dem Nichts einen Notfallplan aus dem Boden zu stampfen. Wie hatte ich nur eine solche Situation nicht vorbereiten können? Es war meine Schuld, dass das hier kolossal schieflief. Ich war nachlässig geworden, hatte meine Pflichten nicht erfüllt und nicht jede Eventualität abgedeckt. Stattdessen war ich wie ein liebeskranker Teenager durch den Schnee geirrt. Wenn Layla etwas zustieß, wenn sie durch diese Aktion ernsthaft Schaden nehmen würde ... Wenn ihre Babys ...

„Darf ich es versuchen?" Bjarne erschien wieder im Türrahmen, diesmal jedoch nicht allein. Bonny war bei ihm und wedelte mit dem Schwanz. Sie war selten im Haus, deshalb freute sie sich besonders.

„Äh", machte ich nur und konnte die Situation kaum einordnen.

Er zog sich einen Kittel über, den er aus dem Geräteschuppen genommen haben musste.

„Habt ihr Handschuhe?"

„Bjarne, das wird nicht klappen. Layla kennt dich kaum. Und Bonny ist auch nicht gerade ihre beste Freundin."

Die Hündin sah mich an.

„Sorry, Bonbon."

„Ok, bevor du es kategorisch ablehnst oder mich rauswirfst, hör mir bitte zu. Ich habe schon mal Geburtshilfe geleistet. Es war zwar eine Katze, aber das wird schon nicht so ein riesiger Unterschied sein. Außerdem glaube ich, dass sie dich nicht möchte, eben weil du ihr so nahestehst. Ihr alle." Er kam zu mir und nahm meine Hand in seine.

Ich spürte den Blick von Airin und auch Maddin kam in den Raum und blieb mit einer Schüssel voller dampfender Handtücher stehen.

„Aber du", setzte ich an, doch brach ab. Ich schätzte Bjarne. Für seine nachdenkliche Weise, seinen Intellekt und die Wärme, die ich neu an ihm kennengelernt hatte. Aber ich konnte mir ihn nicht blutbesudelt bei einer Hundegeburt vorstellen.

„Ich bin nicht gerade der Typ dafür, ich weiß. Aber mein Job erfordert manchmal merkwürdige Maßnahmen und ich wurde oft in Situationen gebracht, in denen ich mit anpacken musste.“

Layla wimmerte im Hintergrund.

Der Druck auf meiner Brust drohte, mich zu zerquetschen.

„Bist du dir sicher? Sie könnte dich beißen! Mit der richtigen Ausrüstung könnte ich es trotz gefletschter Zähne versuchen.“

„Und einen Biss riskieren? Auf keinen Fall! Lass ihn doch wenigstens versuchen, sich ihr zu nähern.“ Airin beugte sich vor, damit ich ihre Augen sehen konnte.

„Vertrau mir.“ Bjarne stand direkt vor mir, neben meiner Freundin, verströmte die Ruhe, die ich verzweifelt versucht hatte, aufrecht zu halten, und sah auf mich herab. Er schenkte mir sogar ein Lächeln und ließ dann meine Hand los.

# Kapitel 22

Wie in Trance beobachtete ich Bjarne, wie er sich Layla näherte. Sie knurrte ihn ebenfalls an, doch dieses Mal war es leiser und kraftloser. Sie hatte Schmerzen, das war mir klar. Aber diese mussten über normale Wehen hinausgehen, denn sie wirkte beinahe leblos. Tränen stiegen in meinen Augen auf und bahnten sich ungehindert ihren Weg über meine Wangen. Ich fühlte mich schuldig und dumm und unzureichend. Alles, was Nils mir immer wieder gesagt hatte, gleichzeitig.

„Warte kurz, ich gebe dich an …" Lemmy erschien im Durchgang zum Flur und blieb stehen. Er starrte wie alle anderen, nur nicht ich, Bjarne an und warf mir dann einen Blick zu.

Ich schüttelte den Kopf und schluchzte.

Bjarne bahnte sich weiter seinen Weg. Er machte das sehr gut. Blieb aufrecht, nicht zu unterwürfig und gebückt, sprach beruhigend mit Layla und zeigte ihr seine leeren Hände als Zeichen des Friendens. Und ich konnte es nicht fassen, aber sie ließ ihn an sich heran. Ein Aufatmen ging durch den Raum.

„Gut, ich gebe dich weiter", sagte Lemmy in den Hörer, kam geräuschlos zu mir und reichte ihn mir.

„Maddin, lass uns nach draußen gehen, ja? Die brauchen hier ein wenig Ruhe." Lemmy legte mir eine Hand auf die Schulter, drückte mir einen Kuss auf die Wange, nahm Maddin vor sich und schob ihn aus dem Wohnzimmer.

„Ich gehe in die Küche und bereite alles für die Geburt vor, wenn ihr mich braucht, ruft einfach", verkündete Airin. Sie tat es Lemmy gleich. Nur, dass sie mir noch „Der Geist deiner Mutter ist anwesend und leitet euch" in das Ohr flüsterte. Sie wischte meine Tränen ab und verließ ebenfalls den Raum.

Nur noch Bjarne, Layla, ich und Bonny waren hier. Die lief ganz freudig auf Layla zu, was weder zu ihrem sonstigen Verhalten passte noch sehr clever war. Vermutete ich zumindest, stellte sich jedoch als Trugschluss heraus. Sie kam bei Layla an und begann, ihre Lefzen zu lecken.

Meine Leithündin hörte sofort auf zu brummen und legte sich wimmernd auf die Seite. Bonny platzierte sich direkt vor ihrem Kopf, als würde sie Layla vor Gefahren schützen und von dem Trubel abschirmen.

Ich blickte auf das Telefon in meiner Hand. Dann sah ich zu Bjarne, der sich seitlich von Layla positionierte. Er setzte sich einfach in eine Blutlache und zeigte mir den Daumen.

„Doktor Saarinen?"

„Tarja, meine Liebe, wie sieht es aus?" Allein seine ruhige, brüchige Stimme zu hören, ließ mich aufatmen. Zusammen mit meiner Mutter hatte er unzählige Welpen gesund auf die Welt gebracht, warum sollte sich das heute ändern? Natürlich hatte es auch unter meiner Mutter Probleme gegeben. Als Züchterin musste man sich beizeiten damit auseinandersetzen, dass es nicht jeder Welpe schaffte. Ganz selten kam ein Einzelner krank zur Welt und trotz Liebe und Umsorgung schaffte er es nicht.

Ich brachte den Tierarzt kurz auf den aktuellen Stand, während ich Bjarne einen Teil der dampfenden Handtücher reichte, mit denen er die vollgebluteten und verfärbten unter Layla vorsichtig ersetzte.

„Hat sie Fruchtwasser verloren?“

Ich sah zu Bjarne herüber und hielt den Hörer weg.

„Hat Layla Fruchtwasser verloren?“

Er begutachtete die Tücher, roch sogar an ihnen.

„Ja, ich denke schon“, sagte ich schnell und hielt mir wieder den Hörer ans Ohr.

„Bist du nicht bei Layla?“

„Nein, sie lässt nur Bjarne an sich heran.“

„Wer ist das?“

Kurz wusste ich nicht, was ich darauf antworten sollte. Ein Arbeitskollege? Ein Freund? Mein Freund? Ich entschied mich für Zweiteres.

„Ein Freund von uns.“

„Dann gib ihn mir bitte“, verlangte Herr Saarinen und stöhnte. Im Hintergrund knackte es und ich schloss die Augen. Hoffentlich war das nur sein Schaukelstuhl gewesen und nicht die Telefonleitung.

„Aber ich bin-“, wollte ich einwerfen, denn es machte mir Angst, das Telefon aus der Hand zu geben. Der Arzt war wie ein Anker. Würde ich diesen nun hochholen, würde ich wegschwimmen. Ohne Kontrolle von der Strömung mitgezogen werden.

„Ich kann nur der Person klare Anweisungen geben, die direkt bei dem Muttertier ist!“ Er klang streng. Direkt fühlte ich mich wieder wie das kleine Mädchen, dem er immer einen roten Lolli mitgebracht hatte. Wie gern würde ich aus dieser Situation fliehen, all die Verantwortung auf jemand anderen schieben und mir einen Lutscher in den Mund stecken.

Ich sah Bjarne an, der Layla über die Schulter streichelte und pausenlos mit ihr redete. Vielleicht konnte ich vertrauen. Vielleicht konnte ich ein winziges Stück Verantwortung abgeben. Vielleicht konnte ich loslassen – nur für diesen einen Moment. Zum Wohle von Layla, die wirklich dringend Hilfe brauchte.

„Er möchte mir dir reden. Ist das ok?" Ich reichte Bjarne das Telefon und sah, wie sehr meine Hand zitterte.

„Das ist es", flüsterte er und nahm es entgegen.

Dann ging alles ganz schnell. Es war quälend, nur Bjarnes Stimme hören zu können und dass ich dadurch den Anweisungen des Arztes nicht folgen konnte. Ich konnte sie auch nicht prüfen. Bjarne nicht kontrollieren. Es bereitete mir fast körperliche Schmerzen. Immer wieder zischte ich dazwischen, wollte Informationen erhalten, doch Bjarne ließ sich nicht aus dem Konzept bringen.

Er untersuchte Layla, sah genau nach und veränderte ihre Position. Sie begann, lauter zu jaulen und ich war kurz davor, auf alles zu scheißen. Ich machte mich bereit, Layla bewusstlos zu schlagen, damit sie von all dem Leid nichts mehr mitbekommen musste. In den Schuppen zu rennen, in der Hoffnung, irgendwo noch Schmerzmittel zu finden. Das Notfallset aus dem Schlitten zu fischen und eine Schmerztablette in Laylas Maul zu drücken. Bereitete mich darauf vor, Bjarne einfach wegzuschieben. Egal, wie stark er war, ich würde ihn zur Not ebenfalls bewusstlos schlagen. Auch er sollte nicht mitbekommen, wie fünf kleine Welpen tot geboren wurden. Niemand sollte diese Bürde tragen. Nur ich. Ich war daran schuld.

„Was machst du da? Ich muss es wissen! Bitte! Ich komme zu dir!" Ich ging einen Schritt näher. Und noch einen. Und dann stand ich direkt neben ihm und Layla.

Bjarne hob einen Arm, der komplett mit Blut verschmiert war. In der anderen Hand hielt er das Telefon, das er nun zwischen Kopf und Schulter klemmte. Er nickte und griff in Layla hinein.

Es sah so professionell aus wie bei meiner Mutter.

„Bjarne!" Ich konnte hier nicht mehr danebenstehen, deshalb ging ich auf die Knie, spürte, wie sich meine Hose mit lauwarmem Blut vollsog und hielt Laylas Beine. Sie jaulte auf, dann hielt Bjarne einen kleinen, schleimigen Kloß in den Händen.

„Oh mein Gott! Gib ihn mir!"

Bjarne drückte ihn in meine Hände. Nur für eine Sekunde checkte ich den Welpen, dann hielt ich ihn Layla hin. Instinktiv begann sie, die Schleimschicht von ihm zu lecken.

Für einen Moment sahen meine Hündin und ich uns an. Wir warteten beide auf das erlösende Geräusch. Es kam mir vor wie eine Ewigkeit. Wie musste es dann für Layla sein? Wie zwei Ewigkeiten?

Der Welpe krächzte und ich seufzte.

Bjarne klopfte mir auf die Schulter.

Und der Rest war ein Klacks. Ein Baby nach dem anderen erblickte das Licht der Welt. Bjarne reichte mir immer wieder einen Welpen und grinste mich jedes Mal an. Alles war voller Blut. Seine Arme, unsere

Hände, meine Schulter dort, wo er mich immer wieder tätschelte, wenn er vermutete, dass ich gleich zusammenbrach. Wäre nun ein Fremder in diesen Raum gekommen, wäre er rückwärts wieder rausgegangen.

Es waren vier Welpen, nicht fünf.

„Da fehlt einer.“

„Warte, er kommt“, nuschelte er und Layla presste den Kleinsten heraus.

Er war pechschwarz und bewegte sich nicht. Schnell gab ich ihn nach vorne und stand auf. Die vier anderen piepsten immer mal wieder, waren aber wohlauf. Nur Nummer fünf bereitete mir Sorgen.

„Er atmet nicht“, zischte ich und beugte mich herab. Zögerlich streckte ich meine Hand nach ihm aus. Layla sah mich an, während sie die Schleimschicht von ihrem Welpen entfernte, doch diesmal lag keine Feindseligkeit in ihrem Blick. Eher Angst und Hoffnung, dass ich das hinbekam.

„Was machen wir jetzt?“

„Layla braucht dringend Medikamente, schätze ich. Was sagt Doktor Saarinen dazu?“

Bjarne nickte.

„Was sagt er zu dem Welpen?“

Er lauschte kurz, dann begann er die Worte des Arztes zu wiederholen: „Damit war zu rechnen. Der wird es wahrscheinlich nicht schaffen, zu viel Stress im Mutterleib und möglicherweise mangelnde Sauerstoffversorgung. Kam die Plazenta schon?“ Er merkte, dass der letzte Satz an ihn gerichtet war und nickte.

„Ja, Doc, sie kommt gerade. Die hat es eilig.“

„Airin!“

Ich gab Layla einen Kuss auf die Stirn, nahm mir Nummer fünf und stand auf.

Der Blick meiner Hündin signalisierte mir, dass wir uns einig waren.

Schnell wickelte ich Welpe Nummer fünf in ein warmes Handtuch und drückte ihn an meine Brust. Dann begann ich das zu tun, was mir instinktiv einfiel. Was ich bei meiner Mutter schon einige Male beobachtet hatte. Ich rieb immer wieder über den Rücken des Welpen.

Airin erschien und schlug sich die Hand vor den Mund.

„Ihr habt es geschafft!"

„Noch nicht ganz", setzte ich an und nickte zu dem kleinen, leblosen Wurm in meinen Händen.

„Oje, was kann ich tun?"

„Hilf du bitte Bjarne. Passt auf die anderen vier auf, organisiert eine Rotlichtlampe und alles an Tüchern, was wir haben. Hol Lemmy und Maddin und sag ihnen, sie sollen aus dem Futterschuppen und meinem Schlitten die Medikamententaschen holen. Ihr werdet sicherlich Layla versorgen müssen. Sie hat viel Blut verloren. Aber ich muss mich um den kleinen Racker kümmern, das habe ich ihr versprochen." Mit diesen Worten ging ich nach oben in mein Zimmer. Ich stellte die Heizung auf die höchstmögliche Temperatur, legte mich so verschmiert wie ich war ins Bett, den kleinen Kerl auf meine blanke Haut und hörte nicht auf, ihn zu reiben. Natürlich war es hoffnungslos. Das hatte Herr Saarinen bereits durch seine Einschätzung bestätigt. Aber ich gab nicht auf. Niemals. Niemals nie würde ich Ruhe geben, den Kopf wieder in den Sand stecken oder mein Schicksal einfach akzeptieren und Katastrophen bei ihrer Ausbreitung zusehen. Ich hatte gelernt, dass ich machtvoll war. Ich konnte etwas entgegensetzen. Ich war stark und unbesiegbar. Und ich würde für dieses kleine Tier alles geben. So, wie es meine Mutter mir immer vorgelebt hatte, auch wenn ich es für einige Jahre vergessen hatte.

Das Geräusch von eingeatmetem Schleim ertönte von meiner Brust. Ich sah nach unten. Nummer fünf bewegte sich ganz leicht. Wie Layla handelte ich aus dem Instinkt heraus. Tief in mir konnte ich die Macht der Natur spüren. Die Macht einer Frau und die Macht von Müttern überall um mich herum.

Ich legte meinen Mund auf seine Nase und saugte den Schleim in meinen Mund, dann spuckte ich ihn auf den Bettbezug.

Mir war alles egal. Dass ich Blut schmeckte, dass es nicht meines war, dass alles dreckig wurde – es interessierte mich nicht. Das Einzige, was ich wahrnahm, war sein winziges, schlagendes Herz an meinem. Sein Atem, der immer stärker wurde und sich mit meinem verband.

Als ich unten ankam, waren unzählige Augenpaare auf mich gerichtet. Maddin und Lemmy sortierten Medikamente auf der Couch, Airin hockte neben Layla und spritze ihr eine Flüssigkeit unter die Haut. Bjarne richtete die Rotlichtlampe gerade auf die Babys aus. Inari saß auf dem Sessel, Bonny lag neben Layla und leckte mit ihr zusammen die Welpen sauber.

Die einzigen Augen, die mich interessierten, waren die hellblauen meiner Hündin. Ich ging zu ihr, legte Nummer fünf zu seinen Geschwistern und streichelte

Layla über den Kopf. Sie fiepste, aber diesmal nicht vor Schmerzen. Ich tätschelte sie und sah, wie sie ihren fünften Sprössling beschnupperte und dann ableckte. Die Familie war wieder vereint. Wir ließen niemanden zurück.

Ich war mir unsicher, wer anfing, aber auf einmal klatschten alle. Airin fiel mir um den Hals und küsste meine Stirn. Maddin klatschte mit Lemmy ab und zeigte mir den Daumen. Bjarne erhob sich und schloss mich in seine Arme.

„Danke", flüsterte ich. Meine Stimme war belegt von all den Tränen, die heute sicherlich noch einen Weg hinausfinden würden.

„Das waren wir gemeinsam. Du und ich, wir sind ein gutes Team."

Ohne mir Gedanken darüber zu machen, was die anderen denken könnten, oder ob es in dieser Situation unpassend war, küsste ich ihn.

# Kapitel 23

„Hey", ertönte eine sanfte Stimme und ich öffnete nur ein Auge.

„Die Babys?"

„Denen geht es gut, keine Sorge." Airin lächelte mich an.

Müdigkeit lag mir noch immer in den Knochen und drückte mich in das Polster der Couch, die so abgenutzt war, dass mir die Federn in die Seite stachen.

„Ich wollte euch nur ablösen", flüsterte sie.

Uns? Ich sah mich um und merkte, dass der Körper, der neben mir ruhte und halb auf mir lag, ausnahmsweise kein Hund war.

Bjarne öffnete in dem Moment die braunen Augen und sah mich direkt an.

„Hey", sagte ich.

„Hey", nuschelte er.

Langsam richtete ich mich auf, strich meine Haare aus dem Gesicht und versuchte, mich zu orientieren.

Nein, das war nicht nur ein Traum gewesen. Die Geburt mit all den Komplikationen hatte so tatsächlich stattgefunden. Ich stand auf, ging zu Layla, die mittlerweile in der Welpenbox mit ihren Schützlingen lag, und sah mir die schlafende, frischgebackene Mutter an. Sie so friedlich zu sehen, während ihre Babys zwischendurch über die Decke und durch ihr dichtes Fell wuseln ten wie kleine Würmer, machte mich so glücklich, wie ich es lange nicht gewesen war. Und emotional auf eine Weise, die ich in den letzten Jahren ignoriert hatte. Mein Herz war wie eine Wunde – anfällig für jeden Reiz. Das Beste daran war, dass ich es nicht mehr hasste, verletzlich zu sein. Ich liebte das Gefühl, viel zu fühlen.

„Geht ruhig, ich übernehme ... Nachtschicht", nuschelte ich, denn die Worte in mir schliefen wohl noch. Oder es waren die Emotionen, die es mir schwer machten, einen klaren Satz zu formulieren.

Airin stellte sich direkt neben mich, sah in die Wurfkiste und lächelte. „Nein, mein Kind, du gehörst ins Bett. Du hast heute genug erlebt. Lass mich das übernehmen. Ich verspreche dir, gut auf deine kleine Familie aufzupassen."

Wir wechselten einen Blick. Sie hatte schon gewonnen. Mit all ihrer Wärme und Mütterlichkeit machte sie den Job sowieso souveräner als ich.

„Bist du dir sicher? Du bist doch schon ..." Ich verkniff es mir, denn ich wollte sie nicht beleidigen oder degradieren.

„Alt? Ja, schon. Sogar so alt, dass ich für mich selbst sorgen und entscheiden kann", antwortete Airin augenzwinkernd.

„Danke." Ich nahm sie in den Arm, streichelte ihr über den runden Rücken und sog den Duft nach Mama und alten Zeiten ein. Dann drückte ich die Lippen an meine Handfläche und pustete den Kuss zu Layla, die leicht schnarchte. Die Arme war völlig erschöpft.

„Bjarne, du solltest dich ebenfalls ausruhen. Die Arbeit, die du heute geleistet hast, war unglaublich." Airin legte den Kopf schräg.

Ich nickte und gemeinsam beobachteten wir, wie er sich ebenfalls erhob, über seine Augen rieb und mit den Schultern zuckte.

„Gute Nacht", verabschiedete ich Airin. Es war richtig. Ich musste ein wenig Kontrolle abgeben und den anderen vertrauen.

„Ich rufe dich, wenn es Probleme gibt. Nun schlaft aber!" Sie scheuchte uns regelrecht die Treppe hoch.

Bjarne und ich schwiegen. Was sollte man auch nach so einem Tag noch sagen? Von Höhen über Tiefen war alles dabei gewesen. Und der Abschied kam immer näher …

Ich traute mich kaum, an den morgigen Tag zu denken. Unweigerlich würde mein Herz brechen, wenn er die Farm verließ. Obwohl ich es für unmöglich gehalten hatte, waren Gefühle ins Spiel geraten und nun war ich verloren.

Wir kamen vor meiner Zimmertür zum Stehen. Wie zwei ungeschickte Teenager umarmten wir uns. Ich sah zu Boden, sein Blick war auf mir.

„Also morgen …"

„Ja, du musst gehen." Ich hob den Blick und bereute es sofort. Diese dunkel-glänzenden Augen machten alles so viel schwerer. Wie sollte ich ihm „Lebe wohl" sagen, wenn er mich so ansah.

„Ich will nicht."

Drei schlichte Worte, die mehr bedeuteten, als ich in diesem Moment begreifen konnte. Er wollte nicht gehen.

„Ich will auch nicht, dass du gehst." Da war sie. Die Wahrheit, die direkt aus meinem Herzen kam. Sie zeigte ihm, was ich wirklich empfand.

„Aber ich kann nicht bleiben."

Mir wurde schwer ums Herz.

„Ich weiß." Da waren zig rationale Gründe, die dafürsprachen. Er hatte eine Wohnung in Helsinki. Einen Job, um den er sich sorgen musste. Jeden verfluchten Morgen musste er in der Stadt sein und arbeiten. Oder zu einem anderen Ort reisen, um dort Berichte und Reportagen zu drehen. Wahrscheinlich hatte er in Helsinki und auf der ganzen Welt Freunde und Familie und ein Leben, das mit diesem Ort nichts zu tun hatte. Lappland war ein weißer Fleck auf der Karte, der mit ihm nicht in Verbindung stand. Nur ich. Ich war der winzige Faden, der ihn hierherzog. Und der würde abreißen, sobald er die Farm verließ und in sein echtes Leben zurückkehrte.

„Wir können ja ..." Er griff sich in den Nacken und rieb sich über die Haut. Wieder betonte er damit ungewollt seinen Körper. Es war nun noch schlimmer, weil ich wusste, wie er sich anfühlte. Ich hatte seine Muskeln an meinen Handflächen gespürt, seinen Duft eingeatmet und seine Küsse geschmeckt.

„Freunde bleiben?", schlug ich vor. Nicht, weil ich das wollte. Doch nach allem, was er mit mir hatte durchmachen müssen, wollte ich es Bjarne einfach machen. Das hier war die Möglichkeit für ihn aus der Sache herauszukommen.

„Also ... wenn du das möchtest", nuschelte er. Seine Haltung veränderte sich. Plötzlich wirkte er nicht mehr verunsichert, sondern wie eine Statue.

Ich hatte das Falsche gesagt. Das war uns beiden bewusst. Aber auch ich wollte es einfach haben. All die Sorgen der letzten Zeit, der Stress heute und das mit uns – es nagte an mir. Ich würde die Trennung von ihm besser verarbeiten können, wenn da nie wirklich etwas zwischen uns gewesen war. Der Moment in der Jurte konnte als bittersüße Erinnerung an etwas dienen, was nie real gewesen war.

„Gerne", presste ich heraus und beide Silben schmeckten bitter in meinem Mund. Mir war kalt und ich wollte mich nur noch unter der Bettdecke verkriechen.

„Schlaf gut, Tarja", raunte er, gab mir einen Kuss auf die Wange und ging den Gang weiter hinunter zu dem Zimmer meiner Mutter. Seine Lippen hinterließen ein Prickeln auf meiner Haut. Bereits jetzt, wo er nur drei Meter von mir entfernt war, vermisste ich ihn. Er sah nicht zurück, öffnete die Tür und verschwand in dem Raum.

Ich tat es ihm gleich und stand vor dem blutverschmierten Bett. Die trockene Heizungsluft hatte meinen Raum zu einer Sauna mit Aufguss der Sorte „Eisen und Eiter" gemacht.

Machte ich es mir einfacher? Oder machte ich es gerade einfach nur schlimmer?

Wenn man eine Person so sehr vermisste, sie bei sich haben wollte, mit ihr Zeit verbringen wollte – war das falsch?

Ich ging rückwärts aus dem Raum und stieß gegen einen Körper.

„Oh", machte ich und wirbelte umher.

Maddin hob beide Hände. „Bitte schlag mich nicht wieder!“

„Quatsch, nein! Du musst keine Sorge haben.“ Ich versuchte mich an einem Lächeln, um ihn zu beruhigen.

„Gut“, sagte er und lächelte. „Willst du noch mal nach den Hunden sehen?“

„Nicht direkt“, nuschelte ich und sah zur Tür meiner Mutter. Insgeheim hoffte ich, dass Bjarne durch unsere Stimmen angelockt wurde und ich so ein paar Momente mehr mit ihm verbringen konnte. Jede Sekunde zählte, bevor er morgen ging.

„Ah, verstehe.“

„Hm?“

„Du möchtest zu Bjarne“, sagte er und zwinkerte mir zu, was sich kaum als solches erkennen ließ, weil sein Gesicht noch immer geschwollen und durch das Zwielicht im Flur und dem großen blauen Fleck neben seiner Nase verdunkelt wurde.

Ich schwieg, denn was sollte ich dazu sagen. Er hatte recht. Und ich wollte es nicht offen zugeben. Irgendwie ging ihn das auch nichts an.

„Er steht total auf dich.“

„Wie meinst du das?“ Auch wenn ich mich auf solche Konversationen nicht einlassen wollte, ich war trotzdem neugierig.

„Ich kenne Bjarne jetzt schon seit einiger Zeit und so hat er sich noch nie einer Frau gegenüber verhalten. Er ist immer höflich und zuvorkommend, aber bei dir war er von Tag eins auf Ablehnungskurs. Das bedeutet, du gehst ihm unter die Haut.“ Maddin wackelte mit den Augenbrauen. Mit dieser affigen Art hatte er viel zu viel Ähnlichkeit mit Lemmy. Sie könnten beste Freunde werden. Wahrscheinlich waren sie auf dem besten Weg dahin.

„Das klingt nach Kindergarten", meinte ich. Maddins Worten eine tiefere Bedeutung anzudichten, brachte nichts.

„Es ist die Wahrheit. So hat er sich nur bei einer Frau bisher verhalten und na ja, diese Liebe ging ja kolossal in die Brüche." Er hielt sich so wage, dass ich mir am liebsten die Haare gerauft hätte.

„Hat er eine Freundin?" Ich musste es einfach wissen. Ehrlicherweise hatte ich mir diese Frage noch gar nicht gestellt und eigentlich sollte ich das Bjarne selbst fragen, aber ich zweifelte gerade alles an, was wir miteinander erlebt hatten.

„Nein, er hatte eine. Die hat ihn aber ... Frag ihn das besser selbst. Er wird dir davon bestimmt erzählen. Dann auf jetzt, ihr Turteltäubchen!"

Die hat ihn was? Ich rollte mit den Augen. Wie konnte man nur so viel sagen und dabei nichts preisgeben. Und dann noch Turteltäubchen, ernsthaft?

„Manchmal hast du ein Gesicht zum Reinschlagen!" Mit diesen Worten stürmte ich in mein Zimmer zurück.

Woher die Wut genau kam, konnte ich gar nicht sagen. Maddin war sicherlich der Auslöser, aber nicht das Problem. Energie strömte durch meinen Körper. Turteltäubchen. Sowas war ich nicht. Ich turtelte nicht. Oder doch? Was war das in der Jurte gewesen? Was war das hier alles mit Bjarne? Wohin führte das? Zu einer Freundschaft? Würden wir uns bald zu Weihnachten eine Karte schreiben und das war es? Mehr nicht?

Das wollte ich nicht. Und diese Feststellung beantwortete alle meine Fragen. Ich konnte das nicht so stehen lassen.

Diesmal war die Luft rein. Kein nerviger Kameramann mit neunmalklugen Sprüchen trieb sich auf dem Gang herum. Ich stand bestimmt fünf Minuten vor der Tür meiner Mutter und versuchte, die passenden Worte zu finden. Mir fiel nichts ein. Mein Kopf war gleichzeitig vollgestopft mit Emotionen, Sorgen und Befürchtungen und dann so leer wie der verschneite Wald hinter dem Haus.

Gerade als ich die Hand hob, um anzuklopfen, wurde die Tür aufgerissen.

„Tarja?" Bjarne runzelte die Stirn.

„Mein Bett ist dreckig."

Er sah mich ungläubig an. Ich selbst war es ebenfalls.

„Ok", sagte er und trat einen Schritt zurück, denn wir waren uns sehr nah.

„Da kann ich nicht drin schlafen. Und andere Bettwäsche habe ich auch nicht." Das war alles wahr und gleichzeitig so verrückt, dass Hitze in mir aufstieg. Wahrscheinlich glühte ich rot wie eine Tomate, die man in ein Feuer geschmissen hatte. Jede Sekunde würde ich platzen.

„Ok", machte er nur wieder. Genoss er etwa, wie sehr ich mich hier abmühte?

„Ich muss woanders schlafen, aber alle Betten sind belegt. Das da ist auch mein Bett sozusagen. Ich habe es dir ja nur aus Höflichkeit gegeben. Ich will es jetzt wiederhaben."

Was ich da redete, ergab kaum einen Sinn, doch er spielte mit.

„Oh, dann soll ich jetzt unten auf der Couch schlafen?"

„Nein, da schläft ja Airin. Außerdem bist du mein Gast und musst es bequem haben. Wir wissen ja beide, dass du ein Prinzesschen bist."

Kurz herrschte Stille. Ich konnte sein Gesicht kaum erkennen, denn es war so dunkel am Ende des Flures, da die Lampe, die alles erhellte, in der Mitte hing, genau vor Lemmys Zimmer. Doch ich konnte spüren, dass Bjarne anfing zu zittern. Nein, zu beben. Dann brach es aus ihm heraus. Er lachte und ich stimmte mit ein.

„Pssst!" Ich hielt mir den Finger vor den Mund, denn ich wollte Lemmy nicht wecken.

„Schlaf doch bei Airin", schlug er vor, als er sich beruhigt hatte.

„Bjarne!"

Er verschränkte die Arme vor der Brust und gab sich weiter cool. Am liebsten hätte ich ihn geschubst, denn er wusste ganz genau, worauf ich hinauswollte.

„Kann ich ... kann ich bei dir schlafen?" Mein Hals zog sich zusammen. Ein Kloß bildete sich in meiner Kehle. Bevor ich anzweifeln konnte, was ich hier tat, fragte Bjarne: „Als Freundin?"

„Als mehr als das?", fragte ich zurück und biss mir auf die Unterlippe.

Er stieß die Tür hinter sich auf, nahm mich am Arm und zog mich in das Zimmer. Mit dem Fuß trat er die Tür hinter mir zu und hob mich einfach hoch. Ich schlang meine Beine um seine Hüften. Kurz hatte ich Angst, er würde merken, dass ich mehr auf den Rippen hatte als eine normschöne Frau. Und im selben Moment verwarf ich diesen Gedanken, denn er hatte mich bereits halb nackt gesehen. Wenn er es jetzt nicht gerafft hatte, war ihm auch nicht mehr zu helfen.

Wir küssten uns, seine Hände legten sich auf meinen Rücken und er stöhnte in meinen Mund. Mit einem Schwung beförderte er mich auf das Bett, das so sehr knarzte, dass es jeden Augenblick zerbrechen konnte.

„Ich will nicht nur mit dir befreundet sein, Tarja", raunte er zwischen vielen kleinen Küssen, die er auf meinem Hals verteilte.

Ich war heilfroh, dass ich so wie er nach der Geburt der Welpen noch duschen gewesen war.

„Ich möchte mit dir befreundet sein. Aber ich glaube, das reicht mir nicht." Ich musste mich anstrengen, klar zu denken, während er mir das Shirt über den Kopf zog.

Was stimmte nicht mit uns? Entweder wir stritten uns oder wir vergingen vor Leidenschaft zueinander.

„Das heute war besonders", nuschelte er und strich mir eine kurze Strähne aus dem Gesicht.

Ich nickte und küsste seine Finger.

„Wir sollten uns eine Chance geben. Zusammen sind wir wie eins. Zumindest fühlt es sich für mich so an." Er suchte meinen Blick.

Das hier war wieder so tief, wie es sich auch in der Jurte angefühlt hatte. Wir waren nicht die Art von Menschen, die übereinander herfielen. Also schon, aber es gab immer eine hochemotionale Komponente, die jeden Schritt gemeinsam so wichtig und endgültig erschienen ließ. Und mir auch Angst machte. Doch ich entschied mich dafür, mutig zu sein. Es zuzulassen.

„Wenn du morgen gehst, muss es dann vorbei sein?"

Das Gefühl, eine Frage gestellt zu haben, deren Antwort man nicht verkraften konnte, stieg in mir auf.

„Natürlich nicht. Wir leben im selben Land. Wir können Telefonnummern tauschen und sehen, wo es hinführt."

So viele Wenns und Abers. So viele Dinge, die mir direkt in den Kopf stiegen. Wir waren beide viel beschäftigte Menschen mit Verpflichtungen und Zielen. Natürlich lebten wir beide in Finnland, aber die Reise von hier nach Helsinki und andersrum war nicht ohne. Und doch konnte das hier nicht das Ende sein. Es durfte so nicht sein.

„Wir versuchen es?"

Bjarne beantwortete meine Frage mit einem leidenschaftlichen Kuss. Seine Zunge an meiner ließ mich zurück ins Hier und Jetzt kommen. Zu meinem Körper, dem die Zukunft egal war. Alles, was zählte, waren wir in demselben Raum, demselben Bett.

# Kapitel 24

„Wo bleibt ihr alle?"

Der Fakt, dass meine Stimme schrill wurde und eine halbe Oktave nach oben schnellte, verdeutlichte Airin und Lemmy wohl, dass es mir ernst war.

„Sorry, ich habe nur noch ein paar Snacks geholt!" Airin hielt die Packung Kartoffelchips aus Herrn Peltolas Korb feierlich in die Höhe. Wir hatten sie für einen besonderen Moment aufgehoben und der war jetzt gekommen.

„Was ist deine Ausrede?", fragte ich Lemmy, als er im Türrahmen erschien.

„Ich habe die Hunde versorgt, schließlich muss einer ja heute konzentriert arbeiten. Du läufst seit zwölf Stunden wie ein kopfloses Huhn über die Farm!" Er schmiss sich lachend in den Sessel und streichelte Layla, die gerade eine Pause von ihren Babys brauchte. Mittlerweile glichen die nämlich eher einem Haufen wildgewordener Affen. Ihr Tag bestand nicht mehr nur aus schlafen, trinken und Haufen machen. Mit ihren drei Wochen war ein entscheidender Punkt auf ihrer Tagesordnung hinzugekommen: Schabernack. Gerade schliefen sie und ließen ihre immer häufiger genervte Mutter in Ruhe, nur Nummer fünf, der noch keinen Namen hatte, saß auf meinem Schoß und knabberte an meinen Fingern.

„Halt einfach die Klappe, ja?!" Ich hatte heute keine Nerven für Lemmys süffisante Art übrig. Recht hatte er, schließlich war ich den ganzen Tag mit den Gedanken woanders gewesen, aber er musste es mir ja nicht auf die Nase binden. Nicht ganz bei der Sache war ich oft, seit Bjarne nach Helsinki zurückgekehrt war. Ich dachte viel an ihn. Wir hielten Kontakt, telefonierten mindestens einmal die Woche miteinander und schrieben uns jeden Tag E-Mails, wenn denn das Internet hier funktionierte. Doch es war anders, als sich von Angesicht zu Angesicht zu sehen. Vor allem war es schwer für mich, ihn zu deuten, denn ohne echten Kontakt war da weniger Chemie zwischen uns.

Hinzu kam, dass er einen neuen Auftrag erhalten hatte und zwischendurch nach Schweden gereist war. Es entwickelte sich doch eher zu einer Freundschaft, was gut war, denn ich schätzte ihn als Menschen sehr. Aber unser Kontakt wurde immer von einer dunklen Wolke begleitet, denn ich konnte nicht umhin, dem hinterher zu trauern, was hätte sein können.

„Wann geht es los?" Airin sah ein letztes Mal in die Welpenbox, lächelte und nahm neben mir auf der Couch Platz. Sie tätschelte den Kopf des Welpen auf meinem Schoß, der sofort die Zunge nach ihr ausstreckte.

„Jetzt", rief ich, als ich zur Wanduhr sah.

Lemmy schaltete den Fernseher ein und wechselte auf SuoTV.

Ich hielt die Luft an. Nun würde sich alles entscheiden. Nächtelang hatte ich wach gelegen und darüber philosophiert, was Bjarne, Maddin und ihr Team aus den Aufnahmen, Interviews und dem restlichen Material, was ich ihnen im Anschluss noch hatte zukommen lassen, erschufen. Darüber nachgedacht und daran gezweifelt, dass dieser Bericht überhaupt etwas an unserer Situation ändern konnte. Bjarne hatte mir erklärt, dass seine Chefin ihm nahegelegt hatte, nicht über die Gründe für mein Tätigkeitsverbot zu berichten. Sie wollten wohl keinen Ärger mit einem einflussreichen Großkonzern riskieren. Mich hatte es enttäuscht, aber gleichzeitig hatten sie versprochen, einen Spendenaufruf zu starten. In diesem lag nun meine ganze Hoffnung. Und so kreisten meine Gedanken um alles Mögliche. Insbesondere wie die Reportage auf das Publikum wirken würde, machte mich nervös.

Die letzten drei Wochen waren die Hölle gewesen. Mit Mühe und Not hatte ich unseren Überziehungskredit bei der Bank ausweiten können, doch auch dieser war am Limit. Die Farm befand sich nicht nur am Abgrund, sie hing mit einem Bein bereits über der Klippe in der Luft. Das hier war wirklich unsere letzte Rettung.

Obwohl es draußen bitterkalt war und wir uns, soweit es ging, mit dem Heizen zurückhielten, denn unsere Holzvorräte neigten sich dem Ende zu, sammelte sich Schweiß unter meinen Armen, an meinen Handinnenflächen und sogar über meiner Oberlippe.

„Es ist allgemein bekannt, dass Finnland vom Tourismus lebt. Und das nicht nur in angesagten, modernen Städten wie Helsinki. Auch in Lappland wird mit Gastwirtschaft ein großes Geschäft gemacht. Besonders die einzigartige Natur und die vielen Tiere locken jedes Jahr Tausende von Menschen in den hohen Norden. Doch nicht immer läuft alles dabei so, wie es sein sollte.

Heute hat Bjarne Wallin einen Bericht für uns über eine kleine Huskyfarm ganz im Norden, die mit finanziellen Problemen kämpft, denn die Betten sind zurzeit unbelegt. Er nimmt uns mit zu den *Running Wolves* und zeigt uns, was genau dahintersteckt." Die blonde Nachrichtensprecherin mit den eisblauen Augen lächelte in die Kamera.

Airin stieß mir mit dem Ellbogen in die Seite, als hätte ich nicht begriffen, was nun kommen würde.

„Abgefahren", war Lemmys einziger Kommentar.

Die Reportage startete mit einer Drohnenaufnahme der Farm und des Waldes um unser Grundstück herum. Dann sah man die vielen kleinen Hundehütten, die Schuppen und natürlich die leer stehenden Gästehäuser. Ich beobachtete, wie ich erklärte, dass keine Gäste zu uns kommen könnten und wir deshalb massive Umsatzeinbußen hätten. Sich selbst im Fernsehen zu sehen war eine surreale Erfahrung. Sofort begann ich, mich zu bewerten. Meine Haare, die viel zu lang geworden waren und deshalb nicht mehr in ihrer üblichen Position lagen. Meine Kleidung, die sehr mitgenommen wirkte und mein Gesicht, das von der Kälte rot war. Und vielleicht auch noch von anderen Dingen.

Die nächsten Minuten waren wie ein Rausch. Ich wollte jedes Detail registrieren und nichts verpassen, deshalb traute ich mich noch nicht mal, zu den anderen zu sehen.

Nummer fünf zappelte und knabberte an mir, doch ich hielt ihn still. Meine volle Aufmerksamkeit lag auf den wunderschönen Aufnahmen unserer Schlittenfahrt, den Kontoauszügen, die präsentiert wurden, um meine Aussagen zu validieren und Interviewschnipseln, die genauso zusammengefügt waren, dass nicht nur ich, sondern auch Lemmy und Airin clever, bodenständig und bemitleidenswert wirkten.

Mitleid war eigentlich etwas, was ich kategorisch von mir wies. In diesem Fall war es jedoch nützlich und auch gerechtfertigt. Zuletzt wurden die Hunde gezeigt und sogar Bilder der frisch geborenen Welpen.

„Die Huskyfarm *Running Wolves* ist eine echte Institution in Lumijärvi. Tarja hat ehrenvoll nach dem Tod ihrer geliebten Mutter die Aufgabe übernommen und gibt mit ihrem unglaublichen Team jeden Tag ihr Bestes. Es wäre eine Schande, wenn die Farm nun ihre Tore schließen müsste. Sie führt eine jahrhundertealte Tradition fort, engagiert sich für Umwelt- und Tierschutz und ist eine einzigartige junge Frau, von der ganz Lappland noch viel zu erwarten hat. Wenn wir ihr die Chance geben, kann sie richtig was bewegen. Sie lebt für die Natur, unser Land und ihre Tiere." Das war Bjarnes Stimme. Er wurde vor den Zwingern gezeigt und sah ernst in die Kamera. Seine Augen glühten und es war genau wie in den Momenten, wenn wir zusammen waren. „Falls Sie spenden können und wollen, finden Sie hier unten eingeblendet die Möglichkeit. Ebenso können Sie bereits für die Zukunft eine Huskysafari buchen, denn das Tätigkeitsverbot, das aus korrupten Gründen und Machtgehabe verhängt wurde, ist absolut nicht tragbar. Eine Schlittensafari ist ein einmaliges Erlebnis, das kann ich Ihnen aus erster Hand versichern! Bitte unterstützen Sie dieses großartige Projekt und helfen Sie Tarja, das Erbe ihrer Mutter fortführen zu können. Sie ist eine starke Frau, aber selbst die brauchen manchmal Hilfe. Nicht alles liegt in unserer Kontrolle.“

Ich starrte Bjarne an, der ein breites Lächeln zeigte. Prägte mir sein Gesicht ein, das in diesem Moment so vor Leidenschaft leuchtete. Seine Worte hatten mir die Luft zum Atmen genommen. Ich vermisste ihn so sehr, dass es mir körperliche Schmerzen bereitete.

„Wow, das war großartig!“ Airin klopfte mir auf die Schulter, doch ich konnte nicht reagieren.

Ich war sprachlos, nickte nur und versuchte zu atmen, damit ich nicht in Tränen ausbrach.

Nummer fünf wuselte herum und ich küsste seine kleine Stirn.

„Das war eine verdammte Liebeserklärung!“ Lemmy sah mich mit gerunzelter Stirn an.

Natürlich hatten sie mitbekommen, dass da was lief. Aber immer, wenn sie mich fragten, hielt ich mich bedeckt. Was sollte ich auch sagen? Ich wusste ja selbst nicht, ob und was da zwischen Bjarne und mir geschah. Erst recht nicht mehr nach diesem Bericht.

„Quatsch“, nuschelte ich.

Bjarnes Worte hatten sich in meinen Kopf gefressen. Sie waren wunderschön und liebevoll gewesen. Fast schon zu intim, um sie derart auszustrahlen. Ob er dafür Ärger kriegen würde? Auch für seinen Seitenhieb dem Eisenkonzern und dem Stadtrat gegenüber? Aber wenn seine Chefin dagegen gewesen war, wieso wurde es trotzdem ausgestrahlt? Wie sehr hatte er sich für mich eingesetzt? Und wie würde das Publikum reagieren? War es nicht viel zu dramatisch und verträumt gewesen? Zweifel überfielen mich.

Es piepste. Einmal. Zweimal. Dreimal. Ich starrte auf Nummer fünf herab und bewegte mich keinen Zentimeter.

„Das ist der Computer."

Aus dem Augenwinkel sah ich, dass Lemmy auf eine Reaktion meinerseits wartete, doch ich war wie gelähmt. Natürlich war das der PC, aber ich ignorierte diese Geräusche. Sie bedeuteten nichts Gutes. In den letzten Wochen hatten wir nur schlechte Nachrichten empfangen. Außer die paar E-Mails von Bjarne, die mir die Tage versüßt hatten. War er es, der mir schrieb? Nach diesem aufreibenden Tag konnte ich keinen weiteren Stress ertragen. Die Bank, die anderen Schuldner oder die letzten Besucher, deren Aufenthalte ich abgesagt hatte und die mir nun antworteten, würden bis morgen warten müssen. Vielleicht würde ich Bjarne gleich anrufen und mich für den Beitrag bedanken, aber zuerst musste ich runterkommen.

„Die Interviews waren richtig gut. Ich denke, dass wir etwas Aufmerksamkeit erhalten werden! Wann hast du das letzte Mal mit Bjarne gesprochen?" Airin kraulte Nummer fünf, der immer schnippischer wurde. Sie konnte wohl seine Gedanken lesen, denn sie nahm ihn mir ab, setzte ihn in die Wurfbox und er dockte sofort bei seiner Mutter an. Wenn er Hunger hatte, war er eine echte Diva.

„Anfang der Woche", murmelte ich. Sofort wurde das Bedürfnis, ihn anzurufen, stärker.

Wieder pingte es. Ping. Ping. Ping.

„Tarja, kannst du das E-Mail-Programm bitte stummschalten? Davon wird man ja verrückt!"

„Nein, das geht nicht! Dann verpasse ich wichtige Nachrichten!" So würde ich nicht mitbekommen, wenn Bjarne mir schrieb. Unschlüssig stand ich auf.

„Aber du guckst ja nicht nach! Was soll das Ganze?"

„Ist ja ok, krieg dich ein!" Ich schmiss die Hände in die Luft, drückte mich an Lemmy, der Inari auf dem Schoß hatte, vorbei und setzte mich an den PC.

Mit halb geschlossenen Augen öffnete ich das zu gleichen Teilen geliebte und gehasste E-Mail-Postfach, als würde ich so nur die Hälfte der Realität sehen. Nur mit der Hälfte konfrontiert werden und nur die halbe Verantwortung tragen müssen.

Ich las die Betreffzeilen der Nachrichten:

*Buchung für Winter nächstes Jahr*

*Anfrage Partnerschaft Layla*

*Buchung für März*

*Buchung für Sommer*

*Toller Beitrag*

*Beitrag SuoTV*

*Anfrage Patentier*

*Welpen aus Beitrag – Patenschaft*

*Futtermittelspenden*

*Telefonieren?*

Wundersame Dinge geschahen. Ich klickte eine Nachricht nach der anderen an und las sie. Fremde Menschen wollten Urlaube buchen, obwohl sie gar nicht sicher waren, ob diese an den gewünschten Daten stattfinden konnten, Patenschaften für Huskys übernehmen, Futter spenden oder mir einfach Kraft und Durchhaltevermögen wünschen. Sie fragten, wie es mir ginge, was sie für uns tun könnten und ob die Farm nächstes Jahr wieder besuchbar wäre.

Von hinten legte sich eine Hand auf meine Schulter. Lemmy stand direkt neben mir, las mit und lehnte sich dann gegen mich. Als wir alle E-Mails gelesen hatten, waren mindestens doppelt so viele wieder im Postfach.

„Was passiert hier?", schluchzte ich und auch Airin kam dazu und sah mir über die Schulter.

„Du bekommst das, was du verdienst."

Ich drehte mich um, sah hoch zu Lemmy, der wissend grinste.

„Du wusstest das?"

„Ich bin davon ausgegangen, dass das passiert. Du bist ein großartiger Mensch mit einer besonderen Leidenschaft. Und Bjarne ein verdammt guter Reporter. Deshalb solltest du die E-Mails lesen. Es sind keine Mahnungen, es sind Hilfsangebote, Tarja."

„Das kann ich doch nicht alles annehmen. Die Spenden, klar, die sind mehr als gern gesehen. Und gegen Tierpatenschaften habe ich auch nichts, aber ganze Urlaube, die gebucht werden sollen? Ich weiß doch gar nicht, ob ich jemals wieder öffnen darf!" Ich schüttelte den Kopf, drehte mich zum Bildschirm und konnte beobachten, wie die Nachrichten sich im Sekundentakt vermehrten.

„Deine Mutter hat immer gesagt, dass derjenige dumm ist, der nicht weiß, wann er Hilfe annehmen muss."

Dieser Spruch versetzte mir einen Stoß. Airin hatte recht. Ich hatte diesen Spruch einige Male von meiner Mutter gehört. Besonders hatte er geschmerzt, als ich mich damals nicht von Nils hatte trennen können. Und dann hatte ich es doch getan.

„Ich kann das nicht glauben."

„Ich schon", meinte Airin und schloss ihre Arme von hinten um mich.

„Ich auch." Auch Lemmy nahm mich in den Arm.

Wankend stand ich auf und drückte beide an mich, denn ohne sie hätte ich es niemals so weit geschafft. Als ich ihnen das sagte, tupfte sich Airin mit dem Ärmel ihres riesigen Pullovers eine Träne aus dem Augenwinkel und Lemmy räusperte sich einige Male.

„Ich bin sehr froh, dass ich euch habe." Dieses Mal wich ich ihren Blicken nicht aus oder tat alles ab. Ich versuchte, diesen Moment bewusst wahrzunehmen und in meinem Kopf als das abzuspeichern, was er war: Ein Neuanfang. Ein verdammtes Wunder!

Eine einzige E-Mail beantwortete ich und zwar Bjarnes Nachfrage, ob wir telefonieren könnten. Ich ging auf mein Zimmer, atmete durch und wählte seine Nummer.

„Hey", begrüßte er mich.

„Hallo", erwiderte ich und schloss die Augen. Allein seine tiefe, rauchige Stimme zu hören, brachte mich ihm wieder ein Stück näher. Ein nah, dass ich es am liebsten verflucht hätte, denn der Trennungsschmerz war zu groß. Es zerriss mir die Brust. Ich wollte ihn so sehr bei mir haben.

„Danke für deinen Bericht. Er war besonders und schön und … Ich weiß gar nicht, wie ich das in Worte fassen oder mich jemals erkenntlich zeigen kann." Mein Herz schlug so schnell. Mein Körper wusste ganz genau, dass er gleich sprechen würde, und bereitete sich auf die Endorphine vor, die seine Stimme durch mich hindurchjagen würde.

„Das war mein Job", sagte er schlicht.

Ich biss mir auf die Unterlippe. Ihn nicht sehen zu können, machte mich verrückt. Spaßte er oder war er wirklich abweisend?

„Der mir überaus viel Spaß gemacht hat, denn jedes Wort war die Wahrheit. Und ich glaube, das haben die Menschen auch verstanden."

Ich lächelte und mir wurde warm ums Herz. „Da stimme ich dir zu. Wir haben innerhalb von einer halben Stunde bereits 53 E-Mails erhalten mit Anfragen für Aufenthalte, Tierpatenschaften und … Ach, es ist unfassbar!" Ganz langsam verzog sich der Schock, der mir noch in den Gliedern steckte. Und vorsichtig machte sich Freude breit. Es fühlte sich nach einem Sieg an, obwohl mir gar nicht bewusst gewesen war, dass ich aktiv kämpfte. Natürlich hatte ich jeden Tag in gewisser Weise gekämpft und an meiner Ausgangslage hatte sich nichts geändert. Aber da war wieder Hoffnung. Mir war nicht klar gewesen, dass ich überhaupt eine Chance gehabt hatte.

„Und innerhalb von …“, setzte er an, brach kurz ab und im Hintergrund raschelte es, als würde er bereits im Bett liegen und sich umdrehen, „48 Minuten wurden fast 4.000 Euro für euch gesammelt.“ Er musste lächeln, denn seine Stimme klang danach.

„Was?“

„4.000 Euro für *Running Wolves*. Und es geht hier minütlich weiter. Meine Chefin hält mich auf dem Laufenden.“

„Das kann doch nicht sein. Was machen die Menschen denn?“

„Hm, deine Arbeit wertschätzen? Deine Notlage erkennen? Deine Farm unterstützen, damit du weitermachen kannst? Damit du keine Hunde erschießen musst?“

Mir kam die Situation wieder in den Kopf, als ich das Gewehr berührt und dabei an Inari gedacht hatte. Das war noch nicht mal acht Wochen her. In dieser Zeit hatte sich mein ganzes Leben geändert.

„Danke“, sagte ich schlicht, denn mir fehlten, wie so oft heute, die Worte. Es gab nicht genügend Worte. Jedes, was ich in Erwägung zog, und auf meiner Zunge schmeckte, war unzureichend. Zu schwach, zu unbedeutend und plump.

„Hör auf, dich zu bedanken“, meinte Bjarne. Er veränderte wohl seine Position, sodass seine Stimme noch näher an meinem Ohr war.

„Hä? Natürlich bedanke ich mich. Das werde ich bestimmt auch noch hundert Mal machen. Klar, es war dein Job. Aber das, was du daraus gemacht hast, war mehr als ein Job. Das hättest du nicht tun müssen.“

„Doch, hätte ich.“

„Warum?“
„Weil ich dich liebe.“

# Kapitel 25

Der eisige Wind zog an meinem Schal, an der Mütze auf meinem Kopf und an jedem Zipfelchen meiner Jacke. Schnee wurde durch die vielen Pfoten, die in der weißen Masse versanken, aufgewirbelt.

Lemmy war dicht hinter mir und heizte seine Hunde weiter an. Der Hall seiner gerufenen Anweisungen trug sich durch den Wald über die Ebene, die sich vor uns auftat und weit wie ein Ozean aus Eis war.

Unser Training hatte eine massive Kehrtwende gemacht. Durch die Buchungen für nächstes Jahr und Tierpatenschaften hatten wir so viel Geld eingenommen, dass wir unsere offenen Rechnungen bezahlen konnten, die Tiere genügend Futter und Medikamente bekamen und auch wir Menschen unseren Lebensstil wieder normalisieren konnten. Sogar das Schneemobil hatten wir reparieren können, weil endlich Geld für die Ersatzteile auf unserem Konto gewesen war. Entlastung an allen Enden. Es lief richtig gut, bis auf eine einzige Sache. Doch an die wollte ich jetzt nicht denken. Es reichte, wenn sie mich jede Nacht einholte.

„Pause?", schrie Lemmy zwischen seinen Freudenschreien nach vorne.

Ich zeigte ihm den Daumen.

Gemeinsam hielten wir am Waldrand und sicherten unsere Schlitten. Es war ein wunderbares Gefühl, die

Fleischsuppe für die Hunde nicht mehr genau abmessen zu müssen, sondern ihnen für ihre hervorragenden Leistungen eine kleine Extraportion zu schenken. Die Stimmung im Rudel war gut. Meine Huskys genossen die raue Natur, die Auslastung und auf gewisse Weise auch unseren vollen Fokus auf sie. Lemmy und ich waren nicht mit Gästen beschäftigt, die Fragen stellten, Sorgen teilten oder andere Fürsorge benötigten. Unsere Touren waren immer das Tageshighlight der Hunde, doch in den letzten Wochen, seit ich meine Farm nicht mehr für Publikumsverkehr öffnen durfte, war die Bindung zu meinen Hunden noch enger geworden. Niemals hatte ich gedacht, dass das überhaupt noch möglich war. Und dann empfand ich auch bei all der Anstrengung, den Entbehrungen und unerwarteten Zwischenvorkommnissen Dankbarkeit für diese Momente mit den Tieren und dem vorweihnachtlichen Lappland.

„Bist du nervös?“

Ich schüttelte den Kopf.

„Meinst du, er kommt heute persönlich?“ Lemmy suchte meinen Blick, während er mir einen Becher Ingwertee reichte.

„Bezweifle ich stark.“ Ich wich ihm aus – sowohl seinen forschenden Blicken als auch seinen Fragen, denn ich wollte das Thema ruhen lassen. Nach dem heutigen Tag würde ich nichts mehr mit Bjarne zu tun haben. Vielleicht war es besser so. Ich könnte Bjarne tausend Fragen stellen, aber nur eine würde alles entscheiden: Warum meldest du dich nicht mehr?

„Und was, wenn doch?“

„Natürlich werde ich nett zu ihm sein.“

„Aber wirst du-“

„Lemmy, keine Ahnung! Vor zwei Wochen hat er mir am Telefon seine Liebe gestanden, seitdem meldet er sich nicht mehr. Er ist einfach weg – aus meinem Leben, aus allem. Wenn er hier auftaucht, werde ich ihn so behandeln, wie er mich die letzten vierzehn Tage behandelt hat: Wie einen fremden Menschen." Natürlich war es nicht Lemmys Schuld, aber meine aufgestaute Wut bahnte sich ihren Weg. Unter all dem Ärger steckte Verletztheit. Wer sagte auch schon die drei großen Worte und tat dann so, als wäre die geliebte Person nicht mehr auf dieser Welt?

Nach meiner Beziehung mit Nils hatte ich keine Lust mehr auf Spielchen. Es reichte mir. Auch wenn ich jede Nacht wach lag und mir Fragen stellte. Manchmal fantasierte ich sogar, Bjarne würde zurückkehren, mir alles erklären und wir würden glücklich bis ans Lebensende leben. Aber das Leben war kein Scheißmärchen oder ein verdammter Disneyfilm.

„Er ist regelmäßig im Fernsehen. So wissen wir immerhin, dass er lebt."

Wenn man Menschen mit Blicken aufspießen konnte, dann musste Lemmy starke Schmerzen haben. „Jupp." Und wie ich das wusste. Nachts, wenn nichts half und ich unbedingt schlafen musste, ging ich an den Computer, schaltete irgendeine alte Reportage von Bjarne an und schlief mit Krümeln von Airins frischgebackenen Pfefferkuchen im Gesicht auf der Couch zu seiner Stimme ein. Es war erbärmlich. Jeden Morgen wurde ich wach und fragte mich, ob Airin oder Lemmy mich gesehen hatten. Ob ihnen klar war, was ich Nacht für Nacht tat. Ich hasste mich selbst dafür, so schwach

zu sein. Hatte ich doch jahrelang für meine Unabhän-
gigkeit gekämpft, war ich nun wieder am Startpunkt.
Der ganze Weg der Emanzipation lag wieder vor mir.
Und er war steinig.

„Ich glaube nicht, dass er ein Arsch ist. Bjarne ist nicht
der Typ dafür."

„Habe ich bei meinem Ex auch gedacht. Haben alle gedacht und dann war er irgendwann einfach ein Monster." Gänsehaut zog sich über meine Arme, meine Oberschenkel und Knie bei dem Gedanken an Nils.

„Vergleichst du die beiden wirklich miteinander?"
Lemmy zog eine Augenbraue in die Höhe.

„Hm, nein. Keine Ahnung ... Ich habe nur das Gefühl,
dass ich nicht für Liebe gemacht bin. Ehrlich gesagt
habe ich eine Scheißangst, was sie mit uns Menschen
anstellen kann. Deshalb ist es wohl besser so. Allein bin
ich besser dran. Außerdem bin ich ja nicht wirklich allein, ich habe euch." Die Farm, die positive Entwicklung
der Geschäfte und der Rückhalt meiner Freunde hielten mich über Wasser.

„Jeder Mensch hat Liebe verdient."

„Kann sein. Aber nicht jeder Mensch muss sie annehmen."

Ich stand auf, verstaute unsere Becher und die Näpfe
der Hunde.

Lemmy verstand den Wink und stellte keine weiteren
Fragen. Das Thema hatte mich, auch wenn ich es versucht hatte zu überspielen, aus dem Konzept gebracht.
Obwohl ich das, was zwischen Bjarne und mir gewesen
war, aufgegeben hatte, tat es noch immer weh. Viel
mehr sogar als damals das mit Nils. Ich hatte ihn geliebt

und er hatte schleichend jeden Tag ein Stück mehr unsere Beziehung zu einem Gefängnis gemacht. Zu einem Knast voller Konflikte, Machtspiele, Beleidigungen und dem konstanten Gefühl, nicht genug zu sein.

Bjarne und ich – wir waren anders gewesen. Es war sogar noch besser gewesen als der Anfang der Beziehung mit Nils. Mit Bjarne war ich lockerer gewesen. Ich hatte mich sorgenloser, auf eine Weise echter gefühlt als jemals zuvor. Und dann hatte er es versaut. Ich wünschte, er hätte diese drei Worte niemals zu mir gesagt. In dem Moment am Telefon war ich schwerelos geworden. Nichts hatte mich halten können. Ich war davon überzeugt gewesen, dass etwas Großartiges begann. Nichts hatte begonnen. Es hatte nur etwas geendet, was nie gewesen war. Genau wie ich es die ganze Zeit vorausgesagt hatte.

Die Routinen halfen mir. Es lag etwas Beruhigendes in dem Ableinen der Hunde, der Verteilung der Wurst, in der Zuteilung der Hütten, in Reinigung, Instandhaltung und Erziehung. Mein Arbeitstag war so vollgestopft, dass keine Zeit für Grübeleien blieb. Ich liebte es. Hinzu kamen die ersten Weihnachtsvorbereitungen, denn Airin bestand darauf, dieses Jahr, das erste Mal nach dem Tod meiner Mutter, wieder das Fest aller Feste zu feiern. So wurde in den Pausen gebacken, gebastelt und dekoriert. Doch die Abende waren das, was mir das Genick brach. Auch heute ging ich trotz sehr erfolgreichem Arbeitstag niedergeschlagen in unser Haus. Traurigkeit war wie eine Pilzinfektion – hartnäckig und unangenehm. Wie ein Juckreiz, der sich immer wieder bemerkbar machte. Zu unpassenden Zeiten, in unmöglichen Situationen hatte man das dringende Bedürfnis, sich diese eine Stelle wund zu kratzen. Bei mir war es das Herz.

„Was gibt es heute zu essen?" Ich hoffte inständig, dass Airin ein heimeliges Essen vorbereitet hatte, während ich mir die Schuhe von den Füßen streifte. Doch nicht sie war es, die auf meine Rufe reagierte.

„Da ist ein Auto. Hast du es gesehen?" Ich sah Lemmy nicht, hörte nur seine Stimme.

„Nein." Eigentlich hatte ich mich bereits damit abgefunden, dass die feierliche Übergabe des Schecks nicht wie angekündigt stattfand, sondern uns SuoTV einfach das Geld übersendete. Umso schneller schlug jetzt mein Herz, als Lemmy mir eine Hand auf die Schulter legte.

„Hinter dem Gästehaus."

„Hm." Verzweifelt versuchte ich, die Aufregung in die kleine Kiste zu Trauer und Trauma zu stecken, doch sie wehrte sich. Sie ließ sogar eine noch schlimmere Empfindung frei: Hoffnung.

„Wo ist der Besuch denn?"

Ich zuckte mit den Schultern. „Woher soll ich das wissen?"

„Ich gehe nachsehen."

„Mach das. Ich gehe nach oben. Wärst du so lieb und nimmst den Scheck entgegen. Sag Maddin oder wer auch immer gekommen ist, dass ich mich krank fühle, ok?" Schnell steuerte ich auf die Treppe zu, doch Lemmy hielt mich zurück.

„Das kannst du knicken!"

„Warum? Jetzt sei doch nicht so!"

„Du nimmst deinen Scheck selbst entgegen. Das wollen die doch bestimmt filmen. So kenne ich dich ja gar nicht!“ Er schüttelte den Kopf und schob mich durch den Flur.

„Klar, du bist ja erst nach Nils hierhergekommen.“

Er brach ab, ließ mich los und verzog das Gesicht leicht.

„Es tut mir leid, dass ich damals nicht für dich da gewesen bin.“

„So meinte ich das überhaupt nicht.“ Seinen besorgten Blick auf mir konnte ich nicht ertragen. Lemmy war eine Frohnatur und genau so sollte er auch sein. Er war mein bester Freund, mein Partner in Crime, der jede Dämlichkeit mitmachte, damit ich meinen Traum leben konnte. Von ganzem Herzen wünschte ich mir, dass er immer lachte und es ihm gut ging. Und trotzdem hatte er eine entscheidende Phase in meinem Leben verpasst. Ich gab ihm nicht die Schuld, schließlich hatte er damals seinen Eltern helfen müssen. Doch in ganz dunklen Zeiten fragte ich mich, wie es gewesen wäre, wenn er damals schon auf der Farm gearbeitet hätte. Hätte er eine Hilfe sein können? Hätte mir damals überhaupt eine andere Person helfen können oder hatte ich den Weg gehen müssen, um mich selbst zu retten?

„Auf keinen Fall werde ich dich zwingen. Es ist deine Entscheidung. Aber bedenke bitte, dass es machtvoll sein kann, ein klares Ende zu setzen. Selbst am Drücker zu sein und eine bewusste Entscheidung zu treffen. Du hast das bereits in der Vergangenheit vollbracht.“

Meine Haut kribbelte bei seinen Worten. Alles handelte immer von Macht. Wer kontrollierte wen. Wer entschied was. Wer war der Boss.

Lemmy drückte mich kurz, drehte sich dann um und ging ins Wohnzimmer. Stimmen erhoben sich, doch egal, wie sehr ich lauschte, ich konnte sie nicht erkennen. Nur eine. Das war seine Stimme.

Kurzschluss. Mein Körper streikte. Mein Herz schlug mir bis zur Kehle. Bjarne war hier. Hier in meinem Haus. Auf meiner Farm. Es zerriss mich – das dringende Bedürfnis, mit der einen Körperhälfte in mein Zimmer zu rennen und die Tür hinter mir zu verbarrikadieren und mit der anderen zu ihm zu laufen und ihm meine Liebe zu gestehen. Ihn anzubetteln, seine Worte zu wiederholen und sie ernst zu meinen. Das zu leben, was er mir mit ihnen in Aussicht gestellt hatte. Und es mir dann grausam entrissen hatte. Sich für das, was er mir angetan hatte, zu entschuldigen. Ghosting.

„Tarja?"

Ich drehte mich nicht zu ihm um. Ich ging. Ohne ihn anzusehen, setzte ich meinen Weg fort und ignorierte ihn, obwohl alles in mir schrie, dass ich umdrehen und mich in seine starken Arme werfen sollte.

„Hey, warte bitte!" Seine Hand legte sich an meine Seite.

Mit geschlossenen Augen drehte ich mich zu ihm um. Als ich sie wieder öffnete, hefteten sie sich an seinem Gesicht fest. Es war verzogen, als würde er schlimmste Schmerzen durchleben. Gut so, denn so war es mir auch ergangen. Und trotzdem sah er anbetungswürdig aus. Seine Haare, die in wilden Locken abstanden, die Nase mit dem winzigen, kaum sichtbaren Höcker, den ich mit meinem Finger entlanggefahren war. Und seine Augen. Sie brachen meine Mauer mit jeder Sekunde, die sie Verbindung zu mir aufnahmen.

„Bjarne, was willst du hier? Von mir?!" Die Wut drang wieder an die Oberfläche. Ich baute mich vor ihm auf, denn ich hatte jetzt eine zweite Chance. Nicht noch einmal würde ich mich mies behandeln lassen. Mit dem Finger piekte ich ihm in die Brust. Ich wollte den Körperkontakt, das wurde mir klar. Diese Berührung war nicht notwendig gewesen, trotzdem hatte ich mich für sie bewusst entschieden. Es war noch immer verflucht einfach, die Distanz zwischen uns mit einer einzigen Geste zu überbrücken und zu alten Verhaltensweisen zurückzukehren.

„I-Ich", stotterte er.

„Was? Was? Willst du mir wieder sagen, dass du mich liebst, nur um dich dann zu verpissen? Nur, damit ich leide und du die Oberhand hast? Findest du das lustig?" Meine Stimme schwankte von klagend zu anklagend.

„Nein, natürlich nicht! Ich wollte nie, dass du leidest! Ich brauche nur-"

„Was du brauchst, ist mir egal! Was ich brauche, zählt. Jetzt bin ich dran! Und du musst mir zuhören! Keine Ahnung, wie das alles passieren konnte, aber ich habe mich in dich verliebt. Und dass, obwohl mein Herz ein beschissenes Stück Kohle ist. Deshalb bedeutet mir das alles viel, kapierst du das?" Ich fühlte mich atemlos, wirr und kraftlos. Und zur selben Zeit wollte ich nur schreien.

„Gib mir fünf Minuten bitte."

„Nein! Meine Zeit ist wertvoll. Man weiß nie, wie viel man davon noch hat. Und ich werde nie wieder welche mit irgendeinem Mann verschwenden, der mich nicht zu schätzen weiß. Der mich ghostet, nur weil er es kann!" Meine Fäuste waren geballt, meine Zähne aufeinandergebissen.

Bjarne kam näher. Er streckte seine Arme aus, doch ich schüttelte den Kopf.

„Es gibt hier kein Happy End, ist das klar?"

„Ok", flüsterte er. Der Kontrast zwischen meinen Schreien und seinem Flüstern war so extrem, dass ich den Faden verlor. Ihm lief eine Träne über die Wange, die er schnell fortwischte. Er lächelte mich traurig an. Ein letztes Mal öffnete er den Mund, doch die Worte kamen nicht heraus. Bjarne gab auf und ging.

Einen Moment sah ich seinem Rücken hinterher, dann rannte ich los. Das durfte noch nicht das Ende sein.

„Bleib gefälligst hier, wenn ich dich anschreie!"

Er drehte sich zu mir. Seine Augen glitzerten vom Weinen.

„Und jetzt weinst du, das ist unfair!" Obwohl Hunderte Gedanken durch meinen Kopf tanzten, ein Einziger blieb hängen. „Es tut so weh!" Ich ließ los. Tränen rollten über mein Gesicht.

Seine Arme legten sich um mich. Kurz wehrte ich mich, doch ich gab nach. Ich wollte es und gleichzeitig auch nicht. Ich wollte es nicht wollen. Und ich wollte es wollen, denn es nicht zu wollen, wäre eine Lüge. Weinend sank ich gegen seine Brust, denn meine Gefühle spielten verrückt. Jede Zelle meines Körpers hatte ihren eigenen Plan. Und irgendwo zwischen Liebe, Verzweiflung und Wut lag die Realität.

# Kapitel 26

Der Scheck lag auf dem Küchentisch. 16.000 Euro. So viel Geld hatte ich noch nie auf einen Schlag besessen. Manchmal hatte unser Geschäftskonto eine ähnlich hohe Zahl angezeigt, doch sie war direkt wieder verschwunden. Nicht länger als drei Minuten waren unsere Konten derart gedeckt. Dieses Stück Papier würde das ändern. Ungläubig starrte ich es an und löffelte meine Suppe. Hunger hatte ich nicht, aber ich musste essen. Ohne ausreichende Kalorienzufuhr konnte ich mein tägliches Pensum nicht halten. Lemmy aß bereits seine dritte Portion. Immer wieder sah er mich an. Doch wenn ich ihn dann zurück ansah, tat er so, als wäre das Magazin vor seiner Nase unfassbar interessant.

„Und welcher Typ bist du?"

Lemmys Gesichtsausdruck verriet mir, dass ich ihn erwischt hatte.

„Hm?", nuschelte er mit vollem Mund zwischen zwei Löffeln.

„Bist du eher der Herbst- oder der Frühlingstyp?" Ich deutete auf das Magazin, das sich wie jedes dieser dämlichen Blätter nur mit Themen auseinandersetzte, die als weiblich galten. Diäten, Mode und Make-Up. Auch wenn ich mir die Bilder gerne ansah und mit Airin ge-

legentlich über die Preise für einen Lippenstift disku-
tierte, verabscheute ich diese Zeitschriften. Sie waren
nur da, um uns Frauen einzureden, dass mit uns etwas
nicht stimmte. Dabei stimmte meistens mit den Männern etwas nicht. So wollte nun auch dieser Artikel den
Leserinnen vermitteln, welche Farben ihnen am besten
standen. Mich hätte nichts weniger interessieren können, denn ich zog morgens das Kleidungsstück aus dem
Schrank, was am frischesten roch und am wärmsten
war. Frühlingstyp hin oder her.

Lemmy blickte auf den Artikel und es war, als würde
er das erste Mal registrieren, um was es darin überhaupt ging. Er runzelte die Stirn und seine Augen über-
flogen den Text.

„Bin ein Wintertyp, denke ich." Die Überzeugung in
seiner Miene blieb aus. Mit schief verzogenen Lippen
las er den ersten Abschnitt. „Was für ein Quatsch da
steht!"

Ich zuckte mit den Achseln.

Wieder sah er mich so merkwürdig an.

„Willst du mir eine Frage stellen, Lemmy?"

Er rutschte auf seinem Stuhl herum. „Ja."

Ich bereitete mich innerlich darauf vor. „Schieß los."

„Also ich habe mich gefragt ... Du und ...", er unterbrach und nahm einen Löffel in den Mund.

Ein Schmunzeln kitzelte meine Lippen. Der Elefant
war mitten im Raum. Er trug sogar einen sehr auffälli-
gen, rosafarbenen Hut, balancierte auf einem Einrad
und spielte dabei Trompete. Es war nicht zu ignorieren,
dass Bjarne im Wohnzimmer saß und auf mich wartete. Dass Maddin ins Dorf gefahren und nur Bjarne
hiergeblieben war. Dass die Scheckübergabe längst von

der offiziellen Seite beendet worden war. Dass Bjarne und ich uns vor einer Stunde noch im Flur gestritten hatten und ich jetzt äußerlich betrachtet seelenruhig einen Teller Suppe aß.

Innerlich war ich außer mir. In mir tobte ein Sturm aus Gefühlen und Ängsten, den ich kaum in Schach halten konnte. Trotzdem amüsierte es mich, dass alle nicht verstanden, was hier vor sich ging. Dabei wappnete ich mich nur für das, was gleich passieren würde. Meinen Teil kannte ich. Nur seiner war mir rätselhaft.

„Ich wollte nur fragen, ob du und Airin bereits das Essen für morgen geplant habt."

Ich grunzte und schüttelte den Kopf. Wegen seiner Notlüge wollte ich lachen, doch es endete mit dem Blick auf dem Scheck und der Erkenntnis, dass wir wieder Mahlzeiten planen konnten. Dass er mir so einen Schwindel überhaupt auftischen konnte, bedeutete, dass wir nicht nur Nudeln mit Tomatensoße oder Gemüse aus Büchsen und selbst gefangenen Eisfisch essen mussten. Airin war bereits jetzt völlig aus dem Häuschen. Beim Blick auf den Scheck hatte sie nicht mehr aufgehört, von einem Weihnachtsschinken und ihrer Spezialität Ianttu, Möhren-Süßkartoffel-Auflauf, für Heiligabend zu sprechen.

„Frag Airin, ja?" Mit diesen Wörtern erhob ich mich und trat das an, was ich seit einer halben Stunde vor mir herschob. Konfrontationen waren so eine Sache – von außen betrachtet wirkte ich oft souverän, aber ich fühlte mich meistens bei einem Streit wie ein Teenager, der keinen Plan vom Leben hatte.

Das Bild, was sich im Wohnzimmer zeigte, zog mir die Kehle zu und zeigte mir, wie emotional ich in den letzten Wochen geworden war. Dass ich Gefühle endlich wieder zuließ und nicht mehr gegen sie ankämpfte. Allein das war ein Gewinn für mich. Im Kamin knisterte das brennende Holz und strahlte eine natürliche Wärme aus. Sie waberte dick durch den Raum und drehte das Olkihimmeli meiner Mutter sanft. Vor vielen Jahren hatten wir das typisch lappländische Strohgebilde gemeinsam gebastelt und seither jedes Jahr an der Symmetrie des Kunstwerks gefeilt, um es in der Vorweihnachtszeit aufzuhängen. Manchmal hatten wir sogar weitere Strohhalme hinzugefügt. Dieses Jahr hatte ich es das erste Mal unverändert am Holzbalken angebracht. Airin hatte mich dazu ermutigt. Und was erst schmerzhaft gewesen war, bereitete mir nun ein wohliges Gefühl in der Brust.

Bjarne saß auf dem Holzboden zwischen den vielen Decken und Spielzeugen. Die Welpen sprangen auf ihm herum, zogen an seinen Schnürsenkeln und den Bändern seines Hoodies. Er war heute viel legerer gekleidet als sonst. Mir kam der Gedanke, dass er sich ziemlich gut in das Bild fügte. Immer wieder lachte er und kniff einem der kleinen Racker in die Nase oder das Beinchen, weil sie mit ihm kämpfen wollten. Layla lag auf der Couch und bewachte das Ganze zufrieden. Über jede Pause war sie sehr froh, das konnte ich gut nachvollziehen. Und Bonny lag mit ihrem Kopf auf Bjarnes Oberschenkel.

„Ich habe sie reingeholt. Sorry, ich hoffe, das war in Ordnung. Sonst bringe ich sie zurück zu den anderen.“

Die Freude über die Welpen verschwand aus seinem Gesicht.

„Passt schon", murmelte ich und ging zur Couch. Ich nahm neben Layla Platz und sie streckte sich sofort so aus, dass ich ihren Bauch kraulen konnte. Ihr Gesäuge war noch immer geschwollen und an einigen Stellen ziemlich mitgenommen, weil die Kleinen langsam Zähne bekamen. Hundekinder waren nicht gerade für ihre Vorsicht und Besonnenheit bekannt.

„Du hast dich allein in den Zwinger getraut?"

„Klar, ich kenne die Hunde. Ich weiß, dass sie mir nichts tun."

Kurz sahen wir uns an. Er wirkte verändert – auf eine gute Weise. Ich brach die Verbindung ab. Möglichst klar und gefasst wollte ich das Thema klären und alles hinter mir lassen.

„Wie heißt er eigentlich? Hast du ihm endlich einen Namen gegeben?" Er hielt Nummer fünf hoch.

„Ja."

Wieder dieser Blickkontakt, den ich dringend meiden musste, denn mein Herz begann jedes Mal schneller zu schlagen. Ich versank in seinen dunklen Augen und konnte keinen geraden Satz formen.

„Verrat ihn mir bitte."

„Er heißt Lulu."

In diesem Moment hielt die Welt an. Da waren nur wir. Unsere Blicke verschmolzen miteinander und diesmal gab es kein Entkommen. Alles ging den Bach runter. Meine Vorhaben landeten irgendwo im Schnee, vor der Haustür, im dichten Wald zwischen den Tannen, weit weg von mir. Meine mühselig aufgebaute Mauer und mein steiniger Weg waren vergessen.

Bjarne setzte Lulu auf den Boden zu seinen Geschwistern, stand auf und kam zu mir. Dabei hielt er einen angemessenen Abstand. Er warf sich nicht überdramatisch in meine Arme, sondern setzte sich ruhig in den Lesesessel.

Bonny, die Verräterin, folgte ihm.

„Es tut mir unendlich leid, dass ich mich nicht mehr bei dir gemeldet habe. Das musst du mir glauben. Nein, vergiss das. Ich bitte dich darum, dass du mir glaubst. Es ist nicht wirklich zu entschuldigen und ich möchte keine Ausreden finden, deshalb bin ich hier. Ich möchte nur sagen: Es tut mir so leid, Tarja." Sein Gesicht verzog sich so, als würde er sich von innen auf die Wange beißen. Er litt, das war mir klar. Doch es war anders als bei Nils. Er lud seine Schuld nicht bei mir ab. Bjarne gab mir Raum, nahm mich nicht ungewollt ein und übertünchte meinen Schmerz nicht mit seinem. Er nahm sich zurück, weil ich das Opfer war. Er kehrte nichts um, er ließ es einfach so stehen, wie es war.

„Eigentlich wollte ich dich fragen, ob du sein Pate sein möchtest. Ich weiß, Lulu ist ein weiblich gelesener Name, aber das ist egal. Er passt zu ihm. Zu dir und na ja, uns. Das dachte ich zumindest vor zwei Wochen." Hitze stieg mir in die Wangen. Diesmal sah ich jedoch nicht weg. Er sollte sehen, wie es mich berührte. Er sollte verstehen, dass ich ein Mensch mit Emotionen und Grenzen war.

„Möchtest du das denn überhaupt noch?" Seine Stimme klang blechern. Er hielt mir stand, gab nicht auf.

„Ich weiß es nicht", antwortete ich wahrheitsgemäß. Mein Körper war angespannt, das Kraulen von Laylas Bauch eine mechanische Bewegung.

„Für mich wäre es eine Ehre. Aber ein Pate sollte immer für das Patenkind da sein. Dazu gehören nicht nur Geschenke, sondern auch Besuche. Ich bin mir unsicher, ob ich das kann." Mit jedem Wort wurde seine Stimme dünner. Er räusperte sich und streichelte Bonny über den Kopf, ohne mich aus den Augen zu lassen.

Enttäuschung rieselte wie Schnee in mein Bewusstsein. „Dann möchtest du ihn nicht besuchen kommen?" Es war klar, um was es hier eigentlich ging. Wir tanzten um den eigentlichen Konflikt herum. Keiner von uns beiden war bereit für den Seelenstriptease, der unweigerlich auf meinen Wutausbruch und seine Hartnäckigkeit folgen würde.

„Doch, aber ich akzeptiere deine Grenzen. Du musst entscheiden, ob ich hier noch willkommen bin."

„Das bist du, sonst würdest du nicht in meinem Lieblingssessel sitzen. Wenn ich nicht wollen würde, dass du hier bist, hätte ich dich mit dem Gewehr vom Grundstück gejagt." Ich gab mich cool, in der Hoffnung, dass er nicht merkte, wie kurz davor ich war zusammenzubrechen.

„Das glaube ich dir sofort." Da war kein Witz oder Belustigung in seiner Stimme. „Lulu", flüsterte er und sah Nummer fünf an. „Das war der beste Tag meines Lebens, wusstest du das?"

„Hm?"

Ich beobachtete, wie ein Lächeln sich auf seinem Gesicht ausbreitete.

„Die Zeit hier war die Schönste meines Lebens. Am Anfang dachte ich, dass ich in der zugefrorenen Hölle gelandet bin, aber mit jeder Stunde bei dir wurde mir klarer, dass ich es liebe. Die Natur, das Leben mit den Hunden, die familiäre Atmosphäre, sogar die Arbeit. Und dich.“

Eine unfassbare Wärme breitete sich in meiner Brust aus.

„So habe ich bis jetzt nur ein einziges Mal vorher gefühlt. Und es ist katastrophal geendet. Ich kenne das Prozedere also.“ Er lachte, aber es steckte keine Freude drin. „Ich bin super darin, alles zu vermasseln. Aber das ist ok. Es soll auch keine Ausrede sein. Es ist keine Rechtfertigung. Ich habe mich wie ein Arschloch benommen und dazu stehe ich. Nicht in der Art, dass ich darauf stolz bin, sondern ... Du hast recht. Mit allem, was du vermutlich gedacht hast, hast du recht.“ Er schob sanft Bonnys Kopf von seinem Oberschenkel und stand auf. „Ich bin dir dankbar für die gemeinsame Zeit und ich weiß dich sehr zu schätzen. Es war mir wichtig, dass du das weißt. Ich hoffe, all deine Wünsche gehen in Erfüllung. Wenn ich darf, schicke ich dir eine Weihnachtskarte.“

Das Lächeln auf seinem Gesicht brach mich. Ungeweinte Tränen sammelten sich wie ein Wollknäuel in meinem Hals, genau an meiner Kehle.

Bjarne hob die Hand zu einem halbherzigen Winken und ging einen Schritt rückwärts.

„Mit allem, was ich dachte, hatte ich recht?“ Meine Worte kamen gepresst, denn ich würde jede Sekunde von meinen Gefühlen übermannt werden.

„Ja. Ich habe richtig Scheiße gebaut." Die Traurigkeit
machte seine Stimme rau. Kurz hielt er inne, schüttelte
den Kopf und wandte sich dann um.

„Glaub ich nicht. Ich dachte nämlich, du stehst für das
ein, was dir wichtig ist." Es konnte hier nicht enden. Ich
durfte das nicht zulassen. Mit Nils war es anders gewesen. Das zwischen uns hatte nichts mit meiner vorherigen Beziehung zu tun. Die beiden immer wieder miteinander zu vergleichen war unfair. Es war nicht richtig.

Ich sah nur, wie er atmete. Sein ganzer Körper bewegte sich.

„Was soll ich bloß machen?"

Seine Hilflosigkeit war entwaffnend, denn sie war
real. Da war nichts gespielt. Das war keine Manipula-
tion. Kein Machtspielchen, damit ich nachgab, eine
zweite oder vierhundertste Chance zu vergeben.

„Mir erklären, warum du dich nicht gemeldet hast."

Bjarne drehte sich zu mir und zuckte mit den Schultern.

„Weil ich eine Scheißangst hatte. Mich gegenüber anderen zu öffnen, fällt mir unheimlich schwer, aber bei
dir war es einfach. Keine Ahnung warum, aber wir haben diese Verbindung. Sie macht alles leichter. Und
schöner. Und dann wurde es zu schnell, zu schön und
zu viel. Alte Ängste kamen hoch und ich habe mich
nicht gemeldet. Ein Tag war nichts, zwei Tage auch
noch akzeptabel. Und am dritten Tag war mir klar, dass
ich es vermasselt hatte. Nach deinen Nachrichten, auf
die ich nicht geantwortet hatte. Deine Anrufe, die ich
weggedrückt habe." Er legte eine Hand über seine Stirn
und Augen.

Ich musste schlucken. Es tat noch immer so verdammt weh. Zwei Wochen lang hatte ich mich wie der dümmste Mensch der Welt gefühlt. Zwischen Zweifeln, ob ich aus einer Mücke einen Elefanten machte und der Angst, nicht genug zu sein, war irgendwann die Erkenntnis durchgerieselt, dass er sich nie wieder melden würde. Dass es vorbei war.

„Ich war noch nicht bereit, meine Geschichte mit dir zu teilen. Ohne diese hättest du mich aber nicht verstanden und deshalb habe ich mich nicht gemeldet. Ich bin ein Verdränger, Tarja. Persönliche, unangenehme Dinge schiebe ich in eine Kiste und stelle sie mir unter mein gedankliches Bett."

Er nahm die Hand runter. Tränen liefen ihm über die kantigen Gesichtszüge.

Das hier war der Moment. Meine Entscheidung. Ich war eine freie Frau und konnte tun, was ich wollte. Konnte vergeben oder nicht. Und kurz war da der Gedanke, dass ich in diesem Leben schon genug zweite Chancen zugestanden hatte. Doch bekam ich nicht gerade auch eine zweite? Hatte ich nicht noch vor einer halben Stunde eine in Form eines Schecks angenommen?

Ich stand auf, ging auf ihn zu und legte meine Arme um ihn.

„Mir geht es doch genauso. Ich habe auch Angst. Alles, was sonst so schwer war, ging mit dir wie von selbst. Du hast meine Grenzen akzeptiert, wie kommst du dann auf die Idee, dass ich es nicht bei dir auch tun würde? Ich habe auch unendlich viele Kisten, Bjarne."

Er legte sein Kinn auf meinem Kopf ab. „Sollen wir unsere Kisten gemeinsam öffnen?"

Meine Entscheidung.
„Wir können es probieren.“

# Kapitel 27

„Gib mal Gas!"

Bjarne wandte sich zu mir und runzelte die Stirn.

„Ich arbeite hier umsonst, da kannst du mich nicht herumkommandieren!"

„Wenn es jemand kann, dann Tarja", rief Lemmy vom Futterschuppen aus.

„Du brauchst halt unfassbar lang, um dein Gespann in die Zwinger zu bringen. So verlieren wir kostbare Zeit!" In meinem Tadel steckte Wahrheit, er war jedoch nicht vollkommen ernst gemeint.

„Ich dachte, wir sind für heute durch. Vier Ausfahrten, das war unser Tagessoll, oder nicht?" Bjarne sah zu mir, dann zum Futterschuppen, aus dessen Tür Lemmy neugierig seinen Kopf steckte.

„Schon. Aber ich könnte noch-"

„Nein!", riefen beide Männer wie aus einem Mund.

Sofort nahm ich eine Abwehrhaltung ein. Wie ein Reflex meldeten sich Frustration und Wut, wenn ich dieses kleine Wort von einem Mann hörte, dabei hatten es die beiden sicherlich nicht abwertend gemeint. Meine Einstellung gefiel mir nicht. Würde sich diese Blockade irgendwann wieder abbauen? Zumindest ein wenig normalisieren, damit es nicht immer Tarja gegen den Rest der Welt war? Tarja gegen die Männer?

„Wir sollten dringend etwas essen", schlug Lemmy vor, der mit einem Eimer voller Wurst zu den Zwingern lief und die einzelnen Scheiben und groben Stücke durch die Gitter in die hungrigen Mäuler schob.

„Klar, dass das deine Priorität Nummer eins ist." Ich musste schmunzeln, denn Lemmy hatte immer Hunger und wurde nicht müde, jeden über sein aktuelles Hungergefühl zu informieren.

„Also ich könnte auch ein paar Bissen gebrauchen", murmelte Bjarne und begann, Lemmy beim Verteilen zu helfen.

Es hatte sich so viel geändert. In den letzten Tagen hatte Bjarne den Tagesablauf der Farm übernommen und war zusammen mit Lemmy und mir jeden Tag rausgefahren, hatte gearbeitet und mit uns die Zeit verbracht, als wäre er Teil von *Running Wolves*. Sein restlicher Jahresurlaub war dafür draufgegangen, hier bei mir zu sein. Anfangs hatte ich befürchtet, dass er das nur tat, um seine Reue zu zeigen oder mich zufrieden zu stellen. Doch je mehr Zeit er draußen im Eis und in der Schneelandschaft verbrachte, desto mehr fiel mir auf, dass er es liebte. Der Städter blühte auf. Er hatte den Spaß seines Lebens. Echte Freude zeichnete sich auf seinem Gesicht ab, wenn wir durch den weißen Wald düsten, abends am Kamin saßen, frischen Milchreis aßen, einen Weihnachtsfilm schauten oder einfach über Gott und die Welt sprachen.

„Ok, ok. Ich gebe auf." Ich hob die Hände, doch die beiden sahen es nicht, weil sie sich auf die Fütterung konzentrierten. Ungläubig beobachtete ich, wie nicht nur Lemmy, sondern auch Bjarne beherzt in den Eimer griff. Auf eine ungewohnte Art berührte es mich, dass er für das Wohl der Hunde seine Aversion und anfänglichen Ekel beiseiteschob. Besonders viel bedeutete es mir, dass das alles von ihm ausging. Ich hatte weder von ihm verlangt zu bleiben noch sich auf der Farm einzubringen.

„Die zwei Prinzesschen haben ein Loch im Magen, so so", schob ich hinterher, um sie zu necken. Da ich mein Gespann bereits abgeleint und zu den Hütten gebracht hatte und auch mein Schlitten bereits verstaut war, machte ich mich auf den Weg zum Wohnhaus.

Etwas traf mich an der Schulter. Der Aufprall wurde durch die dicken Stoffschichten gebremst, doch es erschrak mich so, dass ich das Gleichgewicht verlor. Ich rutschte über das Eis und fiel in einen kleinen Schneeberg, den ich heute Morgen mit dem Schneeschieber aufgetürmt hatte.

„Oje, das tut mir leid!"

Kälte und Feuchtigkeit krochen unter meine Skijacke, durch meinen Schal und in die Enden meiner Handschuhe. Direkt im Schnee zu liegen war ein anderes Level von Kälte.

„Sorry, das wollte ich nicht!" Bjarnes Gesicht erschien über mir.

„Was war das?"

„Ein Schneeball ..." Er verzog das Gesicht. „Du hast uns wieder Prinzesschen genannt und deshalb-"

„Deshalb hast du mich mit einer Packung Schnee beworfen?" Ich ließ meine Stimme lauter werden. Anklagender, damit er ein richtig schlechtes Gewissen bekam.

„Es tut mir doch leid. Ich wusste ja nicht, dass du ausrutschst. Hast du dir wehgetan?“ Während er mein Gesicht betrachtete, beugte er sich zu mir herunter.

„Ja, hier“, nuschelte ich und zeigte auf mein Kinn. Um besonders traurig zu wirken, verzog ich meine Lippen.

„Ernsthaft?“

„Ich habe Schmerzen, Bjarne“, log ich. Mir ein Lachen zu verkneifen, war gar nicht so einfach.

Kurz sah er wirklich besorgt aus, doch dann erkannte er wohl die List in meinen Augen.

„Oje, das ist ja furchtbar!“, rief er gespielt theatralisch und sank auf die Knie neben mir. „Wie kann ich dir helfen?“

„Hm, manchmal hilft es ja, wenn man die schmerzende Stelle küsst“, flüsterte ich.

Die Chemie zwischen uns veränderte sich sofort. Seit Bjarne zurückgekehrt war, hatten wir uns nicht mehr so angenähert wie vor unserem Streit. Nicht, weil wir das nicht wollten. Oft genug hatten wir zu zweit auf der Couch gelegen, mein Kopf auf seiner Brust, seine Hand an meiner Hüfte. Aber wir hatten beide Zeit gebraucht. Gegenseitiges Vertrauen aufzubauen war keine einfache Sache. Er musste lernen, dass ich ihn nicht wie seine Ex-Freundin, von der er mir endlich erzählt hatte, betrügen und verlassen würde. Ich musste verstehen, dass er nicht einfach ging und sich dann nicht mehr bei mir melden würde. Egal, wie oft man es sich gegenseitig versprach, unsere Körper mussten es fühlen. Unsere Herzen mussten es verstehen. Das ging nicht von heute auf morgen. Doch hier, im Schnee, wenn sein Gesicht so nah an meinem war, fühlte es sich richtig an.

Bjarne beugte sich noch näher zu mir. Sein Atem taute meine Haut auf. Er roch genau, wie ich es erwartet hatte: nach Lagerfeuer, Wald und tatsächlich ein wenig nach meinem Zuhause. Er hatte meinen Geruch angenommen. Ich blinzelte, um jedes Detail seines Gesichtes wahrzunehmen. Als sich seine Lippen auf meine legten, schloss ich jedoch die Augen und genoss das Gefühl von Wärme und Liebe in meinem Körper. Das war nicht das erste Mal in den letzten Tagen, dass ich an dieses Wort dachte. Liebe.

Und dann hatte ich das Bedürfnis, diesen Moment loszulassen. Nicht, weil er nicht perfekt war, sondern weil er perfekt bleiben sollte. Ich wollte ihn nicht wieder mit Zweifeln und Sorgen vergiften.

Ich grub meine rechte Hand in den Schnee, formte einen kleinen Ball und genau in dem Moment, in dem Bjarne seine Lippen von meinen löste, presste ich die eisige Masse auf seine Wollmütze.

„Hey!" Er schüttelte den Kopf und ein paar Flocken rieselten auf seine dunklen Locken. Es sollte verboten werden, so schön wie er zu sein.

„Prinzesschen!" Ich rollte ihn von mir, was mich sehr viel Kraft kostete, und startete nicht so flink, wie ich es gerne gehabt hätte.

„Sag das noch mal!", forderte er mich auf und rannte mir hinterher.

Wir liefen über die halbe Farm und mit jedem Schritt kam er mir näher. Als er mich fast erwischte, kreischte ich laut auf.

„Hilfe!" Ich sah mich um, doch Lemmy war nirgends zu sehen. Wahrscheinlich hatte er uns ein wenig Privatsphäre lassen wollen.

Die Hunde begannen zu bellen, schließlich rannten wir an ihren Zwingern vorbei und veranstalteten eine Jagd. Das brachte den Lärmpegel so hoch, dass Bjarne einfach stehen blieb und sich die Ohren zuhielt. Ich war das Gejaule gewohnt, deshalb konnte ich weiterlaufen und ihm entkommen. Es war unfassbar anstrengend, durch den Schnee zu rennen und trotzdem fühlte ich mich leichter. Freier.

Als ich hinter mich blickte, sah ich Bjarne wieder aufholen. Er rief mir etwas zu, das ich durch das Gebell nicht verstand. Noch immer presste er seine Hände auf die Ohren.

Erneut griff ich in den Schnee, formte mit meinen über die Jahre perfektionierten Fähigkeiten einen runden, makellosen Ball und warf ihn auf Bjarne.

Dieser duckte sich im allerletzten Moment weg. „Dein Wurf ist nicht so schlecht." Seine Stimme kämpfte sich durch das Hundegebell.

„Nicht so schlecht für eine Frau?" Mein nächster Versuch traf ihn direkt auf der Brust.

„Das habe ich nicht gesagt!"

„Aber gemeint!" Dieses Mal war ich diejenige, die ausweichen musste. Er hatte deutlich mehr Kraft, seine Würfe schmetterten richtig. Dafür hatte er kein gutes Empfinden fürs Zielen. Könnte man unsere Fähigkeiten miteinander kombinieren, hätten wir in eine Schneeballschlacht, wie sie die Kinder in Lumijärvi oft veranstalteten, ziehen können.

Mein nächster Wurf traf ihn am Oberschenkel. Auch wenn meine Hände unter dieser eisigen Belastung litten, machte es großen Spaß.

„Ok, ich ergebe mich. Du hast gewonnen!"

Ich zog eine Augenbraue in die Höhe. „Wie kann ich wissen, dass du keinen hinterhältigen Angriff startest?"

Einen Moment sah er mich an, als lägen keine fünfzehn Meter zwischen uns. Trotz der Distanz waren wir uns nah. „Du wirst mir wohl vertrauen müssen."

„Das tue ich." Die Schnelligkeit, mit der diese drei Worte aus meinem Mund kamen, überraschten nicht nur Bjarne. Ich zeigte das Peace-Zeichen, ging langsam auf ihn zu. Er tat es mir gleich. In der Mitte, genau vor den Zwingern, trafen wir uns.

„Ist das die Wahrheit?" Seine Stirn war gerunzelt, sein Blick ernst.

Ich mochte diese einfühlsame, sensible Seite an ihm. Für ihn war es selbstverständlich, sich abzusichern, nachzufragen, wie ich mich bei gewissen Dingen und nächsten Schritten fühlte und was ich dachte. Niemals hatte ich mich so auf Augenhöhe mit einem potenziellen Partner gefühlt. Konnten wir das „potenziell" streichen? Mein Bauchgefühl sagte mir, dass es bald so weit war. Es passierte wirklich. Und es fühlte sich richtig an.

„Leider habe ich diesbezüglich Wunden, die nicht so leicht zu heilen sind. Aber ich versuche es wirklich, das kannst du mir glauben."

Bjarne nahm meine Hände in seine. Als würden die Hunde ebenfalls zuhören wollen, sank mit jeder herabschneienden Flocke der Lärmpegel auf der Farm.

„Diese Wunden ... haben die mit deinem Ex-Freund zu tun?"

Die Korrektur lag mir auf den Lippen. Ex-Freund war nicht die richtige Bezeichnung, doch dieses Fass wollte ich nicht zusätzlich öffnen. Ein Schritt nach dem anderen.

„Ja, es war keine gute Beziehung. Es war … Er war …“ Mir fehlten die Worte. Ja, wie war es gewesen? Angsteinflößend, kleinhaltend, verunsichernd, grausam?

„Du musst mir davon nicht berichten. Du schuldest mir keine Erklärungen. Aber wenn du möchtest-“

„Ich war nicht glücklich. Die meiste Zeit hat er dafür gesorgt, dass es mir schlecht ging. Und das sage ich nicht, um die Verantwortung von mir zu schieben. Es ist eine Tatsache. Es fing mit kleinen Dingen an und war wie ein Strudel, der uns beide immer tiefer hineinriss. Wie zwei Ertrinkende. Der Unterschied war nur, dass er eine Sauerstoffflasche mithatte. Und mir davon nie etwas abgab. Er akzeptierte es, dass ich durch sein Verhalten langsam vor seinen Augen starb.“

„Es tut mir leid, dass du das erlebt hast.“ Bjarne ließ seine Daumen auf meinen Handinnenflächen kreisen.

Diese kleine Berührung gab mir die Sicherheit weiterzusprechen. Er würde mir nicht das Wort abschneiden oder mir sagen, dass ich Schuld hatte. Ich war mir sicher, dass er mir geduldig zuhören würde.

„Wenn du eine toxische Beziehung führst“, begann ich und schluckte, denn diese Worte hatte ich bisher nur vor Airin in den Mund genommen, „dann wirst du selbst irgendwann toxisch. Auch du bist kein netter Mensch mehr. Alles ist farblos, nichts macht mehr Freude. Du hast durch die Besitzansprüche, die falschen Versprechen und Bevormundungen keine Nerven mehr für den Alltag übrig. Wenn du immer gesagt bekommst, dass du schuld bist, dann glaubst du das irgendwann. Jeder Tag war ein Wettrennen und ein Versteckspiel gleichzeitig. Ich wusste nie, was auf mich zukam. Er hat mein Leben genommen und alles darin zerstört, was mir wichtig war. Meine Beziehung zu meiner Mutter, zu meinen Tieren, meine Freundschaften, meinen Ruf im Dorf und unsere Farm. Und alles war meine Schuld. Ich war der Fehler, nicht er. Er hat mir jeden Tag gesagt, dass ich ein Montagsprodukt bin. Dass etwas mit mir nicht stimmt. Und dass ich froh sein soll, dass zumindest er mich will. Und wenn es so schlimm war, dass ich es nicht mehr aushalten konnte, dann hat er mir für eine kurze Zeit die Sterne vom Himmel geholt. Irgendeine Scheiße ist dann passiert und alles fing wieder von vorne an. Er wurde immer lauter und ich immer leiser."

Bjarne sah mich nur an. Er sagte kein Wort, aber das war nicht nötig. Er gab mir Raum. Für meine Worte, für meine Trauer und für die Wunden, die noch immer auf meinem Herzen glühten. Das würden sie noch lange, hatte meine Therapeutin mir erklärt. Aber es war wichtig, über das Thema, über Nils, zu sprechen. Nicht weiter leise, sondern laut zu sein.

„Ich habe mich selbst verloren und werde das nie wieder zulassen. Deshalb muss ich es ein einziges Mal sagen: Ich lasse das nicht mehr mit mir machen. Das ist keine Drohung, das ist nur …"

„Deine Grenze", vervollständigte er meinen Satz und nickte. „Tarja, du bist eine unfassbar starke, einfühlsame und intelligente Frau. Jede Grenze, die du aufzeigst, respektiere ich."

„Das beruht auf Gegenseitigkeit", versprach ich ihm und überbrückte die letzte Distanz zwischen uns. Wir standen so dicht beieinander, dass ich mich gegen ihn lehnen konnte.

„Er ist für immer aus deinem Leben geschieden?"

„Ja, ist er."

„Gut."

Ich schloss die Augen und merkte erst dabei, dass ich weinte. Mit den eisigen Handschuhen wischte ich über mein Gesicht.

„Was dir passiert ist, macht mich sehr traurig. Auch ich habe viel Mist erlebt, aber das ist unschlagbar." Seine Stimme klang dunkler als sonst.

„Wir vergleichen hier doch keine Traumata. Du kannst offen reden." Kurz löste ich mich von ihm, um in seine Augen zu sehen. In ihnen sah ich ein ganzes Universum aus Geschichten, die ich noch nicht kannte und unbedingt erfahren wollte.

„Meine Ex-Freundin hat mir auch Vorwürfe gemacht. Sie hat mich zweimal betrogen. Und sie hat mir die Schuld daran gegeben. Natürlich hat sie mit dem Fremdgehen alles kaputtgemacht, aber ich habe sie wirklich geliebt. Ich dachte, wir kriegen das irgendwie trotzdem hin. Das Vertrauen war weg. Das hat sie wohl gemerkt und wurde deshalb immer jähzorniger. Sie hat mich einmal, nachdem ich sie mit einem anderem in unserem Bett, in unserer Wohnung erwischt habe, angeschrien, dass sie das nur mache, weil ich ihr nicht reichen würde. Es ist schwierig zu sagen, aber du hast recht. Sowas macht etwas mit dir – und das nicht auf die gute Art und Weise. Ich habe mich minderwertig gefühlt. Sie hat immer in dieselbe Kerbe geschlagen, weil sie wusste, dass es mich brechen würde. Und dann, eines Tages, ohne wirklichen Grund, habe ich eingesehen, dass ich das nicht mehr kann. Dass ich so nicht mehr leben will. Als ich sie aus der Wohnung geschmissen habe, hat sie mich geschlagen. Und ich war fast dankbar dafür, denn so war das Bild unserer Beziehung endgültig zerstört." Er machte eine Pause und holte Luft. Sein Blick galt nicht mir, sondern dem Wald hinter dem Gästehaus. Der Straße, die nach Lumijärvi führte und dem Mond, der von den vielen schneegefüllten Wolken verdeckt wurde.

Auch ich gab ihm Raum. Teilte diesen Moment der Erinnerung mit ihm und war dankbar, dass er offen sprach. Es zerriss mir zwar mit jeder Silbe das Herz, doch es war meine Aufgabe, das zu ertragen. Er hatte es für mich auch getan.

„Bis jetzt in diesem Moment merke ich die Nachwehen. Ich kann nicht gut vertrauen. Ich habe Angst, das noch mal zu erleben. Und manchmal kommen diese Minderwertigkeitsgefühle zurück."

Ich nickte und diesmal nahm ich seine Hände. „Ich verstehe das." Mehr Worte waren nicht notwendig, das wusste ich aus Erfahrung.

Bjarne legte seine Arme um mich und zog mich an seinen warmen Körper. Die Erinnerungen, Emotionen und der herabfallende Schnee ließen mich frösteln. Eine Weile standen wir einfach eng umschlungen da. Ich hörte, wie sein Herz schlug. Erst schnell, dann langsam und im selben Takt wie mein eigenes. Unsere Herzen passten sich aneinander an. Sie wurden eine Einheit.

„Was nun?"

Ich wollte ihn nicht loslassen. Wenn mir nicht so kalt wäre, hätte ich den ganzen Abend in seinen Armen verbracht.

„Wie wäre es mit ABBA?"

Er sah mich an, als wäre ich nicht ganz bei Sinnen. „ABBA?"

„Die Band ABBA?"

„Ja, ist schon klar. Aber was meinst du damit?"

„Ich sag jetzt nicht „Vertrau mir"... aber komm einfach mit!" Behutsam löste ich mich von ihm und die verschwindende Wärme seines großen Körpers ließ mich zittern.

„Lass uns reingehen, du erfrierst ja noch! Ich dachte, ihr Lappländerinnen seid hart im Nehmen."

Ich stieß ihm in die Seite, schüttelte den Kopf und schlug den Weg zum Haus ein.

# Kapitel 28

„Everybody screamed, when I kissed the teacher" ertönte das allseits bekannte Intro im Wohnzimmer. Der Schallplattenspieler drehte sich und die Klänge von ABBA erfüllten den Raum. Es war ein merkwürdiges Gefühl, Musik aufzulegen, die ich sonst nur mit meiner Mutter gehört hatte.

„Und jetzt?"

„Wir tanzen ..." Stück für Stück verließ mich mein Mut. Die letzten Platten meiner Mutter hatte ich nicht verkauft, sondern behalten. Es war immer unser Ding gewesen, sie abends aufzulegen und wild dazu zu tanzen. Egal, wie der Tag gewesen war, wir hatten getanzt. Nach dem Tod meiner Mutter hatte ich lange nicht mehr getanzt. Die damit verbundenen Erinnerungen waren zu schmerzhaft gewesen. Doch meine Therapeutin hatte mir nahegelegt, wieder damit zu beginnen. Für meine Mutter. Und für mich. Als Verbindung, um ihr wieder nahe zu sein. Die Verzweiflungstanzpartys hatte ich vorerst nur allein veranstaltet, doch seit einigen Wochen teilte ich dieses Ritual zur Aufmunterung mit Airin und Lemmy. Meine Therapeutin hatte mir zusätzlich die Vorteile von gemeinsamem Tanz und freier Bewegung vorgebetet, bis ich es eines Abends, an dem ich besonders in meinen Grübeleien drohte zu versinken und es nicht ertrug, allein zu sein, ausprobiert hatte. Und es stimmte. Sich zu der Musik zu drehen, einfach für ein paar Minuten den Kopf auszuschalten und sich frei zu fühlen, war schon eine Wohltat. Aber mit Menschen, die man liebte, es wieder zu teilen, war Heilung.

Doch als ich jetzt Bjarnes gerunzelte Stirn und sein unsicheres Lächeln sah, kam ich mir mit meiner Tanzparty albern vor. Trotzdem zog die Musik an mir. Sie klang verführerisch nach einem Moment Seelenheil.

„Vielleicht war das eine dumme Idee …", ruderte ich zurück und sah zu Boden.

„Oh, heute wieder Tanzparty?" Lemmy schlenderte passend zum Takt ins Wohnzimmer und kreiste so affig mit den Hüften, dass ich lachen musste.

„Ich weiß nicht", nuschelte ich.

„Hey, Airin, Verzweiflungstanzparty!", rief Lemmy. Er hatte diesen Begriff eingeführt. Ich hätte es gerne nur „Tanzparty" genannt, doch meinen Freunden war aufgefallen, dass ich immer besonders viel tanzte, wenn ich verzweifelt war. Und da Verzweiflung in den letzten Monaten mein dritter Vorname gewesen war, stand es nun fest. Der Begriff war fix und ich hatte mich dran gewöhnt.

Obwohl es bei der Geräuschkulisse des Schallplattenspielers, dem Fiepen der Welpen und dem Blubbern in der Küche unmöglich erschien, betrat Airin ebenfalls das Wohnzimmer und wiegte sich in dem Takt.

„Da bin ich doch dabei! ABBA ist immer eine gute Idee."

„Dreh mal auf", meinte Lemmy, doch ich schüttelte den Kopf.

„Das geht wegen der Kleinen nicht." Ich deutete auf die Wurfbox, in der Layla schlief und ihre Babys um sie herumwuselten.

Airin warf sich den Schal schwungvoll über die Schulter und wippte von rechts nach links. Sie verströmte so den Duft von Gewürznelke, Anis und Kardamom. Die Weihnachtsbäckerei lief auf Hochtouren. Ihre Bewegungen wurden immer größer und weiter. Sie schloss die Augen und sang schief mit.

Lemmy kanalisierte seinen inneren Elvis. Er kreiste weiter mit den Hüften, spielte Luftkeyboard und strich sich die Haare aus dem Gesicht. Er fühlte es total.

Und diese Energien übertrugen sich auf mich.

Ich versuchte, den Fakt zu ignorieren, dass Bjarne mit im Raum war. Dass er mich beim Tanzen beobachten konnte. Von anderen bewertet zu werden bereitete mir oft Bauchschmerzen, schließlich hatte Nils mich jeden Tag bewertet und verurteilt. Doch Bjarne war nicht Nils. Das musste ich mir immer wieder vor Augen halten. Und deshalb würde er mich nicht bewerten. Er würde sich für mich freuen, wenn ich einen guten Moment hatte und meine Sorgen beiseiteschieben konnte.

Ich schloss die Augen und ließ mich gehen. Schwang mit der Musik, dem einzigartigen Gesang und den Beats, die ich schon seit meiner Kindheit kannte. „Arrival" von ABBA zählte zu den Lieblingsplatten meiner Mutter.

Eine warme Hand schloss sich um meine kalte.

Ich öffnete die Augen und sah in Lemmys Gesicht, der über das ganze Gesicht strahlte. Wir begannen mit einem wilden, unkoordinierten Paartanz, der mich so sehr zum Lachen brachte, dass ich eine Pause brauchte.

Das Lied wechselte und „Dancing Queen" plärrte uns entgegen.

Lemmy wollte mich weiterziehen, doch ich winkte ab. Er zuckte mit den Schultern, schnappte sich Airin und wirbelte sie umher. Sie waren ein einziger Kontrast. Lemmy kindisch und unelegant auf reinen Spaß aus und Airin mit ihrer verträumten, ernsthaften Art. Trotzdem hatten sie eine riesige Freude und steckten mich damit weiter an.

Ich liebte diese alte, nun neue Tradition sehr. Ein paar Lieder lang in einer eigenen Welt sein. Einfach die Käseglocke drüber setzen und genießen.

Mein Blick wanderte zu Bjarne, der so sehr grinste, dass ich seine Zähne sehen konnte. Er beobachtete meine Freunde, wippte mit dem Fuß zum Beat und wurde immer mehr Teil unserer Welt.

Mein Herz pochte stark in meiner Brust. Ich wollte, dass er verstand, um was es hier für mich ging. Vielleicht würde er auch seinen Schmerz für eine kurze Weile vergessen.

Deshalb kratzte ich meinen Mut zusammen, vertraute darauf, dass er mich nicht bloßstellen würde, und trat näher an ihn.

„Würdest du mit mir tanzen?" Meine Stimme war atemlos. Der Schweiß stand mir auf der Stirn, denn der Kamin heizte den Raum auf, damit die Welpen es schön warm hatten, und meine Tanzwut brachte mein Blut in Wallung.

Bjarne sah mich einen Augenblick an. In diesem hätte ich meine Frage am liebsten zurückgenommen. Doch er enttäuschte mich nicht.

„Nichts lieber als das." Er legte seine Hand auf meine Hüfte, schob mich sanft in die Mitte des Raumes und zog mich an sich. Schnell wurde mir klar, dass er nicht der Tänzertyp war. Vom Profi war ich auch weit entfernt, aber ein gewisses Taktgefühl rechnete ich mir an. Bei Bjarne war das nicht der Fall. Wahrscheinlich hatte er deshalb so gezögert. Doch er verließ seine Komfortzone – für mich.

Damit er sich nicht völlig unwohl fühlte, überkompensierte ich. Mit vollem Elan machte ich mich den Rest des Liedes zum Vollhorst. Jeder Lacher, jedes amüsierte Kopfschütteln stachelten mich weiter auf. Von klassischen Posen wie der Taucherin, dem Heckenschneider und dem Lassowerfer bis hin zu fragwürdigen Shakira-Imitationen lieferte ich alles ab. Lemmy eiferte mir nach, sodass Airin irgendwann kopfschüttelnd, aber lächelnd das Wohnzimmer verließ. Wir headbangten, wir stießen mit den Hüften gegeneinander und genossen, dass Bjarne aus dem Lachen nicht mehr herauskam.

Unsere manische Phase endete abrupt, als ein ruhiger Song begann – „My love, my life".

„Ich brauche Wasser", verkündete Lemmy und klopfte mir auf die Schulter. Mit Bjarne klatschte er sich ab, dann verschwand er ebenfalls in der Küche.

Meine Power war versiegt. Wie nach einem Rausch sah ich mich um und überlegte, wie ich mit dem langsameren Takt umgehen sollte.

Doch Bjarne nahm mir diese Entscheidung ab. Er legte von hinten seine Arme um mich und wir wiegten uns zu den sanften Klängen. Ihn so nah bei mir zu haben war eine Art Nachhausekommen. Obwohl ich die ganze Zeit zu Hause war, fühlte ich mich bei Bjarne noch heimischer. Noch ein Stück willkommener. Noch ein wenig wohler und geerdeter. Im Gegensatz zu ihm war ich so klein, dass er sein Kinn auf meiner Schulter ablegen konnte. Ich lehnte meinen Kopf gegen seinen. Nahm seinen Geruch wahr, seine Wärme und seinen Atem an meinem Ohr.

„Danke, dass du das mit mir teilst", raunte er.

Ich schmiegte mich an ihn, versuchte so viel Körperkontakt wie möglich herzustellen.

„Auch wenn ich Gefahr gelaufen bin, dass du mich für völlig verrückt hältst ... Ich hoffe, dass du einen Moment deine Vergangenheit vergessen konntest."

„Ja, tatsächlich. Also das mit dem Vergessen, nicht das mit der Verrücktheit. Obwohl, ich mag es, wenn du dich öffnest und mir alle Seiten an dir zeigst."

Es klang unanständig, obwohl es sicherlich nicht so gemeint war. Oder doch?

„Wie kann es überhaupt sein, dass du mich magst? Dass ich dich mag? Dass wir ..."

„Dass wir?"

Ich löste mich von ihm und wandte mich ihm wieder zu. Die Dunkelheit seiner Augen brauchte ich. Es war wichtig, dass ich sehen konnte, was er fühlte. Ob er dasselbe fühlte wie ich.

„Dass wir was?"

„Tarja, ich bin bereit, dich zu lieben."

„Ich liebe dich."

Sein Gesicht kam näher und seine Lippen schmeckten von dem Met, den wir getrunken hatten, süß und würzig. Ich streckte mich ihm entgegen, legte meine Arme in seinen Nacken und zog ihn zu mir. In mir brannte es. Ich wollte ihn. Lange genug hatte ich gewartet. Hatte mir keine Leidenschaft und keine Liebe zugestanden, doch damit war jetzt Schluss. Das, was wir miteinander hatten, war echt und ehrlich. Wunderschön und sicher. Sein Körper fühlte sich warm und einladend an. Das in der Jurte reichte mir nicht. Ich wollte mehr von ihm.

„Ich will dich", sprach er meinen Gedanken aus.

Diese drei Worte heizten die Sehnsucht in mir an. Dass er mich wollte, weil ich so war, wie ich war, machte mich wahnsinnig – auf die bestmögliche Art.

„Ist das ok? Bist du ... Willst du es auch?" Er räumte mir Platz ein, sowohl gedanklich als auch körperlich.

Das ließ ich nicht zu. Ich überbrückte diese Distanz wieder und küsste ihn. Diesmal übernahm ich die Kontrolle. Ich drückte meine Lippen auf seine, leckte über sie und steckte all meine Gefühle in den Kuss. Als ich es beendete, war ich atemlos.

„Das war ein Ja, falls das nicht deutlich geworden ist", hauchte ich.

Bjarne lachte auf. „Das ist durchaus erkennbar gewesen!"

„Knowing me, knowing you", wiederholte ich den aktuellen Songtext flüsternd und nahm seine Hand. Ich zog ihn mit mir, die Treppe hinauf, durch den Flur. Wir achteten darauf, wenig Lärm zu machen.

In meinem Zimmer war es kalt, sodass ich schauderte. Ich drehte die Heizung auf und blickte dann zu Bjarne, der auf einmal unsicher an der Tür stand. Sofort waren da meine alten Ängste. Was, wenn er mich doch nicht wollte? Wenn er mich unattraktiv, hässlich, zu dick fand? Und wieder, aus eigener Kraft, löste ich mich von diesen gemeinen Stimmen, die aus dem hintersten Teil meines Kopfes flüsterten. Ich zog meinen Pullover über meinen Kopf, griff das Top direkt mit und warf beides zu Boden. Mir war klar, dass er mich beobachtete. Ich wollte es so. Mit einer Hand löste ich die Häkchen meines BHs und er sprang auf. Während ich Bjarne ansah, ließ ich ihn zu Boden fallen. Für einen Moment stand ich nur da. Wartete, was als Nächstes geschah. Versuchte zu mir, zu meinem Körper und allem, was ich darstellte, zu stehen. Ich war ich. Nur ich.

Als ich mir auf die Lippe biss, war Bjarne sofort bei mir. Unsere wilden Küsse wurden nur davon unterbrochen, dass er sich den Pullover über den Kopf riss, sich seines T-Shirts entledigte und dann mich berührte. Meine Brust an seinem harten Bauch. Seine Hände überall.

Er hauchte eine Spur Küsse von meinem Mund, meinem Kinn, an meinem Hals entlang zu meinem Schlüsselbein, meiner Schulter, meinem Arm hinab. Ich stöhnte, drückte mich an ihn und genoss unsere Sphäre, in der nur wir zwei schwebten. Am ganzen Körper hatte ich Gänsehaut. Er küsste meinen Arm hinab zu meiner Hand, dann nahm er zwei meiner Finger in den Mund. Es machte mich wahnsinnig, was er andeutete. Seine Zunge zu spüren. Seinen warmen Mund.

Ich war ungeduldig, denn die Leidenschaft war wie ein Waldbrand in mir. Und der musste gelöscht werden. Jetzt sofort. Ich griff seine Handgelenke und legte seine Hände auf meine Brüste. Er massierte sie und ich stöhnte. Ich entzog ihm meine Finger und ersetzte sie mit meinem Mund und meiner Zunge. Ein Schauder krabbelte über meine Haut.

„Du bist eiskalt", raunte er an meinen Lippen.

„Meinst du nicht eher heiß?" Ich lachte in seinen geöffneten Mund.

„Im Ernst, du frierst doch!"

„Egal." Ich wollte ihn auf mir, unter mir, einfach in mir. Doch meine Lippen bebten und Bjarne brach ab. Er schüttelte den Kopf.

„Warum ist es hier so verflucht kalt?"

„Das ist Lappland!" Frustration ergriff Besitz von mir. Endlich fühlte ich mich bereit dazu und jetzt sollte es nicht geschehen, weil es zu kalt war. Das war selten, aber nun verfluchte ich Lappland.

„Ich habe eine Idee." Er bückte sich, drückte mir meinen Pullover entgegen und marschierte vor.

Für einen Moment war ich verwirrt. War das ein Korb? Was passierte hier bloß? Widerwillig zog ich meinen Strickpulli über und schlich ihm nach. Er war verschwunden. Im Flur war keine Spur von ihm zu erkennen. Das Licht einzuschalten war keine Option, denn ich wollte diese reale Helligkeit nicht. Es gefiel mir, wenn das Licht schummrig war und genug Platz für Fantasie ließ.

„Bjarne?"

Die Badezimmertür rechts von mir öffnete sich einen Spalt. Seine Hand umgriff meinen Arm und er zog mich in den Raum.

Die Lampe über dem Spiegel am Waschbecken war eingeschaltet, die anderen nicht. So entstand ein warmes, sanftes Licht im Badezimmer.

„Was machen wir hier?"

„Duschen." Er schloss hinter mir ab, umschlang mich mit seinen Armen und zog in einem Schwung meinen Pullover von mir.

Das war der Startschluss. Wir fielen übereinander her. Er küsste meine Lippen, knabberte an meinem Ohrläppchen, leckte über meine Brustwarzen. Ich schob ihn währenddessen in die Dusche.

„Was machst du mit mir?", raunte er, als er auf die Knie sank und meine Jeans öffnete.

„Du machst mich wahnsinnig", wimmerte ich. Mit den Fingern fuhr ich durch seine weichen Locken, die Kante seines Kinns entlang. Ich befreite umständlich meine Beine aus der Hose.

Er sah nach oben und lächelte. „Ist dir noch kalt?"

„Gleich nicht mehr", hauchte ich und drückte den Hebel hinter ihm nach unten.

Warmes Wasser prasselte auf uns. Auf Bjarne, der noch immer in Jeans vor mir kniete und mir half, aus meinem Höschen zu steigen. Auf unsere Gesichter, Hände und Münder, die sich suchten und fanden. Ich fummelte an seiner Hose herum, bekam es jedoch nicht hin. Er übernahm das. Mit angehaltenem Atem beobachtete ich, wie er sich vor mir auszog. Er war perfekt. Es gab nichts, was nicht richtig war. Wir. Der Augenblick. Die Gefühle, die wir füreinander empfanden.

Der Raum heizte sich auf. Die Glasscheibe der Dusche, die Fenster und der Spiegel beschlugen. Kleine Tröpfchen bedeckten die Duschwand, gegen die Bjarne mich drückte. Ich erschauerte, als sich die Fliesen kalt an meine Haut drückten. Wasser tropfte von seinen Locken auf meine Brüste. Seine Erektion drückte gegen meinen Bauch. Ich legte meine Hand auf ihn und begann zu reiben. Sein Kopf war in seinen Nacken gelegt und er stöhnte, dann sah er mich an. Stellte eine unausgesprochene Frage.

Das hier wäre die Gelegenheit auszusteigen. Meine Fahrkarte könnte ich genau jetzt zurückgeben. Doch ich behielt sie. Ich entschied mich für die Fahrt, nickte und schloss alle Türen hinter mir, indem ich ihn zu mir führte.

Mit jeder Sekunde, in der sich unsere Körper miteinander verbanden, wurde es heißer und heißer. Ich gab die Kontrolle ab, ließ mich fallen und genoss das, was ich vorher noch nie in meinem Leben gespürt hatte. Nicht der Orgasmus, der meinen Körper erschütterte, oder die Liebe, die in meinem Herzen wuchs, sondern das Gefühl von Sicherheit war eine Premiere.

# Kapitel 29

Neben ihm aufzuwachen, gemeinsam in einem Bett, war ein völlig anderes Lebensgefühl. Ab und an schlief einer der Hunde bei mir, manchmal sogar zwei gleichzeitig, doch das konnte man nicht damit vergleichen, einen großen Männerkörper morgens neben sich zu spüren. Ich rückte näher zu ihm, umarmte ihn und küsste die Stelle zwischen Rücken und Nacken, die der Stoff seines Pyjamas nicht bedeckte. Die Locken standen von seinem Kopf, weil er mit nassen Haaren schlafen gegangen war. Als meine Lippen seine Haut berührten, grummelte er. Seine Hand fand meine. Er führte sie an seinen Mund und drückte einen Kuss auf meinen Handrücken. Wärme durchzog meinen Körper. Es fühlte sich so richtig an, hier mit ihm zu sein. Niemals hatte ich es für möglich gehalten, wieder dieses Bett mit einem Mann teilen zu können, doch mit Bjarne fiel es mir so leicht. Es war natürlich, wie ein Instinkt wollte ich bei ihm sein, mit ihm reden und Teil seines Lebens sein. Deshalb fiel es mir umso schwerer aufzustehen. Als ich von ihm wegrückte, hielt er meine Hand fest.

„Was machst du?"

„Keine Sorge", flüsterte ich und küsste ihn auf die Wange, „ich hole uns nur Kaffee. Und Tee."

Mit einem Blick auf die Uhr stellte ich fest, dass es schon sehr spät war. Hoffentlich schlief er noch eine

Weile, dann könnte ich vor dem Frühstück noch schnell die Hunde füttern.

„Ok, aber beeil dich." Er verzog das Gesicht auf so niedliche Art, dass ein Flattern in meiner Magengegend aufstieg.

„Bis gleich", verabschiedete ich mich, schlüpfte in meine Pantoffeln, schmiss meinen Morgenmantel über und schloss besonders leise die Tür hinter mir. Ich tapste die Stufen hinunter. Bevor ich mir Worte zurechtgelegt hatte, kam Lemmy mir entgegen.

„Naaa?" Er zog das Wort so lang, dass ich die Augen verdrehte.

„Hey", machte ich nur und drückte mich an ihm vorbei.

„Gut geschlafen?"

„Lemmy", sagte ich und schüttelte den Kopf. Ich wollte keine dummen Kommentare hören.

„Das war eine ernst gemeinte Frage. Alles gut bei dir?"

„Ja, alles wunderbar", antwortete ich erst gereizt, doch sein Blick war aufrichtig. Er wollte mich nicht ärgern, nicht mehr, sondern machte sich wohl Sorgen. „Wirklich", schob ich hinterher und tätschelte seine Schulter.

„Gut. Die Hunde sind bereits versorgt. Ich breche gleich zur ersten Runde auf."

Ich betrachtete ihn. Schneestiefel, Mantel, Schal, Wollmütze, GPS-Gerät – er war startklar. Ich neben ihm im Schlafanzug kam mir dämlich vor.

„Gib mir 20 Minuten, dann begleite ich dich!" Ich wollte mich schon wieder auf den Weg in mein Zimmer machen, da blockierte er mir den Weg.

„Entspann dich. Wir haben für Notfälle wieder das Schneemobil. Ich drehe die erste Runde allein. Fahr du einfach einen Gang zurück heute und steig gegen Mittag ein, ja? Mach deinem Lover erst mal Frühstück!" Er wackelte allwissend mit den Augenbrauen und grinste frech.

Meine Faust traf ihn halbherzig auf der Brust. „Halt die Klappe, Christensen!" Ich ließ ihn am Fuße der Treppe stehen und wanderte in die Küche. „Und danke!"

„Keine Ursache, Lovergirl!"

„Oh man", stöhnte ich, als ich kopfschüttelnd in die Küche marschierte.

Inari begrüßte mich schwanzwedelnd und schleckte an meiner Wade. Kurz ging ich in die Knie, um sie hinterm Ohr zu kraulen, dann erhob ich mich. Ich sah mich um, doch weder der Rest der Rentnergang noch Airin waren zu sehen. Die Vorweihnachtsbäckerei hatte kurz Pause.

„Sind die anderen auf ihrer Morgenrunde und du hast heute geschwänzt, oder was?"

Die Hündin sah mich wissend an, lief dann an mir vorbei und ging ins Wohnzimmer.

Ich nahm eine große Tasse aus dem Regal, nahm die Kaffeekanne, die auf dem Küchentresen stand, und schenkte mir ein. Der Duft zog in meine Nase und weckte mir die Sinne. Schlürfend nahm ich einen viel zu großen Schluck, der mir den Gaumen verbrannte. Hustend folgte ich Inari und setzte mich im Schneidersitz vor die Welpenbox.

Layla fiepte freudig, als sie mich sah.

Ich streichelte ihr über den Kopf, doch sie leckte immer wieder meine Finger ab. Die Welpen kletterten übereinander und brummten sich gegenseitig an, wenn sie einfach über die kleinen Beinchen oder Köpfe ihrer Geschwister stiegen.

„Was für eine hübsche Rasselbande du hast", murmelte ich und nahm Lulu aus dem Welpenstall.

Sofort knabberte er an meinen Fingern, knurrte, was in diesem Alter nicht gefährlich oder bedrohlich, sondern unfassbar niedlich klang, und strampelte umher. Anscheinend wollte er auf seinen eigenen vier Beinen stehen und die Welt erkunden, deshalb drückte ich ihm nur einen kleinen Kuss auf den Rücken und setzte ihn dann zurück zu seiner Familie. Er duftete einzigartig nach Welpe. Dieser Geruch erinnerte mich fast ausnahmslos an gute Zeiten. An meine Familie, die Hochzeiten der Farm und an viele geteilte Momente mit den Tieren.

Ein Klingeln brachte mich davon ab, eines seiner Geschwistertierchen aus der Box zu holen.

Inari bellte, Layla sah mich einfach nur an.

Ich stand auf und ging auf die Haustür zu. Sicherlich war es nur Airin, die ihren Schlüssel vergessen hatte. Das konnte nicht sein, denn ich hörte, wie ein Schlüssel in die Tür eingeführt wurde. Was war bloß los?

Ich steuerte weiter auf die Tür zu, sah, wie sie geöffnet wurde, und blieb wie angewurzelt stehen. Es war nicht Airin.

Alles in mir brach zusammen. Mein Frieden, den ich mir mühsam aufgebaut hatte, wie Sand um mich geschart hatte, starb. Meine Sandburg wurde fortgespült von Wellen aus Angst und alten Mustern. Eine eisige

Hand legte sich um mein Herz und drückte zu, bis kein Blut mehr in meinem Körper floss. Mir fiel die Atmung schwer. Es war, als würde ein Riese auf meinem Brustkorb sitzen. Ich schluckte. Einmal, zweimal.

„Hallo, Tarja", begrüßte mich Nils, der wie selbstverständlich den Schlüssel in seine Hosentasche gleiten ließ, die Tür hinter sich schloss und mich dann anlächelte.

Ich konnte nicht mehr sprechen. Mir fehlten nicht nur die Worte, sondern auch die Gedanken. Die, die einen Sinn ergeben sollten. Die eine Lösung präsentieren sollten. Meine Logik war wie weggewischt. Es war eine Art Flashback. Sofort fühlte ich mich wie vor zwei Jahren – klein, unwichtig, unzureichend.

„W-Was w-willst du h-hier?" Ich presste mit aller Kraft die Worte zwischen meine Zähne.

„*Running Wolves* war im Fernsehen. Ich habe es gesehen. Natürlich will ich nur wissen, wie es dir geht. Den Hunden, deinen Freunden. Das mit deiner Mutter, das habe ich bereits gehört. Mein herzliches Beileid."

„Nimm ihren Namen nicht in den Mund!" Wut stieg in mir auf. Als er meine Mutter erwähnt hatte, war es, als hätte es einen Schalter umgelegt.

„Ich wollte nur nett sein!"

„Red doch keinen Unsinn! Das wolltest du nie, dann fang jetzt auch nicht damit an!"

Er hielt meinem Blick stand. Darin war er leider überaus gut.

Ihn direkt vor mir zu sehen, riss unendlich viele alte Wunden auf. Erinnerungen, die ich teilweise in Therapiesitzungen behandelt hatte, teilweise in eine Kiste in meinem Kopf verbannt hatte, drangen an die Oberfläche und überspülten meinen Fortschritt. Ich war auf einmal wieder schwach. Er strahlte eine gewisse Dominanz aus, der ich mich einfach zu oft schon in meinem Leben untergeben hatte. Es wäre so leicht, wieder nachzugeben.

„Was willst du wirklich hier? Sprich Klartext!" Ich schloss die Augen, um einen Moment ohne ihn zu erhaschen.

„Wie sprichst du überhaupt mit mir?"

„Wieso hast du noch einen Schlüssel?"

„Das ist auch mein Haus!"

„Ein Scheiß ist das!" Es war eine Gratwanderung zwischen völligem Zusammenbruch und Emanzipation. Jede Sekunde fühlte ich mich anders – mal stark, mal unfassbar schwach. Jede Sekunde war ein Kampf mit ihm und mit mir selbst.

„Schrei mich nicht an!"

„Verpiss dich von meinem Grundstück!" Meine Stimme hallte durch den Flur.

Inari erschien neben mir und knurrte.

„Das olle Vieh lebt ja immer noch", grummelte er und strich sich die zu langen, blonden Haare zurück. Erst jetzt fiel mir auf, dass er nicht gut aussah. Natürlich war er noch auf eine gewisse Art attraktiv, aber das hatte keinen Effekt mehr auf mich. Zudem wirkte er mitgenommen. Die Haare hingen stumpf von seinem Kopf herab, unter seinen Augen waren dunkle Ringe zu erkennen und er wirkte viel schmaler im Gesicht.

„Hast du wieder gesoffen?"

Seine Augen funkelten, aber er gab keine Antwort.

Ich hatte keine Kraft mehr für diesen Mist.

„Sag endlich, was du hier willst oder geh. Nein, Moment. Ich will deinen Mist überhaupt nicht hören! Du weißt ganz genau, dass ich den Deal nicht annehme. Nur über meine Leiche! Geh einfach, das wäre wirklich das Beste." Mich von ihm wegzudrehen, traute ich mich nicht, deshalb blieb ich einfach so stehen. Neben der Hündin meiner Mutter, vor meiner kleinen Familie in der Wurfbox und in meinem Haus. Meinem Heim, zu dem Nils nicht mehr gehörte. Dieses Privileg hatte er sich mehr als verspielt.

„Was ist hier los?" Lemmy trat in den Flur, ging an mir vorbei und stellte sich direkt vor Nils. Dieser hob abwehrend die Hände.

„Was soll das? Willst du Ärger?"

„Ich bin hier, weil Tarja das so will."

„Du lügst, sobald du den Mund aufmachst!" Ich zog Lemmy zurück und sah ihm direkt in die Augen. „Ich will ihn nicht hier haben. Er ist einfach eingedrungen!"

„Ich hatte einen Schlüssel, ich habe also nichts Falsches gemacht!"

„Hau ab, ok? Sie will dich nicht hier haben, du hast es selbst gehört!" Lemmy nahm meine Hand. Gemeinsam standen wir ihm gegenüber. Es war eine Erleichterung, das nicht allein machen zu müssen.

„Ich werde nicht einfach gehen! Ich will das, was mir zusteht! Du Miststück hast mir schon den Handel mit *Jern Innovasjon* vermasselt! Wir hätten reich sein können! Ich hätte reich sein können!" Nils baute sich auf, was nicht sonderlich eindrucksvoll war. Er war ein schmaler Typ mit wenig Muskeln, dafür war er immer wortgewandt und intelligent. Die Menschen neigten dazu, ihn aufgrund seines unscheinbaren Äußeren zu unterschätzen, doch ich wusste, was wirklich in ihm steckte. Andererseits kannte ich auch Lemmy. Harte Arbeit, die Kälte Lapplands und viele Heim-Work-outs hatten seinen Körper geformt. Mit ihm war nicht gut Kirschenessen, wenn man ihm querkam.

„Dir steht höchstens eine Tracht Prügel zu!"

„Bitte versuch, ruhig zu bleiben. Das bringt doch nichts." Ich versuchte, Lemmys Aufmerksamkeit auf mich zu lenken, denn er taxierte Nils mit einem Blick, der der Wut, die in mir brannte, nahekam. Ich wollte nicht, dass er an dieser Stelle etwas kompensierte. Er musste mir nicht beweisen, dass er mein Freund war. Das war mir auch so bewusst. Ohne dieses ganze Männlichkeitsgehabe.

„Nils, dir steht nichts mehr zu. Du bist nicht mehr Teil meines Lebens! Niemals werde ich diese Farm verkaufen. Egal, welcher Konzern mein Land will. Ich will dich nicht hier haben. Geh! Oder ich rufe die Polizei!" Meine Stimme war dünner, als ich es mir wünschte. Ich wollte stark und unabhängig wirken, doch mein Körper machte das nicht ganz mit. Meine Knie waren wie Pudding, mein Herz stolperte und mir brach der Schweiß aus.

„Wir wissen alle, dass es ewig dauert, bis die Polizei hier ist." Nils lehnte sich lässig an die Wand und verschränkte die Arme.

„War das eine Drohung?"

„Nein, eine Erinnerung. Lasst ihr mich jetzt durch?"

Lemmy und ich sahen uns an. Sein Blick spiegelte meine Gedanken.

„Niemals nie!", riefen wir wie aus einem Mund.

Hinter mir raschelte es. Bjarne, noch vollkommen verschlafen und mit wirren Haaren, erschien hinter uns. Er sah von mir zu Lemmy und dann zu Nils.

„Wow, wie viele Typen kommen denn noch aus deinem Bett? Endlich zeigst du dein wahres Gesicht!" Nils begann zu lachen, doch seine Augen blieben ernst.

Lemmy machte einen Satz auf ihn zu, doch ich konnte ihn gerade so zurückhalten.

„Lass ihn, es lohnt sich nicht. Er kann mir nichts mehr anhaben." Ich würdigte ihn keines einzigen Blickes. Ja, es tat weh. Auch wenn ich mir in diesem Moment ein Herz aus Stein wünschte, ich bekam es nicht. Scham und Schmerz erfüllten meine Brust und trieben mir die Tränen in die Augen. Ein alter Reflex, mich unzureichend zu fühlen. Vor allem nun, da Bjarne das alles mitbekam. Ich hatte unfassbare Angst, dass er durch Nils' Worte den Respekt vor mir verlor. Dass es wieder geschah. Dass ein Mann, den ich liebte, mich wieder nur als minderwertig ansah. Denn auch das wurde mir in dem Moment klar. Ich liebte Bjarne.

„Oh, sei dir da mal nicht so sicher. Wenn du dich querstellst, kann ich das auch. Ich habe mitbekommen, dass ihr viele Spendengelder erhalten habt. Weißt du überhaupt, was eine Zugewinngemeinschaft ist?" Sein fieses Lachen ließ mein Herz in meine Kniekehlen sinken. So hatte er schon früher geguckt, wenn ihm ein Triumph bevorstand. Mir wurde kalt. So kalt, dass ich eine Gänsehaut bekam.

Lemmy sah mich fragend an. Bjarne ebenfalls. Keiner der beiden verstand, aber ich tat es.

„Das ist nicht richtig. Das kann nicht sein!" Ich ging auf ihn zu.

Es ließ ihn völlig kalt. Wie früher ignorierte er meine Worte. Und da dämmerte es mir. Er hatte seine Richtung geändert. Mich von dem Deal zu überzeugen war das, wofür er hergekommen war, und mit seiner Fuchsschläue hatte er erkannt, dass ihm nur noch eine Möglichkeit blieb, mich zu zerstören, sodass etwas für ihn dabei heraussprang.

„Wenn ich mich richtig erinnere, sind wir verheiratet, Tarja. Du hast dich nie von mir scheiden lassen. Unsere Ehe besteht noch immer. Du hast recht, die Farm gehört mir nur zu einem Bruchteil. Mit diesem Anteil kann ich dich nicht überstimmen. Der Deal ist geplatzt, das Gerichtsverfahren steht noch aus. Aber du hast innerhalb unserer Ehe geerbt. Und auch die Einnahmen deiner Spendenaktion", er unterbrach kurz und machte eine Pause. Er genoss die Macht. Dass alle an seinen Lippen hingen. „Die Hälfte der Spenden gehört mir. Ich will also mein Geld. Am besten direkt in bar, wenn es dir nichts ausmacht."

In mir zerbrach etwas. Ich sah Bjarne an, der an mir wiederum vorbei sah.

Er blickte nur Nils an. Betrachtete ihn von oben bis unten. Und dann war sein Blick auf mir. Seine Augen dunkel und wässrig. Er war verletzt, das sah ich sofort.

„Bjarne", nuschelte ich.

Er schüttelte den Kopf.

„Bjarne, ich kann das erklären!" Was war bloß geschehen, dass der beste Morgen meines Lebens in der Szene eines Melodramas endete.

„Ach, ist das dein Freund? Wusste er, dass du mich mit ihm betrügst?"

Das war Bjarnes Kommando. Rückwärts ging er aus dem Flur.

Lemmy schoss an mir vorbei, griff Nils am Kragen und brachte sein Gesicht ganz nah vor Nils.

Ich wollte Bjarne hinterher, hatte aber ernsthaft Sorge, dass Lemmy Nils umbringen würde. Mein bester Freund durfte nicht im Knast enden.

„Du machst dich jetzt vom Acker oder du erlebst alles, was du Tarja in eurer Ehe angetan hast, komprimiert in wenigen Minuten! Ist das KLAR?" Das letzte Wort brüllte er ihm ins Gesicht.

„Wir können das auch über einen Anwalt klären, wenn ihr wollt!"

Tränen stiegen mir in die Augen.

„Lemmy, bitte lass ihn los!"

„Willst du nicht, dass ich ihm wehtue?" Nun schrie er mich an, was mir so Angst bereitete, dass ich zurückwich.

Das aktivierte wohl etwas in Lemmy. Er ließ Nils los, kam zu mir und legte seine Arme um mich.

„Sorry, ich wollte dir keine Angst machen", flüsterte er in mein Ohr.

Bjarne erschien hinter Lemmy. Sein Gesicht war nicht zu deuten. Starr wie eine Mauer wirkte sein Körper. Nichts von der Intimität unserer gemeinsamen Nacht und unseres liebevollen Morgens waren übrig geblieben.

„Bjarne, bitte hör mir zu", rief ich und machte mich von Lemmy los.

„Ich kann das nicht. Nicht jetzt, vielleicht irgendwann. Ich muss hier weg. Kommst du klar?" Er sprach den letzten Satz zu Lemmy, nicht zu mir.

„Mit dem Würstchen werde ich fertig, aber-“

„Misch dich nicht ein, ok?“ Bjarne schüttelte den Kopf, legte seine Tasche über die Schulter, drückte sich an Nils so vorbei, dass dieser gegen die Wand gepresst wurde und verschwand.

„Nein, das geht nicht. Er darf nicht ... Ich ...“

„Oje, habe ich jetzt dein Techtelmechtel versaut?“ Nils wirkte zufrieden. Er grinste, zwinkerte mir zu und schloss die Tür hinter Bjarne.

Trotzdem hörte ich, wie der Motor des Schneemobils aufröhrte. Wo wollte er bloß hin? Was bedeutete das? Vielleicht irgendwann? Wann war irgendwann? In einer Stunde? In einem Tag?

„Du hältst jetzt gefälligst die Klappe, ja?“ Lemmy baute sich wieder vor mir auf.

Schmerz zerriss mir die Brust. Das Gefühl, Bjarne für immer verloren zu haben, quälte eine Wut in mir hoch, die ich noch nie in meinem Leben gespürt hatte. Allein die Aggression auf den Krebs meiner Mutter war vergleichbar.

Ohne genau zu überblicken, welche Konsequenzen meine Handlungen hatten, ging ich zwei Schritte zurück zur Garderobe des Flurs, schob meinen Wintermantel zur Seite und nahm das Gewehr, das bei Gästebetrieb ansonsten im Waffenschrank verwahrt wurde, in die Hände. Das Geräusch des Ladens bescherte mir die volle Aufmerksamkeit beider Männer. Ohne mit der Wimper zu zucken, zielte ich auf Nils.

„Whoa, was soll das werden? Spinnst du?“ Er riss sofort die Arme hoch.

„Tarja“, mahnte Lemmy nur, doch ich ignorierte ihn.

Ich hatte es satt. Mir reichte es, umhergeschubst zu werden. Mir sagen lassen zu müssen, ich wäre eine Hure, schwach, minderwertig oder nicht liebenswert. Ich konnte es keine Sekunde länger ertragen, wie er meine Freunde, meine Familie und die Hunde behandelte. Ihn zu sehen. Seine Visage zu ertragen. Ich wollte ihm wehtun. All das zurückgeben, was er mir angetan hatte. Ich wollte ihm nicht verzeihen, keinen Frieden damit finden oder drüberstehen. Immer wieder hatten Menschen mich gefragt, warum ich mich nicht früher von ihm getrennt hatte, und ich fragte mich jetzt, was ich jemals in ihm gesehen hatte. Er war kein Mensch für mich, denn es war nichts Menschliches an ihm. Er war ein Wurm. Noch nicht mal ein Wurm. Er war ein Nichts. Und ein Nichts musste nicht mehr Teil dieser Welt sein.

„Ich werde dich erschießen", flüsterte ich. Dieses Mal war meine Stimme nicht schrill. Nicht atemlos, angestrengt oder weinerlich. Sie war klar wie der See im Sommer.

„Hör auf damit", zischte Lemmy.

„Ich werde dich töten und dann wirst du mir nie wieder wehtun können. Mir nichts mehr wegnehmen. Mein Leben nicht mehr zerstören können!" Ich machte einen Schritt auf ihn zu. Meine Hände zitterten nicht. Das Gewehr lag ruhig in meiner Hand.

„Tarja, das kannst du nicht. Das ..."

Das erste Mal, dass ihm die Worte fehlten.

„Ich kann und ich werde", sagte ich schlicht.

„Bitte nicht!"

Sein Betteln in meinen Ohren, die Angst in seinen Augen, seine Hände zittern zu sehen – es war eine Genugtuung. Macht rauschte gefährlich durch meinen Körper. Ich ging wieder einen Schritt auf ihn zu, nur damit er seine Augen noch weiter aufriss. Seine Lippe noch kräftiger zitterte. Ihm die Luft wegblieb, so wie mir jedes Mal, wenn er mich angeschrien und beleidigt hatte. Wenn er einen meiner Hunde treten hatte wollen und ich dazwischen gegangen war und dann getreten worden war. Tränen liefen mir das Gesicht herunter. Es war diesmal keine Trauer, es war die Flüssigkeit puren Hasses.

„Ich bin besser als du. Ich gewähre Gnade. ICH BIN EIN MENSCH UND KEIN MONSTER!" Meine Stimme schallte nicht nur durch den Flur. Ich war mir sicher, dass selbst die Hunde draußen es gehört hatten.

„Geh und komm niemals wieder! Ich werde kein zweites Mal gnädig sein! Verpiss dich von meiner Farm und aus meinem Leben, Nils!"

In einer einzigen Bewegung drehte er sich um, riss die Tür auf und rannte los. Ich beobachtete einen Moment, wie er über das Eis rutschte, immer wieder nach hinten sah und fluchte. Noch immer zielte ich auf seinen Kopf.

„Lass die Waffe sinken", brummte Lemmy.

Ich gehorchte.

Er nahm sie mir ab, richtete den Lauf zum Himmel und schoss. Es war ein Warnschuss, der Nils über das Eis nicht laufen, sondern förmlich fliegen ließ.

Lemmy hängte das Gewehr zurück, sah mich einen Moment nur an, bis er den Kopf schüttelte und mich in den Arm nahm.

Ich fühlte mich leer. Error. Systemfehlfunktion.

„Er ist weg“, nuschelte ich.

„Ja, das hast du gut gemacht.“

„Nein, das meine ich nicht. Er ist weg.“ Eine einzelne Träne rollte über meine Wange.

# Kapitel 30

Die Kälte biss mir ins Gesicht, kroch durch mich hindurch und raubte mir den Atem. Ich kniff die Augen zusammen, denn ich ertrug den Anblick vor mir nicht. Neben der Pizzeria stand unser Schneemobil. Von Bjarne war keine Spur zu sehen. Allein das bestärkte das ungute Gefühl und die Traurigkeit in mir.

„Whoa!", rief ich über die vereiste Straße und die Hunde liefen sanft aus. Normalerweise vermied ich es, mit dem Hundeschlitten ins Dorf zu fahren, denn ich hasste es, über Asphalt und Rollsplit mit den Kufen zu fahren. Zudem waren die Aufbauarbeiten für den Weihnachtsmarkt in vollem Gange. Das Krachen von Holzbrettern, mit denen die vielen kleinen Buden aufgebaut wurden, hallte über den Marktplatz. Doch Lemmy war mit unserem Wagen auf der Straße unterwegs, um Bjarne dort zu suchen, und das Schneemobil war ja verschwunden, sodass mir nichts anderes übrig geblieben war.

Die Menschen um mich herum, größtenteils Touristen, die vermutlich in Lumijärvi auf ihrem Weg zum Dorf des Weihnachtsmannes ganz oben im Norden Rast machten, sahen mich neugierig an. Nur ein paar Gesichter waren mir bekannt. Da war Fria, die Frau vom Krämerladen, die mit Schneeschuhen über das dicke Eis watschelte und beim Grüßen beide Arme hob.

Sie hatte selbst jedes Jahr einen Stand auf dem Markt, an dem sie ihre selbst eingemachten Speisen verkaufte. Im Augenwinkel erkannte ich den jungen Mann, der mir das Angebot für den Kauf meiner Farm von *Jern Innovasjon Group* übermittelt hatte und seitdem durch Lumijärvi und die benachbarten Dörfer schlich. Die Menschen munkelten bereits, dass er das nächste Erz- oder Talkumvorkommen suchte und jederzeit eine Gefahr für unsere Lebensgrundlage darstellte. Enteignung, Umweltverschmutzung und Nachbarschaftsstreitigkeiten standen überall dort im Raum, wo dieser Kerl auftauchte.

Ich ignorierte den hageren, unscheinbaren Typen und sah stattdessen meine Hunde an. „Ihr wartet hier, ja?"

Es war, als würden sie mich verstehen. Trotz des Lärms hinter uns. Sie warteten auf die Wurst als Belohnung, doch ich hatte dafür keine Zeit. Vielleicht war Bjarne noch in der Nähe. Vielleicht könnte ich ihn noch davon abhalten fortzugehen. Ihn überzeugen, mir zuzuhören. Mit allen Mitteln wollte ich ihm meine Sichtweise erklären. Bisher hatte ich nicht die Möglichkeit gehabt, mich in irgendeiner Weise zu erklären. Es ging mir nicht um Rechtfertigung, es ging mir um Fairness.

Mit weichen Knien und einem viel zu schnell pumpenden Herz betrat ich Peppinos Restaurant. Leere Tische und mein betrübt wirkender Freund begrüßten mich.

„Wo ist er?" Ich umrundete die Theke und trat zu Peppino.

„Tarja." Nur mein Name. Es reichte aus.

Ich verstand.

„Nein“, flüsterte ich und blinzelte. Noch mal. Und noch einmal. Wollte das dumpfe Gefühl, das sich in meinem Kopf und meinem Brustkorb aufbaute, wegblinzeln. Abschütteln, damit es mich nicht weiter befallen konnte wie Flöhe das Huskyfell.

„Er war hier. Mit dem Schneemobil ist er angefahren gekommen“, erklärte Peppino und deutete durch das verschneite Fenster auf das Fahrzeug, neben dem die Hunde mehr oder weniger geduldig warteten, „es war furchtbar. Er war viel zu leicht gekleidet und ist auf dem Ding wohl beinahe erfroren. Ich habe versucht, mit ihm zu reden, wollte wissen, was los ist. Er hat nicht geantwortet, sondern mich nur gebeten, ihm ein Taxi zu rufen.“

„Ein Taxi?“ Ich konnte Bjarne vor meinem inneren Auge sehen, wie er mit einer Selbstverständlichkeit, die nur er an den Tag legen konnte, eine solche Absurdität von dem alten Peppino verlangte. Seine Art brachte mich trotz allem zum Schmunzeln. Direkt darauf folgte mein erstes Schluchzen.

„Habe ihm dann erst mal klar gemacht, dass das nicht geht. Frederik war jedoch hier und hat ihm angeboten, ihn bis nach Kaupunki mitzunehmen. Das ging alles ganz schnell ...“

Dieser verdammte Frederik! Es war eine Wohltat, an einem gemütlichen Sonntag auf ihn zu treffen, einen Plausch mit dem älteren Herrn zu halten und über Gott und die Welt zu sprechen, doch seine zuvorkommende Art konnte nicht nur Segen, sondern auch ein Fluch sein.

„Kaupunki“, murmelte ich. Tausende Gedankenfetzen jagten durch meinen Kopf. Wie lange war er bereits unterwegs? War er schon angekommen? Bestand überhaupt noch die Möglichkeit, ihn einzuholen?

„Das hier hat er mir für dich gegeben." Peppino überreichte mir ein weißen Stück Tuch und ging einige Schritte nach hinten, damit ich meine Privatsphäre hatte.

Es war eine Serviette des Restaurants, auf die einige Worte gekritzelt waren. Es war merkwürdig, denn es war das erste Mal, dass ich Bjarnes Handschrift sah. Sie passte zu ihm. Die eleganten Bögen, die Akkuratesse – sie entsprach genau dem, was ich von Bjarne erwartet hätte. Ich legte den kalten Stoff auf den Tresen und las.

„Es tut mir leid, Tarja. Ich kann das gerade nicht. Gib mir Zeit."

Gib mir Zeit. Mein Plan, ihn einzuholen, von meiner Seite der Geschichte zu berichten und ihn wieder mit zu mir zu nehmen und diesen ganzen Mist einfach zu vergessen, zerbröselte. Es war, als würden Schuppen von meiner Haut rieseln und übrig blieb nur ich – ungeschützt und wund.

„Alles gut?" Peppino näherte sich wieder, doch mir war nicht mehr nach reden zu Mute.

„Klar, sicher. Alles super", nuschelte ich und versuchte, möglichst tief einzuatmen. Nur atmen, nicht denken. Einfach den Schmerz in eine Schublade stecken und verstauen. Weg damit. Dafür hatte ich keine Zeit.

„Danke für die Nachricht. Ich muss wieder los. Zu den Hunden." Ich wartete nicht auf seine Verabschiedung, sondern verließ fluchtartig das Gebäude.

Die Hunde freuten sich, mich wiederzusehen, doch ich konnte nicht so tun, als beruhte es auf Gegenseitigkeit. Mir wurde schlecht. Mein Magen zog sich zusammen, Schweiß sammelte sich auf meiner Stirn und Tränen in meinen Augen.

Er brauchte Zeit. Aber wie viel denn? Einen Tag? Eine Woche? Einen Monat? Ein ganzes verdammtes Jahr? Ein Leben lang? Jede Sekunde quälte mich. Niemals hätte ich gedacht, dass mich seine Abwesenheit so verletzte. Wir waren zwar gerade erst aus einer Art Pause gekommen und diese hatte mich gequält, aber das hier war ein anderes Level von Verlassenwerden. Ich war am Ende. Hatte das Gefühl, ein Teil von mir würde fehlte. Es war ein gemeiner Scherz des Schicksals. Als ich nichts erwartet hatte, war es mir leicht gefallen. Doch wenn man die Nähe erst gespürt hatte, die Liebe gefühlt hatte, dann wusste man, was sein konnte. Es gab etwas zu vermissen. Und das tat furchtbar weh.

So fühlten sich Sekunden nicht wie Sekunden an, sondern wie kleine Ewigkeiten, in denen ich dem hinterhertrauern konnte, was nur ganz kurz für mich Realität geworden war.

Ich gab ihm Zeit. Mir blieb nichts anderes übrig. Aber es löste in mir eine Trauer aus, die ich in diesem Ausmaß bisher nur ein einziges Mal in meinem Leben verspürt hatte. Es fühlte sich wie ein Ende an. Und ich konnte daran nichts ändern, nur warten.

Eine Woche verging wie im Flug. Ich arbeitete, ich aß und ich wälzte mich nachts umher. Das war es. Die Nächte fühlten sich wie Jahre an. Ich konnte nicht schlafen, denn die andere Bettseite war leer. Egal, wie viele Hunde ich in mein Zimmer lotste, es half nichts. Ich sehnte mich nach menschlichem Kontakt.

Eines Nachts stand ich vor dem Fußende meines Bettes, betrachtete Inari, Janosch, Layla und ihre Kinder, die sich allesamt auf meiner Decke zusammengerollt hatten wie kleine Kartoffeln und fühlte mich trotz ihrer Anwesenheit unendlich einsam. Obwohl Lemmy und Airin versuchten, mich zu unterstützen, mich jeden Tag fragten, wie es mir ging, und immer für mich da waren – es reichte nicht aus. Es war nicht genug. Wieder mal stiegen Tränen in mir auf und ich hoffte, dass sich das Loch in meinem Herzen irgendwann schließen würde. In der Dunkelheit war es am schlimmsten. Ich sehnte mich nach Bjarnes Wärme, seiner Stimme an meinem Ohr und seinen Lippen an meinen. Mir fehlte seine Eigenartigkeit. Nur mit ihm zu sprechen, würde mir reichen. Ich erklärte meine Nachtruhe mal wieder für beendet und ließ die Hunde schlafen. Gähnend, denn müde war ich trotz meiner Schlaflosigkeit, stieg ich die Treppe hinab und betrat das Wohnzimmer.

Zuerst setzte ich mich auf die Couch und starrte die Wand gegenüber an. Das Olkihimmeli hatte Gesellschaft bekommen. Offenbar hatte Airin in den letzten Tagen Stück für Stück die restliche Strohdekoration angebracht, sodass nun an jedem Holzbalken, an den künstlichen Zimmerpflanzen und an den Lampenschirmen weihnachtliche Sterne, selbstgebastelte Rentiere und natürlich kleine Hunde hingen. Da unser letztes Weihnachten ausgefallen war, gab sie sich nun besonders viel Mühe. Doch auch das erhellte meine Stimmung nicht. Hier im Dunkeln zu hocken, machte es ebenfalls nicht besser. Es war dasselbe wie oben in meinem Zimmer. Ich schaltete den Fernseher ein, und als wäre es mein ganz persönlicher Fluch, erschien Bjarne auf dem Bildschirm. Es war surreal. In den letzten Tagen hatte ich SuoTV gemieden und mich generell von dem Fernseher ferngehalten, denn ich wollte nicht in alte Muster verfallen und wieder jede Nacht vor dem Fernseher vergehen. Doch Airin sah auf SuoTV regelmäßig Reportagen, es war nur logisch, dass ich diesen Sender einschaltete. Nun war es wie ein Schlag ins Gesicht.

Seine Worte ergaben keinen Sinn. Waren völlig unwichtig für mich. Ich sah ihn einfach an. Nahm jedes Detail wahr und versuchte hinter die Fassade, hinter das Make-Up zu blicken. Wirkte er müder als sonst? Unkonzentriert oder traurig? Litt er überhaupt? Und wollte ich wirklich, dass es so war?

Es war merkwürdig, sein Gesicht zu betrachten, wenn ich doch wusste, wie es sich unter meinen Fingerspitzen anfühlte. Wenn ich mir vorstellen konnte, wie seine Bartstoppeln über meine Haut strichen. Ich wusste genau, wie er roch, schmeckte und neben mir atmete, wenn er gerade im Begriff war einzuschlafen. Ihn nun professionell auftreten und moderieren zu sehen war ein fremdes Gefühl. Obwohl ich wusste, dass es nur eine Übertragung war, dass er nicht hier bei mir im Wohnzimmer war, brachte es mich näher zu ihm. Mir tat alles weh. Vom harten Training natürlich, aber auch, weil ich ihn vermisste. So sehr, dass ich körperliche Schmerzen hatte.

Es war ein Moment des völligen Selbstmitleides. Aber ich gestattete ihn mir. Ich trauerte dem hinterher, was hätte sein können. Auf welchem Weg wir gemeinsam gewesen waren. Und dann war uns alles genommen worden.

Ich akzeptierte seine Grenzen. Natürlich gab ich ihm Zeit, denn ich wusste, wie es war, wenn man Zeit brauchte, Dinge zu verarbeiten. Es änderte aber nichts daran, dass ich einsam und verzweifelt war.

Stöhnend rutschte ich vom Sofa auf den Boden. Starrte den Bildschirm an und stellte mir vor, Bjarne würde einfach aus ihm heraustreten und mich in den Arm nehmen. Ich schloss die Augen und wünschte mir, ihm nah zu sein. Bjarne, nicht seinem Reporterdasein, obwohl das wohl kaum von ihm trennbar war.

Das Telefon klingelte. Mein Herzschlag beschleunigte sich. Es war mitten in der Nacht. Wer sollte schon anrufen, wenn nicht er. Dachte er in diesem Moment genauso an mich wie ich an ihn?

Ich hievte mich hoch und rannte zum Schreibtisch. Schnell nahm ich ab. „Hallo?"

„Na, noch wach?"

Es war nicht Bjarne.

„Warum rufst du mich an? Habe ich dir nicht deutlich gemacht, dass du mich in Ruhe lassen sollst?"

Warum hatte ich abgenommen? Nichts, was nach Mitternacht geschah, war gut. Das hatte bereits meine Mutter mir eingebläut.

„Ich wollte dir nur mitteilen, dass du Post von meinem Anwalt bekommst."

Er lallte so stark, dass ich erst die Augen verdrehte und sie dann für einen Moment schloss. Ich ertrug das alles nicht mehr. Alles, was ich mit Nils verband, stieß mir übel auf. Allein die Vorstellung, wie er nun irgendwo allein saß, sich Wodka reinkippte und daran ergötzte, mich zu verunsichern, brachte mich geistig weiter von ihm weg, als ich es jemals für möglich gehalten hatte. Uns verband nichts mehr miteinander. Hatte es wahrscheinlich auch nie.

„Fick dich ins Knie, Nils." Damit legte ich auf und sank auf dem Stuhl an meinem Schreibtisch zusammen.

Post von einem Anwalt war keine Aussicht, mit der ich zurechtkam. Überforderung machte sich in mir breit. Meine Gedanken kreisten, fanden jedoch keine Lösung. Noch nicht mal einen Lösungsansatz. Mich beschlich das Gefühl, dass Nils recht hatte. Ich hatte bereits oft über eine Scheidung nachgedacht, sie mir sogar gewünscht, doch niemals hatte ich mich für eine Konfrontation mit ihm bereit gefühlt. Ich hatte meine Grenze gezogen und im Gegenzug akzeptiert, dass ich weiterhin verheiratet war. Und mal wieder überschritt Nils diese Grenze, als wäre sie nicht vorhanden. Nun musste ich mich mit der Thematik beschäftigen. Nicht nur das, ich versuchte, mich innerlich auf die Konsequenzen vorzubereiten. Wenn ihm wirklich die Hälfte der Spendengelder zustand, müssten wir unseren Gürtel wieder deutlich enger schnallen. Endlich hatte ich die Geldsorgen eingedämmt, nur um nun wieder einen großen Teil zu verlieren. Ich bedeckte meine Augen mit meinen Händen und versuchte, ruhig zu atmen. Völlig in Panik zu geraten, würde mich nicht weiterbringen. Ein Besuch bei Lauri, der Anwältin im Nachbardorf, würde mir helfen, mich aber mehr kosten als eine Panikattacke. Wie sollte ich die Kosten eines Gerichtsverfahrens tragen?

Wieder klingelte das Telefon. Ich atmete tief ein, zählte innerlich bis drei und fragte mich, was dafür sprach abzunehmen. Nichts. Mir fiel kein einziger guter Grund ein.

Während ich wieder zum Fernseher sah, Bjarne dabei beobachtete, wie er eine Statistik zum Konsum von Pelzprodukten veranschaulichte und dabei leidenschaftlich über Tierschutz sprach, keimte Wut in mir auf. Inspiriert von seinem Temperament, drückte ich auf die grüne Taste und schrie: „Verschwinde aus meinem Leben!"

Ich legte sofort wieder auf, ging mit dem Telefon zurück zur Couch und ließ mich auf das Polster fallen. Langsam legte ich meinen Kopf auf die Lehne, streckte meine Beine aus und rollte mich auf die Seite, damit ich Bjarne weiter beobachten konnte. Alle guten Vorsätze, mein Vorhaben, ihn nicht mehr aus der Ferne anzuhimmeln, warf ich über Bord. Ich erlaubte mir zu träumen. Mir vorzustellen, dass er hinter mir lag und seine starken Arme um mich legte. Mich an sich zog, in meinen Nacken atmete und mir von seiner Kindheit erzählte. Oder von seinen beruflichen Zielen. Von seiner Lieblingsfarbe. Seinem Traumurlaubsort. Es gab noch so viel zu besprechen und von dem anderen zu erfahren.

Erst als das Telefon ein drittes Mal klingelte, tropfte Bewusstsein zurück in meinen Kopf. Verschlafen rieb ich mir die Augen und richtete mich auf. Meine Hände wanderten über die Polster, bis ich das Telefon in den

Händen hielt. Der Fernseher lief noch immer, doch Bjarnes Moderation war durch eine Reportage über Gemüseanbau ersetzt worden. Das Telefon klingelte noch immer. Dieses Mal jedoch war das Gefühl in mir anders. Etwas sagte mir, dass es nicht Nils war.

Ohne die Entscheidung bewusst getroffen zu haben, sondern eher als eine Art Instinkt, nahm ich ab und hielt mir den Hörer ans Ohr. Ich sagte nichts. Und auf der Gegenseite gab es auch kein Wort.

Vollkommene Stille und dadurch die Gewissheit, dass es nicht Nils war. Mein Ex war laut, ein Störenfried, eine Pest.

Eine weitere Minute Stille. Auch wenn es unmöglich war, dass diese Stille anders war als jede andere stille Situation – sie kam mir bekannt vor.

„Bjarne?" Es war nur eine Vermutung, ein vages Gefühl, das mir Tränen in die Augen trieb.

„Tarja." Es war seine Stimme.

Mir fehlte die Luft zum Atmen. Keine Worte konnten das ausdrücken, was in mir vorging.

Auch Bjarne sagte nichts mehr.

Ging es ihm wie mir? Fühlten wir dasselbe?

Ich wollte ihn so viel fragen, aber gleichzeitig genügte es mir, seinem Atem zu lauschen. Jedes Geräusch, das er machte, war spannend und besonders, sodass ich es genoss. Nur hier mit ihm und doch ohne ihn zu sein. Zusammen, aber getrennt.

# Kapitel 31

Der Muskelkater zog durch meine Oberschenkel und Waden, reichte sogar bis in meine Zehenspitzen. Dass ich dazu noch auf der Couch übernachtet hatte, war nicht gerade hilfreich gewesen. Unser stilles Telefonat war irgendwann wohl unterbrochen worden und das Tuten hatte ich unterbewusst in einen wirren Traum aus Schnee, Eis, Hundegebell und Bjarne eingebaut. Ob er nun in der Nacht, nachdem mich sein steter Atem in den dringend benötigten Schlaf befördert hatte, aufgelegt hatte oder unsere Leitung anderweitig unterbrochen worden war, konnte ich nicht sagen.

Schwer atmend und zitternd rappelte ich mich hoch und schlich in die Küche. Ohne Kaffee würde ich das alles nicht hinbekommen. Mein Gefühl sagte mir, dass ich heute einen klaren Kopf brauchen würde, deshalb spritzte ich mir am Waschbecken zwei Hände lauwarmen Wassers ins Gesicht. Die Wärme verzog sich aus meiner Haut jedoch so schnell wieder, als wäre sie nie da gewesen. Alles war noch dunkel. Draußen schien ganz typisch kaum ein Licht, aber auch im Haus schlief alles noch. Ich brühte also Kaffee und eine Kanne Wintertee für uns alle, damit wir uns von innen wärmen konnten.

Ich stand gerade am Fenster über der Spüle, als der Bewegungsmelder auf dem Innenhof anging und vereinzelt Hunde, die bereits erwacht waren, zu jaulen begannen.

Unser Postbote, Juhani, rollte mit seinem kleinen Lieferwagen auf den Hof. Noch vor ein paar Wochen wäre ich in mein Zimmer gegangen, hätte mich vor ihm versteckt und gewartet, bis Airin oder Lemmy die Post angenommen hätten. Nun, nach allem, was passiert war, stellte ich meinen Kaffeepott ab, ging durch den Flur und riss die Tür auf. Die eiskalte Luft schlug mir ins Gesicht und fegte die letzte Müdigkeit hinfort. Schnell wickelte ich einen selbst gestrickten Schal und meinen Mantel um mich.

„Morgen, Tarja! Alles in Ordnung?" Juhani stieg aus seinem Wagen, strahlte über das ganze Gesicht und öffnete den Kofferraum. Wahrscheinlich war es für ihn auch angenehmer, gute Nachrichten anstatt Hiobsbotschaften zu überbringen.

„Morgen, Juhani! Hast du wieder was für uns?"

„Ja, ein großes Päckchen! Ist bestimmt wieder Futter drin, was?"

Ich nickte und wie bei jeder einzelnen Spende dankte ich kurz dem Himmel. Gläubig war ich im klassischen Sinne nun wirklich nicht, aber trotzdem hatte ich das Bedürfnis, mich zu bedanken. Also tat ich das auch. Bei meiner Mutter, die eine schützende Hand vom Himmel aus über uns hielt. Bei der Natur, zu der ich eine starke Verbindung spürte. Oder auch zu meinen Ahnen, den Vorfahren dieses Landes, auf dem ich wandelte. Es war nicht wichtig. Bedeutend war, dass ich einen Moment achtsam war.

Juhani stellte das Paket vor meine Füße, hielt mir noch drei Briefumschläge hin und legte den Kopf schräg.

„Grüß mir Lemmy, den Heiopei! Und natürlich auch Airin! Morgen komme ich nicht, ich muss meine Mutter zum Krankenhaus fahren." Auf sein Lächeln legte sich ein Sorgenschleier.

„Oje, ich hoffe, es ist nicht wieder ..." Ich konnte das Wort nicht aussprechen. Es war das, was Juhani und mich verband.

„Nein, kein Krebs. Gott sei Dank." Er hielt einen Augenblick inne.

Diese Diskrepanz zwischen mir, als eine Person, die eine andere Person verloren hatte, und den Menschen, deren Person gerettet werden konnte, war immer da. Jeden Tag. Aber nur in solchen Gesprächen wurde es mir bewusst.

„Es sind die Nebenwirkungen der Medikamente, die sie noch immer nehmen muss."

„Dann wünsche ich ihr gute Besserung. Ihr schafft das!" Natürlich wusste ich, dass das eine Floskel war. Unzählige Male hatte ich sie auch zu meiner Mutter gesagt und am Ende hatte ich falschgelegen. Aber verdiente nicht jeder Mensch ein bisschen Hoffnung, auch wenn sie geheuchelt war?

„Danke dir! Mach die Briefe gleich auf, ja? Der eine sieht wichtig aus." Er blickte zu Boden.

Auch wenn er es nur gut meinte, gegen die Hitze in meinem Gesicht kam ich nicht an. War es die letzten Wochen so offensichtlich gewesen, dass ich mich vor jeder Mahnung so gefürchtet hatte?

„Sicher", nuschelte ich.

Wir winkten beide kurz, dann schob ich mit dem Bein das Päckchen in den Flur, schloss die Tür und wickelte mich aus meinen zusätzlichen Schichten. Überall auf dem Teppich lagen verstreut Hülsen von Sonnenblumenkernen. Airin übertrieb es dieses Jahr mit jeglicher Tradition. Natürlich verstand ich, dass sie die Vögel friedlich stimmen wollte, damit die Ernten im kommenden Sommer reich ausfielen. Doch jeden Tag massenhaft Kerne und Meisenknödel um das Haus herum zu verteilen, war ein wenig drüber.

Ich scannte den Brief und wusste sofort, um was es sich handelte. Er hatte recht gehabt. Es wäre so viel einfacher, ihn nicht zu öffnen. Dieses Ding in den Mülleimer zu werfen und so zu tun, als hätte er nie seinen Weg zu mir gefunden. Aber dann würde ein neuer kommen. Und noch einer. Und noch einer. Ich würde diesen Schritt nicht überspringen können. Das Problem konnte ich nicht so verdrängen, dass es verschwand. Also riss ich ihn auf und las.

Der Inhalt überraschte mich nicht. Es war ein Schreiben von Nils' Anwalt mit einer absurd hohen Geldforderung. Angeheftet war eine Aufstellung von Spendenbeiträgen, die überhaupt nicht der Wahrheit entsprachen. Ein Haufen Lügen und Sinnlosigkeiten – ganz so, wie ich es von meinem Ex erwartet hatte.

Ich wartete auf die Tränen, die nicht kamen. Auf den emotionalen Zusammenbruch, der sich nicht zeigen wollte. Ich hatte Angst. Eine verdammte Scheißangst. Aber ich war nicht nervlich am Ende. Und emotional taub fühlte ich mich auch nicht. Ein völlig neues Gefühl, das ich nun erforschen konnte.

Mit den Papieren unter dem Arm kehrte ich in die Küche zurück, nahm einen weiteren Schluck meines Kaffees und legte das Schreiben vor mir auf dem Esstisch. Ruhig versuchte ich, die Situation zu erfassen. Die Anwältin zu kontaktieren wäre mein erster Schritt. Ich konnte mir selbst helfen. Dazu war ich definitiv in der Lage. Sie kannte mich seit der Grundschule und ihre Eltern kannten meine Mutter, seitdem sie und ich geboren worden waren. Diese Gemeinschaft hielt zusammen. Sie stand hinter mir, also wieso sollte Lauri einer Ratenzahlung nicht zustimmen?

Noch im Begriff, diese Entscheidung getroffen zu haben, nahm ich das Satellitentelefon in die Hand. Ich ging ins Wohnzimmer, um die entsprechende Nummer herauszusuchen, als mein Blick zur Wanduhr über dem Durchgang zur Treppe wanderte. Zu einer solchen Uhrzeit würde sie noch nicht in ihrem Büro sein.

Der abrupt abfallende Tatendrang löste ein ungutes Gefühl in mir aus. Ich musste kämpfen. Und ich wollte es gleich jetzt tun.

Mit dem Bürostuhl drehte ich mich um die eigene Achse und versuchte, alles auszublenden, um einen weiteren Einfall zu haben. Ich musste mir selbst helfen. Was könnte ich noch tun? Bereits als Kind hatte ich mich aus Spaß gedreht, bis mir schwindelig geworden war. So hatte ich immer eine kurze Auszeit genossen und die Hausaufgaben waren mir im Anschluss leichter von der Hand gegangen. Alles drehte sich, als ich anhielt.

„Hui“, machte ich und hielt mir den Kopf. Vielleicht hatte ich es ein wenig übertrieben. Der erhoffte Einfall blieb ebenfalls aus. Meine Finger klammerten sich um die Lehnen des Stuhls, weil ich ernsthaft Sorge hatte, das Gleichgewicht zu verlieren. Immer wieder blinzelte ich, bis ich eine Silhouette kurz über dem Boden erkannte. Ich kniff die Augen zusammen.

„Was machst du denn hier?"

Lulu kam auf mich zugelaufen, wedelte mit dem Schwanz und freute sich offensichtlich, mich gefunden zu haben. Obwohl er durch die Komplikationen bei der Geburt in seiner Entwicklung ein wenig hinterherhing, war er der einzige Welpe, der bereits in der Lage war, die Treppen hinabzusteigen. Ich verbot es immer, hatte sogar, seit sie oben bei mir schliefen, ein Kindergitter vor den Stufen angebracht, aber anscheinend hatte ich es in der Nacht offenstehen gelassen. Lulu sprang an mir hoch und jaulte einen sanften Ton, ganz anders als die erwachsenen Schlittenhunde.

„Musst du Pipi?"

Er hörte auf, mit der Rute zu wedeln und legte seinen kleinen Kopf schräg. Sein Fell glänzte im spärlichen Licht der Schreibtischlampe.

„Oder möchtest du kuscheln?"

Er sprang an mir hoch, als wolle er mir damit antworten.

Da sich der Schwindel allmählich legte, lehnte ich mich nach vorne, griff ihn behutsam unter dem Bauch und setzte ihn auf meinen Schoß. Seine hellen Augen sahen mich aufmerksam an.

„Wenn ihr Hunde nur sprechen könntet", flüsterte ich und küsste seinen Kopf.

Lulu nahm das als Aufforderung, mir durch das Gesicht zu lecken. Es kitzelte, sodass ich ein Kichern nicht unterdrücken konnte.

Mit ihm Zeit zu verbringen war bittersüß. Immer, wenn ich ihn ansah, erinnerte er mich an Bjarne und was wir zusammen erlebt hatten. Die Situationen, die wir in der kurzen Zeit, in der wir uns kannten, gemeinsam bestritten hatten. Zusammen, nicht getrennt.

Der Welpe leckte an seiner Pfote, weil ihn wohl etwas störte. Ich sah nach, konnte jedoch nichts erkennen. Ungeduldig entzog er mir sein weiches Pfötchen, das herrlich nach frisch zubereitetem Popcorn roch, und rollte sich auf meinem Schoß zusammen. Mein Blick ruhte auf ihm. Seine Körperwärme gab er an mich ab, sodass ich nicht mehr fröstelte.

Ich brauchte Hilfe. Bei ihm, seiner Geburt, hatte ich auch Hilfe gebraucht. Und ich hatte sie bekommen. Ständig brauchte ich Hilfe, weil es menschlich war. Nein, weil es natürlich war, denn auch andere Lebewesen halfen sich gegenseitig. Und das erste Mal seit einer Ewigkeit fragte ich mich, warum ich eigentlich davon ausging, immer alles allein schaffen zu müssen. Verflucht viele Dinge bekam ich ohne Hilfe nicht hin und das war ok. Niemand verlangte das mehr von mir. Niemand erwartete es noch von mir.

Ich könnte um Hilfe bitten. Ein weiteres Mal. Wie bei der Trennung von Nils meine Mutter. Wie bei den Spenden und der Reportage. Wie bei der Geburt der Welpen. Wie bei Lulu.

Obwohl ich nur vor mich hin sinnierte, war es, als hätte der kleine Kerl meine Gedanken gehört. Er rappelte sich hoch, wandte sich mir zu und sah mich an. Als würde er lächeln, zog er die Lefzen zu den Seiten und zeigte mir seine viel zu scharfen Babyzähnchen.

Vielleicht konnten Hunde ja doch sprechen. Man musste ihnen nur zuhören.

# Kapitel 32

Der Schnee schmolz auf dem Gehweg vor sich hin und die dadurch entstehende Brühe lief in eine extra dafür eingebaute Rinne ab. Es war merkwürdig, bei diesem Prozess immer wieder zuzusehen, schließlich blieb bei uns in Lappland der Schnee einfach liegen. Doch die Stadtmenschen wollten schnell vom Einkaufszentrum zum Bahnhof kommen, deshalb hatte die Stadtverwaltung von Helsinki beheizbare Bürgersteige entworfen und verbaut. So gab es kein Ausrutschen, kein Glatteis, keine Verzögerungen.

Alles hier fühlte sich fremd an. Kein Wunder, schließlich konnte ich meine Besuche in der Landeshauptstadt an einer Hand abzählen. Die vielen Menschen, die sich so kurz vor Weihnachten durch die Fußgängerzonen quetschten, vermutlich auf der Suche nach dem passenden Geschenk auf dem letzten Drücker. Die Autos, die sich mit der Straßenbahn das Wegerecht teilten, an den blinkenden Ampeln hielten und Horden von Schulkindern, die endlich Ferien hatten, einen sicheren Übergang von einer Straßenseite zur anderen gewährten. Es war so hell in der Stadt. Zig Ladenlokale, Restaurants und Shops waren erleuchtet und das Licht drang bis in die kleinste Ecke vor. Auch wenn die Sonne nicht zu sehen war und wir uns in einem Dauerzustand der Dämmerung befanden, hier zwischen den Häuserschluchten fiel es kaum auf. Helsinki war nicht New York City, das war mir klar. Aber so viel Beton, Glasfassade und Stein hatte ich in meinem ganzen Leben noch nicht gesehen. Auch die festliche Dekoration erinnerte mich an Bilder aus amerikanischen Filmen und fühlte sich für mich ebenso fremd an. Riesige Weihnachtskugeln reflektierten die Lichter der Autos. Der Eiseskälte zum Trotz standen Straßenmusiker an jeder Ecke und spielten die bekannten Weihnachtshits auf Gitarren, Querflöten, die hoffentlich nicht an ihren Lippen festfroren, und Geigen. Auch hier gab es einen Weihnachtsmarkt, jedoch kleiner als in meinem Heimatdorf, der bereits im vollen Gange war. So verteilte sich über den Trubel, der mich wie eine weitere Stoffschicht umgab, die Duftkombination von gebrannten Mandeln, Glühwein und Gebäck.

Ich irrte, immer wieder verwundert über die Lautstärke, das Gewusel und die kaum durchschaubaren Straßenschildern, mehrere Stunden umher, bis ich endlich an dem Ziel meines Städtetrips ankam.

Das Gebäude von SuoTV ragte über mir auf und glänzte mit seinen Glasfronten in dem vielen Licht. Es war modern, nicht altehrwürdig wie andere Gebäude, die ich auf meinem Weg hierher bereits entdeckt hatte. Bei der Professionalität und Eleganz, die allein der Empfangsbereich ausstrahlte, kam ich mir sofort unpassend und andersartig vor.

Ich sah an mir herunter, betrachtete mein schweres Schuhwerk, den Fellbesatz, der hier in Helsinki bei den milderen Temperaturen kaum notwendig war und meine schwieligen Hände, die bis gestern noch Holz mit einer Axt gespalten und Hundeleinen festgehalten hatten. Dann noch das Spiegelbild im Glasfenster, das mich als eine wandelnde Kugel mit zwei kurzen Zahnstochern als Beine zeigte ... Ich hätte am liebsten umgedreht, zurück in den Flieger.

Doch für Selbstzweifel hatte ich weder Zeit noch einen Kopf. Mein Entschluss, um Hilfe zu bitten, stand fest. Ich vertraute darauf, dass ich sie bekommen würde. SuoTV war bisher fair mit mir umgegangen, warum sollten sie das plötzlich ändern? Und Bjarne ... Auch ihm vertraute ich. Er hatte mir niemals willentlich das Gefühl vermittelt, dass ich nicht ausreichend war. Dass ich defekt war. Natürlich hatte ich auch darüber nachgedacht, was geschehen würde, wenn er mich noch immer nicht sehen wollte. Aber hätte er dann vorgestern angerufen?

Ich war nicht anderthalb Stunden hierher geflogen, um nun kalte Füße zu bekommen. War bei meinem Schuhwerk ja auch kaum möglich ...

Die Wölkchen, die mein Atem in der winterlichen Luft formte, verflogen, sobald ich einen Fuß auf den edlen Marmor gesetzt hatte. Entschieden steuerte ich den Tresen an, an dem ein dunkelhaariger, freundlich lächelnder Mann stand.

„Wie kann ich helfen?“ Er strich sich eine Strähne aus dem Gesicht und klemmte sie hinter sein Ohr.

„Guten Tag, ich würde gerne mit Bjarne Wallin sprechen. Ist das möglich?“ Ich stellte die Frage zwar, aber für die Antwort war ich doch nicht so bereit, wie ich mich auf der Straße draußen noch gefühlt hatte.

„Einen Moment bitte.“ Der Concierge hatte ein kleines, schwarzes Gerät am Ohr, auf das er nun drückte.

Damit ich seine Worte nicht mitbekam, die er in das Mikrofon an seinem Hemdkragen sprach, drehte er sich weg.

Ich sah mich um. Die Fliesen waren so sauber, dass sie mit den Lichterketten an der Außenfassade des Gebäudes um die Wette glitzerten. Dunkles Holz, indirekte Beleuchtung an den dunkelgrünen Wänden und große, industriell wirkende Deckenlampen folgten sicherlich dem speziell entworfenen Konzept eines angesagten Innendesigners. Ich dachte an unser Wohnzimmer mit den vielen Platten in den Regalen, den abgewetzten Büchern meiner Eltern und den Hundehaaren auf der Couch, die Airin fast täglich versuchte zu entfernen. Heimweh machte sich in meiner Brust breit. Niemals würde ich in der Stadt wohnen wollen. Auch nicht, wenn hier alles edler, sauberer und einfacher wirkte.

„Dein Name war noch mal?"

„Tarja Aleksandra Karjalainen", beantwortete ich seine Frage und versuchte mich an einem Lächeln, was an meinen spröden Lippen schmerzte. Ich nahm einen Pflegestift aus meiner Manteltasche und trug eine großzügige Schicht auf.

„Bjarne ist leider nicht im Haus." Der Mann erwiderte mein Lächeln zwar, wirkte aber nicht mehr so freundlich wie am Anfang unserer Begegnung.

„Oh, ähm, das wusste ich nicht. Ist er denn später oder morgen zu sprechen?" Mein Rückflug ging morgen, deshalb hoffte ich, dass er nicht erst nach dem Wochenende zur Arbeit kommen würde.

„Nein, er hat zurzeit Urlaub. Erst im neuen Jahr ist er wieder hier anzutreffen. Falls du die Möglichkeit hast, ihn privat zu kontaktieren ..."

Urlaub, na klar. Schließlich war geplant gewesen, dass er bis zum neuen Jahr bei mir blieb. Natürlich hatte ich auch seine private Nummer. Doch unser Privatleben war nicht der Grund für diese Reise. Es spielte mit rein. Wollte ich ihn wiedersehen? Auf jeden Fall! Aber ihn nicht zu bedrängen war mir so wichtig, dass eine private Kontaktaufnahme nicht infrage kam.

„Ist-", setzte ich an, brach meine Frage jedoch ab. Ich atmete einen tiefen Atemzug und überwand die Hürde in meinem Kopf. „Ist Maddin zu sprechen?"

„Maddin? Du meinst Maddin Ojala?"

„Ich denke schon." Hitze stieg mir ins Gesicht, denn es war mir unangenehm, nicht genau zu wissen, wie er mit Nachnamen hieß.

Wieder drehte der Concierge sich weg. Dieses Mal klärte er meine Nachfrage noch viel schneller.

„Du kannst nach oben gehen. Dritter Stock, Zimmer 67 bitte. Der Aufzug ist dort drüben, der Treppenaufgang auf der anderen Seite. Es ist die grüne Tür."

Ich nickte meinem Gegenüber zu, bedankte mich und durchquerte mit schweren, geräuschvollen Schritten die Empfangshalle. Überall waren kleine Sitznischen eingerichtet, doch sie wurden kaum genutzt. Auch vor dem Baristawagen, der seitlich neben dem Aufzug aufgebaut war, stand nur eine einzige Person. Da sie eine Schürze trug, war es vermutlich die Barista selbst. Überall merkte man diese merkwürdige, einerseits gehetzte und andererseits entschleunigte Vorweihnachtsstimmung.

Der Aufzug brachte mich in den zweiten Stock, der genauso gestaltet war wie das Foyer. An vielen geschlossenen Türen lief ich vorbei, ohne eine einzige

Person zu treffen. Ich stellte mir die ganze Zeit vor, wie Bjarne durch diese Gänge lief. Welches Büro er wohl hatte? Wann war er das letzte Mal hier gewesen?

Vor Zimmer 67 blieb ich stehen. Bevor ich klopfte, nahm ich mein Handy in die Hand, das hier in der Stadt fast durchgängig Netz hatte. Ein wahrgewordener Traum, nicht immer mit dem Satellitentelefon durch die Gegend laufen zu müssen. Ich öffnete den Chat mit Bjarne, sah das Datum unserer letzten Nachrichten und ein Stein legte sich auf meine Brust. Zweifel keimten in mir wie das erste Gras im Frühjahr unter den unendlich wirkenden Schneemassen. Doch sie tauten nicht. Meine Entscheidung war in Eis gemeißelt.

Auf mein Klopfen folgte sofort eine mir bekannte Stimme, die mich hineinbat.

Maddin saß hinter einem Schreibtisch vor einem Computer und zeigte sein bekanntes, schiefes Lächeln. „Tarja! Meine liebste Schlägerbraut!"

Ich verdrehte die Augen, doch sein Lächeln steckte an. Noch zurückhaltend trat ich näher, reichte ihm die Hand und er ergriff sie.

„Du bist nicht nach Helsinki gereist, um mich zu verhauen, oder?"

Ich schüttelte den Kopf, denn mir fehlten die Worte. Gegenüber von seinem Schreibtisch am Fenster stand ein weiterer. Eine mir bekannte Strickjacke hing über dem Bürostuhl, ganz so, als würde Bjarne hier jeden Moment auftauchen. Am längsten blieb meine Aufmerksamkeit bei einem Bild, das ordentlich eingerahmt auf seinem Schreibtisch stand. Darauf war Lulu als frisch geborener Welpe zu sehen. Dieses Foto hatte ich ihm geschickt, als er Sehnsucht nach dem kleinen Racker gehabt hatte.

Mir wurde schwer ums Herz. Kurz fühlte es sich an, als würde ich herabsacken. Durch den Boden, die Etagen hinab bis in den Untergrund. Zu wissen, dass ihm das alles noch etwas bedeutete und wir trotzdem keinen Kontakt hatten, machte mich so traurig, dass ich einen Moment brauchte, um meinen Fokus wiederzufinden.

„Er ist nicht hier." Maddins Stimme war sanft.

„Ich weiß", flüsterte ich und riss mich von Lulu los. Nun zusammenzubrechen, in meinen Gedanken zu ertrinken oder mich anderweitig ablenken zu lassen, würde mir nicht helfen. Und ich brauchte Hilfe – dringend.

„Selbstverständlich hätte ich ihn gerne gesehen, aber er ist nicht der Grund, weshalb ich hier bin. Ich hoffe, du kannst mir helfen."

Maddin um Hilfe zu bitten, fiel mir nicht so schwer, wie ich angenommen hatte. Er hörte mir aufmerksam zu, erkannte die verschiedenen Problematiken und konnte meine Sicht der Dinge verstehen. Zudem machte er deutlich, dass auch ihm viel an *Running Wolves* lag und sicherte mir deshalb seine Unterstützung zu. Es war eine Erleichterung. Ein gutes Gefühl, dass weitere Personen mit im Boot waren. Vor allem welche, die wirklich etwas bewirken konnten. So kam ich zu der Ehre, mit der Redaktionsleitung höchstpersönlich zu sprechen.

Venla Harjus Büro war viel größer als das von Bjarne und Maddin. Allein dieser riesige Schreibtisch, geschnitzt aus einem Baumstamm, machte gehörig Eindruck. Solche Umgebungen kannte ich nur aus dem Fernsehen, deshalb passte es sehr gut zu der Zentrale eines Fernsehsenders. Die winzige Frau, noch kleiner als ich, die hinter diesem Monstrum saß, war jedoch offen und zuvorkommend. Sie bat mich, Platz zu nehmen und verschränkte die Hände auf der Tischplatte. Viele kleine, goldene Ringe schmückten ihre schlanken Finger. Alles an ihr war interessant: Von dem knallpinken Hosenanzug, den sie trug, bis zu ihren raspelkurzen schwarzen Haaren, die zu einer stacheligen Frisur gegelt waren, bis hin zu dem kleinen Glitzerstein auf ihrem Eckzahn.

„Dein Ex-Mann bedroht dich also?"

Diese Worte bohrten sich in meinen Kopf und brachten eine Klarheit in meine Gedanken, von der ich vorher nicht gewusst hatte, dass sie mir gefehlt hatte.

„Nein ... Also ja, ich denke schon ... Auf eine gewisse Weise schon. Die Art ist unangebracht, aber ein Teil des Geldes steht ihm vermutlich wirklich zu." Ich hatte das Gefühl, dass Venla wegen dieser Nagel-auf-den-Kopf-treffen-Art ihren Job bekommen hatte.

„An deiner Stelle würde ich definitiv zu einem Anwalt oder einer Anwältin gehen. Spendengelder sind immer zweckgebunden, deshalb stelle ich die geforderte Aufteilung durch deinen Ex-Mann per se infrage. Falls du zur Lösung des Konfliktes oder für die Scheidung eine gute Anwältin brauchst, gebe ich dir gerne die Karte einer Freundin." Sie hob die Unterlage auf dem Schreibtisch hoch, zog eine glänzende Visitenkarte darunter hervor und schob sie mir zu.

Nickend nahm ich sie entgegen und verstaute sie mit einem schnellen Blick in meiner Manteltasche.

„Ein Scheidungsprozess dauert oft Monate oder Jahre. Es kann von Vorteil sein, die Forderungen deines Ex erst mal zu begleichen, eine Strafe durch Ausbleiben der Zahlung so zu vermeiden und über die Scheidung das Geld zurückzuholen, aber das-"

„Stellt mich vor ein sofortiges Problem", kam ich ihr zuvor und nickte wieder. Über jede Hilfe war ich dankbar, doch ich hatte nicht ewig Zeit.

„Du hast das Geld natürlich nicht. Noch immer besteht das Tätigkeitsverbot, das wir im Bericht nur kurz angesprochen haben. Ich habe die Reportage von Maddin und Bjarne selbstverständlich gesehen."

Zuerst war es mir peinlich, hier vor einer mir fremden Person zu sitzen und zuzugeben, dass ich nicht die finanziellen Mittel hatte, meinen Ex auszuzahlen – auch wenn es nur temporär wäre. Mir wurde warm, mein Mund war trocken und ich ballte meine Fäuste zusammen, um die Energie, die mich durchströmte, loszuwerden. Doch dann wurde mir bewusst, dass nicht ich das Problem war. Ich hatte nichts falsch gemacht. Es lag nicht an meiner Arbeitsleistung, an Faulheit oder Versäumnissen meinerseits. Es lag daran, dass ich ein Arschloch als Ex hatte und ein Konzern versuchte, mich zu erpressen.

So ließ ich ihre Aussage stehen. Warf nichts aus Stolz ein, sondern beließ es bei dem, was es war. Die Wahrheit. Ich hatte das Geld nicht. Mehr gab es nicht zu sagen.

„Maddin, wie weit seid ihr mit der Planung des Weihnachtsstreams?"

Ich verstand nicht, worum es in den folgenden Minuten ging. Die einzige Frage, die in meinen Gedanken kreiste, war, wann Bjarne zuletzt auf dem Stuhl, auf dem ich mich gerade befand, gesessen hatte. Wann war er das letzte Mal in diesem Raum gewesen? Und wo war er jetzt in diesem Moment?

Maddin erzählte etwas von einer Band, deren Songs ich aus dem Radio kannte.

Venla gab Anweisungen, das Konzept abzuwandeln, den Austragungsort zu ändern und wies Tests für die Technik bei Extremtemperaturen an.

„Moment mal, ich komme nicht ganz mit!“ Ich lehnte mich nach vorne und zog die Augenbrauen zusammen.

„Tarja, hast du noch freie Kapazitäten an Heiligabend?“

Mein Blick glitt von ihr zu Maddin, der breit lächelte und mir den Daumen zeigte.

„Wie meinst du das? Ich darf meinen Beruf nicht ausüben. Und selbst wenn, eigentlich ist die Farm an Weihnachten geschlossen, damit wir als Familie feiern können. Konnten. So war es zumindest früher. Keine Ahnung ...“ Tatsächlich hatte ich das Weihnachtsfest bis jetzt verdrängt, denn es war das erste nach dem Tod meiner Mutter. Genau genommen das zweite, aber das erste zählte nicht, denn da hatten wir sie beerdigt.

Traditionell waren an den Feiertagen keine oder nur ganz ausgewählte Gäste auf der Farm, wir kochten gemeinsam unter Airins Führung Ianttu und schlemmten vom Weihnachtsschinken, schlugen eine Tanne im Wald, stellten sie auf, schmückten sie mit unseren selbst gemachten Strohsternen und verbrachten ein gemütliches Fest miteinander. Am ersten Weihnachtstag gingen wir dann ins Dorf, wanderten über den Weihnachtsmarkt, trafen unsere Freunde und Bekannte und aßen bei Peppino ein oder sogar zwei Pizzen. Meistens gab es danach noch Joulutorttu, die traditionellen Weihnachtsküchlein, die Peppino von Airin geschenkt bekam, dann aber mit seinen Gästen teilte. Dieses Jahr würde alles anders sein, das war mir bereits seit mehreren Monaten klar. Nicht so außerordentlich anders wie letztes Jahr, als die Weihnachtszeit wie im schwarzen Rausch voller Trauer und Hass an mir vorbeigegangen war, aber anders. Die neue Normalität.

Den Kalender hatte ich ursprünglich für Buchungen geblockt, denn ohne meine Mutter ergab Weihnachten keinen Sinn. Da konnte ich auch arbeiten. Aber einen konkreten Plan für die Tage hatte ich nicht gehabt. Und dann war das Verbot dazwischengekommen und hatte all meine Organisation zerstört. An den Vorbereitungen hatte ich mich bis jetzt auch nur mäßig beteiligt.

Am liebsten hätte ich Airin und Lemmy freigegeben, damit sie zu ihren Familien konnten, und wäre allein zu Hause geblieben. Vielleicht hätte ich eine Platte aufgelegt, Rotwein getrunken und geheult.

„Kann SuoTV die Farm mieten? Keine Hundeschlittensafaris, keine Sorge. Das wäre ein rein redaktioneller Aufenthalt, du brichst dadurch nicht dein Tätigkeitsverbot. Wir bezahlen dich natürlich gut dafür. Wir suchen einen Ort, von dem aus wir ein Konzert der Band *Sudet* streamen können. Das weihnachtliche Lappland würde sich sicherlich gut machen!"

Ich starrte sie einfach nur an.

„Zudem bringt das Ganze ordentlich Aufmerksamkeit – auch für dein Unternehmen. Wenn ich mit meinem

Chef spreche, ihn ein wenig überzeuge, könnten wir ausführlicher über das Tätigkeitsverbot sprechen. Der mediale Druck drängt *Jern Innovasjon* gegebenenfalls in eine andere Richtung." Kurz machte sie eine Pause und sah zur Decke. Ihre Stirn legte sich in Falten, so, als würde sie bereits einen konkreten Plan aushecken. „Es handelt sich um ein Benefizkonzert und wir haben bereits eine Kooperation mit einem unterstützenswerten Aufforstungsprojekt, das einen Teil der Spendengelder erhält. Aber gerne kann *Running Wolves* als zweites Projekt dazukommen. Was meinst du?"

„Was ich meine", wiederholte ich monoton. Mein Mund war wie die Sahara. Ich versuchte, die Informationen zu verarbeiten, doch mein Herz stach immer wieder. Nicht vor Schmerz, sondern vor Erleichterung. Sie wollte sich für mich einsetzen. Mir zu einer noch größeren Unterstützung verhelfen. Das hier war die perfekte Lösung, serviert auf einem Silbertablett. Wann bekam man ein solches Geschenk im Leben?

Ohne etwas zu sagen, stand ich auf, ging um den massiven Tisch herum und legte meine Arme um die Chefredakteurin.

Sie stand zuerst steif da, bewegte sich dann jedoch und erwiderte die Umarmung.

„Wir Frauen sollten zusammenhalten. Besonders, wenn mächtige Männer sich gegen uns stellen. Gut, dass es auch andere dieser Sorte gibt." Sie löste ihre Hände von meinen Schultern und deutete auf Maddin.

Ich nickte, ging zurück und umarmte auch ihn.

# Kapitel 33

Es war so früh, dass die Stadt noch zu schlafen schien. Merkwürdig, dabei hieß es ja immer überall, dass Städte niemals schliefen. Für Helsinki galt das wohl nicht. Hier waren die Bürgersteige wie ausgestorben, nur vereinzelt war jemand am Samstagmorgen unterwegs. Autos fuhren zwar umher, waren aber mit den Massen von gestern Nachmittag nicht zu vergleichen.

Dieser Stadtteil war hübsch, gepflegt und hatte so gar nichts mit meinem Zuhause zu tun. Ganz hinten in meinem Kopf kamen Fragen auf. Würde ich hier leben wollen? Definitiv nicht. Aber was wäre, wenn Bjarne noch mit mir reden würde? Wenn wir ein Paar wären, würde ich ihn dann hier besuchen? Wahrscheinlich.

Ich sah hoch zum Fenster im zweiten Stock und erkannte, dass bei ihm bereits Licht brannte. Es wäre ganz einfach zu klingeln. Drei Schritte, ein Drücken und meinen Namen nennen. Dann hätte ich Gewissheit. Vielleicht würde er sich sogar freuen. Vielleicht war es genau das, was wir beide gerade brauchten. Die Antwort auf unser Telefonat, was gar kein richtiges Telefonat gewesen war. Ein echtes Gespräch wie zwei Erwachsene, die ein Problem klärten.

Aber vielleicht wäre es auch ein Fehler. Ganz sicher sogar, denn er hatte mich um Zeit gebeten. Ich wusste, dass seine Ex-Freundin ihn schlecht behandelt hatte.

Sie hatte ihn betrogen und deshalb hatte er Probleme zu vertrauen. Mir kam das alles sehr bekannt vor. Und deshalb wusste ich auch, dass Vertrauen nicht erzwingbar war.

Nun stand ich hier vor seiner Wohnung und wartete. Auf was, das wusste ich nicht. Maddin hatte mir diese Adresse gegeben und gesagt, ich solle kämpfen. Dabei fand ich kämpfen, um geliebt zu werden, schon immer absurd. Liebe sollte einfach so vorhanden sein. Kein Krieg, kein Kampf. Ich hatte schon mal gekämpft – auf verlorenem Posten. Das hatte meine Welt zur Hölle gemacht.

Kämpfen war mit Aggression verbunden. Ich war kein aggressiver Mensch und ich wollte auch keiner werden. Ja, ich konnte schießen und mich selbst verteidigen, aber ich hatte nie in meinem Leben jemanden absichtlich verletzt. Weder körperlich noch psychisch. Jemanden zu drängen war psychische Gewalt. Ich würde sicherlich nicht das replizieren, was mir zugestoßen war. Ich würde nicht zum Täter werden.

Trotzdem war da diese Verzweiflung, ihm nah sein zu wollen. Das Vermissen hatte mich innerlich ausgebrannt. Bjarne war das Feuer, das mich wieder leuchten lassen könnte. Dabei wäre er die leichte Lösung, das war mir bewusst. Ich war dafür verantwortlich, mich selbst zum Strahlen zu bringen.

Und genau deshalb ging ich. Machte drei Schritte in die entgegengesetzte Richtung. Kein Klingeln. Ohne Gespräch.

Als ich im Studio von SuoTV ankam, fühlte ich mich anders. Gestern noch mit Selbstzweifeln stand ich heute zu meiner eher ursprünglicheren Winterausstattung. Maddin hatte mir gesagt, ich solle so zum Interview kommen, wie ich immer gekleidet und zurechtgemacht war. Er meinte, Natürlichkeit würde immer siegen. Und da ich mein Erbe im Herzen trug, stand ich nun in dem Pullover meiner Mutter, den Fellstiefeln von Airin und dem Halstuch, das Lemmy mir geschenkt hatte, da. Wahrscheinlich war auch noch ein Haufen Hundehaare zu sehen. So sollte es sein.

„Bist du bereit?"

„Sag mir noch mal, was ich machen soll. Ich habe eine Rede vorbereitet, aber alles, was ich sage, kommt mir bescheuert vor." Die vielen Lichter, drei verschiedene Kameras und die Anwesenheit zweier fremder Leute beschleunigten meinen Puls. Maddin hatte mich bereits gefilmt und Bjarne auch, aber nie hatte es so ernst gewirkt wie in diesem professionellen Studio.

„Versuch, normal zu sprechen. Nicht zu schnell, sondern so, dass dich jeder versteht. Erzähl einfach über dich und die Farm. Wie damals, als wir bei dir gedreht haben."

Ich nickte, doch seine Worte hatten mir nicht wirklich geholfen. Noch immer hämmerte mein Herz in meinem Brustkorb, Feuchtigkeit sammelte sich an meinen Handinnenflächen und ich sah von einem Licht zum nächsten.

„Ich starte und du fängst an, wenn du dich bereit fühlst, ok?" Maddin drückte auf dem riesigen Gerät herum, zog es ein wenig zurecht, gab mir ein Zeichen und dann war mit einem Mal alles ruhig. Der Straßenlärm des aufkommenden Verkehrs war hinter der dicken Isolierung des Studios nicht zu hören. Keine Stimmen, kein Klingeln der Straßenbahn. Vollkommene Stille, die mir gehörte. Die ich nun mit meinen Worten füllen sollte.

Ich atmete ein und aus. Ein und aus. Ein und …

„Jeder macht mal Fehler. Das ist ganz natürlich. So habe auch ich, Tarja Aleksandra Karjalainen, bereits einige Fehler in meinem Leben gemacht. Ich habe mich benutzen lassen, nicht zu mir gestanden oder meine Grenzen deutlich gemacht. Manchmal war ich fahrlässig, naiv, ab und zu voreingenommen und verletzend. Nicht extra, sondern aus Versehen. Und letztens habe ich nicht ehrlich kommuniziert, weil ich Angst hatte. Weil ich gerne vor Problemen und schwierigen Themen davonrenne. Ich laufe viel lieber mit meinen Hunden über das Eis. Bin lieber in der Natur unterwegs mit den Tieren, denn sie stellen keine Fragen und erwarten nichts von mir. Ich liebe meine Farm und alles, was mit ihr in Verbindung steht. Aber das ist nicht alles, was ich in meinem Leben möchte.“

Ich redete mich um Kopf und Kragen, das merkte ich mit jedem Wort, was meinen Mund verließ. Doch es war, als könnte ich den Schwall nicht stoppen. Es musste raus.

„Ich möchte ehrlich kommunizieren, mich erklären und die Einsamkeit aufgeben. Ich bin bereit für etwas Neues. Für jemand Neuen. Eigentlich nur für eine ganz bestimmte Person. Eine Person, die mir sehr viel bedeutet und die ich sehr liebe.“ Ich machte eine weitere Pause und merkte, dass Tränen über meine Wangen liefen. Die Flüssigkeit sammelte sich in meinem Halstuch.

„Mein Name ist Tarja, ich leite die Huskyfarm *Running Wolves* und brauche dringend Ihre Unterstützung, damit ich meinen Betrieb trotz unfairem Tätigkeitsverbot seitens der Regierung und damit verbundenen Umsatztotalausfällen aufrechterhalten kann. Ich möchte, dass meine Tiere genug Futter haben und meine Mitarbeiter ihren Lohn erhalten. Ich persönlich wünsche mir nichts, außer endlich aufrichtig geliebt zu werden. Und aufrichtig zu lieben. Die Person, die mich besser kennt als alle anderen."

Stille. Ich hatte nichts mehr zu sagen, wischte mir die Tränen weg und sah zu Boden.

Es klickte, dann kam Maddin zu mir und legte einen Arm um mich. „Alles in Ordnung?"

„Nein, nicht wirklich. Hast du das Material, das du brauchst?"

„Da ist bestimmt etwas Brauchbares dabei gewesen. Sonst nutze ich die Rohdateien der Reportage. Ich schneide es einfach zusammen, ja?" Er wollte mehr sagen, das sah ich ihm an, doch das wollte ich nicht hören.

Es war alles gesagt. Vielleicht nicht der Person, die es hören sollte, aber das spielte keine Rolle. Ich hatte mein Herz ausgeschüttet und gleichzeitig Bjarnes Grenzen respektiert. Niemand konnte mir etwas vorwerfen – auch ich nicht mir selbst.

„Mein Flieger geht in Kürze. Ich muss los." Diese Lüge tischte ich ihm auf, denn ich wollte hier nur noch weg. Vor fremden Menschen zu weinen hatte nicht auf meinem Tagesplan gestanden.

„Klar, kein Problem. Wir sehen uns Heiligabend. Das Equipment schicken wir per Kurier vor. Alles Weitere dann per E-Mail?"

Ich nickte, nahm meine Jacke und den Rucksack, in dem meine Übernachtungssachen steckten, und drückte ihn kurz. „Danke dir." Dann verließ ich das Fernsehstudio und ließ alles hinter mir. SuoTV, Bjarne und Helsinki.

# Kapitel 34

Es herrschte das pure Chaos. Die Hunde bellten seit mindestens einer Stunde durchgehend, denn sie merkten, dass etwas in der Luft lag. Lemmy tüftelte mit Maddin an der Technik, die nun doch im Wohnzimmer aufgebaut werden musste, da während der Tests draußen auf dem Innenhof der Farm die Eiseskälte alle Kameras und das restliche Equipment fast schockgefroren hatte. Unter diesen Bedingungen zu filmen und eine Liveübertragung auf die Beine zu stellen war beinahe unmöglich. So war aus dem Freiluftkonzert ein Wohnzimmerkonzert geworden. Kurzerhand hatten Lemmy, Maddin, Selmo, sein Assistent, und ich die Couch in einen Schuppen verfrachtet, den Fernseher wegen der Spiegelung abmontiert und den Weihnachtsbaum umgesetzt. Mit viel Mühe hatte Lemmy ihn am Vorabend im Wald gegenüber der Farm geschlagen und Airin hatte darauf bestanden, dass wir ihn gemeinsam schmückten. So durfte ich nicht beim Aufbau helfen, sondern hing einen Strohschlitten nach dem anderen an die Tannenzweige.

Dieses Weihnachten war wirklich ganz anders. Ein Teil von mir war noch immer wehmütig und nostalgisch, doch der Rest freute sich über die Abwechslung. So war immerhin eine einsame Weinparty meinerseits unwahrscheinlich bis ausgeschlossen.

Airin hatte sich wie Lemmy dazu entschieden, bis zum zweiten Weihnachtsfeiertag hierzubleiben und mitzuhelfen. Sie stand seit drei Tagen nur in der Küche und bereitete ein Festmahl für alle vor. Das baldige Erscheinen der Band machte sie so nervös, dass sie ein Blech mit Joulutorttu nach dem anderen anbrennen ließ. Dabei gab sie sich eine solche Mühe und versuchte, den Blätterteig so zu schneiden und zu falten, dass die Weihnachtsküchlein wie kleine Huskygesichter aussahen. Sogar vor Nils hatten wir unsere Ruhe, da Lauri, die Anwältin aus dem Nachbardorf, ihm einen bösen Brief geschrieben und den angemessenen Teil der Summe in meinem Namen überwiesen hatte. Zudem hatten wir ihm die Scheidungspapiere zukommen lassen. Lauri würde den Scheidungsprozess der Anwaltsfreundin von Venla Harju überlassen, aber bei den ersten Schritten der Auseinandersetzung mit diesem leidigen Thema war sie mir eine echte Hilfe gewesen.

„Was ist mit dem Kamin?“

Ich sah Selmo an, der am ganzen Körper zitterte, weil er ähnlich unpassend gekleidet war wie Bjarne bei seinem ersten Besuch. Durch das ständige Verlassen des Hauses und wieder reinkommen war er durchgefroren. Auch Bjarne hatte an seinem ersten Tag hier gebibbert, immer wieder die Hände aneinander gerieben und sich bei jeder Gelegenheit in der direkten Nähe des Kamins aufgehalten.

Allein an ihn zu denken, tat noch immer weh. Die letzten Tage vor dem Event hatte ich gehofft, er würde noch mal anrufen. Tag und Nacht hatte ich mein Handy bei mir getragen. Immer wieder hatte ich den

Anrufbeantworter gecheckt. Und mein E-Mail-Postfach. Und meinen Briefkasten. Und unseren Postboten gefragt. Ich hätte noch bei Maddin nachhaken können, doch das war mir unpassend vorgekommen. Insgeheim hatte ich gehofft, dass er das Tape mit meiner verschrobenen Liebeserklärung einfach gelöscht hatte und wir nie mehr darüber sprechen würden.

„Können wir den Kamin abbauen?"

Ich sah Selmo ungläubig an. „Das geht nicht, er ist Teil des Hauses ..."

„Oh, ich dachte, der wäre nur Deko." Er begutachtete den Ofen, das Feuer darin und legte den Kopf schief.

„Das ist unsere Heizung", murmelte ich und verließ das Wohnzimmer, bevor ich dem unfassbaren Drang nachkam und meinen Kopf gegen den Türrahmen schlug. Diese Ahnungslosigkeit brachte mich auf die Palme.

„Rennst du vor der Arbeit weg?" Lemmy stieß mir im Vorbeigehen in die Seite.

„Nein, eher vor dem Kleinen", zischte ich und nickte zum Durchgang ins Wohnzimmer.

Lemmy lachte nur und schüttelte den Kopf.

„Was?"

„Es ist urkomisch, dass du ihn so nennst, obwohl du selbst ein Winzling bist. Aber weißt du, er erinnert mich an jemanden ..."

„Nein!"

„Doch!"

„An wen denn?" Ich wollte, dass er es aussprach.

„An einen Herrn, der hier auch ohne Plan herumgelaufen ist und dich damit zur Weißglut getrieben hat."

Ich antwortete nicht, sondern wechselte das Thema.

„Wann kommt die Band an? Ich möchte, dass die Gästeunterkünfte optimal vorbereitet sind.“ Ich hatte selten so einen Spaß gehabt, die Betten, Badezimmer und
Aufenthaltsmöglichkeiten vorzubereiten. Ein Ausflug
in meinen eigentlichen Beruf, der mich daran erinnerte, was mich eigentlich antrieb. Meine Liebe zu
Lappland zu teilen. Es war besonders spannend, echte
Promis zu beherbergen und ihnen unser Heim zeigen
zu können. Ja, es sprang auch finanziell etwas für die
Farm dabei heraus, aber vor allem war es ein Abenteuer, das ich willkommen hieß. Und vielleicht meine
letzte Chance, die Farm in dieser Form zu nutzen.

„Sie sollten eigentlich jeden Moment eintreffen. Sind
ein bisschen spät dran, würde ich sagen.“ Lemmy sah
auf seine Armbanduhr, dann nickte er.

„Dann gehe ich noch mal alles checken.“

„Entspann dich! Du hast alles perfekt vorbereitet und
Airin hat die Zimmer kontrolliert. Zweimal. Diese Typen sind auch nur Menschen.“

„Das sind nicht nur Typen. Da ist auch eine Frau dabei. Sie spielt Keyboard.“

„Wie auch immer, nimm dir doch eine kurze Pause,
bevor der Wahnsinn hier richtig losgeht.“ Er sah mich
an und seine Augenbrauen wurden zu einer ernsten Linie.

„Na gut“, nuschelte ich und revanchierte mich, indem
ich ihm auch in die Seite stach.

Da der Rest des Nachmittags und Abends größtenteils
innen ablaufen würde, entschied ich mich für ein wenig frische Luft. Die Hunde profitierten neben meinen
Lungen ebenfalls von der Entscheidung, denn so bekam noch jedes Tier ein Stück Wurst und eine kleine

Schüssel Brühe. Auch wenn sie laut waren, die Farm im wahrsten Sinne zusammenkreischten, machten sie einen guten Job. Nur für das Konzert hoffte ich, dass sie Ruhe geben würden. Zumindest für eine Stunde. Die Huskys zeigten sich so geduldig, wie es ihre Natur zuließ. Es war der zweite Tag in Folge ohne Training, weil Lemmy und ich nicht dazu gekommen waren. Morgen würde es wieder mit den Schlitten losgehen. Oder ich könnte auch jetzt noch eine kleine Runde drehen ...

Ich entschied mich, eine Spaßrunde um die Farm zu drehen, nur mit Oleg, Smee und Ragnar, den drei Jungs aus meinem Stammkader. Beim Anlegen der Geschirre drehten sie wie üblich durch, zappelten und sprangen an mir hoch, sodass sie mich fast von den Beinen schmissen. Vielleicht war diese Aktion nicht die cleverste gewesen, schließlich konnte es jeden Moment mit dem Eintreffen der Band richtig losgehen. Als Gastgeberin sollte ich sie in Empfang nehmen, ihre Unterkünfte präsentieren und zur Anmoderation der Liveübertragung war meine Anwesenheit auch Pflicht, damit die Zuschauer einen echten Menschen hinter dem Veranstaltungsort und dem Benefizzweck sahen. Das hatten Venla und Maddin in ihren E-Mails und den geführten Telefonaten immer wieder betont. Und unser Kameramann hatte schon angedroht, dass der Livestream bald beginnen würde – mit Band oder ohne, denn sie wollten das Publikum nicht ohne Entertainment warten lassen.

Doch ich hatte das Bedürfnis, zumindest ein wenig die Farm zu verlassen. Mir einen Moment mit der Natur zu schenken. Kurz zu mir zurückzukehren und in mich zu gehen, bevor all meine Gedanken von Chatnachrichten, Kameralicht und Interviewfragen fortgespült werden würden.

Der eisige Wind zerschnitt mir das Gesicht, die Geschwindigkeit, mit der die drei Rüden den Schlitten über das Eis und durch den Schnee zogen, ließ mein Herz schneller schlagen. Adrenalin war die einzige Sache, von der ich wirklich abhängig war. Ich brauchte diesen Rausch. Die Gefahr, wenn ich zwischen eng zusammenstehenden Tannen hindurch fuhr. Wenn ich eine waghalsige Kurve nahm, die Richtung wechselte oder mich beim Anstieg des Berges völlig verausgabte, weil ich mit schob.

Wieder war ich auf dem Gipfel des Berges. Der Ausblick war niemals enttäuschend von dort oben. Selbst bei Nebel war es ein einzigartiges Erlebnis, auf dem höchsten Punkt zu stehen. Heute enttäuschte der Berg mich auch nicht. Die Luft war klar, die Sterne strahlten bereits am Nachmittag am schwarzen Himmel und das Licht der Flutlichtlampe am Schlitten wurde von allen Seiten reflektiert. Ich atmete tief ein und aus, sah mich um und – konnte meinen Augen nicht trauen. Anstatt die Hunde festzubinden und einen Moment vom Schlitten zu steigen, begab ich mich sofort wieder in Position.

„Mush! Mush! Mush!", schrie ich über das Eis. Die Hunde zogen in die Richtung, aus der wir gekommen waren. Ich bezweifelte, dass ich meine Tiere jemals so sehr angespornt hatte wie in diesem Moment. Obwohl wir bergab liefen, trat ich immer wieder nach hinten aus, um zusätzlich zu beschleunigen. Ausgerechnet in diesem Moment hatte ich keine ausgebildeten Wheel-dogs vor dem Schlitten, deshalb lief ich jeden Moment Gefahr, dass der Schlitten Smee und Ragnar in die Hinterläufe krachte. Nie gefährdete ich meine Hunde, doch diese Situation erforderte maximales Tempo.

Mit voller Geschwindigkeit kurvten wir den Berg herunter und nahmen den Schwung auf die restliche Strecke mit.

Das Licht vor uns wurde immer heller. Ich konnte nicht fassen, dass mir der Wagen auf der Straße nicht früher aufgefallen war. Oder war er bei meinem Aufbruch noch nicht dort gewesen?

Ich musste die Augen zusammenkneifen, damit ich mehr erkennen konnte. Das Fahrzeug, eine Art Kleinbus, war vom Weg abgekommen und in einen Graben gefahren worden. Der Teil vorne rechts war eingedrückt. Menschen standen auf dem Weg und winkten mir zu.

Auch wenn es dunkel war, ich geblendet wurde und kein Wort verstand von dem, was mir entgegengerufen wurde, eine Stimme erkannte ich. Eine Person war mir nicht fremd. Ich erkannte die Art, wie er stand, lief, mir zuwinkte und die Hände in die schmalen Hüften stemmte.

Mein Körper machte vor Aufregung beinahe schlapp. Mein Herz war nicht mehr am Pochen von der Anstrengung, es hämmerte in einem ganz eigenen Takt, dem der Rest meines Körpers nicht folgen konnte. Emotionen tanzten durch meinen Kopf wie Schneeflocken und eine Last, die mir vorher nicht bewusst gewesen war, entlud sich. Fiel wie Steine von meinen Schultern. Ich ließ sie einfach hinter mir.

Es war befreiend zu wissen, dass er hier war. Dass ich ihn noch mal sah. Egal, warum genau er hier auftauchte, er war hier. Bei mir.

Und da war sie. Die Gewissheit, dass alles gut werden würde. Genau in dem Moment, in dem ich vor ihm mit meinem Schlitten stehen blieb, wusste ich, dass das nicht das Ende gewesen war. Auch wenn er mich nicht anlächelte, sondern eher besorgt die Stirn runzelte, war ich davon überzeugt, dass sich alles zum Guten wenden würde. Ich leuchtete mit meiner Positivität so hell, dass es warm in mir wurde.

„Whoa!"

Die Hunde hielten auf mein Kommando, sodass ich sie am Schlitten sichern und absteigen konnte.

„Hey", sagte ich nur und sah Bjarne an. Er war dieses Mal viel wärmer angezogen mit einer Skijacke, dicken Stiefeln und einer rot-grünen Bommelmütze. Sein Gesicht war für mich nicht zu lesen, denn mehrere Emotionen vermischten sich in seinem Ausdruck.

„Was ist los?"

„Ein Elch. Wir hatten einen Zusammenstoß mit einem riesigen Elch." Er wirkte durcheinander. Sein Gesicht war angespannt, seine Kiefer mahlten aufeinander. Auch seine Stimme verriet nicht, ob er sich freute, mich zu sehen.

Es war nicht das Aufeinandertreffen, das man von romantischen Komödien oder Dramen kannte. Hier gab es kein in die Arme laufen und sich küssen. Bjarne hob mich nicht hoch und wirbelte mich durch die Luft. Wir standen einfach nur da, sahen abwechselnd zu Boden und zum beschädigten Auto.

„Wo ist der Elch?"

„Im Wald, schätze ich."

Das war die skurrilste Unterhaltung, die ich seit Langem geführt hatte. Und ähnlich wie bei Selmo und dem Kamin war ich sprachlos. Es dauerte einen Moment, bis mir etwas einfiel, das ich sagen konnte.

„Gut, da gehören sie auch hin. Dann ist er nicht verletzt?"

„Nein, offensichtlich nicht." Er machte einen Schritt auf den Wagen zu und ich folgte ihm mit gebührendem Abstand. Auch wenn ich mich am liebsten an ihn geklammert hätte, nur um ihm nah zu sein, wollte ich ihn nicht mit meiner Sehnsucht überfordern. Vielleicht wollte er das alles auch nicht mehr. Dieser Gedanke schob alle anderen zur Seite. Meine Positivität bröckelte.

„Ist jemand von euch denn verletzt?" Mit einem schnellen Blick stellte ich fest, dass vier Personen hinter dem Van standen und eine Frau noch immer hinter dem Lenkrad saß. Ich hätte nicht zuerst nach dem Elch fragen sollen.

„Lybbe hat einen kleinen Schock, denke ich. Dem Rest geht es gut."

„Super", murmelte ich und unsere Blicke trafen sich. „Also das mit dem Schock ist natürlich nicht super. Aber ihr seid gesund, das ist gut. Supergut. Total gut. Gut, gut, gut …"

Ich brach ab, um den Schaden zu begrenzen. Die vier Männer und die Frau hinter dem Lenkrad sahen mich wie Bjarne an. Sie dachten wohl, ich hätte einen Nervenzusammenbruch.

„Super … Ich meine, ich hole dann mal Hilfe. Ihr müsst sicher abgeschleppt werden, oder?"

Bjarne nickte, die anderen starrten noch immer.

„Ich bin übrigens Tarja, willkommen auf *Running Wolves*!" Mit aller Kraft unterdrückte ich meine Unsicherheit, ging auf die Bandmitglieder zu und gab jedem die Hand.

Alle erwiderten meine Begrüßung und nannten mir ihre Namen, die ich sowieso bereits auswendig gelernt hatte.

„Schade, dass ihr so in Lappland angekommen seid. Aber bald wird wieder alles gut! Ich ... Also, bis gleich ..."

Ihre Mienen waren so ernst, dass meine Hoffnung sich in Luft auflöste. Das lief alles katastrophal schief.

Als ich auf den Schlitten aufsteigen wollte, berührte eine Hand meine Schulter. Rein aus Instinkt wusste ich, dass es Bjarne war.

„Hm?"

Er sah noch immer besorgt aus, mit gerunzelter Stirn und zusammengezogenen Brauen.

Ich verstand seine Sorgen gut. Es war furchtbar, dass sie einen Unfall gehabt hatten. Kein guter Start, schon klar. Sicherlich machte er sich Gedanken, dass er seiner Chefin diesen Schaden erklären musste. Aber dafür war der Fernsehsender versichert, oder? Ich hatte gehofft, dass er heute hier auftauchen würde, schließlich war er der Kontaktmann der Band. Er war in Deutschland mit dem Leadsänger zur Schule gegangen, hatte Maddin mir irgendwann nebenbei erzählt. Es hatte nie festgestanden, dass Bjarne am Event teilnahm, doch ich hatte es mir von Herzen gewünscht. Nun war er tatsächlich hier. Er roch noch immer wie der Mann, mit dem ich das Bett geteilt hatte, fühlte sich so an und sprach, wie ich es liebte, ernsthaft und direkt. Doch da war keine Freude in seinem Gesicht. Zumindest einen winzigen Funken hatte ich erwartet. So sehr hatte ich auf ein begeistertes Wiedersehen gehofft.

„Können wir später miteinander reden?"

„Klar", antwortete ich und stieg auf. Noch bevor er das weiter ausführen konnte, gab ich den Hunden das Kommando loszufahren. Miteinander reden war eine gute Sache ... Nur warum hatte ich dann so ein mieses Gefühl?

# Kapitel 35

Auch wenn ich mich beeilte und die Hunde antrieb, brauchte ich eine Zeit, um zurück zur Farm zu fahren, die Hunde zu sichern und zum Haus zu laufen, schließlich war es auf dem Innenhof glatt und ich hatte keine Lust, mir ein Bein zu brechen. Bereits bei der Ankunft auf dem Grundstück hörte ich Musik aus dem Haus. Eine mir bekannte Melodie zog mich fast magisch an und beschleunigte meine Schritte. Beim Betreten des Hauses wurde mir dann klar, dass es alte Kinder- und Volkslieder waren, die dort gesungen wurden. Lemmy stand direkt hinter der Tür und nahm mich in Empfang.

„Wo zum Teufel warst du?"

„Was geht hier vor sich?"

Unsere Fragen kamen gleichzeitig, deshalb antworteten wir auch zeitgleich.

„Die Übertragung hat begonnen und wir haben dich überall gesucht!", zischte Lemmy, darauf bedacht, nicht zu laut zu sprechen und mir ebenso klarzumachen, dass meine Abwesenheit ein großes Ärgernis gewesen war.

Ich hingegen sagte nur: „Wir haben ein Problem!"

„Lass uns rausgehen", schlug Lemmy vor und machte ein Handzeichen zur Tür, doch ich war neugierig.

Die Stimme, die da sang, kam mir so bekannt vor, doch ich konnte sie nicht einordnen.

Wir gingen nach draußen und Lemmy öffnete den Mund, wahrscheinlich um seinem Ärger freien Lauf zu lassen, doch ich hielt ihn ihm zu.

„Keine Zeit für Streitereien, wir müssen einen Kleinbus abschleppen! Die Band hatte einen Unfall!“

„Oh mein Gott, geht es ihnen gut?“

„Ja, aber wir müssen was tun. Ihr Wagen steckt in einem Graben.“

„Ok, du telefonierst mit Peppino. Der hatte doch mal einen Kumpel mit einem Abschleppwagen, vielleicht kann der den Wagen zur Werkstatt bringen. Ich hol die Band ab, damit die gleich direkt in den Livestream können. Lange hält unsere Vertretung das nicht aus.“

Wie er so schnell einen Plan aus dem Ärmel schütteln konnte, faszinierte mich immer wieder aufs Neue.

„Aber wer singt denn-“

„Tarja, wir haben keine Zeit!“

Ich nickte und checkte noch während Lemmy zum Wagen lief mein Handy, das mal wieder keinen Empfang hatte.

So leise ich konnte, um keine Störgeräusche zu machen, schlich ich ins Haus, durch den Flur in die Küche, die der Zentrale des Weihnachtsmannes glich. Der Esstisch war mit Geschenkpapierrollen, Dekosternen, Glitzer und dampfenden Blechen voller Kekse beladen. Sogar auf dem Boden breitete sich das Vorbereitungschaos aus. Inari, die unter dem Tisch lag und an einem getrockneten Hirschfuß knabberte, hatte in ihrem Fell lauter kleine goldene Sterne. Sie glitzerte wie die bereits eingepackten Geschenke, die sie anscheinend bewachte. Mitten in diesem Chaos stand Airin, die ganz verzückt mit Tränen in den Augen ins Wohnzimmer blickte. Sie nahm mich gar nicht wahr.

Ich folgte ihrem Blick. Ihre ganze Aufmerksamkeit lag auf Herrn Peltola, der in der Mitte des Raumes auf einem Hocker saß, eine kleine Gitarre in den Händen hielt und in ein Mikrofon sang.

Ich öffnete den Mund, wollte zig Fragen stellen, doch Airin legte mir nur einen Arm um die Schulter, zog mich zu sich und wiegte mit mir im Takt. Und da erkannte ich das Lied. Meine Mutter hatte es mir schon als Kind vorgesungen. Wenn ich nicht schlafen konnte, Bauchschmerzen gehabt hatte oder traurig gewesen war, weil ich mir einen echten Vater wünschte, hatte sie mich mit diesem Lied aufgemuntert.

Es war meine Aufgabe, Peppino anzurufen, die Situation zu begleiten und das Problem zu lösen, doch ich wollte hier einfach einen Moment mit Airin stehen und an meine Mutter denken. Herrn Peltolas Gesang lauschen und die Anwesenheit meiner Mama spüren. Denn da war ich mir ganz sicher, gerade in diesem Augenblick sah sie auf uns hinunter.

Als Herr Peltola endete, traf mich sein Blick. Er lächelte und winkte mir zu, was wiederum dazu führte, dass Maddin und Selmo mich erkannten.

„Vielen Dank, Herr Peltola, für diesen Einsatz! Nun möchten wir unserem Publikum jedoch die Gastgeberin der heutigen Veranstaltung vorstellen. Applaus für Tarja Karjalainen, Leute!"

Es klatschten nur die Anwesenden, deshalb war es ein merkwürdiges Gefühl, so in Empfang genommen zu werden. Mein wildes Herumgefuchtel mit den Armen brachte nichts. Bevor Selmo mich in den Filmbereich ziehen konnte, flüsterte ich Airin zu, dass sie über Peppino einen Abschleppwagen besorgen sollte. Dann ergab ich mich meinem Schicksal.

Als ich im Scheinwerferlicht stehen blieb, musste ich einige Male blinzeln, um mich an die Helligkeit zu gewöhnen. Durch zusammengekniffene Augen konnte ich erkennen, dass Maddin und Selmo beide eine Kamera auf mich richteten. Erst sah ich in die eine, dann in die andere Linse. Ein Laptop war neben mir aufgebaut und viele Nachrichten liefen durch. Es war der zum Stream dazugehörende Livechat. Aus meiner Perspektive waren die Messages kaum lesbar, doch eine konnte ich erkennen. Ein fieser Kommentar zu meinem gehäkelten Pullover. Ein super Start.

„Hallo", sagte ich lahm und winkte beiden Kameras zu.

Maddin fuchtelte im Hintergrund herum, doch ich hatte keine Ahnung, was er eigentlich von mir wollte.

„Herzlich willkommen auf meiner Farm! Ich freue mich, dass ihr heute mit dabei seid ...", begann ich, doch der Mut verließ mich direkt wieder. Was tat ich hier eigentlich? Ich war weder eine Entertainerin noch konnte ich musizieren wie die Band, singen wie Herrn Peltola oder moderieren wie Bjarne.

Ich bemühte mich, einige Chatnachrichten zu lesen. Alle fragten nach der Band, doch eine Person fragte nach den Hunden.

„Ja, also wir haben hier 82 Huskys. Nein, das stimmt nicht, wir haben mittlerweile 87 Hunde. Unser letzter Wurf ist noch nicht lange her und die Kleinen wachsen gut. Vor allem auch dank der Spenden, die wir bereits erhalten haben!"

Wieder Gefuchtel hinter den Kameras. Vermutlich wollten sie, dass ich weiterredete. Im Vorfeld hatten wir besprochen, was ich sagen sollte, doch mein Herz schlug mir bis in den Hals, ich schwitzte durch die Hitze, die die Technik in diesem Raum verbreitete und so fehlte mir alles, was ich vorbereitet und zurechtgelegt hatte. Mein Kopf war leer. Ich las nur die Nachrichten der Zuschauer, die immer ungeduldiger wurden.

„Maddin, ich …", setzte ich an, denn ich war am Ende. Plötzlich hatte ich das dringende Bedürfnis davonzulaufen. Mich vor den kritischen Blicken fremder Menschen, die ich noch nie gesehen hatte, zu verstecken.

Und dann, aus dem Nichts, kam Lulu angelaufen. Er sprintete zu mir, sprang an mir hoch und ich fing ihn im Flug auf.

„Huch!", machte ich und musste sofort lachen, weil der Racker mir durch das Gesicht leckte.

„Lisa fragt, ob das einer der Junghunde aus dem Wurf ist, von denen du gerade berichtet hast." Bjarne kam mir mit von der Kälte geröteten Wangen entgegen, stellte sich zwischen mich und den Laptop und stellte sein bestes Reporterlächeln zur Schau.

„Ja, das stimmt", antwortete ich. Unglaublich, dass er so schnell auf der Farm angekommen war.

„Es waren fünf Welpen? Wie lief die Geburt ab?" Bjarne hielt den Ball im Spiel und überzeugte mit seiner Präsenz derart, dass die kritischen Kommentare verstummten.

Ich beantwortete zuerst seine Fragen knapp, kam jedoch immer besser in das Erzählen von kleinen Anekdoten und Geschichten. Er gab mir so viel Sicherheit, dass ab einem gewissen Zeitpunkt das Kameralicht keine Rolle mehr spielte. Es war, als würden nur wir miteinander sprechen. Über Dinge, die ich ihm bereits erzählt hatte, aber auch jene, die er verpasst hatte.

Die Zeit verging und ich war mir sicher, dass jeden Moment die Band dazustoßen würde.

„Ok, eine letzte Frage an Tarja, bevor wir zu dem kommen, wofür wir alle hier sind: Sudet!", verkündete Bjarne und wandte sich von mir ab. Er las den Chat.

„Ich bin mir nicht sicher, ob sie das beantworten möchte. Oder kann", nuschelte er ein wenig unprofessioneller als sonst.

Mut sammelte sich in meinem Bauch, gab mir ein warmes, sicheres Gefühl, sodass ich sagte: „Schieß los!"

„Gilt noch immer das Ausübungsverbot? Was steckt dahinter?"

Wir sahen uns an. Überschritten gemeinsam ganz bewusst die Grenze, die uns aufgezeigt wurde. Mir zumindest, doch ich war mir sicher, dass Venla auch Bjarne angewiesen hatte, möglichst wenig über meinen Ex-Mann, den Konzern und das Tätigkeitsverbot zu sprechen. Anwälte sollten das klären. Ihr Chef war da ganz deutlich geworden. Doch Gerichte arbeiteten langsam. Es würde irgendwann einen Prozess geben. Jahre konnten noch vergehen und ich würde nicht die ganze Zeit von Spenden leben können.

„Zurzeit bin ich leider noch mit einem Mann verheiratet, der nichts Gutes für mich im Sinn hat. Er hat mir nicht nur in der Vergangenheit so sehr geschadet, dass ich depressiv geworden bin und mich von ihm trennen musste. Er hat zusammen mit dem Konzern *Jern Innovasjon Group* und dem Stadtrat meiner Gemeinde veranlasst, dass ich meine Gastwirtschaft hier nicht ausüben und keine Besucher aufnehmen darf. Die Huskysafaris musste ich alle absagen. Sie wollen mein Land kaufen. Das Land, das bereits meinen Ahnen gehört hat, um hier Eisenerz zu fördern. Sie wollen die Natur verschandeln, den Forstbestand wie schon in anderen Regionen in Lappland abholzen, den See planieren und Ressourcen fördern. Dafür haben sie mir einen Haufen Geld geboten, damit ich mein Grundstück, diese Farm abgebe. Ich habe dem nicht zugestimmt, deshalb werde ich nun erpresst. Es ist ein korruptes Spiel, um mich zu brechen, doch das lasse ich nicht zu. Ich lebe hier. Ich gebe meine Farm, meine Freunde und Hunde nicht auf. Ich bin unbezwingbar!"

Es drang aus mir heraus wie Blut, wenn man eine Hauptader traf. Mein ganzer Zorn, meine Verzweiflung, aber auch mein Mut und meine Stärke flossen unkontrollierbar aus mir und glichen einer Kriegserklärung.

Bjarne baute sich neben mir auf, als würde er mich vor direkten Gefahren beschützen müssen, und legte einen Arm um mich.

„Und damit sagen wir bis später. Nun kommt Musik für euch!"

Er schob mich zur Seite. Auf einmal war es viel dunkler. Die Band, die hektisch in den Flur getreten war und ihr Äußeres richtete, trat vor die Kameras. Endlich wurden die Instrumente, zwischen denen wir so lange gestanden hatten, genutzt.

Selmo, dem ich entgegenkam, schüttelte den Kopf, doch Maddin zeigte mir den Daumen.

Die Energie, die mein Auftritt erzeugt hatte, pulsierte durch meinen Körper. In meinem Kopf ratterte es. Hatte ich gerade den größten Fehler meines Lebens begangen oder war es der benötigte Befreiungsschlag gewesen? Ich fühlte mich gut. Mächtig. Ich hatte die Kontrolle über mich selbst und das war ein Gefühl, dass ich nur noch in ausgewählten Momenten mit meiner Zustimmung abgeben wollte.

Die Gitarren begannen zu spielen und der Sänger setzte mit seiner rauchigen, dunklen Stimme ein. Die Noten des Keyboards zogen bis weit in den Flur und auch durch die Haustür, die ich hinter mir schloss. Ich sog die Kälte in meine Lungen und sah zum Himmel. Die Luft war klar und um die funkelnden Sterne bildeten sich Schleier aus Grün. Erst ganz leicht, dann immer stärker und eindeutiger. Verschiedene Schattierungen, von beinahe Neongrün bis zu zarteren Tönen, die sonst auch die wachsenden Tannenäste im Frühjahr zierten, schmückten den nächtlichen Himmel.

Es quietschte und die Tür schlug wieder zu. Dicker Stoff wurde um mich gelegt. Ich musste nicht hinsehen, um zu wissen, wer mir meinen Mantel mitgebracht hatte.

Bjarne fragte nicht, wie Airin und Lemmy es aus Freundschaft und Sorge immer wieder taten, ob es mir gut ging. Ich spürte, dass er wusste, was mir durch den Kopf ging.

So standen wir eine ganze Weile einfach nur da und beobachteten das Spiel der Polarlichter über uns. Leise jaulten die Hunde im Hintergrund und ihr Gesang vermischte sich mit dem der Band. Ein einzigartiges Konzert nur für uns. Am liebsten hätte ich diesen Moment eingefroren, damit er mir für immer gehören konnte. Damit ich ihn gestochen scharf immer wieder hochholen und mich an ihn erinnern konnte. Ihn niemals vergaß oder mein Gedächtnis ihn nicht unter dem Druck des Alltäglichen zu etwas verformte, das nur noch einem faden Abbild entsprach. Doch wir befanden uns in der Realität, in keinem Märchen. Und ich wollte mich ihr stellen. Mental speicherte ich mein Umfeld ab, versuchte mir jedes Detail einzuprägen und wandte mich dann an Bjarne.

„Du wolltest mit mir reden", erinnerte ich ihn. Gleichzeitig wünschte ich mir alles andere, nur nicht reden.

„Es tut mir unendlich leid, dass ich gegangen bin. Aber es war der richtige Schritt."

Mein Mut sank bis in die Tiefen des Bodens. Das war es. Es war vorbei und auch die romantische Szenerie, die uns umgab, konnte daran nichts ändern. Weder die Nordlichter, die sich mit ihrer bunten Vielfalt zeigten, noch der Duft von Kakao, der durch den Kamin über die Farm zog.

„Es ist ok. Also, ich bin traurig, wirklich sehr, aber ich verstehe dich. Das mit Nils war einfach zu krass, schon klar. Ich hätte ehrlich zu dir sein und sofort mit offenen Karten spielen sollen. Aber ich bin nun mal noch verheiratet, das kann ich auch nicht ungeschehen machen. Ich habe vor ein paar Tagen die Scheidungspapiere unterschrieben. Und es fühlt sich gut an. Befreiend. Die letzte Last fällt ab."

Er nahm meine Hand. Ich gab mir Mühe, seinem Blick nicht auszuweichen. Blickkontakt war so intim und ich wollte diese Intimität, trotzdem hatte ich Angst, dass er jederzeit mein Herz zerbrechen konnte. Auch wenn ich wusste, dass ich der Kleber sein musste, der es zusammenhielt. Niemand sonst.

„Ich finde es gut, dass du mit dem Thema abschließt. Ich habe auch mit einem Thema abgeschlossen", murmelte er und drückte meine Hand fester. Wie ein Kind, das wusste, dass jeden Moment das Pflaster abgezogen wurde.

Ich erwiderte seinen Druck. „Es ist ok. Wirklich. Du musst dich nicht schlecht fühlen." Ich wollte nicht, dass wir als Feinde auseinandergingen.

„Mir geht es aber beschissen."

„Warum?"

„Weil ich nicht bei dir war. Du nicht bei mir. Wir nicht miteinander."

Mein Gehirn brauchte Zeit, um das zu verarbeiten, deshalb schloss ich meinen Mund wieder.

„Es war der richtige Schritt zu gehen, damit ich einen klaren Kopf bekommen konnte. Um genau zu wissen, was ich möchte und was nicht. Und vor allem, um meine Ex-Beziehung so wie du final zu verarbeiten, damit ich meine Last nicht in eine neue Beziehung verschleppe. Das hier ist kein Schlussmachgespräch. Wenn du mir verzeihen kannst, dass ich dich allein gelassen habe, und uns noch eine Chance gibst, dann ist das hier ein „Ich-möchte-dich-zurück-und-dein-fester-Freund-sein-Gespräch"."

„Wie?"

„Ich bin doch nur wegen dir hier, verstehst du das nicht?"

„Nein, das verstehe ich nicht. Du hast dich nicht gefreut, als ich vor dir stand."

„Doch nur, weil du so klar gewirkt hast", nuschelte er und trat noch näher an mich heran. Seine Augen funkelten mit den grünen Lichtern am Himmel um die Wette. „Als bräuchtest du mich nicht."

„Das tue ich auch nicht."

Seine Augen weiteten sich.

„Ich brauche dich nicht, Bjarne. Im letzten Jahr habe ich gelernt, dass ich gut allein zurechtkomme. Hilfe ist gut, aber Abhängigkeit möchte ich nie wieder fühlen." Noch immer lagen unsere Hände zusammen, die Finger ineinander verschränkt und aneinandergepresst.

„Du brauchst mich wirklich nicht", wiederholte er und sein Griff wurde leichter. Nicht mehr, als würde er gegen etwas kämpfen, sondern als würde er allmählich loslassen. Er verstand nicht.

„Ich möchte dich", flüsterte ich. Kurz brach ich den Blickkontakt ab und sah nach unten. Ergriff seine andere Hand und umklammerte beide.

„Ich möchte dich bei mir haben. Du tust mir gut. Mit dir gefällt mir das Leben besser als zuvor. Ich habe Spaß und fühle mich frei und sicher. Ich brauche dich nicht, aber ich will dich."

„Ich will dich auch", raunte er.

„Dann küss mich einfach", forderte ich.

Sofort waren seine Lippen auf meinen. Es war das unglaublichste Gefühl, das ich jemals empfunden hatte. Seine Wärme, die die Eiseskälte sofort vertrieb. Die Sanftheit, mit der er mich umarmte, an sich zog und mich nicht mehr losließ. Hier, in meinem Zuhause mit all dem, was gut lief, und dem, was schlecht lief, in der wunderschönen Natur und dem weihnachtlichen Flair von Heiligabend war Bjarne das größte Geschenk, was mir das Schicksal hätte machen können. Zwei Seelen, die zueinander gehörten, miteinander wuchsen und sich zu einer Einheit verbanden.

Das erste Mal nach dem Tod meiner Mutter war ich von Herzen glücklich.

# Epilog

Ich war aufgeregt wie ein kleines Kind, als Bjarne die Tür hinter Lemmy und Airin schloss.

„Was möchtest du als Erstes machen?"

„So einfach ist das hier nicht. Die Frage ist eher: Was müssen wir zuerst machen?", erinnerte ich ihn an unsere Verpflichtungen. Ich versuchte, meine Aufregung zu verbergen.

Bjarne hob die Augenbrauen. „Ok, du bist der Boss. Gib mir schnell eine Aufgabe, denn ich möchte dich so zügig wie möglich ins Bett verschleppen." Die letzten Worte sprach er so verwegen aus, dass sich mein Puls beschleunigte.

„Ähm-", machte ich und bückte mich nach den Briefen, die der Wind auf den Boden befördert hatte. „Post?"

„Können wir die im Bett lesen?"

Ich war kurz davor nachzugeben, als ich den Absender sah. Sofort waren jegliche Lust und Vorfreude fortgewischt.

Bjarne trat zu mir, lehnte sich gegen mich und las ebenfalls, was auf dem Briefumschlag stand.

„Möchtest du ihn öffnen?"

„Ich denke schon", murmelte ich und steckte meinen Finger in die Lasche. Ratschend befreite ich die Papiere von ihrer Hülle.

„Das ist Post vom Bürgermeister." Mein Herz machte einen Satz. All die Positivität, die ich mir hart erkämpft hatte, stand mit diesem Schreiben auf wackligen Füßen.

„Lies du es, ich halt das nicht aus!" Ohne weiter hinzusehen, drückte ich Bjarne den Schrieb in die Hand.

„Laut?"

Ich nickte.

„Sehr geehrte Frau Karjalainen, im Namen des zuständigen Amtes für Wirtschaft und Tourismus teile ich Ihnen hiermit mit, dass Ihr Tätigkeitsverbot mit sofortiger Wirkung aufgehoben ist-"

Mein Kreischen unterbrach ihn.

„Moment!" Bjarne räusperte sich und las dann weiter vor: „Wir entschuldigen uns für die dadurch entstandenen Unannehmlichkeiten und bieten Ihnen zur außergerichtlichen Einigung eine Entschädigung von 25.000 Euro an."

„OH MEIN GOTT!" Ich sprang auf und ab, hielt meine Hände an mein glühendes Gesicht und schüttelte immer wieder den Kopf.

„Herzlichen Glückwunsch!" Bjarne nahm meine Hände und hüpfte mit mir durch den Raum.

„Ich darf wieder Gäste beherbergen! Meinen Job machen! Huskysafaris anbieten!" Auch wenn die ersten Stimmen in meinem Hinterkopf sagten, dass die Summe den Ausfall nicht wiedergutmachen konnte, ich trotzdem Probleme bekommen würde, durch den Winter zu kommen, ich entschied mich, dass für diese Überlegungen und Zweifel im neuen Jahr noch genug Zeit war. Jetzt wollte ich einfach meinen Sieg feiern!

Die Gerechtigkeit, die mir doch noch zuteilgeworden war.

„Ich freue mich so sehr für dich! Das wird ganz großartig!"

Wie er über das ganze Gesicht strahlte, machte mein Glück noch größer und mein Herz noch weiter.

„Ich weiß jetzt, was ich machen möchte. Was auf dem Tagesplan als Nächstes steht."

Bjarne nickte.

Ich führte ihn nicht nach oben in mein Zimmer, sondern drückte ihm seine Jacke, den Schal und die Mütze in die Hand. Hand in Hand liefen wir über den Hof und ich öffnete einen Zwinger nach dem anderen. Bjarne half mir, war jedoch völlig planlos, was ich vorhatte. Immer wieder fragte er mich, doch ich wollte nicht reden. Nicht mehr erklären, sondern nur noch fühlen.

„Vertrau mir!"

Rund 70 Huskys fegten nun über den Hof. Sie begannen sich zu streiten, doch mit einigen Kommandos waren sie unter Kontrolle zu halten.

Entschlossen ließ ich den Schuppen mit den Schlitten hinter mir, stapfte auch nicht zum Tor, dem Eingang der Farm, sondern hinter das Wohnhaus. Dort im Zaun war eine kleine Holztür, die ich nun öffnete. Mein Pfiff wurde über die ganze Farm getragen und 70 Hunde pesten durch die Öffnung zwischen den Latten.

„Laufen die nicht weg? Was hast du vor?" Er hatte mir bis hierhin vertraut, doch nun kamen ihm Zweifel. Ich sah es in seinen Augen, die dunkler wurden und enger zusammengezogen wirkten.

„Wir machen etwas, das ich sonst nur mit meiner
Mutter gemacht habe. Einmal im Jahr, um Weihnachten rum, weil dann niemand hier war und kaum Autos
fahren.“

„Fahren wir einen besonderen Schlitten?“

„Nein, wir rennen mit den Wölfen!“ Ich drückte ihm
einen Kuss auf die aufgesprungenen Lippen, dann ging
ich durch den Spalt und lief los.

Inmitten der Eislandschaft, wo alles um uns herum
aus- und abgestorben war, gab es nur mich und die
Hunde. Wir liefen nebeneinander, jagten uns spiele-
risch. Manche der Tiere blieben stehen, jaulten in den
Wald, der um uns herum lag. Die meisten liefen mit mir
durch die Natur als meine Begleiter. Als Freunde. Als
meine Wölfe.

Und dann war auch Bjarne an meiner Seite. Zusammen rannten wir mit den Huskys durch die Schneelandschaft, schrien vor Glück und ließen uns fallen, als
uns die Puste ausging. Wir bildeten die Mitte des Knäu-
els aus Huskys. Genau hierhin gehörte ich. Das hatte
ich schon immer gewusst.

# Danke

Ein Buch zu schreiben kann man mit dem Ziehen eines Huskyschlittens vergleichen. Es braucht einen Leithund wie digital publishers, der die ganze Meute, also das Projekt, zusammenhält und eine Richtung vorgibt. Danke, dass ihr an unsere gemeinsame Ausfahrt geglaubt habt und sie so angenehm gestaltet habt.

Damit der Schlitten sich auch bewegt, braucht man eine ganze Hand voll Huskys, die in eine Richtung ziehen. Genau wie all die wunderbaren Kolleginnen, die mich in diesem Schreibprozess begleitet haben. Danke an Julia, Jessica, Beatrix, Marit, Marina und Michelle. Besonders verneige ich mich vor Kathrin und Sarah R., die den Karren aus dem einen oder anderen Graben gezogen haben, damit ich nicht feststecke. Für die außerordentliche Expertise möchte ich Frau Mannel zudem danken.

Ein anständiges Schlittengespann braucht Wheeldogs, die ihre volle Kraft opfern, wenn sich der ein oder andere Berg auftut. Wie meine Familie, die mich bei Hindernissen weiterträgt und mich dabei unterstützt in all dem Schnee nicht die Orientierung zu verlieren.

Doch keine Huskysafari ohne neugierige Zuschauer, die jubeln, Erfolge feiern, aber auch bei Schneestürmen ausharren. Danke an Dennis, Linda und Sarah L. für eure Freundschaft und den endlosen Support. Einen fröstelnden Gruß sende ich an Sanni. Du hast Finnland zum Niederrhein gebracht.

Ich danke meinem Mann Kevin. Er ist der Schnee, der immer überall ist und alles mitbekommt. Der mir zuhört, sich auf den Boden legt und dem Schlitten überhaupt erst den Grund bereitet, sodass er fährt.

Und auf dem Schlitten stehe ich, die das alles erschaffen hat und nicht glauben kann, was sie da sieht. Gegen den guten Ton danke ich mir selbst, denn ohne Musher keine Huskysafari.

**Triggerwarnung (Achtung Spoiler!)
Dieser Roman enthält potentiell triggernde
Inhalte:**
Physische, mentale und häusliche Gewalt, Alkoholis-
mus, Tod, Krankheit.